광해와 이순신

2019년 2월 11일 초판 1쇄
2019년 3월 8일   초판 2쇄

지은이   정호영
펴낸곳   HadA
펴낸이   전미정
책임편집   최효준
디자인   윤종욱 정윤혜
교정·교열   정해원 황진아
출판등록   2011년 5월 17일 제300-2011-91호
주소   서울 중구 퇴계로 182 가락회관 6층
전화   070-7090-1177
팩스   02-2275-5327
이메일   go5326@naver.com
홈페이지   www.hadabooks.com
ISBN   979-11-88024-20-9   03810

값 15,800원

ⓒ 정호영, 2019

광해와 이순신

차례

1
슬픈 자화상

'바람 불어 빗발 날릴 제 성 앞을 지나니, 장독 기운 백 척 누각에 자욱하게 이는 구나. 창해의 성난 파도 저녁에 들이치고, 푸른 산의 슬픈 빛은 가을 기운 띠고 있네. 가고픈 마음에 봄풀을 실컷 보았고, 나그네 꿈은 제주에서 자주 깨었네. 한양의 친지는 생사 소식조차 끊어지고 안개 낀 강 위의 외로운 배에 누웠네.'

"철썩~, 철썩"

어둠 속의 밤공기가 채찍처럼 매서웠다. 코끝을 스치는 해풍 속엔 비린내가 진동했다. 좁쌀 같은 소금 덩어리가 입술에 덕지덕지 늘어져 혀끝으로 짠맛이 스며들었다.

"꽈르릉~, 철썩"

천지에 짙게 드리워진 어둠의 장막 속에서도 거대한 파도는 하얀 포말을 드리우며 쉴 새 없이 으르렁 거렸다. 제주도의 파도는 강화도

교동에서 바라보던 파도와는 느낌이 또 달랐다. 세상만사의 모든 것을 일거에 삼킬 듯 보다 기세등등했다.

힘의 차이였다. 미련과 아쉬움조차 흔적 없이 삼켜버리는 제주도의 성난 파도는 가슴 속의 잔상마저도 한순간에 지워버릴 만큼 초월적 힘을 지니고 있었다.

밤하늘 아래 파도를 응시하던 광해군은 망부석처럼 좀체 자리를 뜨지 못했다. 하루의 상당 시간을 바다와 벗 삼아 지냈지만 질리지가 않았다. 광활한 바다와 단 둘이서 마주하면서 잊고 싶었던 모든 것을 자연 속으로 훌훌 털어버리는 그 시간이 광해군에겐 어느덧 삶의 전부가 되고 있었다.

"전하"

어디선가 나지막한 음성이 광해군의 귓가에 울렸다. 광해군은 주위를 두리번거렸다. 어둠 속이라 아무 것도 보이지 않았다. 헛것을 들은 모양이었다.

"전하"

광해군은 화들짝 놀랐다. 분명한 사람의 목소리였다. 계집 몸종이나 감시하는 군졸의 목소리가 아닌 또 다른 사람의 목소리였다.

가슴이 쿵쿵 뛰었다. 오랜만에 대하는 사람의 목소리가 너무도 그리웠다.

"누구시오?"

어둠 속에서도 은은한 달빛에 조금씩 사물의 형체가 눈에 들어왔다. 어렴풋이 사람의 윤곽이 시야에 잡혔다.

"전하"

어둠속의 사내는 다시금 구슬픈 목소리로 광해군을 불렀다. 오랫동안 들을 수 없어 죽은 언어인 줄 알았던 '전하'라는 단어가 사내의 입에서 자연스럽게 나오자 가슴이 울렁거렸다. 너무도 듣고 싶었던 그리운 호칭이었다.

광해군은 사내 곁으로 바짝 다가갔다. 비로소 사내의 얼굴 형체가 어둠을 뚫고 드러났다. 나이를 가늠하기 어려운 늙은 노인의 모습이었다. 형언할 수 없는 슬픔이 얼굴에 짙게 담겨있었다.

누굴까? 왠지 낯설지만은 않았다. 그는 광해군과 마주 대하자 황송하다는 듯이 얼른 고개를 숙이며 들릴 듯 말 듯 연속 '전하'라는 말만 중얼거렸다. 울먹이는 목소리였다.

"전하, 신 송희립입니다."

사내는 쓰러지듯 땅바닥에 엎드려 절을 했다. 제주도로 유배 온 광해군에게 신하의 모습으로 부복한 유일한 사내인 그의 행동이 왠지 낯설었다. 그러나 마음 한구석에선 인간에 대한 고마움과 그리움이 울컥 치밀어 올랐다.

광해군은 말없이 사내를 바라보며 제주도의 세찬 바람을 견뎌야 했다.

유배지의 허름한 초가집 방 한 구석엔 호롱불 아래 조촐한 술상이 마련되어 있었다.

얼마 만에 대하는 술상이던가. 나물과 술병이 전부이건만 진수성찬 못지않게 침샘을 자극했다.

"꿀꺽"

광해군은 마른 침을 삼키며 송희립을 잔잔히 바라봤다. 그는 방에 들어서자마자 큰 절을 올린 뒤 엎드린 채 차마 고개를 들지 못했다. 백

발을 틀어 올린 상투가 미세하게 떨렸다.

"어떻게, 그대가…?"

광해군은 송희립에게 무슨 말을 해야 할지 몰라 중얼거리듯 속삭였다.

천천히 고개를 든 송희립은 황송스럽다는 듯 광해군을 쳐다봤다. 세월의 풍파에 찌든 초라한 노인의 얼굴이 시야에 들어오자 송희립은 가슴이 아팠다. 한때 조선 천하를 호령하던 군주의 모습은 어디에서도 찾아 볼 수 없었다.

광해군의 눈은 의아하다는 듯 무엇인가를 묻고 있었다. 현실의 무력함이 담긴 슬픈 눈이었다. 어떻게 외딴 제주도의 유배지까지 찾아왔는지, 또 감시의 눈길을 피해 어떻게 술상까지 마련해 단둘이 마주할 수 있는 자리를 마련했는지, 무엇 때문에 이미 권력을 잃고 생을 마감하는 날만 기다리고 있는 곤궁한 촌부보다 못한 자신을 만나러 왔는지, 광해군의 눈은 궁금하다는 듯 여러 가지를 묻고 있었다.

"전하"

송희립은 떨리는 목소리로 광해군을 불렀다. 광해군은 희미한 미소를 흘리며 아무 말도 하지 않았다. 방안엔 무겁게 정적이 드리워져 있었다.

"오랫동안 전하를 찾아뵙고자 수소문 했습니다."

"그대가 나를?"

"네. 그렇습니다."

광해군은 알 수 없다는 듯 고개를 저었다. 모를 일이었다. 한때 조선 수군의 최고 무장 중 한 사람이었던 송희립이 왜 자신을 찾아 여기까지 왔는지 도무지 이해가 되지 않았다.

물론 그는 임진왜란 당시 삼도수군통제사였던 이순신 장군의 최측근 장수로서 광해군 자신도 즉위하자마자 그를 중용한 바 있었다.

광해군은 즉위 3년째 되던 때 송희립을 전라좌수사로 임명했고, 그가 상중이었던 때도 기복시킬 만큼 신임을 했다. 후반기에는 전선 건조를 감독하는 별장의 임무도 수행할 만큼 그는 이순신 장군 사후에 조선수군을 대표하는 무장이었다.

그렇다 하더라도 그는 무장으로서 중용됐을 뿐 정치적으로는 광해군과 큰 인연을 맺지 못했다. 무장으로서 광해군의 측근은 따로 있었다. 광해군의 밀명을 받고 명나라와 함께 후금을 치러 갔다가 항복한 강홍립이야말로 자신의 대표적인 정치적 측근이었다. 그러나 그는 광해군이 제주도로 유배오기 전에 이미 죽었고, 그 소식을 전해 듣고 슬픔에 한동안 식음을 전폐하기도 했다.

광해군은 지난날을 떠올리며 가늘게 한숨을 내쉬었다. 송희립의 다음 말이 기다려졌다.

"꿈에서… 전하를…"

"나를?"

광해군은 의아한 얼굴로 송희립을 바라봤다.

"꿈에서 그분이 전하를 만나라고 하셨습니다."

"누가?"

광해군의 얼굴은 일순간 굳어졌다.

"꿈에 나타난 그 분은…"

"……"

광해군은 숨을 죽이며 송희립의 말을 기다렸다.

"그 분은 바로 이순신 장군이었습니다."

"아!"

광해군은 송희립의 입에서 '이순신'이라는 말이 나오자 질끈 두 눈을 감았다. 자신도 모르게 절로 한숨 소리가 터져 나왔다. 송희립은 조심스럽게 광해군의 표정을 살피며 말을 이어나갔다.

"이순신 장군께서 제게 꼭 전하를 만나 보라고 하셨습니다."

"장군께서 나를…?"

광해군은 반문하듯 작은 음성으로 중얼거렸다.

"꿈이라고 하기에는 너무도 생생했습니다. 장군께서 돌아가신 지 수 십년이 지났지만 꿈에 나타난 것은 그때가 처음이었습니다."

"아!"

광해군은 탄식하듯 한숨을 내쉬었다. 광해군은 입술을 깨물며 송희립의 말을 기다렸다.

"이순신 장군께서는 전하를 위로하라고 제게 말씀하셨습니다. 그리고…"

"…"

송희립은 광해군의 표정을 조심스럽게 살피며 머뭇거렸다.

"그리고 또 뭐라 말하셨나?"

"그게 저…"

"말해보게나. 무슨 말을 하셨나?"

"전하, 송구하게도 장군께서 분명 뭐라고 말씀을 하셨는데… 기억이 나지 않습니다."

송희립은 난감한 얼굴로 말끝을 흐렸다.

"대체, 그게 무슨 말인가?"

광해군은 떨리는 음성으로 되물었다.

"전하, 송구스럽습니다. 장군께서는 너무도 슬픈 얼굴로 제게 말씀하셨는데, 그게 뭔지 도무지 모르겠습니다. 분명한 것은 장군께서 애통해 하시며 전하께 뭔가 묻고 싶었던 것이 있었던 것 같은데 그게 뭔지 잘 모르겠습니다."

"…"

광해군은 황망한 눈길로 송희립을 바라봤다. 가슴이 답답했다.

"아마도 장군께서는 나를 책망하셨을 걸세."

광해군은 괴로운 표정으로 중얼거리듯 말을 내뱉었다.

"넷? 전하, 그게 무슨 말씀입니까?"

"아닐세, 아니야. 다 지나간 일인데…"

"전하…"

광해군은 고개를 옆으로 저으며 송희립의 말을 잘랐다.

"우리 술이나 한잔 하세, 참으로 귀한 음식인데 식었네, 그려."

광해군은 술잔에 술을 채워 송희립에 건네주며 애써 두근거리는 가슴을 진정시켰다.

'아… 지난날 그 시절로 되돌아갈 수만 있다면…'

광해군은 송희립의 눈치를 살피며 살포시 눈을 감고 지난날을 떠올렸다. 다시는 되돌아갈 수 없기에 너무도 그립고 소중한 날들이 아지랑이처럼 꿈틀거렸다. 아주 오래전 그 시절이 광해군의 눈앞에 형형색색 찬란한 봄날처럼 펼쳐졌다.

초저녁 날씨가 꽤 쌀쌀했다. 어둠이 하늘을 뿌연 흑색으로 칠한 듯 거뭇거뭇 스며들었다.

광해는 문지방을 서성이며 주위를 두리번거리다가 다시 방 안으로 들어갔다. 왠지 불쑥 귀한 손님이 찾아올 것만 같았다. 광해는 방 안을 빙빙 돌며 조바심을 털어버리듯 생각에 잠겼다.

그때 광해는 비록 성인이라고 말하기엔 아직 부족한 젊은 나이였지만 조선의 미래를 위해 꿈과 이상을 펼치고자 하는 뜨거운 열정과 총기가 있었다. 그리고 주위에는 조선을 움직이는 최고의 인물들이 광해에게 날개를 달아주기 위해 기꺼이 몸을 낮춰 다가와 문전성시를 이뤘다.

1591년 2월음력의 어느 날이었다. 열일곱 나이로 가정을 꾸려 대궐 경복궁 밖 동대문 근방의 이현梨峴에서 거주하던 광해에게 반가운 손님이 찾아왔다.

이조판서와 좌의정을 겸직하면서 광해에게 틈틈이 학문을 전수하며 세상사에 대해 조언을 하던 유성룡이 방문한 것이었다. 이 시기 유성룡은 광해의 정신적 스승이자 장차 왕이 될 수 있도록 보이지 않게 후원을 아끼지 않은 믿음직스러운 동반자였다.

"어서 오십시오, 그러지 않아도 대감을 뵙고 싶었습니다."

광해는 유성룡이 방 안에 들어서자마자 환한 웃음을 지으며 반가운 마음을 감추지 않았다.

"송구합니다. 자주 찾아뵈어야 하는데…"

"아닙니다. 대감이야 말로 국사에 바쁘심에도 불구하고 이렇게 제 마음을 알고 와 주셔서 고마울 따름입니다."

광해는 자신을 찾은 유성룡에게 속마음을 넌지시 비쳤다.

"이번 인사에 대해서 말씀드리려고 합니다. 아마도 관심이 많으신 것 같은데…"

유성룡은 자리에 앉자마자 단도직입적으로 말을 꺼냈다.

그는 광해의 의중을 정확히 꿰뚫고 있었다. 조선 최대 계파인 동인의 수장으로 명망이 높은 유성룡은 장차 조선을 이끌 왕으로서 광해를 주목했다. 유성룡은 아직 세자 책봉도 되지 않은 불안정한 입지의 광해에게 평소 대궐 안에서의 크고 작은 일들이 있을 때마다 소식을 전하며 정치 감각을 갖게 했다.

"제가 듣기로 전혀 뜻밖의 인물 몇몇이 파격적으로 등용됐다고 하던데요. 모두 대감께서 추천하셨다고 알고 있습니다."

광해는 유성룡에게 조심스럽게 물었다. 우려의 마음이 담긴 말이었다.

"네, 그렇습니다. 제가 추천했습니다."

유성룡은 시원스럽게 대답했다. 유성룡은 광해의 질문 의도를 알고 있었다. 아마도 광해를 지지하는 서인 쪽의 조정 중신 중 누군가가 인사가 잘못됐다는 내용으로 귀띔을 한 것 같았다. 유성룡은 변명하지 않았다. 확신이 있기 때문이었다.

"전하께서 비변사와 조정의 대신들에게 재능이 있는 장수를 추천하라고 명하셔서 제가 전라좌수사로 이순신을, 그리고 의주목사로 권율을 천거했습니다."

광해는 유성룡의 말에 쉽게 의구심을 떨치지 못했다.

"대감, 그렇지만 이순신은 무직으로 있다가 불과 1년 전에 종6품인 정읍현감이 된 것도 놀라운 일인데, 이번에 다시 정3품인 전라좌수사로 파격적으로 승진했으니 의아스럽습니다. 사간원에서도 관작의 남용이라며 논박한 걸로 알고 있습니다."

유성룡은 광해의 예리한 지적에 고개를 끄떡였다. 맞는 말이었다.

파격적인 인사인 것만은 틀림이 없었다.

"옳으신 말씀입니다. 그러나 왜가 침범하리라는 우려의 소리가 날로 높아지고 있습니다. 왜의 동태가 심상치 않습니다. 전하께서도 인재를 천거하라고 명하신 것도 이 때문입니다. 비록 이순신과 권율이 모두 하급 무관 출신이어서 이름이 크게 알려지지 않았지만 뛰어난 무재와 능력이 있기에 큰 일을 할 수 있는 적임자로 생각합니다."

유성룡의 대답에 광해의 표정은 곧 누그러졌다. 유성룡의 말속에서 확신을 엿보았기 때문이었다. 더욱이 임금이 임명한 이상 더 따져 묻는 것도 도리가 아니었다. 그럼에도 불구하고 의문은 가시지 않았다.

"대감께서 추천하셨으니 믿을만한 인물이겠지만 이순신의 경우 줄곧 변방에서 여진족을 상대하던 무관이었는데, 수군의 책임자가 된 것은 의외입니다."

유성룡은 잠시 생각에 잠겼다. 광해의 지적은 상당히 구체적이고 정확했다. 변명하자면 할 수 있겠지만 궁색했다.

'누구일까?'

유성룡은 조정에서도 이순신 천거와 관련해 논박을 벌인 탓에 머리가 지끈거렸다. 그런데 퇴청 후에도 지적이 이어지자 답답했다.

광해에게 이 정도로 상세히 정보를 알려주었을 사람이 누군지 궁금했다. 서인의 수장이라 할 수 있는 정철 아니면 윤두수라는 생각이 들었다. 조정의 중신인 두 사람은 비록 유성룡과 정치적 성향은 달랐지만 광해를 지지하는 점만은 같았다.

다만 권율에 대해선 두 사람 모두 호의적이었다. 특히 윤두수는 권율과 동문수학했던 윤근수의 친형이고, 또 권율의 사위가 서인인 이항복이란 점에서 대신들 사이에서 크게 반대하는 분위기는 없었다.

문제는 이순신이었다. 그의 강직한 성품은 주변에 무수히 많은 적을 만들었다. 그동안 하급 무관으로 변방을 떠돌아다녀야 했던 것도 그 때문이었다.

"이순신을 한번 만나 보시죠."

"넷?"

유성룡의 느닷없는 말에 광해는 화들짝 놀랐다.

"아마도 지금쯤 도착할 때가 됐습니다."

"대감, 도대체 무슨 말씀을 하시는지요, 전라좌수사로 발탁된 이순신이 이곳에 온다는 소립니까?"

광해는 당황스러웠다.

"네, 그렇습니다. 현지로 부임하기 전 왕자님을 찾아뵙도록 미리 언질을 해두었습니다."

유성룡은 광해의 표정을 조심스럽게 살폈다. 광해는 곧 냉정을 되찾았다. 광해는 방 안의 어둠을 밝히는 촛불 맞은편의 유성룡이 거인처럼 느껴졌다. 한 치 앞도 내다보지 못할 만큼 정세가 불안정한 이즈음 유성룡의 가치는 왕실에 있어서 신하 차원을 넘어 믿음직스런 조선의 버팀목이었다. 그렇기에 임금이자 부친인 선조도 유성룡에 대한 신임은 절대적이었다.

광해도 만약 자신이 임금이 된다면 조선의 운명을 설계할 재상으로 주저 없이 첫 손가락으로 꼽을 정도였다. 그만큼 유성룡 없는 조정 중신은 상상하기가 어려웠다. 그런 유성룡이 광해에게 이순신을 소개하기 위해 이 자리를 찾아온 것부터가 예사롭지 않았다.

조정 다수의 반대를 무릅쓰고 유성룡이 천거한 이순신은 도대체 어떠한 인물이란 말인가? 과연 그가 훗날 조선의 안위를 책임질 군웅이라면 세상에 모습을 드러내는 흙 속의 보물을 처음 대하는 거나 다름없었다. 생각이 여기에까지 이르자 광해의 가슴은 쿵쿵 뛰었다.

"손님이 오셨습니다."

마당에서 하인의 목소리가 들리자 광해는 유성룡을 힐끔 바라봤다. 유성룡의 입가엔 엷은 미소가 그려졌다.

광해는 그때 이순신을 처음 만났다. 하인의 안내로 방 안에 들어선 이순신은 기골이 장대한 무장의 모습과는 거리가 멀었다. 수려한 얼굴의 선비와 같은 인상이었다.

"이번에 전라좌수사로 임명된 이순신입니다."

이순신은 광해에게 예의를 갖춰 인사를 했다. 비록 나이 어린 왕자였지만 조선의 군주가 될 유력한 후보 중 한 명이었기에 정중한 격식을 따랐다.

"이번에 중임을 맡으셨다고 들었습니다. 나라를 위한 장군의 역할에 기대가 큽니다."

광해는 반갑게 이순신을 맞았다.

"왜가 침범하리라는 소문이 빠르게 퍼지고 있습니다. 하루속히 부임지로 가 왜구와 싸우는데 한 치의 소홀함이 없도록 대비태세를 갖추겠습니다."

이순신은 또렷한 어조로 소신을 밝혔다. 곧 전쟁이 일어날 것이라고 확신하는 표정이었다.

"얼마 전 통신사로 갔다가 돌아온 김성일의 보고로는 전쟁이 일어날 것 같지는 않다고 했는데 어떻게 된 겁니까?"

광해는 의아한 표정을 감추지 못하고 반문했다. 광해의 질문에는 여러 가지가 함축됐다. 조선통신사로 갔던 서인 황윤길은 "병화가 있을 것 같다"고 보고한 반면 동인인 김성일은 상반되게 보고했다. 조정은 동인인 김성일의 말을 받아들였다.

광해의 예리한 질문에 방 안에는 잠시 침묵이 흘렀다. 이순신은 선뜻 대답을 하지 못했다. 유성룡이 어렵게 말을 꺼냈다.

"김성일의 의견은 분명 잘못됐습니다. 반면 황윤길은 스스로 느낀 대로 올바르게 애기를 했습니다. 그러나 김성일이 황윤길의 의견에 동의를 했다면 그것은 곧바로 전쟁준비가 되는 만큼 전국적으로 징병이 되고 백성들에겐 엄청난 세금이 부과될 것입니다. 지금도 백성들은 하루하루가 전쟁일 만큼 삶이 각박합니다. 이런 점을 고려해 김성일은 차라리 전쟁이 없을 것이라고 보고했던 것 같습니다."

광해는 유성룡의 말에 고개를 옆으로 저으며 동의하기 힘들다는 뜻을 나타냈다.

"이해하기 어렵습니다. 조정에서는 어떻게 하겠답니까?"

유성룡은 가늘게 한숨을 내쉬며 대답했다.

"조선통신사가 받아온 서계에는 분명 왜가 명나라를 침략하겠다는 내용이 적혀 있습니다."

"왜가 명나라를요?"

광해는 화들짝 놀라 반문했다.

"그렇습니다. 명나라를 침략하려니 길을 비켜달란 말은 우리 조선을 침략하겠다는 말과 다를 바 없습니다. 뿐만 아니라 왜의 우두머리인 도요토미 히데요시豊臣秀吉는 우리 조선통신사가 돌아갈 때 종의지와 현소를 회례사로 임명해 함께 보냈는데, 이들의 입에서도 내년 임진년에 침략하겠다는 말이 새어나오고 있습니다."

"내년이라고요? 아니 그런 엄청난 일을 어찌 저를 비롯한 많은 사람이 모를 수 있단 말입니까? 그게 도대체…"

광해는 기가 막힌다는 듯 말문을 닫지 못했다.

유성룡은 굳은 표정으로 말을 이어 나갔다.

"일본 사신들을 접대한 선위사 오억령이 얼마 전 일본의 침략 정보를 조정에 정확히 보고했습니다."

"그럼, 조정에서는 전쟁 준비를 서둘러야 하는 것 아닙니까?"

광해는 반문했다.

"아니, 그렇지 않습니다. 조정에서는 오억령의 장계가 오자 민심을 흉흉하게 한다는 책임을 물어 즉각 오억령을 직위에서 교체시켰습니다."

"네엣, 그런 일이 어떻게…"

광해는 자리에서 벌떡 일어났다. 조정에 대한 분노와 실망이 얼굴에 역력했다. 광해의 시선은 유성룡에게 '조정의 중신인 당신은 무얼 했느냐'고 묻고 있었다.

유성룡은 젊은 혈기의 광해가 자리에 다시 앉을 때까지 미동도 하지 않았다. 불편한 침묵이 흐른 뒤 유성룡이 다시 말을 꺼냈다.

"조정에서는 앞으로의 불안한 현실을 외면하고 싶어 합니다. 보고 싶은 것만 보고, 믿고 싶은 것만 믿고 싶어 합니다. 전쟁이란 보고 싶지 않은 것이고, 또 믿고 싶지 않은 것이기 때문에 그렇습니다."

"그렇다 하더라도 조정 중신 누군가는 전하에게 이러한 불편한 사실을 고해 대비해야 하는 것 아닙니까?"

광해는 억지로 감정을 누르며 말했다.

"왕자님, 조정 중신들은 전하의 뜻을 헤아려 정책을 결정합니다."

"네엣?"

광해는 유성룡의 말에 멍한 표정을 지었다. 설마 부친인 선조의 뜻이라니… 왕의 뜻을 반한다는 것은 반역을 의미했다. 광해는 숨이 막힐 것 같았다.

"전하는 뜻을 잘 따르는 신하를 원합니다. 그런 신하가 충신이요, 그렇지 않으면 역적입니다. 하룻밤 사이에 충신에서 역적으로 바뀌는 경우도 허다합니다. 전하는 전쟁을 원치 않습니다. 그런데, 전쟁이 꼭 일어나리라고는 누구도 장담을 할 수 없습니다. 참으로 난감한 일이지요. 전하의 의도를 잘 헤아려 대처해야 하는 것이 신하의 도리입니다. 그것이 정치입니다."

광해는 "휴우"하며 한숨을 토해냈다. 가슴은 두근거리고 머리는 복잡했다.

"대감, 그러면 앞으로 어떻게 해야 합니까? 참으로 답답합니다."

광해는 하소연하듯 말했다.

"왕자님!"

"…"

"만약 왜가 조선을 침략해 전쟁이 일어나더라도 저와 여기 있는 이순신은 반드시 목숨을 바쳐 나라를 위기에서 구할 것입니다. 이 자리에서 약속드립니다."

유성룡의 말에 광해는 이내 굳은 표정을 풀었다. 그리고 환한 얼굴로 화답했다.

"대감과 장군이 있어 마음 든든합니다."

"왕자님도 약속하셔야 합니다."

"무슨…"

"성군이 되십시오."

"네엣?"

광해는 화들짝 놀랐다. 비록 먼 훗날에 대한 이야기일지라도 세자 책봉도 되지 않은 상태에서 '임금이 되라는 것'은 무시무시한 말이었다. 역모라고 해도 변명의 여지가 없었다. 그런 말을 조선 최고의 대신인 유성룡이 입 밖으로 꺼냈다는 것이 믿기지 않았다.

"앞으로 조선의 장래는 왕자님에게 달려있습니다. 충성을 다하겠습니다."

묵묵히 두 사람을 지켜보던 이순신도 한마디 거들었다. "충성을 다하겠다"는 말은 임금에게 신하가 하는 복종의 다짐이었다. 성군이 되라는 유성룡의 말보다 더욱 충격적이었다. 더욱이 이순신은 무장이기에 힘으로 보필하겠다는 강력한 의지가 담긴 말이기도 했다.

광해의 안색은 하얗게 굳어졌다. 머릿속이 텅 빈 듯 아무 말도 할 수 없었다.

광해는 유성룡과 이순신이 함께한 첫 만남을 평생 잊을 수가 없었다. 그리고 조선과 광해 자신의 운명은 이때 밑그림이 그려져 있었음을 시간이 지나서야 하나둘씩 깨달을 수 있었다.

"후둑, 후두둑…"

어둠이 온 천지를 뒤덮은 그믐밤 자시子時: 오후 11시경 무렵, 어디선가 빗소리가 들렸다. 송희립은 움막 밖 사립문 쪽으로 귀를 기울였다.

살벌한 경계를 뚫고 와 감시하는 군사에게 적지 않은 은자銀子를 건네고 어렵게 자리를 만든 만큼 혹시나 하는 불안감은 어쩔 수 없었다. 다행히도 빗소리일 뿐 사람의 인기척은 아닌 듯 싶었다.

송희립은 안도의 한숨을 내쉰 뒤 광해군을 바라봤다. 해시亥時:
오후 10시경부터 시작된 조촐한 술자리였지만 첫 잔만 비워진 채 몇 시
간째 침묵이 계속됐다. 그 고요함의 무게가 답답했다. 송희립은 미동
없이 굳게 입을 다물며 명상을 하듯 앉아있는 광해군의 모습이 안타
까웠다.

6월 하순의 후텁지근한 더위로 땀이 줄줄 흘러 용안龍顔은 물론
옷자락까지 흠뻑 젖었지만 지난날 군주의 위엄은 쉽게 바래지 않았
다. 그것이 송희립의 마음을 더욱 아프게 했다.

1608년 임금으로 즉위한 뒤 불과 15년만인 1623년 반정으로 실
각하기까지 광해군의 재임기간은 지나고 보니 태평성대였다.

광해군이 쫓겨나고 인조가 임금이 된 지도 어느덧 18년이 흘렀
다. 1641년 그해 여름, 조선의 현실은 암담했다. 1627년 정묘년에 후
금의 침략을 받아 온 국토가 유린됐고, 다시 10년 후인 1636년 병자
년에 또 다시 침략을 받았다. 인조는 남한산성에서 45일간 버티다가
1637년 1월 28일 끝내 청나라 황제에게 무릎을 꿇었다.

항복의 결과 청나라는 조선이 명나라와 단교할 것을 요구했고, 인
조의 장남 소현세자와 차남인 봉림대군이 청에 볼모로 보내졌다. 또
조선은 청나라에 대해 신하의 예를 갖추어야 했고, 명나라를 공격할
때 원병을 보낼 것도 맹약했다.

이로 인해 수많은 백성들이 죽거나 끌려갔고, 살아남은 백성들의
삶도 초근목피로 연명할 만큼 하루하루가 견디기 힘들었다. 절망의
통곡소리가 전국 방방곡곡에서 울려 퍼졌다. 지옥이 따로 없이 조선
의 현실이 꼭 그랬다.

50년 전 온 국토가 유린됐던 임진왜란 때와 하나 다를 바 없었다.

그러나 그때는 그래도 희망이라는 작은 불씨가 곳곳에서 짙은 어둠을 뚫고 희미하게나마 조선의 불을 밝혔다. 국난을 극복하고자 하는 의지가 충만했고, 수많은 영웅들이 난세 속에서 하나 둘 세상에 모습을 드러냈다. 그중 이순신은 조선을 전란 속에서 구한 영웅 중 가장 또렷한 족적을 남긴 무장이었다.

"장군이시여…"

송희립은 호롱불 앞의 광해군을 바라보며 이순신 장군을 떠올렸다. 그와 함께 했던 세상이 어쩌면 자신의 인생에서 가장 찬란했던 때라는 생각이 들었다. 이순신과 함께라면 세상의 어떠한 적도 두렵지 않았다. 왜군은 물론 원군으로 조선에 출병한 명군조차도 이순신의 탁월한 능력과 지도력에 대해선 혀를 내두를 정도였다.

송희립이 볼 때 이순신의 진짜 적은 왜군이 아니었다. 그 적은 조선 내부에 있었고, 그 중심에는 임금인 선조가 호시탐탐 이순신의 목을 겨누었다. 임진왜란 내내 이순신은 안팎으로 전쟁을 치러야 했다. 마지막 전투에서 이순신이 죽기 직전까지 옆에 있었던 송희립으로서는 그런 일련의 과정들을 지켜보며 견딜 수 없는 자괴감에 분노를 삭이며 통곡했다.

그럼에도 불구하고 송희립은 그 시절이 그리웠다. 7년간의 전란 기간 내내 삶의 영원한 스승이 되었던 이순신의 측근으로서, 함께 싸울 수 있었기 때문이었다.

송희립은 눈앞의 광해군과 자신의 영원한 스승인 이순신 장군 사이에 깊은 사연이 있음을 직감했다.

'그것이 과연 무엇일까?'

인조반정이 일어나 광해군이 폐위되던 그해 겨울, 송희립은 화병으로 시름시름 앓고 죽음 직전까지 갔다가 살아났다. 모두가 죽었다고 여겨 장례까지 치렀지만 큰 아들에게만 비밀로 부치고 홀연히 길을 나섰다. 차마 죽으려 해도 죽을 수가 없었다. 저승 문턱에서 만난 이순신 장군의 간곡한 부탁을 차마 거부할 수 없어 질긴 목숨을 이어가야 했다.

송희립은 지나고 보니 자신과 이순신의 만남은 운명이라는 생각이 들었다. 죽음마저도 갈라놓지 못한 그 운명은 굵은 동아줄처럼 질겼고, 임진왜란과 세월의 풍파 속에서 단단히 엮어졌다. 그 시절의 하루하루가 너무도 그리웠다.

2
전란이 벌어지다

송희립은 좌수영 앞마당을 거닐며 왠지 모를 불안감을 느꼈다. 한 낮의 따사로운 봄 햇살이 예리한 칼날처럼 등줄기를 후벼 파는 것 같 은 섬뜩함이었다.

전라도 나주 출생인 그는 1년 전 전라좌수사로 부임한 이순신 휘 하의 직속 군관으로, 측근이라고 불릴 만큼 신임을 얻고 있었다. 1583 년 무과에 급제한 뒤 이순신이 부임해 거북선을 건조토록 하자 이에 대한 교육과 감독을 맡았다.

송희립은 처음엔 이순신에 대해 썩 좋은 감정이 아니었다. 부임과 동시에 군율을 정비한다며 전라좌수영 구석구석을 들쑤시며 장비와 인원을 점검하고 혹독한 훈련을 반복하자 지나치다고 생각했다. 전라 좌수영 대부분의 장졸들이 갖는 불만은 이만저만이 아니었다.

수군의 훈련은 육지와 달리 바다에서 이뤄지는 만큼 거센 파고 등 으로 인해 배 멀미는 물론이고 서 있기조차 힘들었다. 이 상황에서 북소리와 깃발에 따라 일사불란하게 움직이는 해상전술은 적응하기까지 상당한 인내가 요구됐다. 먹는 것도 변변치 않았다. 따뜻한 밥은 고사하고 식은 주먹밥으로 허기만 간신히 채울 정도였다.

송희립이 보기에도 장졸들의 원성은 하늘을 찌를 듯 높아 폭동이 일어나지 않을까 염려스러웠다. 군역을 지는 수군의 수졸과 노를 젓는 격군은 천시되는 계층이었다. 그만큼 단순하고 무슨 일을 저지를지 몰랐다.

우여곡절 끝에 거북선이 막 건조되고 장졸들의 불만이 극에 다다랐지만 송희립이 느끼는 불안은 또 다른 것이었다.

"난리가 났습니다."

요란한 말발굽 소리와 함께 놀라운 소식이 전라좌수영 본영에 전해졌다.

임진년 4월 15일 저녁 무렵, 경상우수사 원균이 급파한 전령이 전라좌수영 안까지 헐떡거리며 말을 몰고 들어왔다.

"무슨 일이냐?"

송희립은 좌수영 마당 입구에서 전령을 제지했다.

"큰일 났습니다. 왜적 놈들이 쳐들어 와 동래성이 함락됐습니다."

전령은 혼이 나간 표정으로 다급하게 외치며 품속에서 서신을 꺼냈다. 마침 회의를 마치고 주위에 있던 이순신을 비롯한 좌수영 지휘부의 시선이 전령에게 집중됐다.

서신의 내용은 청천벽력과 같았다. 경상우수영의 가덕첨사와 천성보 만호가 보낸 보고와 경상좌수영의 보고가 짧게 요약되어 있다. 4월 13일 신시申時: 오후 4시경에 약 90여 척되는 왜선들이 축이도를 지나 부산포로 나갔다는 것이 경상우수영의 최초 보고였다. 이어 경상좌수영에서는 왜선 150여 척이 부산포에 상륙해 동래성이 함락됐으니 사변에 대비하라고 급박한 내용을 전했다.

서신을 본 이순신은 어두운 표정으로 봉수대 쪽을 바라봤다. 전란이 일어났는데 왜 봉화가 오르지 않았는지 의문스러웠다. 전란이 틀림없다면 이미 싸우기도 전에 내부에 큰 구멍이 뚫린 셈이었다.

이순신은 폭풍처럼 다가온 전운에 부르르 몸을 떨었다.

1592년선조25년 4월 13일 저녁, 고니시 유키나가가 이끄는 제1진 1만 8700명은 부산 영도로 침입해 사흘 만에 부산진성과 동래성, 양산성 등을 차례로 함락시켰다.

이때 부산해역을 지키던 경상좌수사 박홍은 전세가 불리하다고 판단하여 전선戰船과 전구戰具를 모두 침몰시킨 뒤 도망갔다. 경상우수사 원균도 왜군과 대적할 수 없는 형세라고 판단하고 경상우수영의 군사 1만여 명을 모두 해산시켰다. 이어 70여 척 중 4척의 전선만 남긴 채, 일부 장졸들과 함께 남해현으로 피신했다.

왜군이 부산으로 침략하자 이 일대 바다를 지키는 수군들이 모두 도주한 것이었다. 그나마 옥포만호 이운룡과 영등포만호 우치적의 군사가 남해현 앞바다에 머무르며 적을 피해 육지로 간 군사들을 규합하러 나선 것이 전란 초기 조선수군 대응의 전부였다.

옥포만호 이운룡은 도주하려는 경상우수사 원균에게 따졌다.

"국가의 중대사를 수임했으니 의당 죽음으로써 지켜야 하거늘 이곳이 영호남의 인후咽喉와 같은 곳인데 이곳을 잃는다면 양호兩湖가 위험합니다. 이제 우리가 흩어진다면 어찌 다시 모이겠습니까? 속히 호남의 수군에 원군을 청한다면 구원해 줄 것입니다. 서둘러 전령을 보내야 합니다.”

원균은 아차 싶었다. 어차피 도망을 가도 갈 곳이 없고 또 책임을 면할 길도 없었다. 원균은 물에 빠졌지만 지푸라기라도 잡는다는 심정으로 전라좌수영으로 급히 전령을 보냈다. 동시에 소비포 권관 이영남을 직접 보내 출병 청원을 지시했다.

급보를 받은 이순신은 전라좌수영에 속한 장수들을 불러 모아 긴급 작전회의를 열었다. 모두의 표정이 어두웠다. 왜군이 쳐들어왔다는 현실이 믿기지 않은 듯 긴장감이 역력했다.

“상황이 꽤 심각한 것 같소. 출전을 서둘러야 할지 의견을 말해보시오.”

이순신의 말이 끝나자마자 하나 둘 의견이 제시됐다. 하지만 대체로 부정적이었다.

“우리 고장전라도을 지키기에도 힘이 부족한데 어찌 남을 도와줄 수 있겠습니까?”

경상도 해역 출정에 대해 반대 의견이 잇따르자 이순신은 고개를 끄떡이며 한숨을 내쉬었다. 이때 회의석 구석자리에 있던 송희립이 벌떡 자리에 일어나 어렵게 말을 꺼냈다.

“우리 땅을 쳐들어온 왜구와 싸우는데 우리 도와 남의 도가 어디 있습니까? 적의 예봉을 먼저 꺾어 놓으면 우리 모두 살 수 있습니다.”

녹도 만호 정운도 분개한 얼굴로 송희립의 말을 거들었다.

“그렇습니다. 적의 위세가 어느 정도인지는 정확히 모르겠지만 왜적 놈들을 속히 응징해야 합니다. 그동안 우리 전라좌수영 장졸 모두가 좌수사 영감을 중심으로 하루도 게으름 없이 땀을 흘리며 훈련해 온 것은 바로 이러한 사변을 대비하기 위해서였습니다. 무엇이 두렵습니까? 망설일 일이 아닙니다."

이순신은 회의석 중앙에 앉아있는 이영남을 힐끔 바라봤다. 원균이 보낸 전령에 뒤이어 도착한 경상우수영의 이영남은 죄를 지은 듯 고개를 숙이며 초조함을 감추지 못했다.

이영남은 이순신이 보낸 눈길의 의미를 알고 있었다. 경상우수영에 속한 자신의 처지가 너무도 초라하고 답답했다. '경상우수영은 그동안 무얼 했느냐'고 묻는다면 할 말이 없었다.

경상우수영의 관할구역은 조선의 어느 수영보다도 많은 8관 16포였다. 전라좌수영의 관할 5관 5포에 비하면 3배가 넘었다.

경상우수영의 인력과 물자는 언제든 전란이 일어나도 몇 개월은 버틸 만큼 넉넉했다. 경상우수영의 관할에는 각 지역 관포 진영의 판옥선만 해도 평균 3척이고 척당 병력이 평균 130명이었다. 관할 전체 규모는 조선의 주력 전투함인 판옥선만 102척이고 병력은 무려 1만 3천여 명이나 됐다.

경상우수사인 원균은 비록 전란 발발 2개월여 전에 부임했다고 하지만 인력과 물자가 이미 다 갖추어진 조선 최대의 수영 책임자였다. 그런 만큼 이번 왜군의 침략에 마땅히 주도적으로 대응을 했어야 했다. 그러나 그렇게 하지 못했다.

이영남은 전라좌수영의 많은 장수들이 회의에서 경상도 해역 출정에 반대하는 속뜻을 잘 알고 있었다. 하지만 변명하기가 궁색해 눈치만 봐야 했다. 그나마 송희립과 정운의 출동 찬성 의견이 고마울 뿐이었다. 이순신은 회의에 참석한 제장들의 의견을 모두 수렴한 듯 단호한 어조로 결심을 밝혔다.

"즉시, 봉화를 올려라. 그리고 본영과 각 기지는 별도의 지시가 있을 때까지 철통같이 지키며 출동을 준비하라."

이순신의 명령이 떨어지자 무장한 장병들이 각자의 임무에 따라 사방 각지로 달려갔다. 곧이어 봉수대에서는 전쟁을 알리는 시뻘건 불꽃이 컴컴한 밤하늘을 밝히며 높이 솟구쳤다.

"난리가 났다."

"왜적이 쳐들어왔다."

멀리 봉수대에서 불길이 솟아오르자 백성들이 몰려나와 웅성거렸다. 전란의 공포가 곳곳으로 퍼져갔다.

송희립은 뒤늦게 급보를 받고 허둥지둥 달려온 나대용을 보자 농을 걸었다.

"이보게, 자네 왜적이 쳐들어왔다고 하는데 어디 그 모양으로 싸울 수나 있겠나?"

"무슨 소리여, 내가 그래도 좌수사 영감의 명을 받아 거북선을 만들었는데, 싸움을 어디 사람의 힘만으로 하는가? 두고 보면 알 것이여. 왜적 놈들 아주 혼을 내줄테니깐…"

나대용은 송희립의 말에 천연덕스럽게 대꾸하면서도 걱정스런 얼굴로 멀리 봉화대의 불꽃을 바라봤다.

나대용은 송희립과 같은 동향으로 나이38세도 엇비슷해 친구처럼 지냈다. 그는 28세에 무과에 급제해 훈련원 봉사로 재직하다 32세 때 고향으로 돌아와 거북선 연구에 몰두했다. 그러다 이순신이 전라좌수사로 부임하자 휘하로 들어갔다. 나대용은 거북선 및 각종 무기제작 책임자였고, 송희립은 거북선을 운용하는 병졸들에게 교육과 감독을 하는 위치였다. 둘은 손발이 잘 맞았다.

"그런데, 거북선이 정말 왜적 놈들을 잘 물리칠 수 있을까?"

송희립은 며칠4월 12일 전 해상에서 첫 선을 보인 거북선의 화력시범을 보고도 못내 미덥지 않은 듯 조심스럽게 물었다.

나대용은 송희립의 말에 선뜻 대답을 하지 못했다. 세상에 처음으로 모습을 드러낸 거북선이 왜적과의 해전에서 잘 싸울지는 누구도 장담할 수 없는 일이었다.

거북선은 조선의 주력 전투함인 판옥선과는 그 쓰임새가 전혀 다른 함선이었다. 거북선은 다수의 군함끼리 맞붙었을 때 공격 선두에 나서는 전술용일 뿐 소규모 해전에서는 큰 의미가 없었다. 주로 적의 예봉을 꺾거나 전술을 무력화시키기 위해 돌격선의 역할을 담당하기 위해 제작된 것이었다.

4월 20일, 경상도 책임자인 경상감사 김수가 전라좌수영으로 긴급 공문을 보냈다.

공문을 보니 상황은 꽤 심각했다. 적의 형세가 크게 벌어져 부산, 동래, 양산이 벌써 함락됐고, 육지 안쪽으로 깊숙이 진격하고 있다는 내용이었다. 경상도의 수군은 속수무책이어서 전라도에서 즉시 구원할 수 있도록 조정에 요청했으니 준비하라는 것이었다.

이순신은 사태가 급박해지자 인근지역 관아의 협조를 구하면서 휘하 군관들을 여러 곳으로 급파했다. 필요한 정보를 수집하기 위해서였다. 전라도 관할지역만 방어할 수는 없는 형편이었다. 활동영역이 경상도로 옮겨지는 만큼 적의 위치, 규모, 무기와 장비 등 세세한 정보가 필요했다.

경상도 지역의 관군과 수군은 이미 모두 붕괴된 상태에서 어떤 도움도 얻을 수 없었다. 오직 전라좌수영 자체 역량만으로 적과 싸워야

하기에 서둘러야 했다. 전라도 지형에 맞게 훈련된 수군들에게 시급히 경상도 지리와 물길을 일러 주면서 수비위주에서 공격위주로 훈련을 전환시켰다.

준비해야 할 것은 너무도 많았지만 시간이 부족했다. 그렇다고 적정을 모르고 적과 싸울 수는 없는 노릇이었다.

이순신은 속이 시커멓게 타들어갔지만 태연을 가장한 채 동분서주하며 장졸들을 독려했다. 또한 조정에 올릴 장계와 인근의 전라감사, 전라병사, 전라우수사에게 공문을 쓴 뒤 즉시 전령을 띄웠다. 비록 전시 상황이지만 적과 직접 맞닿은 전투지역이 아니기에 조정의 승낙 없이는 함부로 병력을 움직일 수 없었다. 조정의 허락 없는 병력 집결과 이동은 반란을 의미했기 때문이었다.

4월 26일, 마침내 조정의 선전관이 내려와 왕명을 전했다. 조정이 멀리 떨어져 있어 직접 지휘가 곤란하니 도의 책임자끼리 서로 상의해 지휘하라는 내용이었다. 출정 허락과 지휘 재량권이 떨어진 것이었다.

"4월 29일까지 모두 본영에 집결하라."

이순신은 즉시 명령을 내리고 조정에 장계를 올렸다. 전라좌수영은 물론 각지의 수군 모두가 소집됐다. 왜군과 결전의 순간이 다가온 것이었다.

이순신은 좌수영에 관할 함대가 모이자 곧바로 기동훈련을 실시했다. 수많은 배들이 일사불란하게 움직이기 위해선 반드시 필요한 과정이었다. 바다 위로 가상의 선을 그어 놓고, 사령선의 명령신호 깃발, 징, 북 등에 따라 함정들이 동시에 정렬하고, 이동하고, 회전했다. 일사불란하게 척척 움직이는 그 모습은 가히 장관이었다.

그동안 숱한 훈련을 통해 기량을 체득했지만 막상 실전을 앞두자 장졸들은 긴장된 표정 속에서도 한 치의 오차 없이 훈련을 반복했다. 각종 총통이 "꽝, 꽈광" 요란한 폭음을 울리면서 해상 표적을 향해 발사됐다. 사령선에서 이를 지켜보던 이순신은 흡족한 미소를 지었다.

　　이순신은 휘하 장수들을 소집해 다시 회의를 열었다. 전라좌수영의 함대만이라도 출정해야 하는지 의견을 묻기 위해서였다. 가장 우려되는 점은 경상도 해역의 지리와 물길을 잘 모른다는 것이었다. 싸우자는 의지와 훈련도 어느 정도 되었지만 정보가 가장 취약했다.

　　"물길 안내는 소인이 하겠습니다. 제게 맡겨주십시오."

　　광양현감인 어영담이 벌떡 일어나 의사를 밝혔다. 회의장의 모든 시선이 그에게 집중됐다. 61세의 노인인 그의 목소리엔 단호한 의지가 담겨 있었다. 나이에 걸맞지 않게 건장한 그는 여러 수군 직책을 거친 무장이었다.

　　"고생이 클 것이오. 연만하신 터에 그래도 괜찮겠소?"

　　이순신은 조심스러운 어조로 어영담에게 되물었다.

　　"난리가 났는데, 이게 무슨 고생이 되겠소이까? 바다는 이골이 날 만큼 좋아하는 곳이니 아무 문제가 되지 않습니다. 믿어주십시오."

　　"그렇게 하십시다."

　　이순신은 고개를 끄떡이며 화답했다.

　　다음은 적에 대한 정보였다. 적을 모르고 싸우는 것만큼 위험한 것은 없었다. 전라좌수영의 화력을 담당하는 나대용이 그동안 수집한 정보를 바탕으로 보고했다.

　　"적은 약 500척의 군함이 있는 것으로 보이는데, 이들은 주로 20~30척 규모로 이동하는 것 같습니다. 주 무기는 철포조총로 우리의 화살보다 훨씬 위협적입니다. 왜적은 철포를 쏘면서 배에 접근한 뒤 재빠르게 올라타 칼을 휘두르며 싸움을 할 것입니다."

이순신은 좌중을 둘러봤다. 장수들의 얼굴에서 두려움 보다는 싸워 이길 수 있다는 결의가 느껴졌다. 이순신은 속으로 안도했다. 좌수사로 부임한 이후 왜적의 침입에 대비해 준비해 온 것이 장졸들의 마음속에 자신감을 갖게 한 것이었다.

무엇보다 왜국보다 월등한 무기를 찾아내 활용했던 것이 큰 소득이었다. 대표적인 것이 바로 화약 무기였다. 왜군의 철포보다 훨씬 강력한 화포火砲: 총통를 판옥선에 싣고 바다에서 자유자재로 운용하며 전기 전술을 연마할 수 있었다. 그동안 흘린 땀과 노력이 자신감으로 이어질 수 있는 것도 총통이 있기에 가능했다. 창고에서 녹이 슨 채 방치됐던 각종 총통이 전라좌수영의 주 화력이 될 줄은 누구도 생각지 못했던 일이었다.

화약무기는 고려 말 최무선이 처음 개발한 이래 조선 명종 때를 기점으로 대형 총통이 만들어졌다. 이때의 총통을 천자, 지자, 현자, 황자天字, 地字, 玄字, 黃字 총통이라 불렀다.

이순신은 부임하자마자 수군용으로 천자총통을 주목했다. 창고 구석에서 뒹굴던 천자총통을 보는 순간 보물을 찾아낸 것 같은 기분이었다. 무게는 건강한 장졸 5명을 합한 것만큼 무거웠지만 주력 전투함인 판옥선에 2문을 설치할 수 있었다.

덩치 큰 장졸 몸무게 정도 되는 지자총통과 현자총통은 판옥선을 비롯해 작은 배에서도 활용이 가능했다. 실제 바다에서 화력을 시범해 본 결과 최대 1000보약 1000미터 거리까지 날아가 폭발했다.

이순신이 다음으로 주목한 것은 수군의 주력함인 판옥선이었다.

판옥선도 대형 총통과 비슷한 시기인 명종 때 처음 만들어져 약 40년
간에 걸쳐 조선의 각 수군진영으로 배치됐다. 길이는 약 20~30미터
규모였다. 노를 젓는 격군은 120명, 포수는 24~26명, 화살을 쏘는 살
수는 18~22명이 탈 수 있었다.

판옥선의 밑 부분은 평평하게 되어있어 속도가 빠르진 않았다. 하
지만 조수 간만의 차가 큰 우리나라 바다의 특성에 맞춰 만들어져 갯
벌 바닥이나 암초에 걸릴 위험이 적었다. 또 쉽고 빠르게 방향을 바꿀
수 있었다. 무거운 총통을 싣고 화력을 운용하기에 적합한 배였다.

이순신은 판옥선에 천자, 지자, 현자, 황자 총통을 싣고 화력을 운
용하면서 다양한 해상전술훈련을 실시한 결과 자신감을 가질 수 있었
다. 그러나 실전에서는 아직 검증되지 않았고 적을 너무 모른다는 것
이 마음에 걸렸다.

나대용은 이순신의 마음을 들여다 본 듯 보고를 계속했다.

"왜군의 군선이 어느 정도 위력일지는 모르겠지만 우리의 판옥선
들이 적들을 바다 한가운데로 끌어내 일정 거리를 유지한 채 각종 총
통을 쏘며 화력을 집중한다면 왜군을 제압할 수 있다고 생각합니다."

회의에 참석한 장수들은 고개를 끄덕였다. 다들 표정이 밝았다.

"내일 새벽 출전이오."

희뿌연 안개가 바다에 아지랑이처럼 피어올랐다. 출항을 준비하
는 군항에는 수많은 장졸들이 분주하게 움직였다. 선착장에 모인 군
선의 위세가 크고 작은 깃발로 꽤 위엄이 있어 보였다.

이순신은 정박 중인 군선을 눈으로 하나하나 세며 출전태세를 점
검했다. 주력 전투함인 판옥선板屋船이 24척, 10여 명의 수군이 승선한

협선挾船이 15척, 5명이 승선한 포작선鮑作船 등 도합 85척이었다. 수
백 척의 왜선과 싸우기에는 턱없이 부족한 규모였다. 더욱이 오기로
한 전라우수영 함대는 끝내 도착하지 않았다.

판옥선 좌선坐船사령선에 오른 이순신은 무거운 마음으로 짙은 어둠이
드리워진 바다를 응시했다. 어둠속에서도 뿌연 해무로 자욱한 바다가
결코 쉽지 않은 출전을 예고하는 것 같았다. 마음이 심란했다. 이순신
은 굳은 표정으로 출항을 지시했다.

"진발進發!"

송희립이 영기令旗를 힘껏 쳐들자 북소리와 함께 군악이 울려 퍼
졌다. 컴컴한 어둠을 뚫고 군선들이 하나 둘 바다를 향해 움직였다.

5월 4일 이른 새벽 축시丑時: 오전 2시에 마침내 출격이 이뤄졌다. 좌
수영 군항에 빽빽이 세워진 군선들이 정해진 순서대로 천천히 빠져
나갔다. 푸르스름한 새벽 방향으로 떠나는 함대의 뒷모습이 장사진을
이루었다.

전라좌수영의 전 함대가 동쪽 바다를 향해 움직이고 판옥선들은
황포 쌍돛을 올렸다. 24척의 판옥선이 선두에 섰고 그 다음으로 15척
의 협선과 46척의 포작선이 뒤를 따랐다.

어둠이 깔린 군항에는 장졸들의 가족들이 횃불을 들고 삼삼오오
모여 불안한 심정을 억누르며 배웅했다. 전장의 길로 나선 장졸들이
살아서 다시 돌아올 수 있을지 기약할 수 없었다. 서성대는 가족들의
표정이 비통해 보였다.

출전에 나선 전라좌수영 함대의 수군 병력은 총 오천 명 정도였
다. 하지만 그 누구도 멀리 불빛이 보이는 군항의 형체가 시야에 사라
질 때까지 아무 말도 하지 않았다. 전장으로 가는 길은 어쩌면 사지의

길과 같았기에 모두의 마음은 무거웠다.

이순신은 함대가 남해도 아래쪽 경상도 해역으로 들어서자 지휘선의 장수들을 불렀다.

"여기서 함대를 둘로 나누어 적정을 살피며 훈련을 하겠소."

어둠이 걷힌 바다에서 전라좌수영의 함대는 둘로 나뉘어졌다. 말 그대로 실전에 대비한 훈련이었다. 언제 어떠한 상황에서 적과 마주칠지 몰랐기에 장졸들은 침울했던 분위기에서 벗어나 바짝 긴장했다.

함대의 절반은 후방에 있을지도 모를 적을 찾아 개이도 쪽으로 돌아 미조항 쪽으로 향했다. 나머지는 평산포와 곡포, 상주포를 지나 미조항 앞에서 다시 합류했다.

전라좌수영의 함대는 반나절의 항해 끝에 고성 남단의 소비포에서 정박했다. 어느덧 해가 저물었다. 이순신에게 원군을 청하러 왔던 소비포 권관 이영남이 포구에서 함대를 반갑게 맞았다.

소비포에서 휴식을 취한 함대는 다음날 이른 시간에 다시 출항했다. 경상우수사 원균과 만나기로 한 당포에 도착했지만 아무도 보이지 않았다. 작지만 빠른 척후선을 사방으로 보내 경상우수영의 수군을 찾았다.

한참 후에 경상우수영의 장수 몇몇이 판옥선 한 척에 모여 도착했다. 소비포 권관 이영남과 또 다른 장수는 각자 협선을 타고 합류했다. 그러나 경상우수사 원균은 밤늦도록 도착하지 않았다.

다음날인 6일 아침이 되어서야 원균이 탄 판옥선 1척이 나타났다. 수군과 무기도 없이 격군만 있는 초라한 전선이었다. 그래도 원균은 당당했다.

"경상우수영의 이억기 함대가 보이지 않는데, 어찌된 일이오?"

이순신은 어이가 없었지만 침착하게 응수했다.

"사정이 생겨 합류하지 못한 것 같소, 적정은 어떻소?"

"잘은 모르겠지만 아마도 가덕도 부근에 있을 것 같소."

원균은 우물쭈물 말을 흐렸다. 이순신은 답답했지만 내색하지 않았다. 얼마 후 영등포 만호 우치적과 지세포 만호 한백록, 옥포 만호 이운룡 등이 판옥선 2척을 끌고 합류했다.

조선 최고의 수영으로 8관 16포의 관할을 거느린 경상우수영에서 모인 함대 규모는 모두 판옥선 4척과 협선 2척이 전부였다. 그나마 병사와 무기, 화약, 식량 등 싸울 수 있는 준비가 된 배는 단 한 척도 없었다.

이순신이 기가 막혔다. 그렇지만 연합함대를 구성해 싸워야 하는 마당에 잘잘못을 따질 수는 없었다. 급한 대로 원균 함대에 병력과 무기 등을 지원해 최소한 적과 싸울 수 있는 모양새를 갖추도록 했다. 이순신의 배려에도 불구하고 원균은 못마땅하다는 눈치였다.

연합함대가 구성되자 이순신은 양쪽 장수들을 모아 함께 의논하며 작전을 짰다. 대규모 적과 싸우기도 전에 내부에서 사소한 일로 균열이 생기지 않도록 말 한마디도 조심했다.

당포를 떠나 거제도 남단의 송미포에서 하룻밤을 보낸 연합함대는 7일 새벽 적을 향해 남쪽 바다로 다시 떠났다. 언제 어디서 적과 마주칠지 몰랐다. 장졸들의 눈에는 핏발이 섰고 극도로 긴장했다.

옥포 앞바다에 이를 무렵, 적을 발견했다는 신호가 왔다.

선두에서 척후선으로 적정을 살피며 앞서가던 사도첨사 김완과 여도권관 김인영이 불화살인 신기전을 발사한 것이었다. 뒤따르던 연합함대의 장졸들은 적을 발견했다는 신호에 웅성거렸다. 이순신도 가슴이 두근거렸다. 이순신은 옆에 있던 호위군관인 송희립에게 눈짓을 줬다. 그러자 사령선에 거대한 깃발이 힘껏 올려졌다.

'물령망동 정중여산勿令妄動 靜重如山'

"가벼이 움직이지 말고 산처럼 무겁게 행동하라"는 이순신의 지시였다. 사령선과 각 군선의 수많은 장졸들이 손을 모아 입에다 대고 크게 외쳤다. 이순신의 첫 명령이 떨어지자 전 병력은 각자의 위치에서 전투태세에 돌입했다.

이순신의 전 함대는 옥포만으로 향해 나아갔다. 왜적이 있다는 옥포만은 멀리서 보기에도 아수라장이었다. 왜군들의 약탈과 방화로 시커먼 연기가 하늘로 치솟아 전장을 실감케 했다.

'아, 어찌한단 말인가. 저 왜적 놈들을…'

이순신은 분노를 느꼈다. 아무 죄 없는 백성들이 전란에 목숨을 잃고 마을이 초토화되고 있는 현실에 가슴이 미어졌다.

옥포만 포구에 바짝 다가가자 선창에 왜선 수십여 척이 정박해 있는 것이 보였다. 왜선을 처음 대하는 순간이었다. 왜선은 한눈에도 조선의 배와는 달랐다. 외관이 화려해 전선이라는 느낌이 들지 않았다. 누각을 감아 두른 오색휘장과 크고 작은 깃발들이 펄럭이는 모습이 정보 보고에서 언급된 왜적의 층루선이 분명했다.

이순신은 정박된 적선을 포위하면서 좀 더 자세히 왜선의 모양을 살폈다. 대형선인 층루선層樓船과 중형선인 관선關船, 소형선인 소조선小早船으로 구성된 적 함대가 너무도 여유로워 보였다. 마치 조선을 침략하러온 군선이라기보다 나들이 온 유람선 같았다. 적장이 누구인지는 모르겠지만 이 싸움은 무조건 이길 수 있다는 확신이 들었다.

"함대, 전진!"

이순신의 공격신호가 떨어지자 연합함대는 우렁찬 군악을 울리며 쏜살같이 왜선을 향해 진격했다. 왜군들은 그때까지도 조선수군이 자신들을 공격하러 온다는 것을 전혀 눈치채지 못했다. 다들 분탕질에 여념이 없었다.

"어, 저게 뭐야. 조선수군이다!"

왜군 중 누군가 조선수군의 함대를 발견하고 외쳤다.

왜선 밖에서 약탈과 방화에 몰두하던 왜군들은 전혀 뜻밖의 사태에 어리둥절했다. 배에 승선한 일부 왜군들도 유유자적하게 늘어져 있다가 화들짝 놀라 허둥댔다.

서둘러 사령선에 오른 왜군 수군대장인 도도 다카도라藤堂高虎는 의아한 눈초리로 바다를 바라봤다. 왜선이 정박한 포구를 포위하듯 에워싼 조선수군 함대의 위세가 만만치 않았다. 눈으로 보면서도 좀체 믿어지지 않았다.

"전투준비!"

도도 다카도라의 명령이 떨어지자 삼삼오오 흩어져 있던 왜적들이 후다닥 승선해 전투채비를 갖췄다. 왜군 수군 2함대 소속인 이들은 정예 수군이었다. 사령관인 도도 다카도라를 중심으로 조선 침략을 위해 나름대로 준비를 해왔다. 그동안 조선수군과 단 한 번도 만나보거나 싸워본 적이 없어 본국으로 옮길 전리품이나 군수물자 확보가 주 임무로 바뀌어 있었다. 하지만 기본적으로 해적 출신인 탓에 거친 바다에서의 싸움에 능수능란했다.

"저기 조선함대는 어느 소속인가?"

도도 다카도라는 사령선 누각 옆의 왜군 장수에게 물었다. 그러나 아무도 대답하지 못했다. 조선을 침략하기 전 이 일대 관할은 경상우수영과 경상좌수영이란 것을 사전에 알고는 있었다. 하지만 모두 도망간 것으로 보고 받았기에 이해를 할 수 없었다. 어쨌든 싸울 수 있는 적이 있다는 사실만으로도 전의가 불타올랐다. 조선수군을 최초로 격파한 수군 대장이 될 수 있다는 기대감에 도도의 목소리가 높아졌다.

"돌격!"

포구에 정박한 왜군 함대가 뱃머리를 돌려 일제히 조선수군을 향해 나아갔다. 고동을 불고 징을 치는 소리가 요란했다. 왜군 수군의 전술은 단병접전短兵接戰이었다. 상대편 배에 바짝 다가가 칼을 빼어 들고 배 안으로 뛰어 들어가 싸우는 왜군 고유의 전술이었다.

왜군에게는 신병기인 철포조총가 있었다. 50보약 50미터 안팎에서 조총을 쏜 뒤 조선수군 배에 올라타 근접전투를 벌이면 승리는 확실했다. 왜군이 의기양양한 이유였다.

도도는 누각 아래의 왜군들을 힐끔 내려다보며 흐뭇한 미소를 지었다. 뱃전에 빽빽이 세운 방패 뒤로 조총병들이 몸을 숙여 사격 자세를 취했다. 노련한 창검병들은 사다리 방패앞면은 방패, 뒷면은 사다리 밑에서 칼날을 번득였다.

이순신 함대는 오와 열을 맞춰 나아가다 왜군 함대가 달려오자 "꽝"하는 대포소리를 신호로 양쪽으로 갈라섰다. 포위형태의 진형으로, 마치 학이 날개를 편 모습이었다.

포위망을 좁혀가던 조선함대의 선두는 왜적선의 100보 앞까지 근접했다. 순간 "징"하는 소리가 울리자 조선의 전 함대가 약속이나 한 듯 바다에서 멈추었다. 이순신의 명령에 따라 약 100보인 조총의 유효사거리 밖에서 싸우겠다는 뜻이었다. 이순신은 사전 정보에 의해 왜군의 신무기인 조총에 대해 이미 잘 알고 있었다.

왜군은 조선수군함대가 멈칫하자 겁을 먹었다고 생각하고 기세 등등했다. 도도는 기선을 제압할 기회가 오자 목청껏 외쳤다.

"돌격! 돌격! 발사하라."

방패 뒤에서 자세를 낮춰 탄약을 장전한 뒤 기다리던 왜군 조총병들이 벌떡 일어나 일제히 조준사격을 했다.

"탕 탕 탕", "타당"

희뿌연 화약연기와 함께 조총소리가 찢어지듯 요란하게 울려 퍼졌다. 동시에 어디선가 천지를 울리는 포성이 터져 나왔다.

"꽝", "콰쾅"

조선함대의 판옥선에서 대포가 묵직한 굉음을 토하며 거대한 불덩이를 쏟아냈다. 판옥선마다 2문이 설치된 천자총통이 불을 뿜은 것이었다.

"타당, 탕", "꽝, 콰쾅"

왜군의 총소리와 조선수군의 대포소리가 뒤엉켜 옥포만 일대 바다가 쩡쩡 울렸다. 바다를 마주보고 총성과 포성이 진동한 양측의 접전은 그러나 순식간에 우열이 가려졌다.

조선수군 판옥선의 천자총통에서 토해 낸 거대한 불덩이가 왜선을 강타하자 썩은 고목이 무너지듯 휘청거리며 불기둥이 연기처럼 치솟았다. 수십발의 불덩이가 하늘에서 우수수 쏟아지자 왜군 함선은 함교가 부서지고 깨지면서 아수라장이 되었다.

반면 왜군이 쏘아댄 조총은 소리만 요란할 뿐 조선수군의 배 부근에도 도달하지 못했다. 그저 바다에 처박힌 공허한 조약돌에 불과했다.

"어떻게 저럴 수가…"

도도는 망연자실했다. 도저히 상상할 수도 없었던 눈앞의 현실이 믿어지지 않았다.

조선수군의 판옥선은 일렬로 늘어서 대포를 쏜 뒤 한 바퀴 선회한 후 또다시 포를 쐈다. 수백 발의 크고 작은 불덩어리가 하늘에서 쏟아졌다. 대, 중, 소의 발화탄發火彈과 각종 화살탄이 하얀 연기구름을 휘두르며 왜선을 향해 날아갔다. 그 광경은 마치 불꽃놀이처럼 화려했다.

"으악", "악"

왜군들은 비명을 질러대며 살기 위해 몸부림쳤다. 뱃전에서 칼을 빼 들고 조선수군을 벼르던 왜병들의 기세는 일순간 사라졌다. 모두가 넋을 잃은 채 혼비백산했다. 왜군은 생존본능만으로 아둥바둥했다. 공포에 질린 오합지졸의 초라한 모습이었다.

조선수군의 무시무시한 화력은 끊임이 없이 계속됐다. 동시 다발적으로 쉼 없이 터져 나오는 엄청난 화력에 왜군들은 완전히 전의를 상실했다.

"꽝"소리와 함께 왜병들은 공중으로 솟구쳐 짐짝처럼 내던져졌다. 피투성이가 된 왜군의 몸이 뱃전에서 이리저리 뒹굴었다. 일부는 바다에 떨어져 허우적거리다 수장됐다.

판옥선의 천자총통에서 발사된 대장군전大將軍箭의 위력은 엄청났다. 벼락 치는 소리와 함께 날아가 대형선인 층루선아타케부네에 명중되자 누각에서부터 바닥까지 관통하며 커다란 구멍이 났다. 동시에 불길이 치솟고 배 밑으로는 물이 솟구쳐 올랐다. 왜선은 휘청거리다 곧 가라앉았다.

중간 배인 관선세키부네도 명중되자 와작거리며 두 동강으로 갈라졌다. 소선인 소조선고바야부네은 아예 산산조각이 났다.

이순신은 사령선에서 장졸들의 전투를 독려하면서도 전장상황을 예의주시했다. 무엇보다 판옥선의 천자총통에서 발사된 대장군전의 위력이 기대 이상이어서 만족스러웠다. 길이가 약 2미터에 무게가 30킬로그램이나 되는 서까래 기둥 같은 대장군전이 수백 보까지 날아가 적선을 명중시키자 벅찬 감동이 밀려왔다.

"좌현 발사!"

조선의 판옥선들은 사령선에 탄 이순신의 명령에 따라 제자리에서 방향을 바꾸어가며 포탄을 연속해 발사했다. 판옥선은 밑바닥이 평평해 제자리 방향전환이 자유로웠다. 무거운 천자총통을 비롯해 어떤 포지자총통, 현자총통, 황자총통 등도 사용이 용이했다.

"우현 발사!"

제자리에서 한 바퀴를 돌아 일렬로 늘어서 발사하는 포격 명중률은 놀랄 만큼 뛰어났다. 지난 1년간 이순신의 지휘 아래 거친 파도 속에서 혹독한 훈련을 거친 장졸들은 사격의 명수가 되어 있었다. 왜적에겐 저승사자와 같은 공포의 존재였다.

도도는 사색이 되어 어찌할 바를 몰랐다. 패전의 책임을 지고 할복을 하든 후퇴명령을 내리고 수습을 하든 어떤 결정을 내려야 했다. 하지만 형세는 그런 판단을 한다는 것 자체가 무의미했다. 자존심이나 명예 대신 그저 목숨을 부지하는 것만이 그가 할 수 있는 유일한 길이었다.

다행히도 도도는 주변 부하들 손에 이끌려 가까스로 배 몇 척을 이끌고 전투현장에서 빠져 나올 수 있었다. 사령선을 벗어나 배를 바꾸어 탄 뒤 조선수군의 눈을 피해 후방 쪽으로 우회했다. 그는 조선수군에 들킬까 싶어 몇 번이고 조마조마한 가슴을 쓸어내렸다. 안전

지역으로 도주한 도도는 살아남았다는 것 자체가 천운이었음을 깨닫고 몸서리쳤다.

"저기, 저 왜선이 도망갑니다."

사령선에서 이순신 옆에 있던 호위군관인 송희립이 손짓을 하며 외쳤다. 이순신은 말없이 왜군의 피로 붉게 물든 바다를 바라봤다. 왜선은 밑바닥이 뾰족한 첨저선尖底船이어서 조선의 판옥선보다 속도는 빨랐다. 이순신은 악착같이 도주하는 소수의 왜선을 쫓으려하지 않았다. 묵묵히 고갯짓으로 명령을 내렸다.

"징~"

징소리가 울려 퍼지면서 동시에 깃발이 올랐다. 사격을 중지하라는 이순신의 지시였다.

사격이 멈추자 일순간 정적이 흘렀다. 옥포만을 등지고 전투를 벌였던 왜군 함대는 처참했다. 검붉은 연기와 불길에 싸여 성한 왜선은 보이지 않았다. 패자의 무덤처럼 파손된 왜선들이 둥둥 떠다녔다. 전장의 바다는 흉물스러웠다.

"만세", "이겼다!"

어디선가 기쁨의 함성이 터지자 동시에 환호성이 울려 퍼졌다. 갑판 위의 조선수군은 서로를 끌어안으며 펄쩍펄쩍 뛰며 좋아했다. 갑판 아래 격군들도 감정을 주체 못하고 기쁨에 엉엉 울었다. 완벽한 승리였다.

오시정중午時正中: 낮 12시부터 미시초未時初: 오후 1시까지 불과 1시간만에 조선수군과 왜군 수군과의 해전은 끝이 났다. 마치 성인 어른과 어린 꼬마와의 싸움처럼 일방적이었다.

"이제 전장을 정리하고 수급을 확보하시죠."

호위군관인 송희립이 이순신에게 건의했다.

이순신은 중간에 보고를 듣고 이미 상황을 파악하고 있었다. 실적을 보고하기 위해선 적군의 머리인 수급首級이 필요한데, 적 천여 명의 수급으로는 부족하다는 뜻이었다. 그러나 이순신은 선뜻 허락을 하지 않았다.

왜군 중에는 아직 파손된 왜선에서 필사적으로 목숨을 부지하고 있는 부상병과 패잔병, 그리고 물속에서 허우적거리고 있는 자가 적지 않았다. 부하 장수들은 수급 확보야말로 자신의 전공을 나타낼 수 있는 확실한 전리품이기 때문에 조바심을 냈다.

"육지로 올라 도주하는 자는 쫓지 말고 적선 피해 상황을 파악하라."

이순신은 어느 정도 시간이 흐른 후 수습收拾 지시를 내렸다. 수급은 전장에 나서는 장졸들에게 중요한 일이지만 이순신의 생각은 달랐다. 자칫 수급에 매달리다 보면 소모적인 것에 힘을 쏟게 되고 때로는 뜻밖의 피해도 입을 수 있기 때문이었다. 그렇지만 전과와 공로를 적 수급으로 평정하는 조정의 방침을 무시할 수는 없었다. 그래서 최소한 적이 도망가거나 생존했다고 해도 아예 저항이 불가능한 상태까지 기다렸다가 수습을 허락했다.

이순신은 부하들의 전과를 자세히 기록해 본영인 여수에 도착하자마자 조정에 장계를 올렸다. 내용은 이랬다.

"5월 7일 낮 12시경 조선함대는 옥포 포구에 정박하고 있는 적선 50여 척을 발견해 치열한 싸움을 벌인 끝에 아군은 별 피해 없이 적선 26척을 격침하고, 또 이날 오후 4시경에는 합포合浦: 경남 마산 앞바다에서 왜군의 대선 5척을 발견해 모두 불태웠습니다…"

5월 4일 출항해 6일 만에 여수에 도착한 이순신은 신립의 충주 방어선이 무너지고 임금이 북으로 파천했다는 소식을 들었다. 임금이 도성인 한양서울을 버리고 피란을 떠났다는 것은 하늘이 무너지는 것과 같은 충격이었다.

이순신은 눈물을 흘리면서도 어금니를 꽉 물었다. 그리고 곧바로 군관 둘을 불러 협선 2척에 임금께 올리는 장계와 전리품 등을 싣고 출발시켰다. 이순신의 마음은 무거웠다. 전쟁은 이제 막 시작되었을 뿐이었다.

"철썩~, 철썩~"

어디선가 요란한 파도 소리가 들렸다.

광해군은 문득 눈을 떠 주위를 둘러봤다. 희미한 호롱불이 위태롭게 흔들렸다. 거센 바람에 빗살문이 덜컹거리며 방안의 후덥지근한 더위를 미세하게나마 떨쳐냈다.

깜빡 잠이 들었다가 다시 눈을 떴지만 세상은 달라지지 않았다. 다만 좁은 방 안에 마주한 노인이 지난 세월을 떠올리게 했다.

그것은 꿈이었다. 지금의 초라한 삶은 꿈과 분리된 현실의 연장선일 뿐이었다. 까마득히 오래전 세월이 광해군에겐 꿈만 같았다. 어떤 것이 꿈이고 현실인지 몽롱했다. 현실이 꿈이었으면 좋겠다는 간절함이 한숨으로 터져 나왔다.

광해군은 술잔을 다시 들어 목을 축였다. 그나마 유배지로 찾아온 송희립은 잃어버렸던 꿈을 되살려준 고마운 존재였다.

"그래, 그랬지. 그대가 임진왜란 당시 우리 조선을 구하면서 천하를 호령했던 전라좌수영의 장수였지."

오랜 침묵 끝에 광해군은 나지막한 목소리로 말했다.

송희립은 광해군의 음성에 화들짝 놀랐다. 눈을 감고 임진년 첫해를 회상하고 있었던 차에 광해군은 그 시절을 또렷하게 끄집어냈다. 속마음을 들킨 것 같아 민망했다.

"전하께서도 그때 세자가 되어 전란 극복을 위해 누구보다도 앞장서서 백성들을 이끌어 주셨습니다."

"아닐세, 아냐. 난 한 것이 없어. 그대들이야말로 조선을 구한 일등공신일세. 영웅호걸이었어. 돌이켜보면 그때가 참으로 대단했지."

광해군은 손사래를 치며 미소를 지었다. 송희립은 광해군의 얼굴에서 처음으로 희미한 웃음을 보자 눈물이 핑 돌았다.

"전하!"

송희립은 다시 부복하며 슬프게 읊조렸다.

"어허, 이거 참…"

광해군은 난감한 표정으로 송희립을 바라봤다. 어쩌면 그도 똑같은 꿈을 꾸었고, 그 꿈을 그리워하고 있다는 생각이 들었다. 아무것도 남아있지 않는 절망의 삶에서 꿈이란 때론 메마른 대지 위의 한 송이 꽃처럼 가슴을 뛰게 했다.

젊은 날의 그 시절이란 고통과 고난 속에서도 꿋꿋함을 잃지 않는 야생화일지도 몰랐다. 비록 목숨이 초개와 같을지라도 나라와 백성을 위해 거칠 것 없었던 그 시절은 한낱 꿈일지언정 너무도 달콤했다.

기억이란 무엇일까? 인간에게 좋은 기억은 추억이 되는 법이었다. 반면 좋지 않은 기억은 악몽이나 다름없었다. 그렇다면 그때의 젊은 시절이 좋은 기억이란 말인가?

광해군은 헷갈린다는 듯이 고개를 저었다. 무엇이 꿈이고 무엇이 현실인지 제대로 분간하기가 힘들었다. 분명한 것은 지금의 처지가 절망의 한복판이었고, 한시라도 과거의 기억 속으로 도피하고 싶다는 점이었다.

　광해군은 술잔을 들어 입술을 홀짝였다. 흠뻑 취해 꿈만 같았던 그 시절로 빠져들고 싶었다. 임진년의 그때가 광해군의 눈앞에 성큼 환영처럼 다가왔다.

3
무너지는 조선군

선조 25년인 1592년 4월 17일, 따사로운 햇살을 등지고 광해는 경복궁에 들어섰다. 그는 짙은 초록으로 물들어진 후원의 나무들을 바라보면서 잠시 수려한 풍광을 감상했다. 주위의 모든 것이 너무도 평화로웠다.

조선의 시조인 태조 이성계가 나라를 세운 지 2백 년이 지났다. 그동안 국경지대의 여진족과 남쪽 지방에서 왜구들과의 소소한 국지전을 제외하고는 대체로 평온한 세월이었다.

'평화가 길면 전쟁에 무뎌진다고 했던가?'

광해는 청명한 하늘 아래도 그늘이 있음을 알고 마음 한편이 무거웠다. 겉으론 평온해 보이지만 조금만 안을 들여다보면 여러 난제들이 칡덩굴처럼 얽혀있었다. 나라 일이 걱정됐다.

무엇보다 조정 대신들이 파벌로 쪼개져 국론이 분열된 현실이 답답했다. 광해가 보기에 이러한 정치적 혼란은 일시적인 것이 아니라 앞으로도 계속될 첩첩산중이었다. 일찍이 명망이 있는 조정대신들로부터 정치수업을 받은 광해로서도 도무지 해법이 보이지 않았다.

동인과 서인으로 대변되는 붕당정치는 선조 앞 대인 명종 때 절정을 이뤘던 척신정치戚臣政治가 발단이 됐다. 척신정치는 이른바 조선시대 개국 이래 오랜 공신이라 할 수 있는 훈구와 왕의 외척들이 정치판을 좌지우지하는 행태를 뜻했다.

훈구척신이자 당시 지배층은 권력의 핵심부를 장악하고 사회경제적 특권을 독점했다. 이들은 각종 비리와 부정축재를 자행하면서 국가의 기강을 무너뜨렸다. 사회 정의가 땅에 떨어진 것은 당연했다.

이에 맞서 등장한 사림士林은 전원의 산림山林에서 유학을 공부하던 문인·학자였다. 이들은 성리학을 무기로 훈구척신을 비판했다. 성리학은 '제 몸을 닦은 뒤에야 다른 사람을 다스린다'는 수기치인修己治人을 표방하는 학문이기에 명분에서 앞섰다. 하지만 훈구척신들은 결코 호락호락하지 않았다. 그래서 여러 차례 사화士禍가 발생했고, 그때마다 많은 사림들이 희생됐다.

사림이 힘을 얻게 된 것은 선조가 즉위하면서부터였다. 명종이 후사 없이 세상을 떠나자 척신들의 위세는 한풀 꺾였다. 그때 사림에서 대거 조정에 진출했다.

선조 즉위 후 조정의 주류가 된 사림은 외척들을 정치판에서 배제해 간신들이 출현하는 것을 막아야 한다고 생각했다. 그런데 척신정치를 배제하고 처리하는 방향을 두고 내부에서 논란이 벌어졌다. 이러한 논란 속에 사림은 두 파로 분열이 되었는데, 그들이 바로 동인과 서인이었다.

동인은 주로 퇴계 이황과 남명 조식에게서 수학했던 인물들이 많앉다. 유성룡, 김성일, 정탁, 정인홍, 김효원 등 영남 출신들이 주류를 이뤘다. 반면 서인은 윤두수, 정철, 이이, 성혼 등으로, 기호경기, 충청, 호남 지방 출신이 많았다. 이들은 대체로 동인에 비해 연장자였다.

동인과 서인의 대립은 날로 심해졌다. 율곡 이이를 비롯한 몇몇 조정 대신들이 중재하려고 애를 썼으나 끝내 돌이킬 수 없는 참담한 상황에까지 이르렀다. 조정 중신 대부분이 얽혀 피바람이 불었던 기축옥사선조 22년. 1589년는 이들 양대 세력 갈등이 격하게 충돌한 정점이었다.

서인인 율곡 이이의 제자였다가 동인으로 당적을 바꾼 정여립이 논란의 핵심이었다. 정여립은 관직을 그만두고 낙향 후 차별과 갈등이 없는 세계를 의미하는 대동계大同契를 조직했다. 그런데 그것이 임금인 선조에게 역모를 꾀한 것으로 보고되어 대대적인 조사가 이뤄졌다.

정여립은 조사과정에서 자살해 그가 진짜로 역모를 기도했는지는 분명치 않았다. 하지만 조사 과정에서 수많은 사람이 억울하게 희생됐다. 특히 임금인 선조가 정여립과 관련된 인물들에 대한 수사를 서인인 정철에 맡기면서 갈등이 커졌다. 정철은 가혹할 정도로 고문과 억지수사를 통해 정적인 동인들을 제거했다.

엄청난 피바람으로 동인의 수많은 명망가가 죽임을 당한 뒤 서인들이 조정의 중심에 섰다. 그렇지만 서인의 영수인 정철도 2년 후1591년 실각했다. 정철이 선조에게 성급하게 왕세자를 세우라고 건의했던 것이 화근이 됐다. 정철은 파직되어 유배를 갔다.

정철의 처벌 수위를 놓고 동인들 간에 다시 분란이 벌어졌다. 정철을 처형해야 한다는 강경파인 이산해, 정인홍과, 사형은 지나치다는 온건파인 유성룡, 우성전이 맞섰다.

이들을 중심으로 동인은 다시 북인과 남인으로 갈라졌다. 이산해의 집이 북악산 밑에 있었기 때문에 북인으로, 우성전의 집이 남산 밑에 있었기 때문에 남인으로 불렸다.

조정은 바야흐로 동인과 서인, 그리고 북인과 남인 간에 치열한 다툼과 반목으로 한 치 앞도 내다보지 못할 정도로 혼란을 겪었다. 민심 또한 흉흉했다. 이러한 정치 소용돌이의 근원에는 각 붕당을 밀고 당기면서 견제하려는 임금인 선조의 의중이 담겨있었다. 몇몇 신료들은 이를 눈치채고 있었다. 그렇지만 아무도 말을 하지 못했다.

"휴우"

광해는 경복궁 후원을 이리저리 거닐며 골똘히 생각에 잠긴 채 한숨을 내쉬었다. 이제 성년의 나이에 들어서 세상을 두루 살피며 정치에 관심을 갖기 시작했지만 자신의 처지가 너무도 보잘 것 없고 초라했다. 가슴이 뻥 뚫린 듯 공허했다. 혈육의 정이 사무치게 그리웠다.

세 살 때 생모를 잃은 광해는 혈육이라고는 부친인 선조와 바로 위의 형인 임해뿐이었다. 선조는 원래 의인왕후 박씨를 정비로 맞아들였지만 자식이 없었다. 광해의 생모인 공빈 김씨는 선조의 후궁 중한 명이었고, 임해와 광해를 출산한 뒤 3년 후 세상을 떠났다. 부친인 선조는 이후 거의 한 해도 빼놓지 않고 다른 후궁들의 몸에서 왕자들을 얻었다. 그래서 광해 밑으로만 11명의 이복동생이 있었다.

모두 열 세 명의 왕자 중 둘째인 광해는 서열상으로는 장남인 임해 다음이었다. 그리고 다른 왕자와도 왕위 계승을 놓고 보이지 않는 경쟁을 벌여야 했다. 부친을 보기 위해 궁궐에 들어가 멀리서나마 얼굴을 마주하는 것조차 눈치가 보일 정도였다. 광해는 그런 자신의 처지가 너무도 싫고 답답했다. 하지만 견뎌야 했다.

관례를 치른 광해에게 그나마 부인 유씨와 처가 식구들은 큰 위안이 됐다. 광해의 처가에는 형제들이 많았다. 부인 유씨를 포함해 6남 3녀가 있는데, 처남 중 셋째인 유희분과는 특히 친했다.

가정을 꾸려 대궐 밖에서 생활하던 광해가 모처럼 경복궁에 온 것도 이곳에서 하급 관직을 맡고 있는 유희분을 만나기 위해서였다.

초록이 우거진 후원에서 새소리에 귀 기울이던 광해의 시야에 멀리 유희분의 모습이 보였다. 그런데 다급해 보이는 걸음걸이가 심상치 않았다. 왠지 모를 불길함이 서늘하게 전신을 감쌌다.

"난리가…, 난리가 났습니다."

유희분은 헐떡거리며 다가와 외쳤다. 광해는 유희분을 향해 몇 걸음 나아가다 발걸음을 멈췄다.

"난리요? 처남, 그게 무슨 말입니까?"

광해는 애써 침착함을 유지한 채 되물었다.

"왜군이 쳐들어 왔답니다. 엄청난 병력이…."

유희분의 얼굴은 파랗게 질려 있었다.

"넷? 왜구가요?"

광해는 설마 하는 심정으로 반문했다. 왜구가 조선 땅에 쳐들어온 것은 어제 오늘의 일이 아니었다. 하지만 상황은 꽤 심각한 듯싶었다. 문득 일 년 전 유성룡과 이순신을 만났던 일이 생각이 났다. 그때 유성룡과 이순신은 왜적이 침입할 것이라고 예측한 적이 있었다. 광해의 가슴은 요동을 쳤다.

"상당히 심각합니다. 14일에 부산 첨사 정발이 전사하고 15일에는 동래 부사 송상현마저 왜군의 손에 죽었답니다. 지금 왜군은 경상도 땅을 쑥대밭으로 만들고 파죽지세로 북상 중이랍니다."

"아, 어떻게 그럴 수가!"

광해는 탄식하듯 외쳤다. 기어이 올 것이 왔다는 암담함에 몸서리를 쳤다. 나라가 큰 위기에 빠졌지만 정작 자신이 할 일은 아무것도 없었다.

유희분은 광해를 바라보며 어찌해야 좋을지를 물었다. 광해는 아무 말도 하지 못했다. 다만 조정에서 곧 군대를 보내 왜군을 무찌를 수 있을 것이라고 자신을 위로했다. 조선이 결코 왜군에게 일방적으로 당할 만큼 호락호락하지는 않을 것이라고 믿고 싶었다.

경복궁에서 바라본 4월의 하늘은 티 없이 맑고 청명했다.

조정에서 왜군의 침입을 처음 안 것은 전쟁이 발발한 지 나흘이 지난 4월 17일이었다.

이때 조정은 전란에 대해선 까마득히 잊어버리고 있었다. 그저 명종의 외아들 순회세자의 부인 윤씨의 장례문제와 가뭄 등 내적인 일에만 걱정할 뿐 천하태평이었다.

이날 창경궁에 모인 조정 중신들에게 경상좌수사 박홍이 보낸 급보가 전해질 때까지만 해도 사태가 얼마나 심각한 지 아무도 몰랐다.

도승지 이항복이 큰 소리로 장계를 읽었다.

"왜적의 배 수백 척이 부산에 상륙해…"

이항복이 떨리는 목소리로 장계의 내용을 하나 둘 밝히자 일순간 침묵이 흘렀다. 조정 대신 모두의 얼굴이 흙빛으로 변했다. 공포의 기운이 슬그머니 조정 대신들을 짓눌렀다.

영의정인 이산해는 서둘러 임금께 알리기 위해 승전색내시을 보냈다. 그러나 승전색은 곧 돌아왔다. 임금이 후궁인 인빈 김씨의 치마

폭에서 빠져나올 기별이 없었기 때문이었다.

군 책임자인 병조판서 홍여순은 답답함과 불안함에 제자리에서 왔다 갔다 서성거렸다. 다른 대신들은 얼이 빠진 멍한 표정으로 엉거주춤하게 앉아 한숨만 토했다.

보다 못해 도승지인 이항복이 직접 임금을 만나기 위해 달려갔다. 임금이 머물러 있는 인빈 김씨의 영화당에서 승전색에게 장계를 올린 뒤 한참을 기다렸다. 그러나 감감무소식이었다. 오히려 인빈 김씨에게 임금이 기침 전인데 그깟 왜구 따위에 무슨 소란이냐며 핀잔만 듣고 되돌아왔다.

시간이 꽤 흘러 점심시간이 되었다. 임금은 대신들이 모여 있는 창경궁의 빈청實廳·궁중의 회의실 겸 대기실에 올 기미가 보이지 않았다.

"장계 내용을 보면 왜구의 침입이 심상치 않은데, 어찌됐든 전하가 오시기 전에라도 우선 대책을 마련해야 합니다."

이항복이 좌의정인 유성룡에게 조심스럽게 의견을 구했다.

"그렇게 합시다. 손 놓고 있다가 자칫 큰일을 당할 수도 있겠소."

유성룡은 기다렸다는 듯이 동의를 나타냈다. 국가적인 위기상황임을 직감했지만 임금의 눈치를 보던 터였다. 유성룡은 좌중의 대신들을 모아 대책을 논의했다. 몇 차례 이야기가 오고간 뒤 조정에서 내려 보낼 장수로 이일을 결정했다.

유성룡은 왜구와 싸울 장수로 이일을 보내는 것이 좋겠다는 의견을 적어 임금에게 알렸다. 그러나 임금으로부터 소식은 여전히 없었다. 기다리다 지친 조정 대신들은 뿔뿔이 흩어졌다. 해 질 무렵이 돼서야 임금의 소집통보가 왔다.

임금인 선조는 대신들이 창덕궁 선정전에서 모이자 첫 마디부터 짜증을 부렸다.

"무엇이 급하다고 쉬고 있는 곳에 장계를 들여보내면서 소란이오?"

"황공하옵니다."

대신들은 임금의 노기에 주눅이 들어 엎드려 대답했다.

"나라의 근본은 법도요, 법도 중에서도 예법이 기본이오. 무슨 말인지 아시오?"

"황공하옵니다."

대신들은 죄인처럼 임금의 눈치를 살폈다.

"지금 나라의 가장 큰 일은 무엇이라 생각하오?"

임금은 대신들 중 가장 우두머리인 영의정 이산해를 바라봤다. 이산해는 등줄기가 싸늘함을 느꼈다. 임금의 비위를 맞춰야 했다.

"장례날짜도 잡지 못한 덕빈께 시호를 바치는 것이 시급하옵니다."

"그렇소. 시호를 합의 보는 것이 중요하오."

임금인 선조는 시호이야기를 하며 대신들을 압박했다. 왜군이 쳐들어온 중차대한 일은 낄 틈이 없었다.

"아 참, 그리고 아까 대신들이 아뢴 대로 왜구를 섬멸하는 장수로 이일을 보내는 것은 그렇게 시행하시오."

선조는 대수롭지 않다는 듯 한마디 던지고는 다시 예법과 시호문제에 대해 잔소리를 늘어놓았다. 대신들은 아무 말도 못하고 고개만 숙인 채 일방적으로 임금의 꾸중을 들었다.

날이 저물자 선조는 자리를 뜨려고 일어섰다. 그 순간 경상도 지방 군관이 헐떡이며 달려와 급보를 전했다.

"경상좌병사의 장계이옵니다."

대신 중 한 명이 서둘러 내용을 읊었다.

"적의 대군이 경상도 전역을 유린하고 북상 중에 있습니다. 왜군은 무서운 기세로 조선의 국토를 짓밟고 있지만 어느 누구도 저지하지 못한 채 속수무책입니다."

"뭐, 뭣이라고?"

선조는 비명을 지르며 털썩 주저앉았다. 임금의 한가한 말에 잠시 긴장을 풀었던 대신들의 가슴에도 다시 공포가 밀려왔다.

"이, 이런 고얀 놈. 김성일 이 놈이 왜적이 안쳐들어 온다고 해서 내 믿었건만. 이놈을 당장 잡아들여라!"

선조는 씩씩거리며 분통을 터트렸다. 대신들은 불안에 떨며 임금의 눈치를 살폈다. 변덕스러운 임금의 성격상 어디로 불똥이 튈지 몰랐다.

"전하, 크게 염려하지 마시옵소서. 여기 천하의 신립 장군이 있는데 무슨 걱정입니까?"

눈치 빠른 영의정 이산해가 선조의 마음을 달랬다.

선조는 조선 최고의 무장으로 명성이 높은 신립을 보자 다소 마음이 놓였다. 누그러진 목소리로 물었다.

"그대는 지금 이 상황을 어떻게 보시오?"

"신이 보기에 왜적들은 기껏 경상도 지역에서 우쭐거릴 뿐이옵니다. 조정 대신들 말대로 이일 장군이 내려가면 쉽게 물리칠 수 있을 겁니다. 염려하지 않으셔도 되옵니다."

신립의 말에 선조의 안색이 이내 밝아졌다.

"나도 그렇게 생각하오. 대장군만 믿소이다."

선조는 체통을 잃은 듯 우울한 모습에서 벗어나 근엄한 표정을 되찾았다.

대신들은 낮에 임시로 대비책을 마련해 둔 것에 위안을 삼으며 후속 대비책을 모색했다. 경상도에서 한양 도성으로 북상하는 왜적을 도중에 저지하는 것이 급선무였다. 도성으로 올 수 있는 길은 크게 두 갈래였다. 어느 쪽으로 적이 올지 모르니 두 곳 모두 장수들을 보내자고 합의했다.

이일은 조정의 명에 따라 새벽에 순변사 직첩임명장을 받았다. 날이 밝자마자 군권을 쥐고 있는 병조판서를 찾아갔다.

창덕궁 내병조內兵曹에 있던 병조판서 홍여순은 이일을 보고 심드렁하게 말했다.

"여긴 어쩐 일이요. 왜적과 싸우기 위해 떠나려면 준비에 바쁠 터인데…"

이일은 열 살 이상 나이가 어린 홍여순이 같잖게 보였다. 가뜩이나 군에 대해 제대로 알지도 못한 문관이 병조판서랍시고 위세를 떠는 것이 못마땅했다.

"아니 나보고 뭘 어떻게 하라는 소리요?"

"무슨 말이오?"

"직첩만 갖고 어찌 싸운단 말이오? 장졸들이 있어야 싸울 게 아니오? 병조에서 장졸과 무기를 마련하시오."

홍여순은 고개를 끄덕였다. 맞는 말이었다. 문인으로 군 경험 없이 병조판서 자리에 올랐지만 이일의 항의에 말문이 막혔다.

"이따 오후에 비변사군사 문제를 논의하는 최고 기관로 오시오. 내 마련해 드리리다."

홍여순은 일단 호기 있게 대답했다. 어찌하다 보면 병력을 구할 수 있을 것만 같았다. 홍여순은 곧바로 부하를 시켜 병력을 모으게 했다. 제도상 제승방략 체제에 따른 병력소집이었다.

제승방략 체제는 조선 중종 무렵부터 처음으로 시행된 지방군 지휘 체계였다. 각 도 단위에서 대규모 병력을 동원해 방어에 임하는 것이었다. 전시가 되면 각 지역의 지방관들은 해당 지역의 병력을 인솔해서 사전에 정해진 지휘관의 지휘를 받게 되어 있었다.

이때 중앙에서 별도의 지휘관이 파견됐다. 순찰사로 임명된 이일의 경우 현지로 내려가 지방군을 지휘해야 했다. 그런데, 경상도 지방의 관군은 이미 붕괴된 상태였다. 때문에 중앙에서 최소한의 병력을 이끌고 가는 것은 당연한 일이었다.

병력을 모으는 일은 생각보다 쉽지 않았다. 홍여순은 문서에 있는 징병 대상자들을 불러 모으면 된다고 생각했다. 그런데 이일과 약속한 시간까지 단 한 명도 모이지 않았다.

비변사로 간 이일은 기가 막혔다. 홍여순은 관원들을 장안으로 풀었으니 좀 더 기다려보자며 궁색한 표정으로 변명했다.

다음 날 이일이 비변사에 갔을 때는 넓은 마당에 꽤 많은 사람이 모여 있었다. 각 관아의 사령관아의심부름꾼들을 다 동원하고 동네마다 선병안징병대장을 들고 집집마다 뒤져 억지로 사람을 모은 결과였다.

그런데 문제는 병사로 뽑아 갈 만한 사람이 없다는 점이었다. 관복을 갖춘 유생과 관아의 서리가 대부분이었다. 이들은 군역이 면제된 사람들이었다. 그렇지 않은 사람들도 삼대독자나 꼽추, 육십 가까이 된 노인들이 대부분이었다.

이일은 명령을 받은 지 3일이 되도록 떠나지 못했다. 그러자 조정에서는 궁여지책으로 이일을 먼저 보냈다. 그리고 별장別將인 유옥에게 가까스로 모은 삼백의 군사를 거느리고 뒤따라가게 했다.

상황은 갈수록 심각했다. 매일 매일 전세가 좋지 않다는 급보를 받은 선조는 초조했다. 그러자 임금의 눈치를 보던 영의정 이산해가 방안을 냈다. 정승 중 한 명을 뽑아 조정을 대표해 직접 군무를 총괄하자는 것이었다.

선조는 즉시 좌의정인 유성룡을 도체찰사都體察使로 임명했다. 체찰사란 지방에 병란이 났을 때 왕의 특명으로 군무를 총괄하는 임시 벼슬이었다. 보통 재상 겸임이 관례였다.

유성룡은 체찰사가 되자마자 가장 먼저 김응남을 체찰부사體察副使로 삼고, 옥에 갇힌 전 의주목사 김여물을 석방했다.

김여물은 전란이 나기 3개월 전 의주목사로 있으면서 의주성을 수리하고 진陣을 치는 훈련을 했다. 그런데 그것이 조정에 의심을 사 억울하게 투옥됐다. 전쟁을 대비한 장수가 감옥에 가는 현실에 많은 무인들은 조정에 등을 돌렸다. 그런 차에 김여물의 석방 소식을 듣자 다시 그에게 몰려들었다.

유성룡은 이어 삼도순변사로 신립을 천거했다. 임금인 선조 앞에서 "걱정할 것 없다"고 큰 소리를 친 것도 있지만 신립 이외에 다른 대안이 없었다. 선조는 신립에 대한 기대감으로 보검을 하사하며 말했다.

"누구든 그대의 명령을 듣지 않으면 처단하라. 어떠한 병력도 동원하고 군기를 있는 대로 사용하라."

임금인 선조가 신립에게 하사한 보검상방검은 군무에 관한 전권을 위임하는 징표였다. 살생권도 주어졌다. 그러나 이러한 막강한 권한을 가진 신립은 시작부터 어려움을 겪었다. 그와 함께 싸울 군사들이 좀체 모이지 않았다.

반면 유성룡이 따로 전쟁터로 가기 위해 소집한 장소에는 수많은 군사와 사람들이 모여 북새통을 이뤘다. 신립은 자기 곁에 군사들이 모이지 않자 유성룡에게 가서 말했다.

"소인이 체찰부사가 되어 대감과 함께 가기를 원합니다."

유성룡은 신립이 자신을 따라가려는 군사가 없어 화가 나 있는 것을 알고 달랬다.

"나라를 위해 하는 일인데 아무려면 무슨 상관이오. 장군께서 먼저 급하게 왜적과 싸워야 하니 여기 내가 모아둔 군사들을 데려가시오. 나는 따로 모집해 뒤쫓아 내려가겠소."

신립은 유성룡의 허가 아래 뜰 안에 모인 병사들을 이끌고 갔다. 그중엔 김여물도 있었다. 모두의 표정이 어두웠다. 그럴 수밖에 없는 것이 신립은 가는 곳마다 사람을 죽여 위엄을 세우기를 좋아했기 때문이었다.

전란이 벌어진 지 9일째인 4월 22일, 마침내 조선 제일의 장수인 신립은 김여물 이하 3천여 명의 군사들을 이끌고 전장으로 떠났다. 이를 지켜보는 유성룡의 마음은 편치 못했다. 신립과 이일이 제승방략에 따라 지방 수령들이 모아 놓은 군사들을 잘 활용해 승리하면 좋겠지만 패배하면 더 이상 어떤 대책도 없기 때문이었다.

시간이 없었다. 유성룡은 적의 군세가 정확히 어느 정도인지 모르는 상태에서 신립이 패배할 경우에 대비해 후속대책을 마련해야 했다. 막연히 이기기만을 기대하는 것만큼 어리석은 일은 없었다.

처음 전란이 벌어졌을 때, 왜군의 규모를 아는 사람은 조선 땅에 아무도 없었다. 초기 전투에서 패한 부산 첨사 정발이나 동래 부사 송상현도 왜군의 규모가 대단하다는 것만 알았지 정확한 규모는 몰랐다. 싸우기도 전에 도망을 간 다른 조선군도 마찬가지였다.

전란을 맞아 조선군의 최초 보고는 "만 명 정도의 왜구가 침략해 소동을 벌이고 있다"였다. 기껏해야 경상도 해안 일대를 노략질하는 왜구 정도의 수준으로 여겼다.

그러나 왜군은 오랫동안 치밀하게 준비했고, 전력을 다했다. 1583년 분열됐던 일본을 통일한 도요토미 히데요시豊臣秀吉는 조선을 거쳐 명나라까지 정벌하겠다는 이상을 품은 야심가였다. 그는 이를 실현하고자 대규모로 군사를 동원했다.

일본 내에서도 도요토미 히데요시의 조선침략에 모두 찬성하는 분위기는 아니었다. 특히 조선과 일본 사이에 위치한 대마도는 전쟁으로 인해 큰 피해를 입지 않을까 전전긍긍했다. 그래서 조선에 전쟁이 벌어질 것이라고 이런 저런 경로로 알려주었지만 조선 조정은 이를 귀담아 듣지 않았다.

도요토미 히데요시가 전쟁을 기획하고 실행에 옮길 때까지 일본의 누구도 감히 반대의견을 꺼내지 못했다.

1592년 4월 13일, 왜군의 선발대가 부산포에 상륙함으로써 조선침략은 시작됐다.

왜군은 고니시 유키나가小西行長가 지휘하는 제1군 1만 8천여 명과 가토 기요마사加藤清正가 이끄는 제2군 2만 2천여 명이 주력이었다. 이어 구로다 나가마사黑田長政의 3군 1만 1천여 명과 시마즈 요시히로島津義弘가 이끄는 4군 1만 4천여 명 등 육상전투병력 9개 군 15만 9천여 명과 수군 9천여 명 등 도합 16만 8천여 명의 대병력이 조선 침략에 동원됐다.

반면 해상관문인 부산진성에서 왜군과 첫 전투를 벌인 정발의 군사는 1천여 명에 불과했다. 다음 날인 14일 이곳 저곳에서 총 3천여 명의 군민을 모아 결전을 벌였지만 역부족이었다.

인근 다대포진의 윤흥신과 동래 부사 송상현의 분전도 왜군의 기세를 막지 못했다. 그나마 이들은 죽을 때까지 항전했지만 이후 다른 관군들은 도망가기에 바빴다. 경상도 전역을 너무도 손쉽게 왜군에게 내준 것이었다.

왜군의 선발대 격인 고니시 유키나가의 1군은 4월 13일 부산에 첫 발을 내디딘 이래 파죽지세로 북상했다. 19일에는 밀양성을 무혈 점령한 후 청도를 거쳐 21일에는 대구 부근까지 진출했다.

가토 기요마사가 이끄는 2군은 4월 18일에 부산에 상륙한 뒤 동북쪽으로 진출했다. 이들은 21일 경주에 입성했다. 구로다 나가마사의 3군은 4월 19일에 낙동강 하구의 죽도에 상륙했다. 이어 20일 새벽에는 김해성을 함락시키고 곧바로 북상했다.

조선군의 최후 보루이자 최고 장수인 삼도순변사 신립이 종사관 김여물과 함께 충주에 도착한 날은 4월 26일이었다. 신립은 3천여 명의 병력과 함께 남쪽으로 내려오면서 군사들을 모아 총 7천여 명에 이르렀다. 이들 조선군은 충주 남쪽의 단월역에서 진영을 설치했다.

신립은 주둔지에서 군사 몇 명을 데리고 조령으로 가 형세를 살폈다. 이때 상주에서 왜적에 패한 이일이 신립에게 달려왔다. 이일은 무릎을 꿇고 심각한 얼굴로 상황을 전했다.

"적의 형세는 어떠한가?"

"적은 엄청난 대군인데, 우리는 훈련도 받지 못한 백성이어서 중과부적이었습니다. 특히 왜군의 철포조총 위력은 활로 감당하기 어려운 무서운 병기였습니다."

신립은 이일이 적의 위세에 대해 떠벌리자 어떻게 싸워야 할지를 고민했다. 그러자 옆에 있던 김여물이 말했다.

"이곳 조령은 천혜의 요새입니다. 비록 적들이 수가 많고 우리는 적다고 하나 험준한 이곳을 지키면서 싸우면 능히 물리칠 수 있습니다. 또 높은 언덕을 점거해 역습으로 공격하면 적에게 큰 피해를 입힐 수 있습니다."

이일도 김여물의 말을 거들었다.

"그렇습니다. 험준하고 좁은 이곳에서 싸우면 왜군의 철포도 큰 위력을 발휘하지 못합니다. 이곳에 매복하면 적은 한 걸음도 나아갈 수 없을 겁니다."

신립은 그러나 생각이 달랐다.

"적들이 만약 이곳을 우회해 한양으로 가면 어떡할 것이오? 이곳이 천혜의 요새인 것은 맞지만 적이 싸우려 하지 않으면 소용이 없소. 일부가 이곳에서 대치하고 일부는 우회해 북상할 수도 있소. 소극적인 전법으로는 적을 저지할 수 있으나 이기기는 어렵소. 때문에 적을 넓은 들판으로 끌어들여 한 번에 승부를 거는 적극 전법이 필요하오. 우리 조선군의 기병은 보병인 왜군보다 우위에 있는 만큼 적의 허를 찌르면 충분히 승리할 수 있소."

삼도 순변사인 신립은 단호하게 결정을 내렸다.

신립은 왜군에게 겁을 먹은 조선군이 방어에 급급하기보다는 확실한 승리만이 살길이라고 믿었다. 훈련이 제대로 안된 군사들을 조령에 뿔뿔이 매복시키다 보면 통제하기가 쉽지 않은 현실적인 면도 고려했다.

패배의식에 젖은 조선 군사들에게 자극을 주기 위해선 과감한 전법이 필요했다. 그 장소로 남한강과 달천이 합류하는 개활지인 탄금대를 선택했다.

28일 아침, 신립은 주둔지의 전 병력을 탄금대로 이동시켰다. 그리고 정면승부를 벌이기 위해 왜군을 기다렸다.

고니시 유키나가의 1군은 4월 26일 한양으로 가는 관문인 조령 부근까지 진출해 진을 쳤다. 가토 기요마사의 2군도 죽령을 넘어 단양과 충주로 우회하는 길을 포기하고 조령 쪽으로 진출했다. 가토는 고니시가 한양을 먼저 점령할까봐 공을 빼앗기기 싫어 원래 계획과 다르게 조령으로 이동한 것이었다. 왜군의 주력인 1군과 2군 모두가 좁은 조령으로 몰려들면서 이곳은 조선 침략의 승부를 결정짓는 분수령이 됐다.

고니시 유키나가는 가토 기요마사가 조령 부근으로 오고 있다는 소식을 듣자마자 벌컥 화를 냈다.

"가토, 이거 미친놈 아냐? 아니 이 좁은 지형으로 오면 어떻게 하겠다는 거야. 조선군이 이곳에서 방어전술을 쓰면 우리 모두 꼼짝 못하고 발목을 잡히는데… 도대체 생각이 있는 거야 뭐야?"

1군 선발대의 장수인 대마도주 종의지는 고니시의 말에 고개를 끄덕이면서도 은밀한 목소리로 대답했다.

"장군, 너무 걱정하지 마십시오. 저의 요코메정보원 정보에 의하면 조선군의 주력이 아직 조령에 매복하지는 않은 듯싶습니다."

고니시 유키나가는 종의지의 말에 다소 표정이 누그러졌다. 조선 사정과 조선말에 정통한 부하들이 수두룩한 종의지의 첩보부대는 왜군의 조선침략 첨병이었다. 고니시의 부대는 첩보부대에 맞춰 진군속도를 결정했다.

종의지 부대의 일선 정보원들은 조선을 몇 차례 답사한 바 있는 왜승 현소가 지휘했다. 고니시 유키나가는 진격 시 반드시 많은 정보원들을 주요 지점에 보내 복병의 여부를 확인한 뒤 움직였다. 고니시가 조선침략 시 가장 신경을 썼던 곳이 천혜의 요충지인 조령이었다. 이곳의 조선군 매복 여부에 따라 왜군도 어느 정도 적지 않은 피해는 감수해야 한다고 각오하고 있었다.

현소는 1차로 척후조를 보냈다. 이들은 조선군으로부터 아무런 공격도 받지 않고 조령을 무사히 올라갔다. 그리고 꼭대기에서 주변을 정찰한 뒤 조선군이 없다는 신호를 보냈다.

현소의 보고를 받은 종의지는 고니시에게 조선군이 매복하지 않았다는 정보내용을 알려줬다. 그러나 고니시는 마음 한 구석이 불안해 종의지에게 재차 지시했다.

"다시 한 번 확인하시오. 조령과 같은 험준한 지역에 조선군이 바보가 아닌 이상 복병이 없을 리가 없소. 우리를 안심시키게 한 뒤 대병력이 지나갈 때 기습할 수도 있으니 유념하시오."

왜군은 두 차례 더 척후조를 보냈다. 그때마다 조령에 조선군이 없다는 보고가 왔다.

다음날 아침 고니시 유키나가는 휘하 장수들에게 외쳤다.

"전 병력은 조령을 넘어 전진한다."

고니시의 명령이 떨어지자 1만 8천여 명의 대병력이 일사불란하게 움직였다. 짙은 수풀이 우거진 좁은 길을 마차와 군사들이 밀집해 한 걸음 한 걸음 옮길 때마다 흙먼지가 자욱했다.

협곡에 이르자 고니시 유키나가는 등줄기에 식은땀이 흘렀다. 산세가 가파르고 수림이 울창해 바로 앞사람도 잘 보이지 않았다. 어디선가 불쑥 조선군이 나타날 것만 같아 가슴이 조마조마했다. 만약 산정상에 100여 명만 매복해 화살공격을 해도 꼼짝없이 당할 판이었다. 그러나 왜군의 바람대로 끝내 조선군은 보이지 않았다. 고니시는 아침나절이 다 가기 전에 조령 꼭대기에 올라섰다.

"하하. 조선군은 도대체 어디에 있는 것인가? 이제 도성인 한양까지는 거칠 것이 없다."

고니시는 산 정상에서 주위를 둘러보며 호기롭게 말했다. 시원한 산바람이 더위를 식혀주자 왜군의 발걸음은 더욱 빨라졌다.

아침부터 하늘이 어둑어둑 하더니만 오시午時: 낮 12시가 되자 비가 추적추적 내리기 시작했다. 작은 동산인 탄금대 주둔지에서 기병들의 훈련을 지켜보던 신립의 마음은 심란했다. 비가 내리면 땅이 질기 때문에 말이 제대로 달리기 힘들어 기마전의 위력이 반감되기 때문이었다.

신립은 눈앞에 아스라이 솟구친 조령의 산줄기를 애써 외면했다. 마음 한쪽엔 휘하 장수들의 의견대로 조령에 병력을 보내고 싶은 충동이 일었다. 신립은 한참을 고민했다. 그리고 조용히 종사관인 김여물을 불렀다.

"지금 조령으로 가면 왜군을 막을 수 있겠소?"

김여물은 신립의 생각지도 않은 말에 기뻐하며 말했다.

"물론입니다. 제게 몇 백 명의 군사만 주면 무슨 일이 있어도 왜군을 물리치겠습니다. 지난번에 20~30명씩 병력을 나눠 군관의 지휘하에 매복하는 법과 활 쏘는 법을 현장에서 가르쳤습니다. 문제없습니다. 당장이라도 가겠습니다."

"좋소. 아직 왜군이 오기까지는 하루나 이틀 더 걸릴 것이니 지금 바로 서두르시오."

신립은 김여물이 좋아하는 모습을 보고 다소나마 마음이 편해졌다.

그런데 멀리서 한 군관이 허둥지둥 달려와 급보를 전했다.

"장군, 왜군이 나타났습니다."

"왜군? 그게 무슨 소리야. 어떻게 벌써 올 수 있단 말인가"

신립은 가슴이 철렁 내려앉았다. 왜군의 진격속도가 도저히 믿기지 않았다. 신립은 군관 몇 명을 보내 확인토록 했다. 명령을 받고 득달같이 달려간 군관들은 얼마 지나지 않아 파랗게 질린 얼굴로 되돌아왔다.

"왜군이 틀림없습니다. 지금 조령에서 엄청난 병력이 쏟아져 내려오고 있습니다."

신립은 입술을 깨물고 즉각 장수들을 소집했다.

"상황이 긴박하오. 왜군은 멀지 않은 곳에 있소. 어떻게 싸울지 의견을 말해보시오."

이일이 기다렸다는 듯이 말했다.

"지금 적과 싸우기에는 너무도 무모합니다. 속히 병력을 철수시켜 후일을 도모해야 합니다."

신립의 표정은 굳어졌다. 옆에 김여물을 바라봤다. 조령으로 병력을 이동시키려는 도중에 되돌아왔지만 의외로 담담한 표정이었다.

"어차피 되돌리기에는 늦었습니다. 이곳에서 최후의 일인까지 싸우는 수밖에 없습니다."

김여물의 말에 신립은 비장한 각오로 말했다.

"전군은 지금 즉시 이동한다. 저기 보이는 강 앞에서 결사항전을 한다. 우리의 앞에는 적이요, 뒤에는 강이 있다. 도망갈 곳은 어디에도 없다. 이제 우리가 살기 위해선 오직 적을 물리치는 것밖에 없다."

신립은 전 병력을 두 부대로 나눴다. 주력부대 1천 5백 명의 기병은 충주목사 이종장이 지휘하고, 후속부대 1천 5백 명의 기병은 신립이 직접 맡기로 했다. 나머지 병력을 포함해 전 병력도 신립이 통합 지휘하기로 했다.

신립이 조령에서의 방어전보다 벌판에서의 기마전을 고집한 이유는 그가 기마전의 명장이기 때문이었다. 그는 함경도 국경지역인 온성부사로 근무할 때, 두만강 방면의 여진족 추장인 니탕개尼湯介와 싸워 물리친 적이 있었다. 당시 니탕개는 여러 부족을 규합해 1만여 명의 군대로 쳐들어왔지만 신립이 기병 500여 명을 동원해 상대를 제압했다.

그러나 신립의 부하 장수들은 불안해했다. 그때와 지금의 상황은 완전히 달랐지만 신립 혼자만 억지를 부린다고 생각했다. 당시 니탕개의 여진족은 이곳 저곳에서 인원만 불린 오합지졸이었지만 왜군은 철저히 준비를 한 정예 군대였다. 오히려 조선군이야 말로 급히 병력을 차출한 탓에 훈련이 제대로 안 된 점을 모두가 우려했다.

신립은 더 이상 물러설 수 없는 벌판에 진영을 갖추었다. 두 기마부대가 선두에 서서 질풍노도와 같이 적을 몰아붙이기로 작전을 세웠다. 두만강 너머 여진족과 싸웠던 전형적인 기마전 전술이었다.

반면 고니시 유키나가의 군대는 수많은 깃발을 펄럭거리며 여유 있게 다가왔다. 고니시 유키나가는 신립의 기마전 형태의 전법을 이미 꿰뚫고 있었다. 고니시의 명령에 따라 깃발이 올라서자 1만 8천여 명의 병력들이 질서 있게 진을 쳤다. 그런데 뜻밖에도 왜군도 선두는 기마병이었다.

"아니 저럴 수가?"

멀리서 왜군의 진영을 보던 신립은 깜짝 놀랐다. 보병 중심의 진영을 예상했으나 기마병을 내세울 줄은 전혀 예상을 하지 못했다. 더욱이 왜군 기마 병력도 어림잡아 족히 1천 명은 돼 보였다.

빗줄기는 더욱 굵어졌다. 쏴아 하는 빗소리와 함께 왜군 군대는 약 300보 앞까지 전진한 뒤 멈췄다. 기선을 제압해야 할 기회가 왔다고 판단한 신립은 대장기를 올리며 공격신호를 보냈다.

"돌격"

공격 북소리가 요란하게 울려 퍼졌다. 공격 선봉에 선 충주목사 이종장이 칼을 휘두르며 앞으로 달리자 "와아"하는 소리와 함께 1천 5백여 명의 기마병이 뒤를 쫓았다.

조선군의 기마대가 달려오자 왜군의 진영 선두에 선 기마대가 재빠르게 좌우 옆으로 갈라섰다. 그러자 중앙에 보병들이 길게 열을 갖춰 무릎앉아 자세로 조총을 겨눴다.

"탕, 탕, 타당"

왜군의 조총 소리가 천지를 쩡쩡 울렸다. 수천 개의 총구가 불을 뿜으며 천둥 같은 소리를 토했다. 기세 좋게 달리던 조선군 기마대는 순식간에 우왕좌왕거리며 붕괴됐다. 대부분 조총을 처음 대한 기마병들은 깜짝 놀라 날뛰는 말을 잡으며 비틀거렸다. 일부는 방향을 잃고 주춤거리다 말에서 떨어지기도 했다.

"탕, 타당"

조총소리는 끊임이 없이 울려 퍼졌다. 조선군 기병들은 질퍽거리는 바닥을 힘겹게 달리다가 총소리에 놀라 쓰러지고, 총알에 맞아 피를 토하며 땅바닥으로 뒹굴었다.

왜군의 조총부대는 모두 3열로 구성되어 한 열이 쏘고 나면, 다음의 두 번째 열이 쏘고, 세 번째 열이 또 쏠 때까지 끊임없이 이어졌다.

조총은 1543년 포르투갈 상인이 일본에 전파한 이래 창, 칼과 함께 왜군의 주력 무기로 거듭났다. 총구로 화약과 총탄을 밀어 넣고 뒤쪽에 도화선을 심은 조총은 장탄에서 사격까지 약 1분 정도가 소요됐다. 때문에 왜군은 20초 간격으로 3교대 밀집 사격을 했고, 조선군은 단순하게 정면으로만 달려들다가 손쉬운 표적이 되고 말았다.

왜군의 조총에 혼비백산한 조선군 기마대는 말 위에서 활을 쏠 줄 몰라 적에게 전혀 위협이 되지 못했다. 더욱이 오직 "전진"만을 외치는 군관들의 독려에 후퇴도 하지 못하고 진퇴양난에 빠져 엉거주춤거렸다. 그나마 간신히 적 앞에 다가선 병사들은 좌우로 에워싼 왜군의 창, 칼에 무력하게 난도질당했다.

선두에 서서 조선 기마병들을 지휘한 충주목사 이종장은 말에서 내려 사방으로 포위한 왜군들과 힘겹게 칼싸움을 벌였다.

멀리서 이를 지켜보던 신립은 자칫 선두부대가 전멸당할지도 모른다는 생각에 다급하게 외쳤다.

"전원, 총공격하라."

북소리가 울리며 신립의 후속 1천 5백여 기병들이 적진을 향해 달려갔다. 그러나 이들도 질척거리는 땅에 말들이 제대로 달리지 못하고 조총소리에 놀라 휘청거렸다.

"타낭, 탕, 탕"

왜군 조총부대는 침착하게 조준 사격했다. 선두부대에서 살아남은 일부는 후속부대가 달려오자 말머리를 돌려 후퇴하면서 탄금대 벌판은 조선군 기마부대끼리 엉켜 난장판이 됐다. 신립은 말고삐를 잡고 이리저리 달리며 싸움을 독려했지만 한번 흐트러진 전열은 되돌려지지 않았다.

빗물이 눈을 가려 흐릿한 시야로 왜군들이 점점 다가왔다. 중앙에 조총부대, 좌우로 기마부대가 토끼몰이 하듯 조선군 기마부대를 에워싸며 육박해 왔다. 조선군의 눈엔 왜군이 무시무시한 저승사자로 보였다.

왜군의 총구를 피해 도망가던 조선군 병사들이 앞 다투어 강물로 뛰어들었다. 한번 전열이 무너지자 걷잡을 수 없었다. 조총의 사정거리인 100보 앞 정면에는 무수히 많은 시체가 벌판을 메웠다. 좌우로는 왜군 기마병들이 창과 칼로 무자비하게 조선군의 퇴로를 막았다. 정면과 좌우가 죽음의 덫이라는 것을 안 조선군에게 살 길은 오직 뒤쪽의 강물밖에 없었다. 처음엔 한 두 명이 강물로 뛰어들었다가 시간이 지날수록 그 수가 늘었다.

전의를 상실한 조선군에게 있어 조총에 맞아 죽거나 창, 칼에 찔려 죽거나 죽는 거는 마찬가지였다. 하지만 생존본능이 보다 강한 장졸들은 강물로 뛰어들었다. 공포로 가득한 조선군에게 싸움은 이미 무의미했다. 조총소리와 비명이 벌판을 가득 메운 채 메아리처럼 천지를 울렸다.

"돌격하라. 돌격!"

신립은 큰 소리로 칼을 휘두르며 싸움을 독려했지만 공허한 외침에 지나지 않았다. 주변의 장졸들은 어느새 눈에 띄게 줄어들었다. 사방에 피비린내가 진동했다. 약삭빠르게 몸을 피한 일부 병사는 헐떡이며 강을 건넜다.

곁에서 신립을 지키던 김여물이 말했다.

"장군, 몸을 피하시죠. 대세는 기울었습니다."

신립은 고개를 저으며 대답했다.

"패군지장이 어디로 간단 말이오. 부끄럽소."

김여물은 침착한 어조로 말했다.

"살아서 뒷수습이라도 해야 훗날을 도모할 수 있습니다."

"아니오. 그러기에는 너무 늦었소. 내 죄가 너무 크오."

신립은 허망한 얼굴로 말고삐를 돌려 강물을 향해 내달렸다. 목이 잘려 적에게 조롱거리가 되는 것을 피하기 위한 절박한 몸부림이었다. 김여물은 살아남은 장졸들을 모아 둥그렇게 몸으로 방어망을 쳤다. 조선군 최고의 무장이 물속에 빠져 죽는 모습을 적에게 보일 수는 없었다.

김여물의 앞으로 왜군 조총부대가 총구를 겨누며 저벅저벅 걸어왔다. 말을 탄 왜군 기마대도 정면 좌우로 다가왔다. 시체가 즐비한 탄금대 벌판에는 조선군 수십여 명의 군사만이 최후의 결전을 위해 병풍처럼 줄을 서 왜군을 기다렸다.

"장군도 이제 가시지요."

군관 한 명이 김여물에게 말했다.

김여물은 고개를 끄떡이며 주위를 바라봤다. 그가 옥에서 나오자 달려왔던 옛 부하들이었다. 그들은 끝까지 자리를 지키며 마지막 예의를 갖추었다. 온 몸이 피투성이가 된 김여물은 더 이상 싸울 힘도 없었다. 그는 부하들에게 희미한 미소로 고마움을 전하며 돌아서서 강물로 몸을 던졌다.

"타당, 탕"

조총소리와 함께 마지막 남은 조선군 무리를 향해 왜군의 무자비한 공격이 시작됐다.

조선군 장졸들은 최후의 일인까지 제자리를 지키며 하나 둘 쓰러졌다. 조총에 맞아 철철 피를 토하면서도 칼과 활을 놓지 않은 병사들에겐 장검과 창으로 온 몸을 도륙했다. 목숨이 끊어지기 전까지 싸움의 의지를 포기하지 않은 조선군에게 왜군은 결코 자비를 베풀지 않았다.

탄금대 앞 벌판에 한 사람도 남김없이 3천여 장졸 모두가 쓰러졌을 때, 왜군은 신립과 김여물을 찾기 위해 애를 썼다. 그러나 강물에 몸을 던진 신립과 김여물의 시신은 끝내 찾을 수 없었다.

조선군 최고의 무장인 신립이 지휘한 탄금대 전투는 왜군의 일방적인 승리로 끝이 났다.

4월 28일 오후, 탄금대 벌판엔 가는 빗줄기만이 조선군 시신들의 넋을 위로할 뿐이었다.

소문은 천리를 달렸다.

4월 28일 저녁 무렵, 도성인 한양의 저잣거리에 신립이 이끄는 조선군 군대가 왜군에 전멸을 당했다는 소문이 파다하게 퍼져 나갔다.

조령전투에서 패색이 짙어지자 강을 건너 도주한 패잔병들은 초라한 몰골로 말을 타고 한양에 와 소문이 사실임을 알렸다. 백성들은 "왜군이 곧 도성에 도착하니 피난을 가야한다"며 두려움과 공포로 술렁댔다.

임금인 선조에게 신립의 패전보고가 전해진 것도 이 무렵이었다. 용케 조령전투에서 살아남은 순변사 이일은 조령전투 내용을 상세하게 장계로 올렸다. 선조는 조정 대신들을 불러 모아 거의 실성한 사람처럼 주절거렸다.

"이제 어떡한단 말이오. 어떻게 이런 일이…"

대신들은 고개를 푹 숙인 채 아무 말도 하지 못했다.

"이 나라를 지킬 신하들은 이제 어디에도 없소. 도대체가…"

"……"

"무슨 말이든 해보시오? 이런 일이 올 때까지 경들은 대체 뭘 했소?"

선조의 노기 띤 음성에 대신들은 숨을 죽이며 바짝 긴장했다.

"내 더 이상 경들을 못 믿겠소. 파천할 테니 그런 줄 아시오."

선조의 말에서 파천播遷이라는 말이 불쑥 튀어나왔다. 파천이란 임금이 난리를 피하기 위해 도성을 버린다는 뜻이었다. 나라를 포기한다는 것과 다름없는 말이었다. 선조는 대신들의 반대를 예상해 처음에는 대신들을 윽박지른 뒤 슬그머니 파천을 발의했다. 그러자 조정 대신들은 깜짝 놀라 어리둥절한 표정을 지으며 눈치를 살폈다. 누구도 즉시 대답을 하지 못했다.

일순간 침묵의 시간이 흘렀다. 도체찰사이자 좌의정인 유성룡이 작심한 듯 말을 꺼냈다.

"파천은 아니 되옵니다. 지금은 끝까지 도성을 지키는 데 전력을 기울여야 할 때이지 파천은 천부당만부당한 일입니다.”

유성룡이 직언하자 선조의 얼굴이 일그러졌다. 유성룡을 노려보는 선조의 눈초리가 매서웠다. 그러나 대신들은 봇물이 터지듯 파천 반대 의견을 쏟아냈다.

“전하, 종묘와 원릉이 모두 이곳에 있는데 어디로 가시겠다는 겁니까? 한양을 고수하며 외부로부터 원군이 올 때까지 끝까지 버텨야 하옵니다.”

영중추부사 김귀영이 눈물을 흘리며 파천의 부당함을 극언했다. 이어 우부승지 신잡도 반대의 뜻을 분명하게 밝혔다.

“전하께서 만일 파천하신다면 신은 집에 있는 여든 넘은 노모와 함께 도성에 남아 있다가 왜적이 오면 자결할지언정 전하의 뒤를 따르지 않겠습니다.”

탄금대에서 전사한 신립의 형인 신잡의 파천 반대는 선조를 움찔하게 했다. 파천을 하는 순간 선조를 임금으로 취급하지 않겠다는 강력한 경고였다.

선조는 궁색한 얼굴로 말문을 닫았다. 어차피 왜군이 도성 가까이 온 마당에 임금이란 자리는 아무 의미가 없었다. 비겁하지만 목숨을 구하기 위해 체면을 버리고 도망을 갈 것인가, 아니면 임금답게 비록 죽을지언정 도성을 지키며 전국 각지로 선전교서를 보내 왜군과의 싸움을 독려할 것인가 선택해야만 했다.

이때 영의정 이산해가 훌쩍거리며 선조의 속마음을 대변했다.

“전하, 옛날에도 난리가 났을 때 임금이 피난한 사례가 있사오니 부득이하게 파천을 할 수도 있다고 봅니다. 헤아려 주시옵소서.”

이산해의 말에 선조의 얼굴이 환하게 밝아졌다. 반면 조정 대신 모두의 시선이 이산해에게 쏠렸다. 임금에게 아첨하기 위해 혼자만 파천 찬성의견을 내놓은 것이었다. 이산해에게 동인, 서인 가릴 것 없이 모두로부터 비난이 쏟아졌다.

"전하, 도성을 포기하겠다는 죄인 이산해를 즉각 파면하셔야 하옵니다."

"그렇습니다. 이산해의 죄를 물어 파면하셔야 하옵니다."

선조는 신하들의 공세에 진땀을 흘렸다. 이산해의 죄를 묻는다는 것은 파천의 말을 꺼낸 임금인 자신의 죄를 묻는다는 것을 의미했다. 이미 임금으로서 권위를 잃고 조롱거리가 된 선조는 속이 부글부글 끓었다.

조정 대신들과 영의정 이산해의 파면을 허락하지 않겠다는 선조의 기싸움은 계속됐다. 잠시 회의가 중단되자 막간을 이용해 이산해가 유성룡에게 다가가 은밀히 제안을 했다.

"대감, 전하의 뜻이 완고하신데, 파천을 받아들이시지요. 조정 대신 모두가 반대하더라도 저와 좌상께서 그러면 전하가 얼마나 서운하겠습니까?"

유성룡은 이산해의 말뜻을 알아차렸다. 영의정인 자신도 대신들로부터 비난을 받으면서 임금의 뜻을 따랐으니 좌의정인 유성룡도 파천에 반대하지 말라는 소리였다. 같은 동인이면서 북인의 영수인 이산해와 남인의 영수인 유성룡이 한 목소리를 내면 대신들의 마음을 돌릴 수 있지 않겠느냐며 이산해는 설득했다. 유성룡은 수긍했다.

어차피 임금인 선조는 파천의 의지가 강했고, 도성을 고수하고 싶어도 소문을 들은 백성들이 뿔뿔이 흩어져 버려 그럴 형편이 못되는 현실을 인정해야만 했다.

"좋소이다. 대신 명분이 있어야 하니 이번 기회에 세자를 세우는 것이 어떻겠습니까?"

"넷, 세자를요?"

이산해는 유성룡의 역제안에 놀라움을 나타냈다. 세자 책봉은 지난해 정철이 주청했다가 귀양을 갔기 때문에 민감한 사안이었다. 그렇지만 임금이 파천하겠다는 마당에 세자가 책봉이 되면 만일을 대비할 수는 있었다. 그런 점에서 대신들의 파천 반대 의견을 누그러뜨릴 수 있는 좋은 안이었다. 다만 변덕이 심한 임금의 성격상 자칫 불똥이 어디로 튈지 몰라 조심스러웠다.

"그렇게 하십시다. 그러나 세자 책봉 의견을 좌상 대감이 내놓지는 마십시오. 다른 대신을 시키기 바랍니다. 전하께서 대감에 대해 나쁜 감정을 가질까 우려되어 하는 말입니다."

유성룡은 이산해의 말에 고개를 끄떡였다. 임금이 파천을 반대한 유성룡을 괘씸하게 여기고 있다는 것을 잘 알고 있었다. 이런 상황에서 유성룡이 세자 책봉을 직접 이야기했다가는 선조의 표적이 되어 살아남기 힘들었다.

창덕궁 선정전宣政殿에서 다시 열린 회의는 무거운 분위기에서 다들 말이 없었다. 밤은 깊어갔지만 누구도 선뜻 말문을 열지 못하고 엎드려 침묵을 유지했다. 다들 파천하겠다는 임금의 의지에 대해선 어쩔 수 없이 받아들이는 방향으로 흘러갔다. 하지만 그렇다고 동조하지도 않은 애매한 분위기였다.

"전하, 정녕 파천을 해야 한다면 종묘사직의 장래와 민심수습을 위해 왕세자를 책봉하는 것이 옳을 줄 아옵니다."

우부승지 신잡이 작심한 듯 왕세자 책봉을 건의했다. 대신들은 깜짝 놀랐다. 누구보다 극렬하게 파천을 반대한 신잡이 파천을 동의하면서 왕세자 문제를 거론하는 수순이 너무도 절묘했다. 대신들은 조심스럽게 고개를 들어 선조의 반응을 살폈다.

"나라가 위태로운 만큼 세자를 책봉하는 것은 일리가 있소."

선조는 순순히 세자 책봉 의견을 받아들였다. 속으로 가슴을 졸이던 대신들의 표정이 밝아졌다.

"경들은 누구를 왕세자로 세울 만하다고 생각하시오?"

선조는 대신들을 휘둘러보다가 좌의정인 유성룡을 향해 시선을 멈추었다. 자칫 잘못 말을 꺼냈다가는 화를 당하는 것은 불을 보듯 뻔했다. 선조가 유성룡을 노리고 있는 눈치였다.

"왕세자를 책봉하는 것은 대신들이 감히 아뢸 바가 아니고 마땅히 전하께서 스스로 결정하실 일입니다"

유성룡이 분명한 어조로 대답하자 다른 대신들도 동의의 뜻을 나타냈다. 그러나 선조는 쉽게 결정을 내리지 않았다. 밤이 꽤 깊었지만 대신들 중 누구도 열세 명의 왕자 중 한 명을 천거하지 않았다. 서열상으로는 첫째인 임해군이 우선적으로 거론돼야 하지만 과격하고 괴팍한 성격으로 인해 그를 지지하는 사람은 아무도 없었다.

선조는 대신들이 누구를 원하는지 잘 알고 있었다. 둘째인 광해였다. 지난해 정철이 왕세자 책봉을 건의하면서 천거했던 왕자가 바로 광해였다. 동인과 서인의 대신들 사이에서도 무언의 합의가 이뤄져 있었음을 이미 알고 있었다. 선조는 세자를 세우면 권력이 약화될 것을 우려했지만 파천을 하는 마당에 더 미룰 수는 없었다. 오랜 침묵 끝에 마침내 선조가 결정을 내렸다.

"광해가 총명하고 학문을 좋아해 세자로 삼고 싶은데, 경들의 뜻은 어떠한가?"

선조의 결단에 모든 대신들은 동시에 일어나 절하면서 한 목소리로 외쳤다.

"종묘사직과 생민들의 복입니다."

선조는 대신들이 기뻐하는 모습에서 가슴 한구석이 와르르 허물어지는 아픔을 느꼈다. 자신만이 누리던 절대 권력의 서까래가 힘없이 붕괴되는 순간이었다. 그런 상황에서 뒤이은 신잡의 건의는 선조의 속마음을 더욱 쓰라리게 했다.

"전하, 광해 왕자께서 세자로 책봉된 만큼 지금 즉시 군사들을 보내 옥체를 보존토록 호위하고 왕세자에 걸맞은 합당한 예우를 갖춰야 하는 것이 옳을 줄 아옵니다."

선조는 담담한 어조로 현실을 받아들였다.

"그리하라. 그리고…"

"……"

광해의 세자 책봉에 잠시 기뻐하던 대신들은 선조의 이어지는 미지근한 말투에 의아심과 함께 불안감을 느꼈다.

"세자도 책봉했고, 파천이 결정된 만큼 누군가 남아서 도성을 지키는 책임자가 필요하니 지금 결정하겠소."

선조의 말이 떨어지자 대신들은 부들부들 떨었다. 임금이 도성을 버리는데 남아서 도성을 지키라는 것은 왜적에게 죽으라는 소리와 마찬가지였다. 어차피 누군가 도성에 남아 수습을 할 책임자가 있어야 하는 만큼 피할 수는 없는 일이었다. 그것은 신하로서의 책무이기도 했다. 대신들은 고개를 처박으며 제발 자신이 선택되지 않기를 간절히 바랐다.

"도성을 지키는 책임자인 유도대장留都大將에 유성룡 대감을 임명하겠소."

신하들에게 수세에 몰리던 선조의 반격은 완벽했다. 파천 계획에 반대하고 우부승지 신잡을 통해 세자 책봉을 주청한 유성룡을 제거하기 위해 명분을 찾던 임금이었다. 선조의 올가미는 회의가 끝나갈 무렵 적시에 목줄을 죄었다.

짙은 어둠 사이로 추적추적 비가 내렸다.

자정이 지난 4월 29일 축시丑時: 오전 2시였다. 광해는 두근거리는 가슴을 억누르며 가는 빗줄기가 쏟아지는 앞마당을 멍하니 바라봤다. 수십여 명의 군사들이 대궐 밖 동대문 부근에 있는 광해의 처소를 둘러싸고 불을 밝혔다. 삼엄하게 경비하는 모습이 너무도 낯설었다.

"저하. 왕세자로 책봉되었으니 날이 밝자마자 궁으로 입궐하시옵소서."

전날 밤늦게까지 잠을 못 이루다가 갑작스럽게 대궐로부터 세자로 책봉됐다는 연락을 받았다. 광해는 얼떨떨하면서도 가슴이 쿵쿵 뛰었다. 왜군이 도성을 향해 쳐들어오고 대궐에서는 파천이 논의되고 있다는 소식에 답답해하던 광해였다. 그러나 이제는 세자로 책봉된 만큼 책임감이란 또 다른 무게추가 가슴 한쪽을 짓눌렀다.

불과 몇 시간 전만 해도 광해는 나라 일을 걱정하는 젊은 선비들과 토론했던 실권 없는 왕자 중 한 명이었다.

전란을 맞아 광해 주위에는 사람이 몰렸다. 광해의 집에는 처남인 유희분을 비롯해 이이첨, 박승종, 김경서, 기자헌, 홍여순, 남이공 등 비록 벼슬은 낮으나 젊음과 패기를 지닌 사람들로 북적댔다. 풍전등

화와 같은 나라의 운명을 걱정해 모인 이들은 평소 광해의 능력을 높이 평가했다. 광해도 이들 개개인의 능력을 존중했다.

자정이 가까울 무렵까지 열띤 토론을 벌이던 이들은 썰물 빠지듯 우르르 빠져 나갔다. 그러자 광해는 다시 힘없는 왕자의 모습으로 되돌아와야 했다. 이들 어느 누구도 나라 일을 걱정만 할 뿐 감히 왕세자로서 광해의 역할을 떠올리지는 못했다. 그런데 불과 한 시간도 못 된 자정 무렵에 광해는 차기 임금을 의미하는 세자로 벼락같이 신분이 바뀌었다. 변두리에서 최고 정점의 자리로 순식간에 올라선 것이었다.

막상 이런 믿기지 않는 엄청난 일이 일어나자 광해는 더럭 겁이 났다. 무얼 어떻게 해야 할지 막막했다. 누군가의 도움이 절실했지만 주위에는 아무도 없었다. 광해는 마치 꿈을 꾸고 있는 것같이 몽롱한 상태에서 걱정의 한숨만 토하며 밤하늘을 응시했다.

그때 대문 밖에서 경비를 서던 임금의 호위부대인 내금위 소속 군관 한 명이 달려왔다.

"세자 저하, 좌의정 유성룡 대감께서 오셨습니다."

광해는 깜짝 놀라 방문을 뛰쳐나갔다. 지금 이 순간 꼭 필요했던 사람이 때맞춰 온 것이었다. 광해는 기쁨에 얼굴이 활짝 폈다.

"대감, 이 야심한 시간에 어려운 걸음 하셨습니다."

"세자 저하, 감축 드립니다."

유성룡은 방문 앞에서 반기는 광해에게 환한 얼굴로 대답했다.

"감사합니다. 그러지 않아도 대감을 뵙고 싶었습니다."

"황공하옵니다. 저하."

광해는 누구보다 자신을 세자로 책봉시키기 위해 유성룡이 보이지 않게 힘이 되어준 것을 잘 알고 있었다. 그러기에 고마움을 표시하고 싶었다. 또 한편으로는 왜군의 침략으로 벼랑 끝에 선 나라의 장래와 세자로서 앞으로 어떻게 처신해야 할지 하고픈 말이 너무도 많았다.

자리에 마주 앉아 잠시 침묵을 지키던 유성룡은 어렵게 말을 꺼냈다.

"저하, 나라의 상황이 너무도 심각합니다. 당장 내일이라도 파천할 준비를 하셔야 합니다."

광해는 고개를 끄떡였다. 평화로운 시기였다면 왕세자 책봉 의식은 성대하게 치러졌을 것이었다. 문무백관이 경복궁 근정전에 모이고 국조오례의에 수록된 절차에 따라 의식이 거행되어야 마땅했다. 하지만 그럴 형편이 못된다는 것을 유성룡은 조심스럽게 상기시켰다.

"잘 압니다. 도대체 제가 어떻게 해야 할지 모르겠습니다."

"송구합니다. 저도 당장의 앞일을 모르겠습니다. 일단은 파천한 뒤 전하의 말씀이 따로 있으실 것으로 봅니다. 그때 무슨 일이 있어도 자리를 보존해 살아남으셔야 합니다. 그래야 이 나라가 살 수 있습니다."

"대감, 무슨 말씀이신지?"

광해는 의아한 얼굴로 유성룡에게 물었다.

"신은 지금 도성을 지키는 유도대장으로 보임됐습니다. 때문에 저하를 모시고 파천을 갈 수 없습니다. 오늘 신이 저하를 뵙는 것은 아마도 마지막이 될지도 몰라 찾아뵌 것입니다. 어떡하든 이 나라가 난국을 잘 수습해 훗날 세자 저하께서 보위에 오르게 되기를 간절히 바랄 뿐입니다."

"아니, 어떻게… 그럴 수 있단 말입니까?"

광해는 기가 막힌 듯 안색이 하얗게 변했다.

"저하, 주상 전하의 뜻이옵니다. 그리고 신하로서 당연히 해야 할 도리입니다."

"아니 되옵니다. 파천을 한들 대감이 없이 이 나라가 어찌 위기를 극복할 수 있단 말입니까? 내 지금 당장이라도 대궐로 들어가 전하를 뵙겠습니다."

광해는 흥분을 참지 못하고 자리에서 벌떡 일어났다.

"저하, 고정하시옵소서. 전하의 심기가 좋지 않은 만큼 지금은 조용히 처신하셔야 합니다. 앞으로 어떻게 될지는 누구도 모르는 일입니다."

유성룡은 침착한 어조로 광해를 달랬다.

"대감, 저에게 약속을 하지 않았습니까? 벌써 잊으셨단 말입니까?"

광해는 유성룡의 만류에 주춤하며 슬픈 목소리로 말했다.

"저하, 약속이라 함은…"

유성룡은 광해의 말을 음미하며 잠시 생각에 잠겼다. 지난 일 년 전 이순신이 전라좌수사로 보임될 때 만났던 일이 떠올랐다. 광해는 그때의 일을 또렷이 기억하고 있었다. 유성룡은 광해를 다시 자리에 앉힌 뒤 두 눈을 마주보며 말했다.

"신과 이순신은 세자 저하께 했던 그 약속을 단 한시도 잊은 적이 없습니다. 무슨 일이 있어도 이 나라를 전란에서 구하고 저하를 보필할 것입니다."

"그, 그렇죠?"

광해는 다시 표정이 바뀌어 반색했다.

"저하, 아마도 곧 전라좌수사인 이순신이 왜적을 물리쳤다는 첫 승전보를 보내올 것입니다. 전 그렇게 되리라 믿습니다. 그리고 유도

대장으로 전하께서 절 임명하셨지만 아직 파천하기 전이니만큼 얼마든지 다시 바뀔 수 있습니다. 그리고 제가 꼭 말씀드리고 싶은 것은 세자로서 저하가 궁궐에 들어가자마자 할 일입니다."

"그렇다면?"

광해는 조심스럽게 되물었다.

"무엇보다 전하의 심기를 헤아리는 것입니다. 무조건 전하의 뜻에 순응하십시오. 전란으로 인해 전하의 성정이 몹시 날카로워지셨습니다. 때문에 기다리시며 옥체를 보존하셔야 합니다. 어쩌면 빠른 시일 내에 세자 저하가 할 일이 생길 수 있습니다. 꼭 기다리셔야 합니다. 저와 이순신을 믿으십시오."

"내 그렇게 하겠습니다."

광해는 유성룡의 두 손을 맞잡았다. 따뜻한 온기가 느껴졌다. 세자로서 첫 출발의 동반자가 된 유성룡이란 거목이 너무도 듬직했고 고마웠다.

광해는 문득 이 자리에 없지만 또 한 명의 동반자인 이순신이 궁금했다. 조선 전 국토가 왜군에 속수무책으로 유린당하고 신립을 비롯한 조선의 최고 장수들이 무참히 무너진 상태에서 남쪽 외진 바닷가인 전라좌수영 이순신 수사의 존재감은 너무도 미미했다. 그럼에도 불구하고 광해는 이순신이 전란을 극복하는데 어쩌면 주역이 될지도 모른다는 막연한 기대감을 가슴에 품었다. 그리고 속으로 외쳤다.

'장군이시여, 조선을 구하고 저의 든든한 동반자가 되어 주소서.'

대궐은 시장 난장판처럼 어수선했다.

날이 밝자마자 대궐에 들어간 광해는 세자로서 의전행사는 고사하고 피난 보따리부터 꾸려야 했다. 그나마 광해가 왕세자로 결정되었다고 공식 발표되어 주위의 축하 속에 확실한 존재감을 나타낸 것만으로도 감지덕지했다.

광해는 부친이자 임금인 선조를 뵈려고 갔다가 인빈 김씨 처소 앞에서 도승지인 이항복을 만났다. 임금을 만나려고 내시에게 이른 뒤밖에서 한참을 서성이던 이항복은 광해를 보자 환한 얼굴로 예의를 갖췄다.

"세자 저하, 감축 드립니다."

"고맙소, 그런데 도승지께서 여긴 어쩐 일이십니까?"

이항복은 광해의 말에 곧바로 대답을 못하고 우물쭈물했다.

"무슨 일이 있는 건가요?"

"저하, 사실은 좌의정인 유성룡 대감이 도성을 지키는 유도대장으로 임명되었기 때문에…"

"알고 있소이다. 그런데…"

이항복은 광해의 눈치를 살피며 조심스럽게 말을 이었다.

"전하께 간청을 드리고자…"

광해는 이항복의 말에 덥석 손을 잡았다. 왕명을 하달하고 신하들의 의견을 전하는 임금의 비서장 격인 도승지인 이항복이야말로 임금의 마음을 돌릴 수 있는 적임자였다.

"잘됐소이다. 그러지 않아도 그것 때문에 나 또한 전하께 간청할 생각이었습니다. 무슨 방법이 있습니까?"

"신이 전하께 잘 말씀드리겠습니다. 세자 저하께서는 따로 말씀을 드리지 않는 것이 좋을 듯싶습니다."

"알겠습니다. 내 그리하겠습니다. 도승지만 믿겠습니다."

이심전심이었다. 광해는 이항복이 임금을 설득할 수 있기를 간절히 바랐다. 유성룡 대감이 없는 파천은 누가 봐도 조선의 미래를 버리는 것과 다름없었다. 이러한 공감대가 대신들 사이에서도 확실히 형성됐다는 것은 분명 좋은 징조였다. 그러나 시간이 너무도 촉박했다.

"전하께서 들라 하십니다."

내관이 임금의 알현 허락을 전했다. 이항복은 광해에게 목례를 한 뒤 선조가 머물고 있는 인빈의 처소로 들어갔다. 광해는 초조한 얼굴로 이항복의 뒷모습을 바라봤다.

"무슨 일인가?"

선조는 심드렁한 표정으로 말했다. 파천 문제로 신하들에게 체면을 구긴 탓에 기분이 상해 있었다.

이항복은 임금의 우측 옆에 앉아 있는 인빈의 눈치를 살폈다. 선조의 총애를 받고 있는 인빈 김씨는 4남 신성군과 5남 정원군의 생모이기에 대궐에서 영향력이 대단했다. 이항복은 짧게 숨을 고른 뒤 직언했다.

"전하, 파천을 하자마자 시급히 할 일은 명나라에 도움을 청하는 것이라 생각하옵니다."

"명나라? 아암 그렇지."

선조는 명나라 말이 나오자 눈을 반짝였다. 도성을 버리고 도망가더라도 임시방편일 뿐 왜군이 쫓아오면 달리 방법이 없었다. 궁극적으로 대국인 명의 도움이 없이는 조선 어느 곳을 가도 살 길이 없었다.

"전하, 명나라에 구원을 청하는 중차대한 일을 누가 할 수 있다고 생각하십니까?"

"……"

선조는 말문이 막혔다. 파천을 하는 마당에 경황이 없어 미처 생각지 못한 일이었다.

"명에 구원을 청하는데 그 사이를 주선하고 응대하는 일에 유성룡 대감이 없어서는 아니 될 일입니다. 도성에 머물라는 명을 거두어 주시고 전하를 호종토록 하게 하옵소서."

선조는 흔들리는 눈빛으로 이항복을 바라봤다. 그리고 천천히 고개를 끄덕였다. 어쩔 수 없는 현실을 외면할 수 없는 복잡한 심정이 얼굴에 역력했다. 밉지만 유성룡이 없는 조선 조정의 한계를 절감해야 했다. 선조는 입술을 깨물며 신음하듯 내뱉었다.

"그렇게 하시오. 그리고 파천을 속히 서두르시오"

이항복은 선조의 명령이 떨어지자 신속히 유성룡과 세자인 광해에게 소식을 알렸다.

4

도망치는 임금

조선 개국 이래 최초의 파천은 비가 부슬부슬 내리는 새벽에 이뤄졌다.

자정이 지난 4월 30일 축시丑時: 오전 2시경 임금이 창덕궁 인정전에 모습을 드러냈다. 짙은 어둠 속에서 수많은 대소 신료들은 침울한 표정으로 비를 맞으며 임금을 기다렸다.

군복 차림을 한 임금이 말에 오르자 그 뒤를 이어 세자인 광해와 여러 왕자, 정승과 판서 등의 고위 대관들이 말을 탔다. 중전을 비롯해 지체가 높은 후궁종 2품 이상은 뚜껑이 있는 교자를 탔다. 하급 관원과 궁인들은 걸어서 그 뒤를 따랐다.

어둠을 뚫고 파천 길에 나선 임금과 호종하는 문무관원들의 수는 불과 1백여 명에 불과했다. 초라한 행차였다. 더욱이 백성들 몰래 대궐을 빠져 나가다 보니 길을 밝히는 등불도 없어 한걸음 한걸음이 더뎠다. 칠흑같이 어두운 그믐밤이라 가마를 멘 교꾼들과 시녀들은 앞만 보고 쫓아갔다. 그러다가 발을 잘못 디뎌 이리저리 비틀거리며 넘어지기 일쑤였다.

임금의 일행이 경복궁 앞을 지날 때쯤부터 도성 곳곳에서 난장판이 벌어졌다.

"임금이 도성을 버리고 도망갔다."

어둠 속 어디선가 피란을 떠나지 못한 백성들이 분노의 목소리로 외쳤다. 이어 통곡소리와 욕설이 사방에서 쏟아졌다. 죄인의 심정으로 야반도주하는 임금의 일행 뒤로 곧 불길이 치솟았다. 임금이 떠난 대궐로 백성들이 난입해 불을 지른 것이었다.

말 위에서 뒤를 돌아본 광해는 멀리서 불타는 대궐을 보자 와락 눈물이 솟구쳤다. 참담했다. 누구를 원망할 수도 없었다. 백성을 버린 나라의 무능이 자초한 결과였다. 임금인 선조를 비롯해 조정 중신들 모두 고개를 숙인 채 어둠 속으로 힘겹게 발길을 재촉했다.

불길은 삽시간에 번져 조선 200년의 역사가 담긴 경복궁과 창덕궁, 창경궁이 차례로 탔다. 광화문 앞 형조와 장예원도 불길이 치솟았다. 형조는 백성들을 형벌로 다스리는 곳이고, 장예원은 노비문서를 관할하는 곳이었다. 백성들은 조선의 지배체제에 불을 질렀다. 왜군이 오기 전에 백성들이 먼저 심판을 한 것이었다.

선조는 개성에 도착하자마자 이산해를 파직하고 유성룡을 영의정으로 임명했다. 또한 최흥원은 좌의정, 파천 길에 합류한 윤두수는 우의정, 유성룡을 대신해 막판에 유도대장 직책을 맡았지만 도성을 버리고 달아난 이양원은 정승 자리에서 물러나게 했다.

자신도 모르게 영의정으로 내정된 유성룡은 소식을 접하자마자 임금에게 아뢰었다.

"신臣은 이산해와 더불어 정승 자리에 앉아 나라 일이 이 지경까지 이르게 했습니다. 책임이 누구보다 큽니다. 그런데 이산해는 파직됐고 신만 어찌 무죄라고 정승자리에 있을 수 있단 말입니까?"

선조는 속으로 코웃음을 쳤다. 임금이 원치 않는 회피용 인사라는 것을 대소신료 누구나 알고 있었다. 그렇지만 표정에서는 유성룡이 필요하다는 간절함과 격려를 담아 명령을 따르게 했다.

"신은 죽을 죄를 지었으니 감히 명을 따르지 못하겠습니다."

유성룡은 버텼다. 뜰 복판에 엎드려 선조가 명을 거둘 때까지 기다렸다. 그러나 선조는 끝내 유성룡의 사양을 허락하지 않았다.

조정 대신들은 이산해가 파직되자 한층 고삐를 조였다. 이산해가 선조의 후궁인 김빈의 오빠 김공량과 결탁해 많은 비리를 저질렀다고 집요하게 죄를 물었다. 일부 대신은 처형해야 한다고 목소리를 높였다. 그러자 임금인 선조는 반격의 칼을 뽑았다. 선조가 눈 밖에 난 유성룡을 영의정으로 임명한 것은 이산해를 구하기 위한 고도의 노림수였다. 형평성 차원에서 대신들의 이산해 처형 요구는 결국 꺾일 수밖에 없었다. 그렇게 되기 위해선 유성룡이 필요했다.

선조의 유성룡 활용 계략은 영의정 임명 다음날 본색을 드러냈다. 대신들이 이산해 처벌을 계속 주장하자 작심하고 유성룡을 끌어들였다.

"파천을 결정한 날 말리지 못한 죄는 이산해와 유성룡이 같은데, 어찌 이산해만 문제 삼고 유성룡은 언급을 하지 않은가? 이산해의 죄를 묻는다면 유성룡까지 아울러 파직해야 할 것이다."

선조의 물귀신 작전에 대신들도 물러서지 않았다. 대사간 이헌국은 모든 죄는 이산해에게 있지 유성룡은 경우가 다르다고 옹호했다. 이충원은 좀 더 구체적으로 말했다.

"죄를 균등하게 주어야 한다는 말씀은 지극히 맞습니다만, 이산해는 오랫동안 인심을 잃었고 유성룡은 모든 사람이 존경하는데 함께 파직을 하면 민심이 크게 놀랄 것입니다."

사간 이곽도 말을 거들었다.

"파천 논의는 영상이 한 것으로 모든 사람이 알고 있습니다."

사간이란 자리는 대궐에서 임금을 비롯해 조정 대신들의 말을 기록하는 직책이기에 선조의 앞뒤가 맞지 않는 말에 제동을 걸었다. 그러나 선조는 눈 하나 깜빡하지 않고 맞받아쳤다. 오히려 반격의 고삐를 조였다.

"군사 문제를 완만히 하여 실패시킨 죄는 유성룡이 더 무겁소."

선조는 전란의 근본 원인을 임금인 자신의 탓보다 엉뚱하게 유성룡의 탓으로 돌렸다. 대신들은 기가 막혀 제대로 말을 하지 못했다. 유성룡을 눈엣가시처럼 여기던 선조는 오기를 부리듯 목소리를 높였다.

"어쨌든 변란에 대응하지 못하고 적의 칼날을 받게 한 죄는 대신이 함께 져야 하오. 미리 막지 못하고 적으로 하여금 마치 무인지경을 들어오듯 하게 했으니 대신들이 어떻게 죄를 면할 수 있겠는가. 이 점에 대해서는 유성룡 혼자 그 죄를 받아야 하오. 민폐가 된다고 하여 예비하지 않아 방비가 허술하게 만든 것은 모두가 유성룡의 죄요."

선조는 완강했다. 여기서 물러나면 임금인 자신이 허수아비가 될 것을 우려한 처절한 저항이었다. 비록 억지였지만 '파직'이라는 말이 나온 이상 어쩔 수가 없었다.

결국 유성룡은 하루 만에 영의정 직에서 파직됐다. 또한 겸임하던 군무 총책임자인 도체찰사 자리도 물러나게 됐다. 파천 길에서 유성룡의 파직은 전란 극복의 희망마저 짓밟아버리는 암울한 조치였다. 하지만 이성을 잃어버린 임금에게는 앓던 이가 빠져 개운하다는 감정이 더 앞섰다.

조선을 침공한 뒤 파죽지세로 북상한 왜군은 도성인 한양을 눈앞에 두고 갈등을 벌였다. 조선의 임금을 중심으로 강력한 방어막을 펼칠 것으로 예상했기 때문이었다.

5월 2일, 왜군의 선발인 고니시 유키나가의 부대는 도성이 멀지 않은 망우리 고개에서 상황을 관망했다. 멀리 도성의 곳곳에서 연기가 솟아오르는 것이 보였다.

"틀림없이 조선군이 도성 부근 어딘가에 매복하고 있을 것이다. 확실히 살펴라."

고니시 유키나가는 도성이 코앞에 다가오도록 조선군이 보이지 않는 것에 의구심을 품었다. 자국에서의 전쟁은 적의 도성이 점령되면 적장은 항복하거나 할복하면서 싸움이 끝났다. 그런 까닭에 조선이 도성을 쉽게 버리리라고는 전혀 생각지 못했다. 더욱이 임금이 백성을 버리고 먼저 도망가리라고는 꿈에도 상상치 못한 일이었다.

왜군의 정찰부대는 한양 성곽 8개의 문 가운데 동쪽에 있는 문인 흥인문오늘날 동대문 앞에서 발걸음을 멈췄다. 대문이 활짝 열려 있는 것을 보고도 선뜻 들어갈 엄두를 내지 못했다. 조선군의 유인작전에 걸려들 것만 같아 두려웠다.

왜군은 먼저 십여 명을 조심스럽게 성안으로 보냈다. 그러나 뜻밖에도 도성 안은 텅 비어 있었다. 왜군은 수십 번에 걸쳐 도성을 오가며 안팎과 주변을 샅샅이 살폈다. 그리고 눈으로 보고도 믿을 수 없는 이러한 상황을 신속히 지휘부에 알렸다. 왜군의 주력부대는 곧바로 도성에 무혈입성했다. 그런 뒤 종묘에 지휘부 자리를 잡았다.

한편 같은 시간, 왜군의 가토 기요마사 부대는 과천에서 남태령을 넘은 뒤 한강에 이르러 도강준비를 했다. 가토는 고니시가 먼저 도성에 입성하기 전에 앞서 도착하려는 욕심으로 발걸음을 서둘렀다.

반면 도성을 방어하는 조선군은 한강 북안에 진영을 갖추고 왜군을 기다렸다. 임금은 파천을 하면서 형식적이나마 도성방어를 위해 책임 장수로 도원수 김명원과 부원수 신각을 임명했다. 이들은 이곳저곳에서 억지로 긁어모은 1천여 명의 병력으로 대규모 왜군과 싸워야 했기에 적지 않은 부담을 안고 있었다.

도원수 김명원은 무인이 아니어서 실제로 칼 한번 제대로 잡아본 적이 없었다. 그는 한강 너머 끝도 보이지 않을 만큼 엄청난 왜군의 위세에 기가 죽어 싸울 엄두를 내지 못했다. 반면 무장 출신인 부원수 신각은 싸워볼 만하다고 전투 의지를 곤두세웠다.

"비록 왜군들이 병력은 많지만 한꺼번에 도강을 하지는 못합니다. 기껏해야 몇 십 명씩 나룻배로 오기 때문에 오는 족족 격파하면 됩니다."

"아니오. 일시에 몰려올 수도 있소. 중과부족인 만큼 괜한 피해만 볼 뿐이오."

도원수 김명원은 처음부터 싸울 의지가 없었고 도망갈 명분만 찾고 있었다. 그래서 병력을 해산하고 임금이 파천한 방향인 임진강 쪽으로 도주했다. 부원수 신각은 도원수 김명원이 앞장서 달아나자 끝까지 싸우기 위해 도성을 지키는 총책임자인 유도대장 이양원을 찾아

나섰다. 그러나 그가 보이지 않자 일부 병력을 데리고 양주 쪽으로 이동했다.

도원수 김명원은 임진강 쪽으로 달아난 뒤 자신을 따르지 않은 부원수 신각을 괘씸하게 여겼다. 그래서 개성에서 평양으로 이동 중인 임금에게 장계를 보냈다. 장계의 내용은 부원수 신각이 도원수의 명을 어기고 제멋대로 양주로 달아난 만큼 군율차원에서 엄벌에 처해야 한다는 것이었다.

한편 신각은 양주의 한 야산에서 멀리 도성을 지키기 위해 달려온 함경도 남병사 이혼 일행을 만났다. 이혼은 도성이 이미 함락되었다는 신각의 말에 휘하의 병사들과 함께 양주 부근에서 왜군과 싸우기로 의기투합했다.

신각은 해유령 고개오늘날 양주 백석읍 지역에서 유격전을 벌이기로 작전을 짰다. 고개 주위가 숲이 울창하고 왜군의 이동 모습을 한눈에 살필 수 있는 천혜의 지형이었다. 신각은 수백 명의 병력을 10~20명 단위로 잘게 편성해 기습을 벌인 뒤 퇴각하는 전술을 가르쳤다.

왜군은 조선의 도성인 한양까지 오는 동안 제대로 된 전투를 하지 않고 승승장구한 탓에 조선군을 우습게 봤다. 초기의 엄정한 군기와 긴장감이 풀어진 왜군은 하급 부대일수록 방목된 망아지처럼 제멋대로 민가에 들어가 노략질을 일삼았다. 하지만 승전 분위기에 취해 아무도 제지하지 않았다. 미처 피난길을 떠나지 못한 백성 상당수는 다급히 산속으로 몸을 피했다. 하지만 왜군의 눈에 띈 이들 백성들이야말로 좋은 사냥감이었다.

신각이 노린 적은 소수의 인원으로 어울려 다니며 약탈을 하는 왜군 무리였다. 해유령 고개를 중심으로 주변 일대의 왜군들은 신각이 이끄는 조선군에게 기습당하자 속수무책으로 무너졌다.

　산속을 은거지로 신출귀몰한 신각의 부대에 왜군은 번번이 몰살 당했다. 신각은 차츰 도성 부근까지 다가가 왜군을 괴롭혔다. 왜군도 대병력을 조직해 조선군을 찾았지만 흔적 없이 사라져 헛걸음만 할 뿐이었다. 왜군은 자체 단속을 통해 소수가 제멋대로 민간인 약탈을 하는 것을 자제시키기에 이르렀다.

　신각은 그동안의 전과를 정리한 뒤 왜군의 수급 70여 개를 평양 의 임금에게 보냈다. 전란 이후 연전연패하던 조선군이 육상에서 거 둔 최초의 승전보였다.

　개성에서 유성룡을 파직한 임금 선조는 왜군이 도성에 입성했다 는 소식을 듣고 두려움에 떨었다. 선조는 대신들에게 선언하듯 말했다.

　"왜군이 바짝 쫓아오고 있소. 개성에 더 이상 머물 수 있는 상황이 아니오."

　선조의 말에 대신들은 아무 말도 하지 못했다. 바른 말을 하는 유 성룡이 없자 대신들은 약속이나 한 듯 입을 다물었다. 선조는 유성룡 을 파직한 효과를 실감하며 만족한 표정을 지었다. 그나마 새로 정승 자리에 오른 윤두수가 한마디 거든 것이 전부였다.

　"전하, 오늘은 미처 떠날 수 없으니 내일 떠나시는 것이 옳을 줄 아옵니다."

　"더 이상 아무 말도 하지 마시오. 지금 당장 출발할테니 그런 줄 아시오."

　선조의 일방적 결정에 대신들은 지체 없이 피란길에 올랐다.

　5월 7일, 임금 일행은 평양에 도착했다. 선조는 비로소 안정을 되찾았다. 왜군이 평양까지 오기에는 다소 시간적 여유가 있다고 생각했다.

선조는 평양성에서 군사체계를 재점검했다. 점검 결과 조선군이 왜군과 싸워 이기기 힘들다고 판단했다. 어차피 조선을 되살릴 수 없다면 국경을 넘어 명나라로 가서라도 목숨을 부지해야만 했다. 그러나 임금의 위신상 백성들을 버리고 명나라로 도망을 가겠다고 대놓고 말하기가 곤란했다. 도망갈 명분이 필요했다.

이 무렵 평양 조정에 도성 방어를 맡은 도원수 김명원이 보낸 장계가 도착했다. 장계의 내용은 부원수 신각이 도원수의 명을 거역하고 자의로 양주로 달아났기에 처벌해야 한다는 것이었다. 파직된 유성룡의 뒤를 이어 도체찰사이자 우의정이 된 유홍은 이러한 보고를 접하자 분개했다. 그는 임금인 선조에게 엄중한 처벌을 요구했다.

"오늘날의 폐단은 기율이 엄하지 못한 데에 있습니다. 도원수 김명원의 지시를 어긴 부원수 신각에게 군법을 엄하게 보여야 합니다."

선조는 유홍의 건의를 받자 마침 땅에 떨어진 임금의 위엄을 세울 절호의 기회로 생각했다. 앞으로 명나라로 도망을 가더라도 신하들이 감히 반대하지 못하도록 겁을 줄 필요가 있었다. 선조는 주위를 압도하는 분노의 얼굴로 단호하게 말했다.

"지금 즉시 밤낮을 가리지 않고 달려가 군율을 어긴 신각의 목을 지체하지 말고 쳐라!"

임금의 명령이 떨어지자 선전관 일행은 득달같이 양주 해유령으로 달려갔다.

파직이 되어 조정회의에 참석지 못한 유성룡은 이 사실을 알자 깜짝 놀랐다. 신각은 유성룡이 도체찰사일 때 도원수 김명원이 미덥지 못해 부원수로 추천한 장수였다. 유성룡은 강직한 성품의 신각이 그럴 리가 없다고 생각했다. 조정의 결정이 너무도 성급했다는 판단에 종일 불안감에 떨어야 했다.

조선군의 첫 승전보인 신각의 장계는 어명을 받고 선전관이 떠난지 반나절이 지나서야 도착했다.

5월 18일, 승전보가 전해진 평양의 조정과 저잣거리는 전란 이후 처음으로 거둔 조선군의 승리에 환호했다. 임금인 선조는 자신의 성급한 명령을 후회했다. 그리고 서둘러 지시했다.

"선전관은 속히 달려가 신각의 처형을 중지시켜라."

반나절의 시차를 두고 신각을 처형하려는 선전관과 처형을 중지시키려는 선전관이 말채찍을 휘두르며 평양에서 양주로 쏜살같이 달려갔다.

한편 양주 해유령에서는 소부대로 나뉘어 왜군을 기습 공격했던 신각과 이혼의 군사들이 모처럼 한자리에 모여 휴식을 취했다. 군졸들은 저마다 임금이 머무는 평양 조정에서 보낼 포상에 잔뜩 기대를 하며 신바람이 났다.

"임금님의 선전관이 왔다."

숲속에서 망을 보던 누군가 외치자 삼삼오오 앉아있던 군사들이 어명을 받기 위해 정렬했다. 선전관 일행은 해유령에 도착하자마자 말에서 내려 어명을 읽었다.

"정2품 부원수 신각은 도원수의 명을 거역하고 이곳 양주로 도주했으므로 관직을 삭탈하고 참형에 처할 것을 명하노라."

선전관의 말에 모두 깜짝 놀랐다. 다들 기가 막혀 제대로 말을 못하고 어리둥절했다. 선전관을 호송한 군졸 몇 명이 밧줄을 꺼내 신각을 묶고 무릎을 꿇렸다.

"이보시오, 뭐가 잘못된 것 같소. 잠시 기다려 주시오."

도성방어 책임자였다가 양주에서 우연히 신각과 합류한 유도대장 이양원이 간청했다.

"조금만 기다리면 조정에서 소식이 올 것이오. 신각 부원수는 억울하오."

신각과 함께 유격전을 벌인 함경도 남병사 이혼도 사정을 했다.

선전관은 주위 분위기를 보자 뭔가 잘못됐다는 생각이 들었다. 그러나 임금의 불같은 성격을 아는지라 애써 고개를 외면했다.

"즉시 처형을 집행하라는 어명이시오."

신각은 포승줄에 묶여 한숨을 쉬었다. 장수로서 죽는 것은 두렵지 않았다. 그러나 나라가 위기에 처한 상태에서 윗사람의 잘못으로 제대로 싸워보지도 못하고 오합지졸이 된 조선군의 사기가 걱정됐다. 이대로 죽으면 나머지 군사들은 의욕을 잃고 나라를 원망하며 흩어질 것이 뻔했다. 그렇다고 어명을 따르지 않으면 반역자가 되는 것이었다. 어쩔 수 없는 선택을 해야만 했다.

"육십 평생 무인으로 나라의 명을 받아 이곳저곳을 옮겨 다니다 보니 노모를 제대로 모시지 못해 늘 불효를 저질렀소. 왜군들을 무찌르고 나서 노모를 모시려고 했지만 뜻대로 되지 않아 아쉬운 마음이오. 그러나 후회는 없소. 그동안 함께 했던 여러 장졸에게 감사하오."

신각은 순순히 목을 내밀었다. 일부 신각의 부하들이 분을 참지 못하고 목을 베려는 선전관의 군졸에게 칼을 겨누자 눈짓으로 제지했다.

처형 집행을 알리는 북소리가 "둥둥" 울렸다. 신각을 둘러싸고 수많은 장졸들이 통곡하는 순간 칼날이 그의 목을 내리쳤다. 분수처럼 피가 솟구치며 몸에서 분리되어 땅에 떨어진 신각의 머리는 허망한 눈길로 하늘을 바라봤다.

"어명이요!"

온 몸에 땀이 가득한 선전관이 질풍처럼 달려와 양주 해유령에 도착한 때는 이미 처형이 집행된지 몇 시간이 지나서였다. 신각의 시신을 거두어 땅에 묻은 뒤 통곡하던 수많은 장졸은 원망의 눈으로 뒤늦게 온 선전관을 노려봤다.

한때나마 도성 부근의 왜군을 괴롭히며 해유령의 전사로 용맹을 떨치던 신각의 부하들은 뿔뿔이 흩어졌다. 함경도 남병사 이혼도 허탈한 마음으로 싸울 의욕을 잃고 나머지 부하들을 수습해 양주를 떠났다.

평양의 조선 조정은 침울했다.

조선군에게 첫 승리를 안겨준 주인공을 어이없이 참형한 일은 조정의 무능을 그대로 드러낸 일이었기에 모두 쉬쉬했다. 도원수 김명원의 잘못된 보고 때문에 부원수 신각을 처형한 실수를 무마하고자 김명원의 지휘권 일부를 박탈한 것이 기껏 조정에서 내놓은 대책의 전부였다.

그러나 그 대책은 오히려 악수가 되고 말았다. 임진강에서 왜군의 북상을 막기 위해 결전을 치러야 할 조선군으로서는 지휘권이 이분화되는 상황을 맞게 된 것이었다. 그 결과 임진강에서 왜군과 제대로 싸워보지도 못하고 쫓겨 달아났다.

평양은 다시 충격에 휩싸였다. 첫 승전의 주역인 신각을 참형한 데 이어 김명원과 한응인마저 무모한 작전으로 임진강 전투에서 대패하자 온통 실의와 두려움으로 술렁였다. 더욱이 왜군의 대병력이 북상 중이라는 소식은 모두의 간담을 서늘하게 했다. 이 와중에 임금인 선조는 또다시 도망갈 궁리를 했다. 대신들 사이에서도 이를 어찌해야 할지 의견이 분분했다.

바로 이때, 전라좌수사인 이순신이 보낸 옥포해전의 승전보가 도착했다.

5월 23일, 평양에 전달된 보고서의 내용은 전란이 벌어진 후 여태껏 단 한 번도 들어보지 못했던 엄청난 승리였다. 임금인 선조를 비롯해 조정 중신과 평양의 백성 모두가 깜짝 놀랄 전과가 쏟아졌다.

왜선 44척을 격파했다는 기록과 함께 왜군 1천여 명의 수급과 다량의 노획 물품이 눈앞에 펼쳐졌다. 이를 본 모두는 환호하며 기쁨의 눈물을 흘렸다. 장계는 장장 3천 5백 자의 분량이었다. 하지만 읽는 사람이나 듣는 사람 모두 지루함 없이 몇 번이나 되새기며 기쁨을 만끽했다.

연일 우울했던 조정은 모처럼 신바람이 났다. 이순신을 추천한 유성룡에게 동인 서인 할 것 없이 모든 대소 신료가 아낌없이 찬사를 보냈다. 유성룡은 속으론 누구보다 기뻤지만 몸을 낮추고 임금에게 공을 돌렸다.

"이순신 수사를 발탁한 것은 전하이십니다. 저야 그저 어릴 적 인연으로 추천만 했을 뿐 그 그릇을 알아보고 여러 대신의 반대에도 불구하고 과감하게 발탁하신 분이 전하이십니다. 마치 오늘날을 예견이라도 하듯 참으로 대단한 혜안을 갖고 계십니다."

조정 대신들은 이순신을 크게 포상할 것을 건의했다. 선조는 그러나 마지못해 이순신의 품계를 정3품에서 종2품으로 한 단계 올리는 것만 허락했다. 뜨뜻미지근한 반응이었다.

처음엔 이순신의 장계를 받고 기뻐하던 임금의 표정이 시간이 지나면서 다시 어두워지자 대신들은 의아해했다. 세자인 광해는 이러한 조정의 분위기를 슬그머니 유성룡에게 전했다.

"대감, 이순신 수사가 참으로 장한 일을 해냈습니다. 이제 조선군이 왜군을 무찌를 수 있는 반격의 계기가 왔다고 봅니다. 그런데 전하께서는 왜군 때문인지 아직 마음이 썩 편치 않으신 것 같습니다."

유성룡은 파직 후 모처럼 여유로운 시간을 보내고 있었다. 반면 세자가 된 광해는 종종 임금이 주관하는 회의에 참석했다. 광해는 회의가 끝나자마자 평양성 정원 모퉁이에서 유성룡을 만나 회의 분위기를 들려줬다. 유성룡은 광해의 말을 듣고 잠시 생각한 뒤 조심스럽게 속내를 꺼냈다.

"세자 저하, 제 말을 잘 들으십시오. 아마도 주상 전하께서는 조만간 평양을 버리고 떠나는 것을 고려하는 것 같습니다."

"떠나다니요? 여기 평양마저 버리면 어디를 간단 말입니까? 말도 되지 않습니다."

광해는 화들짝 놀라며 반박했다.

"지당하신 말씀입니다. 저하, 이순신이 이끄는 수군이 모처럼 왜군에 대승을 거둔 만큼 그 여세를 모아 이곳 평양에서 지위고하를 막론하고 모두가 한마음 한뜻이 되어 싸운다면 왜적을 물리칠 수 있습니다. 그런데 전하의 마음은 그렇지 않은 것 같아 우려스럽습니다."

광해는 유성룡을 물끄러미 바라봤다. 조선에서 임금이자 부친인 선조를 누구보다도 잘 아는 사람이 바로 유성룡이었다. 광해는 불안한 심정으로 고개를 숙이며 되물었다.

"그렇다면 전하께서는 조선을 버리겠다는 말입니까?"

"전하께서는 그 전에 명나라 땅인 요동으로 가겠다는 뜻을 슬쩍 내비친 적이 있습니다."

유성룡은 담담한 얼굴로 말했다. 장차 조선의 임금이 될 광해에게 부친인 선조의 잘못된 점을 답습해서는 안 된다는 교훈을 전하고 싶었다.

"어떻게 그럴 수가…"

광해는 입술을 깨물었다.

"조정 대신들은 당연히 반대입니다. 그러기 때문에 전하께서는 평양을 떠날 명분을 찾고 계셨습니다. 그런데 이순신이 왜군에 대승을 거뒀습니다. 이순신의 수군마저 왜군에 패했다면 평양을 떠날 수 있는 명분이 생겼겠지만 지금은 그렇지 못합니다. 그 점을 전하께서 고민하시는 겁니다."

"으음…"

광해는 일그러진 표정으로 나지막하게 한숨을 토했다.

"그럼 어떻게 해야 합니까? 답답합니다. 대감, 제가 할 수 있는 일은 없습니까?"

유성룡은 침울한 모습의 광해를 보며 달래듯이 말했다.

"세자 저하, 지난번 소신과 이순신이 한 말을 잊어서는 안 됩니다. 무슨 일이 있어도 소신과 이순신이 왜적으로부터 이 나라를 구하고 저하가 보위에 오를 수 있도록 할 겁니다. 믿고 기다리셔야 합니다."

"대감, 도와주십시오. 이 나라를 구해주십시오."

광해는 간절한 얼굴로 유성룡을 바라봤다.

"아마도 전하께서 조만간 소신을 다시 찾으실 겁니다."

"전하께서요? 전하께서는 대감에 대해 심기가 편치 않으신 것 같은데… 어떻게?"

유성룡은 잔잔한 미소를 지으며 말했다.

"지금 명나라에서 이곳 평양으로 차관差官: 특별한 임무를 띤 임시 관원이 와 있습니다."

"명나라에서요? 그렇다면…"

"그렇습니다. 제가 파천 당시 도성 유도대장으로 보임됐다가 다시 보직이 바뀌어 전하를 호종하게 된 것은 명나라 사신이 오면 상대하라는 이유 때문이었습니다. 지금 전란 때문에 이곳 평양 조정에는 명나라와 외교 경험이 있는 대신들이 별로 없습니다. 전하께서 소신을 다시 찾으신다면 기꺼이 이 나라 조선을 위해 온몸을 바칠 것입니다."

유성룡은 나지막하지만 힘 있는 목소리로 각오를 밝혔다.

광해는 눈앞의 유성룡이 거대한 산처럼 느껴졌다. 또한 멀리 남해 바다에서 왜군에 대승을 거둔 이순신을 떠올리자 한결 마음이 든든했다. 조선 최고의 재상과 장수가 곁에 있다고 생각되자 광해는 비록 전란 중이지만 반드시 극복할 수 있다는 자신감이 생겼다. 광해는 두 주먹을 불끈 쥐었다.

영의정에서 파직되어 무직으로 있던 유성룡은 풍원부원군豊原府院君에 봉해졌다. 명나라 사신과 장수들을 접대하라고 선조가 내린 직책이었다.

왜군의 조선 침략 소식을 듣고 명나라는 최세신과 임세록을 평양으로 보냈다. 선조는 이들을 접대하는 일을 매우 중요하게 여겼다. 그렇기에 유성룡의 임명은 불가피했다. 선조는 명나라가 이들을 보낸 것은 대대적으로 군사적 지원을 하기 위한 첫 조치라고 생각했다. 그러나 명나라의 사정은 복잡하고 달랐다.

북경의 명나라 조정이 왜군이 조선을 침략했다는 소식을 처음 들었을 때 반응은 두 가지였다. 명나라는 전쟁을 일으킨 왜군의 우두머리인 도요토미 히데요시가 허풍은 심하지만 야욕이 있는 인물이라고 생각했다.

또 다른 한편에서는 전쟁이 발발하자마자 왜군이 불과 한 달도 되지 않아 조선의 도성을 함락했다는 소식에 의아해했다. 명나라 조정의 일부 대신은 조선이 왜군의 앞잡이가 되어 명나라를 치려는 것이 아닌지 의심하기도 했다.

선조로부터 직책을 맡은 유성룡은 명나라 사신의 의중을 알고자 이들을 데리고 대동강이 보이는 지역으로 데려갔다. 평양에서 멀지 않은 곳에 왜군의 정찰병이 나타났다는 보고를 받았기 때문에 확인시켜주려 했다. 마침 대동강 숲속에서 조선군의 동향을 살피려는 왜군 몇몇의 모습이 보였다.

"저들이 바로 왜군의 정찰병입니다."

유성룡의 말에 최세신과 임세록은 깜짝 놀라 반문했다.

"정말, 저들이 왜군이 맞습니까? 그런데 왜 숫자가 적습니까?"

"대병력을 이끌고 싸움을 할 땐 항상 정탐하는 소수의 병력이 먼저 와 상대 진영을 살피는 법입니다. 저들의 뒤에는 왜군의 많은 병력이 대기하고 있습니다."

명나라 사신들은 고개를 끄덕였다. 그리고 곧바로 유성룡에게 자문咨文: 명나라에 보내는 공문서을 써달라고 요청했다. 자문의 내용은 명나라의 구원병이 요구된다는 것이었다. 즉시 구원병을 보내지 않으면 왜군이 명나라 영토까지 침공할지 모른다는 우려도 적었다.

명나라 사신이 상황을 주시하는 가운데 평양의 조정은 또다시 논란을 벌였다. 평양을 버리고 다시 떠날 계획을 세우라는 임금인 선조의 명령이 논란의 불씨였다.

다시 조정회의에 참석하게 된 유성룡이 이번에도 반대의 목소리를 높였다.

"오늘날 상황은 지난번 도성을 버릴 때와는 다릅니다. 한양은 군사와 백성이 모두 무너져서 지키기 쉽지 않았지만 평양성은 앞에 강물이 가로막고 있고 민심도 안정되어 있습니다. 이러한 상태에서 조금만 버티면 명나라가 군사를 이끌고 와서 구원할 수 있습니다. 그러나 이곳을 버리면 국경지역인 의주까지 다시 지킬 만한 곳이 없습니다. 헤아려 주십시오."

새로 병조판서가 된 이항복과 좌의정인 윤두수도 "어떠한 경우에도 반드시 평양을 지켜야 한다"고 유성룡의 주장을 거들었다.

그러나 선조는 마이동풍이었다. 오히려 역정을 내며 자신의 억지 주장을 내세웠다.

"도대체 무슨 소리를 하는 거요. 왜적이 지금 코앞에 와있는데, 뭘 믿고 큰소리란 말이오. 꼭 군신君臣: 임금과 신하이 왜적의 손에 모두 절단이 나야만 속이 시원하겠소?"

조정 대신들은 속이 부글부글 끓었지만 임금의 고집에 한발 물러섰다. 어쩔 수 없이 피란처를 알아봐야 했고, 그나마 함흥이 무난하다는 의견이 대세를 이뤘다. 불안해하던 선조는 조선을 건국한 태조 이

성계의 고향이 함흥이라며 대신들의 의견을 반겼다.

임금이 평양을 버리고 함흥으로 떠난다는 소문은 순식간에 평양성 전역으로 파다하게 퍼졌다. 평양의 백성들은 너도 나도 보따리를 쌌고, 극심한 혼란에 빠져 들었다.

선조는 당황했다. 자칫 피란도 가기 전에 일이 꼬일까 두려웠다. 임금인 자신은 도주하더라도 누군가가 남아 평양을 지키며 시간을 벌어주었으면 하는 것이 속마음이었다. 궁색해진 선조는 아들인 세자 광해에게 백성을 설득하라고 지시했다.

광해는 임금의 명령이 떨어지자 지체하지 않고 곧바로 평양 대동관의 문에 가서 백성들에게 호소했다.

"이곳 평양은 조선의 마지막 보루입니다. 반드시 이곳에서 왜적들과 싸워 지키겠습니다. 모두가 합심해서 왜적을 격퇴할 수 있도록 믿고 따라주십시오."

세자인 광해의 말에 일부 평양 백성들의 마음이 흔들렸다. 그러나 임금인 선조에 대한 불신은 깊었다. 백성들 다수는 임금이 직접 나와 약속해 줄 것을 요구했다.

"세자마마, 황공하오나 성상께서 직접 말씀해 주시기를 바랍니다."

평양 백성들의 요구에 선조는 어쩔 수 없이 같은 장소에 나가 승지에게 말을 전하게 했다.

"평양에는 지금 군사가 1만 5천여 명이 모여 있고, 10만 섬의 군량미가 있다. 무엇이 두려워 평양을 버릴 것인가? 죽음으로써 평양을 지키겠으니 군민軍民 모두가 합심해 왜적과 싸우기를 바라노라."

임금인 선조가 보는 앞에서 승지가 결연한 어조로 말을 전하자 평양 백성들은 믿었다. 평양의 부로들은 앞장서서 달아난 사람들을 불러 모았다. 산골에 숨어있던 늙은이, 어린이와 남녀 등 몸을 숨겼던 수많은 백성들이 모여들었다. 평양 성안은 다시 활기가 넘쳤다.

그러나 6월 8일, 왜군 선발대가 대동강 가의 재송정栽松亭 앞에 병력을 주둔시키자 민심이 흉흉해지면서 또다시 소문이 나돌았다. 임금이 평양을 버리고 떠난다는 것이었다. 실제 선조는 소문 그대로 떠날 준비를 하고 있었다.

몇몇 신하들이 선왕들의 위판을 모시고 성문을 빠져나가는 것이 백성들에게 들키면서 상황은 악화됐다. 신주를 옮기는 것은 임금이 파천하겠다는 신호였기 때문이었다.

"너희들이 나라를 그르치더니 이제 백성들을 속이려 하느냐, 어차피 도망을 치려면서 왜 우리를 속여 왜적의 손에 죽게 한단 말이냐?"

속았다고 느낀 백성들은 곧 폭도로 변했다.

백성들은 눈에 보이는 벼슬아치들을 마구 걷어차며 몰려다니면서 난동을 부렸다. 그런 와중에 선왕의 신주는 길바닥에 내동댕이쳐졌다. 누구도 제지를 하지 않았다. 임금인 선조는 백성들이 난을 일으켰다는 소식에 잔뜩 겁을 집어먹었다. 오직 사태가 진정되기를 기다렸다.

유성룡은 칼과 몽둥이를 들고 거리에 깔린 백성들을 보자 마음이 답답했다. 하지만 설득을 할 수 없었다. 백성들의 잘못이 아니었다. 차라리 임금을 설득하는 것이 옳다는 생각이 들었다. 유성룡은 분노에 찬 백성들 사이를 뚫고 어렵게 궁 안으로 들어가자마자 선조에게 간절히 호소했다.

"전하, 이곳 평양에 머물러 계십시오. 부디 서쪽으로 움직이지 마시옵소서."

뜰 안에서 활을 차고 산보 중이던 선조는 유성룡의 호소에도 불구하고 표정이 싸늘했다. 선조는 중전인 의인왕후 박씨를 먼저 함경도로 보내려 하다가 백성들에게 봉변을 당했다는 소식을 듣고 기분이 상해있었다. 더욱이 호조판서 홍여순은 길가에서 두들겨 맞아 등을 다쳐 돌아오기까지 해 민심이 완전히 돌아섰음을 실감하고 있었다.

선조는 함경도로 가려는 계획을 바꿨다. 여차하면 명나라의 요동으로 가기 위해 피란길을 서쪽 방향으로 정했다. 그런 선조에게 유성룡이 서쪽으로 움직이지 말라고 꼭 집어 직언하니 미움의 감정이 부글부글 끓었다. 그러나 명나라의 도움을 받기 위해선 유성룡이 필요했기에 내칠 수도 없었다. 선조는 애써 유성룡의 말을 무시하고 파천을 강행했다.

6월 11일, 해가 뜨자마자 선조는 평양의 서문을 빠져 나갔다. 선조는 좌의정 윤두수와 순찰사를 겸임하고 있는 이조판서 이원익에게 평양성을 지키라고 명령했다. 임금인 자신은 영변을 향해 길을 재촉했다. 영변을 거쳐 국경너머 명나라의 요동으로 도주하려는 속셈이었다.

임금에게 미운털이 박힌 유성룡은 처음엔 평양에 남았다. 그러다가 곧 명나라 군대가 오면 군량을 준비하라는 임금의 명령을 받았다. 유성룡은 어쩔 수 없이 선조의 뒤를 좇았다.

평양성에 남은 대신들은 비록 임금이 떠났지만 성을 사수하기로 의지를 모았다. 유성룡은 평소 자신과 뜻이 맞으면서 군무책임자 위치에 있는 이원익에게 평양성을 지킬 수 있는 이유를 설명했다.

"대감, 왜군이 대동강까지 진출했으나 더 이상 북상하지 못하는 것은 사정이 어렵기 때문이오. 잘 알다시피 이순신이 이끄는 조선 수군이 지난번 옥포에서 대승을 거둔 이후 연전연승하면서 제해권을 장악하고 있다는 소식이오. 현재 왜군은 군수품 보급에 큰 차질을 빚고 있기 때문에 이곳 평양성 공격을 주저하고 있다고 생각하오."

이원익은 전임 순찰사이면서 군무에 정통한 유성룡의 말에 맞장구를 쳤다.

"그거 참 좋은 소식입니다. 명나라에서는 소식이 없습니까?"

"얼마 전 만난 명나라 사신도 군대가 곧 도착하면 충분히 왜적을 무찌를 수 있다고 했소. 그리고 출병 시기를 앞당기기 위해 급히 되돌아갔소. 조금만 더 지탱하면 명나라 군대가 올 것이오. 그때까지 버티면 되오."

평양의 조선군은 한동안 왜군과 대동강을 사이에 두고 팽팽히 대치했다. 왜군은 섣불리 강을 건널 생각은 못하고 조총을 쏘며 조선군을 위협했다. 조선군도 사거리가 짧은 활 대신 가끔씩 대포를 쏘며 맞대응했다.

왜군은 대동강 상류를 오가며 지속적인 정찰활동을 할 뿐 당장 대규모 병력으로 공격할 태세는 아니었다. 오히려 초조한 모습을 보인 것은 조선군이었다. 비가 오지 않아 강물이 줄어들자 조만간 왜군들이 배 없이도 쳐들어오게 될 것을 우려했다.

왜군과 대치하던 평양의 조선군은 전국 각지에서 몰려든 1만 5천여 병력과 물자도 넉넉했다. 무엇보다 이번만큼은 한번 해볼 만하다는 기세가 강했다.

그러나 문제는 조선군 지휘부에 있었다. 평양 사수의 군 최고지휘관은 도원수 김명원이었다. 그는 신각을 죽게 했다는 오명을 씻기 위해 공을 세우고 싶어 했다. 하지만 문인 출신인 탓에 군 전술 운용에 한계가 있었다. 그는 임진강 전투에서 무리한 공격으로 패배를 자초한 한응인을 그대로 답습했다.

"조만간 강물이 줄면 왜군이 쳐들어올 것이오. 그 전에 우리가 먼저 기습해 왜군들의 기를 꺾어버립시다."

김명원이 큰소리를 치자 좌의정인 윤두수를 비롯해 전투를 잘 모르는 문인출신 지휘관들은 일제히 동의했다. 반면 무인출신으로 영원군수인 고원백이 반대의견을 내놓았다.

"왜군들이 지금 쳐들어오지 않은 것은 우리를 유인하기 위해서일 것이오. 우리가 급할 것은 없소. 먼저 공격을 하다가 오히려 적들을 끌어들이는 결과가 있지 않을까 우려가 되오."

"괜한 걱정이오. 기습적으로 공격한 뒤 신속히 돌아오는 것인데 그게 무슨 문제란 말이오."

군 요직을 차지하고 있는 문인 출신 지휘관들은 일제히 고원백의 의견을 묵살했다. 군사지식이 별로 없는 이원익은 왠지 불안을 느끼면서도 묵묵히 회의를 지켜봤다. 고원백은 어쩔 수 없이 다수의 의견을 따라야 했다.

큰소리치던 조선군 지휘부는 그러나 막상 왜군 대병력과 맞붙게 되자 기세에 주눅이 들려 앞장서서 줄행랑을 쳤다. 지휘부가 무너지자 조선군은 순식간에 붕괴됐다. 왜군 대병력은 아무런 저항 없이 대동강을 건넜다. 왜군은 날이 저물자 평양성을 치기 위해 숙영 준비에 들어갔다.

조선군이 대거 도주한 평양성에는 도원수 김명원과 좌의정 윤두수, 순찰사 이원익, 김응서, 이일, 고언백 등이 남았다. 이들은 사태 수습이 어렵다고 의견을 모았다. 임금부터 평양을 떠난 마당에 구심점을 잃은 상태에서 어쩔 수 없는 한계였다.

이들은 평양성을 버리기로 결정하고, 서둘러 남은 군사들과 백성들을 성 밖으로 피난시켰다. 또한 왜군의 손에 들어가는 것을 막기 위해 수많은 병기와 화포를 평양성 연못 속으로 빠뜨렸다.

문제는 식량이었다. 평양성 결전에 대비해 각 지역으로부터 모은 10만 석의 곡식을 옮겨야 했다. 하지만 인력과 시간이 부족했다. 모두가 제 살길 찾기에 급급했다. 그러다 보니 식량이 왜군의 손에 고스란히 들어가는 것을 막을 엄두도 내지 못했다.

6월 15일, 왜군은 평양성에 무혈 입성했다. 보급품 부족에 어려움을 겪던 왜군은 생각지도 않은 10만 석의 곡식을 보자 환호성을 내질렀다. 멍청한 조선군이 준 큰 선물에 함박웃음을 지으며 기쁨을 만끽했다.

5
세자 광해와 분조

평양성이 왜군의 손에 넘어간 6월 15일, 임금인 선조는 모두가 깜짝 놀랄 선언을 했다. 세자인 광해로 하여금 분조를 맡기겠다는 내용이었다.

분조란 말 그대로 조정을 둘로 나누는 것이었다. 세자인 광해가 조선의 실질적인 권한을 갖고 왜군과의 전쟁에 전념하라는 의미였다. 반면 자신은 명나라 요동으로 피신하겠다는 노골적 표현이었다.

선조는 이미 평양이 무너질 것으로 예상하고 명나라의 요동으로 가는 것에 몸이 바짝 달아있었다. 영변을 떠나 박천에 머물 무렵, 선조와 신하들 간의 갈등은 극에 달했다.

"더 이상 조선에는 내가 머물 곳이 없소. 의주로 갔다가 요동 땅으로 들어가겠소. 그곳에서 명나라의 군사들과 함께 조선을 구하러 오겠소."

"전하, 말씀을 거두어 주십시오. 그럴 수는 없습니다. 요동으로 간들 그곳 민심도 모르고, 또 명에서 허락하지 않을 수도 있습니다."

영의정 최흥원이 앞장서 반대했다.

"누가 뭐라고 해도 나는 반드시 압록강을 건너갈 것이오."

선조는 초지일관 요동으로 가겠다는 의지를 분명히 했다. 평양을 버리고 안주와 영변을 거쳐 박천에 이르기까지 임금이 참석하는 어전 회의에서 왜군을 물리치는 방안은 단 한 번도 논의되지 않았다.

대신들은 점차 자신만 살겠다며 명나라 땅으로 도망가려는 선조가 진정 조선의 임금인지 의구심을 품었다. 겉으로 드러내놓고 말만 하지 않을 뿐 왜군과의 싸움에서 가장 큰 걸림돌은 임금이라고 모두가 생각했다.

그러던 차에 선조가 분조를 선언하자 대신들은 깜짝 놀라면서도 속으론 잘됐다며 반겼다. 어차피 조선에 하등 도움이 되지 않는 임금이라면 차라리 세자인 광해를 중심으로 왜군과 맞서 싸우는 것이 나았기 때문이었다.

대신들은 선조의 분조 결정에 아무도 이의를 제기하지 않았다. 선조는 대신들이 보는 앞에서 세자를 불러 엄숙히 말했다.

"세자는 이제부터 강계에 가서 분조를 설치하고 나 대신 나라를 이끌어라. 그리고 영상 이하 여러 대신은 세자를 보필해 다시 나라를 일으켜 세우도록 힘써 주시오."

선조는 세자인 광해에게 권한을 넘겨주자마자 곧바로 떠날 준비를 했다. 광해는 임금이자 부친의 명령에 아무 말도 하지 못하고 그저 눈물만 흘렸다.

사실상 모든 권한을 넘긴 선조는 서둘러 길을 떠났다. 그를 수행한 대신은 예전 정승 신분이었던 정철을 제외하고는 소수에 불과했다.

선조가 분조를 선언한 순간 대부분의 대신은 기다렸다는 듯이 돌아섰다. 임금의 역할을 포기한 선조로부터 세자인 광해 쪽으로 거취를 정하는 것은 당연했다.

특히 우의정인 유홍은 선조가 같이 가자고 부탁했지만 "여든 살노모가 있어 압록강을 건널 수 없다"며 한마디로 거절했다.

밤길을 재촉해 길을 걸은 선조 일행은 16일 오경五更: 오전 4시경 무렵 가산에 이르렀다. 이어 17일에는 정주에 도착했지만 호종하는 문무관백은 계속 줄어 20명도 채 되지 않았다. 선조는 마음이 점점 불안했다. 하루라도 빨리 조선을 벗어나야 맘이 편할 것 같았다.

18일 선천에 들어서서야 선조는 비로소 안도의 한숨을 내쉬었다. 그토록 갈망하던 명나라 군대가 그곳에 머물고 있었기 때문이었다.

선조가 만난 명나라 군대는 요동지역 부총병인 조승훈이 이끄는 수 천 명의 병력 중 일부 선발대였다. 이들은 조선을 구하기 위한 군대라기보다 조선의 임금이 진짜 임금인지, 실제 조선의 실상이 어떠한지를 알아보기 위한 정찰부대였다.

명나라 조정은 왜군이 침략한 것을 여러 경로로 전해 들었으면서도 조선을 의심했다. 조선이 왜군을 인도하고 있다는 의구심은 처음보다는 많이 누그러졌지만 대신 조선의 가짜 임금이 왜군과 조선군을 이끌고 명나라로 쳐들어온다고 생각했다.

임금부터 앞장서 도망가면서 그 뒤로 너무도 손쉽게 왜군이 북상하는 상황을 그들은 이해할 수가 없었다. 나라와 백성을 버리고 임금이 무작정 도주할 리는 없다는 전제하에 조선의 현 임금은 가짜라는 일부의 주장이 설득력을 얻고 있었다.

이런 명나라의 속사정을 임금인 선조는 알지 못했다. 그래서 명나라 부대를 보자 구세주를 만난 양 반가워했다. 반면 명나라 조정으로부터 임무를 받은 조승훈 부대 선발대의 유격대장 사유는 달랐다. 그는 조선의 임금이 가짜이거나 아니면 지지리도 못난 등신이라고 생각했다.

선조가 먼저 정중하게 예의를 갖춰 말했다.

"먼 걸음을 해 주셔서 감사드립니다. 황제 폐하의 은혜가 하해와 같습니다."

사유는 명나라 변방 지역의 일개 장수에 불과했다. 그런데도 그는 선조의 얼굴을 위아래로 훑으며 경멸하듯이 쏘아붙였다.

"당신이 조선의 임금이요? 똑바로 하시오. 내 두고 보겠소."

사유의 말에 선조는 기가 죽어 아무 말도 하지 못했다. 혹시라도 자신이 실수한 것이 있나 눈치만 살폈다. 한 나라의 임금이 수모를 당하는 모습을 본 대신들은 억장이 무너졌다. 이런 못난 임금을 수행하는 자신들의 처지가 부끄럽고 서글퍼 죄인마냥 고개를 떨구었다.

선조는 그러나 망신과 모욕을 당해도 겉으로는 꿋꿋했다. 이항복을 비롯한 몇몇 대신들이 지혜를 살려 명나라 장수 사유에게 조선의 임금이 가짜가 아니라는 것을 입증했다. 사유는 뒤늦게 고개를 끄떡였다.

임금 일행은 다시 길을 떠났다. 명나라와 국경을 접하고 있는 의주가 조선의 임금 신분으로 갈 수 있는 최종 목적지였다. 명나라 요동 땅이 점점 가까워지자 선조의 발걸음은 더욱 빨라졌다.

광해는 임금이자 부친인 선조가 떠나자 막막했다. 졸지에 조선 땅에 또 다른 조정의 책임자가 된 것이었다. 광해는 강계에서 분조分朝를 세우라는 선조의 뜻을 어떻게 받아들여야 할지 고민했다.

평안도와 함경도 사이의 북동쪽이자 압록강 상류와 멀지 않은 강계江界는 외지고 험한 곳이었다. 임금 일행이 가고자 하는 국경지역인 의주보다 오히려 더 멀어 왜적의 손길이 닿기 어려운 단순 피란처에 지나지 않았다. 어쩌면 부친인 선조가 자신은 명나라의 요동으로 도망을 가더라도 나중에 명나라의 군대가 돕기 위해 올 때까지 최소한 조선 땅에서 목숨을 부지하라는 배려일 수도 있었다.

광해를 좇아 남은 많은 대소신료의 속마음은 강계가 왜군으로부터 피신하기에는 좋다고 생각했다. 그러나 그곳으로 떠나는 순간 조선의 조정은 수많은 백성들과 분리된 껍데기에 지나지 않았다. 그렇다고 왜군들이 득실거리는 남쪽으로 군사도 없이 내려갈 수도 없었다. 광해가 고민하는 이유였다.

그때 유성룡이 광해를 찾아왔다. 평양에서 임금 일행을 뒤좇아가다 도중에 만남이 이뤄진 것이었다. 광해는 유성룡을 보자마자 주위의 신하들을 물리치고 단둘이 마주 앉았다. 유성룡은 그런 광해의 속사정을 정확히 간파했다.

"세자 저하, 어려운 시기에 분조를 맡으셔서 책임이 막중하겠지만 이 나라를 꼭 구하셔야 하옵니다."

"대감, 마침 잘 오셨소. 전하께서 강계로 가 분조를 세우라 명하셨지만 어떡해야 할지 몰라 고민 중이었습니다. 어떡하면 좋겠습니까?"

유성룡은 광해의 말에 주위를 살핀 뒤 나지막한 목소리로 단호하게 대답했다.

"절대로 강계로 가서는 안 됩니다."

"그럼 어떡해야…"

"지금은 동남쪽으로 가야 합니다. 그래서 평양은 물론 도성인 한양까지 되찾아야 하옵니다."

"왜군들이 지금 평양까지 진출했다고 들었습니다. 지금 우리에겐 적과 싸울 힘이 없지 않습니까?"

유성룡은 고개를 끄떡였다. 그러면서 광해의 눈을 잔잔히 바라봤다.

"세자 저하, 지금 같은 위기 상황이 기회일 수 있습니다."

"넷? 기회라니요?"

광해는 놀라 되물었다.

"그렇습니다. 저하, 아시다시피 지금 조선은 전하께서 피신을 가시는 바람에 구심점이 없습니다. 이때 저하께서 분조를 이끌며 왜군과의 싸움을 독려하시면 조정에 대해 마음이 떠난 백성들의 마음이 되살아나 곳곳에서 항쟁을 할 수 있습니다. 실제로 각 지역에서 자발적으로 의병활동이 벌어져 왜군을 괴롭히고 있습니다."

광해는 유성룡의 말에 잠시 생각한 뒤 말문을 열었다.

"그렇지만, 왜군과 맞서기에는 아직 힘이…"

"물론 그렇습니다. 그렇지만 왜군의 기세도 많이 꺾였습니다. 적은 지금 이순신 전라좌수사가 해상보급로를 차단해 보급에 큰 어려움을 겪고 있습니다. 때문에 호남과 황해도 서쪽은 아직 왜군이 접근도 못하고 있습니다. 함경도 쪽도 일부 지역은 아직 왜군의 발길이 닿지 않은 곳이 꽤 있습니다. 이럴 때에 세자 저하가 조정의 건재함을 보여준다면 전국 곳곳에서 의병들이 들불처럼 타오를 것입니다. 또한 이곳저곳으로 뿔뿔이 흩어져 있는 관군들도 재정비해 우리의 힘으로 적과 맞설 수 있습니다."

유성룡이 조리 있게 설명하자 광해는 확신이 선 듯 표정이 밝아졌다.

"대감, 잘 알겠습니다. 그렇지만 아무래도 명나라의 군대가 와야 왜적을 이 나라에서 물리칠 수 있지 않겠습니까?"

"물론입니다. 지금 우리의 힘만으로는 부족한 것이 사실입니다. 하지만 명나라도 당장 대군을 움직이기가 쉽지 않을 겁니다. 여러 가지 사정이 있을 수 있기에 그때까지 버텨야만 합니다. 또한 그들이 오더라도 식량이나 각종 물자를 제공하는 일이 결코 만만치 않습니다. 무엇보다 지금 전쟁은 우리 조선과 왜군과의 싸움입니다. 우리 조선군이 먼저 앞장서서 싸워야 명나라 군대가 우리 조선을 얕잡아 보지 못합니다. 만약 조선군이 제 역할을 못한 채 명나라 군대가 왜군을 물리친다면 전쟁이 끝난 후에 우리는 명나라의 한낱 지방에 불과한 속국이 되고 말 것입니다."

"……"

광해는 유성룡의 말을 음미하며 주먹을 불끈 쥐었다.

"세자 저하, 명심하십시오. 이 난관을 잘 극복하셔야만 진정한 임금이 되실 수 있습니다. 그러기 위해선 먼저 전국 방방곡곡에서 고통받고 있는 백성들 곁으로 다가가셔야 합니다."

"잘 알겠습니다. 꼭 그렇게 하겠습니다. 대감께서도 도와주십시오. 전하를 뵈면…"

유성룡은 광해가 말끝을 흐리자 그 뜻을 알아차렸다. 분조를 이끄는 세자도 감당하지 못하는 일이었다. 만약 임금인 선조가 명나라 요동으로 들어갈 경우 여러 가지로 난감했다. 조선의 조정이 두 개가 되면 명령체계나 대내외 관계에서 모양새도 우습거니와 복잡하게 엉킬 일이 한두 개가 아니었다.

임금인 선조가 요동으로 가는 것을 어떡하든 막아야만 했다. 그렇지 못할 경우 선조가 임금의 자리에서 물러나 분조의 책임자인 광해에게 모든 것을 넘겨주고 떠나야 했다.

사실 선조는 평양을 떠날 때 이미 비망기를 통해 광해에게 내선內禪: 왕위를 물려줌하겠다고 선언한 바 있다. 임금인 선조가 왕위를 넘기겠다고 한 것은 두 가지 목적이 있었다. 하나는 신하들의 충성심을 확인하기 위한 것이었다. 또 하나는 책임을 세자인 광해에게 맡기고 자신은 요동으로 도주해 살겠다는 것이었다. 이때 신하들은 명령을 거두어 달라며 애걸하다시피 임금을 설득했다. 권력의 욕심이 누구보다 강한 선조의 노림수를 눈치챘기 때문이었다.

그러나 선조가 끝내 요동으로 간다면 조선 땅에서 조정이 없어지는 상황이 벌어지는 것이었다. 그때는 강제로라도 선조의 왕권을 빼앗아 분조에 넘겨야만 했다. 선조의 조정과 광해의 분조 사이에 피바람이 불 수 있는 최악의 상황이 벌어지는 것이었다. 그러나 조선 땅에 조정이 있어야 백척간두에 선 조선이 최소한 희망의 불씨를 태울 수 있기 때문에 어쩔 수가 없었다.

"세자 저하, 분부대로 따르겠습니다."

유성룡은 광해에게 고개를 숙이며 약속했다.

임금인 선조가 요동 땅으로 가는 것을 막는 것이 유성룡이 해야 할 막중한 임무였다. 이성을 잃은 임금이 무슨 짓을 할지 몰랐다. 하지만 어차피 각오하던 터라 하나도 두렵지 않았다.

"대감, 고맙습니다."

광해는 유성룡의 손을 맞잡고 환한 웃음을 지었다. 가슴 한구석에

엉켜있던 실타래가 풀리는 기분이었다. 비록 험난한 여정일지라도 백성이 있는 곳에 길이 있음을 마음 한 구석에 새겨 놓았다. 조선을 구할 수 있는 각자의 길을 향해 광해와 유성룡은 주저하지 않았다.

"가자!"

광해는 말 위에 몸을 붙이자 힘차게 외쳤다. 그러자 그 뒤를 향해 많은 대소신료와 군사들, 그리고 시종들이 따랐다. 말밭굽이 일으키는 흙먼지가 자욱했다. 늘 도망만 가던 임금 곁을 떠나 왜적을 향해 앞장선 광해의 위풍당당한 모습에 모두 반색하며 뒤를 따랐다.

영변을 떠나 양덕을 거치면서 세자를 따르는 신하들과 군사들의 수는 어느덧 1천여 명 가까이 불어났다. 조선을 구하기 위한 분조의 발걸음은 거침이 없이 적진인 함경도 남쪽을 향해 내달렸다.

임금인 선조 일행은 6월 22일 마침내 명나라와 국경지역인 의주義州에 도착했다. 도성인 한양을 떠나 두 달 가까이 온갖 어려움을 겪은 끝에 이른 대장정의 종착지였다. 이제 압록강만 건너면 조선 땅이 아닌 명나라 땅이었다.

선조는 의주의 책임자인 의주목사 황진이 초라한 몰골로 배웅나오자 기분이 상했다. 백성들도 별로 보이지 않는 황량한 고장이었다. 명나라로 가기 전 조선에서 마지막으로 보낼 거주지치고는 여러모로 맘에 들지 않았다.

임금이 머물 숙소는 의주목사가 지내는 관사로 배정되었다. 그러나 임금을 수행하는 다른 대소 관료의 숙소는 일반 백성의 가옥이어서 형편이 없었다. 집집마다 문짝이 부서지고 벽에 구멍이 뻥 뚫려 있어 성한 곳을 찾아보기 어려웠다.

선조는 의주목사가 임금인 자신을 무시하는 것 같아 언짢은 얼굴로 바라봤다. 황진은 임금의 눈초리를 의식한 듯 어렵게 말을 꺼냈다.

"얼마 전 이곳에 명나라 군대가 온 뒤로 백성들이 모두 집을 버리고 도망가 버렸습니다."

"아니 우리 조선을 도우려고 온 군대를 보고 왜 도망을 가는 것인가?"

선조는 이해할 수 없다는 말투로 의주목사를 질책했다.

황진은 명나라 요동 부총병인 조승훈이 이끄는 기병 1천 8백여 명의 행패가 하도 심해 견딜 수 없었다고 털어났다. 처음에는 백성들도 환호하며 반겼지만 며칠간 머무르는 동안 정도가 지나쳤다고 고개를 저었다. 명나라 군사들은 술과 음식 대접을 받고서도 여자를 내놓지 않는다며 민가에 들어가 반항하는 백성들을 죽이기도 했다고 사정을 설명했다.

그러나 임금인 선조는 전란으로 인해 백성들이 처한 고통은 콧방귀를 뀌듯 한 귀로 흘렸다. 선조의 관심사는 다른 데에 있었다. 하루속히 명나라의 요동으로 가 편안히 잘 먹고 잘 사는 것이 그것이었다. 비록 조선이라는 나라는 망할지라도 임금인 자신은 요동에서 신하와 후궁들을 거느리고 제후처럼 살 수 있으리라 굳게 믿었다.

다음 날 국경지역인 의주에서 하루를 보낸 선조는 의주목사인 황진의 안내로 압록강 변의 통군정統軍亭에 갔다. 그곳은 압록강이 한눈에 들어오는 관서팔경의 하나로 풍광이 매우 수려했다. 선조는 압록강 너머 요동 벌판을 바라보자 가슴이 쿵쿵 뛰었다. 한시라도 달려가고 싶어 조바심이 났다. 더 이상 지체할 수가 없었다.

그날 저녁, 선조는 그동안 자신을 따른 대신들을 모아 놓고 요동으로 가겠다는 뜻을 다시 한번 분명히 밝혔다.

선조는 먼저 시를 한 수 읊었다. 압록강을 바라보며 느낀 감정을 쓴 시였다. 내용은 오늘날 나라가 위태롭게 된 것은 모두 신하들 때문이고, 난 이제 명나라로 가서 살 테니 너희 신하들끼리 싸우지 말고 나라를 되살리라는 것이었다.

임금의 시 낭송이 끝나자 신하들의 얼굴은 붉게 물들었다. 나라의 임금이라는 사람이 모든 책임을 신하들에게 돌리고 자신은 명나라로 가서 살겠다는 뻔뻔함에 혀를 내둘렀다. 대신들은 적반하장격인 임금에게 속이 부글부글 끓었지만 억지로 참았다. 선조는 대신들의 표정이 일그러져 있음에도 아랑곳하지 않고 본색을 드러냈다.

"이제 여러분과 여기서 작별할 시간이 다가온 것 같소. 과인이 명나라로 가면 다시 못 볼 수 있으니 미리 준비해야 할 것이오."

선조의 말에 그동안 꾹 참았던 대신들의 불만이 터져 나왔다. 임금인 선조의 뜻을 누구보다 군말 없이 따랐던 예조판서 윤근수가 먼저 말문을 열었다.

"전하, 명나라로 가시는 것은 절대로 있을 수 없는 일입니다."

좌의정인 윤두수와 도승지 이항복도 연달아 반대의 의사를 밝혔다. 정주에서 임금을 뒤쫓아 의주에 온 풍원부원군 유성룡의 반대 목소리는 임금이 움찔할 만큼 강력했다.

"전하, 이곳을 떠나 명나라에 가시는 것은 불가합니다. 전하께서 이곳 조선 땅을 벗어나는 순간 조선은 우리 땅이 아니며, 전하도 이 땅의 임금이 아니라는 점을 아셔야 합니다."

선조는 잠시 흔들렸다. 자신이 압록강을 건너는 순간 임금의 자리를 내놓아야 한다는 경고였다. 충분히 예상과 각오는 했지만 신하인 유성룡으로부터 면전에서 듣자 아팠다.

"알았소. 곧 명나라로부터 기별이 올 것이니 기다렸다가 그때 다시 논의합시다."

선조는 일단 한걸음 물러서는 모양을 취했다. 어차피 명나라의 허락이 있어야 요동으로 갈 수 있는 것이었다. 만에 하나 명나라가 허락지 않을 경우를 대비해 미리 왕권을 넘길 생각은 추호도 없었다. 어차피 명나라가 허락하면 그땐 누가 뭐라고 해도 망명하겠다는 것이 선조의 의도였다. 대신들 모두는 그것을 잘 알고 있었다.

명나라로 가려는 선조의 계획은 사실 평양을 떠날 때부터 구체화됐다. 그래서 평양에 있을 때에는 유몽정을, 숙천에 머무를 때는 이덕형을 각각 명나라로 보내 회신을 기다리고 있었다. 조선을 떠나려는 선조와 이를 막으려는 대신들과의 팽팽한 기세싸움은 6월 26일 명나라로부터 소식이 오면서 끝이 났다.

내용은 요동의 변방 군사 주둔지인 관전보寬奠堡의 빈 관아에 조선의 임금을 수용한다는 것이었다. 더욱이 수용인원도 100명을 넘지 못한다고 못을 박았다.

선조는 크게 실망했다. 명나라 땅에서 제후처럼 살겠다는 계획이 일장춘몽처럼 깨지자 어찌할 바를 몰랐다. 혹시나 싶어 알아본 관전보라는 곳은 압록강 너머 만주벌의 벽촌이었다. 국경인 조선 땅 의주에서 동북으로 200여 리나 떨어져 있었다.

대신들은 수군거렸다. 사실상 유배지나 다름없는 곳을 어찌 조선의 임금이 갈 수 있느냐면서 혀를 찼다. 일부는 그곳이 포로나 죄인들이 머무는 곳이라며 분개하면서도 속으로는 잘됐다며 반겼다. 아무리 임금이 제 정신이 아닌 멍청이라도 제 발로 그곳에 가지는 못할 것이라고 생각했기 때문이었다.

처음 명나라 북경의 조정은 조선 임금의 망명 의사를 접했을 때 깜짝 놀랐다. 나라에 전쟁이 벌어졌는데, 임금이라는 자가 싸울 생각은 않고 자신만 도망가서 살겠다는 발상이 믿어지지가 않았다. 그래서 조선의 임금이 가짜라는 설이 한때 나돌았고, 여러 경로를 통해 가짜가 아닌 진짜로 판명된 이후에는 지능지수가 모자란 얼간이나 바보로 여기게 됐다.

당시 명나라로서는 남의 나라인 조선에 대군을 보내 왜군과 싸울 여력이 없었다. 설혹 대군을 보낸다고 해도 멍청한 조선 임금의 행태를 보면 애꿎은 명나라 군사만 피해를 볼 가능성이 높았다. 그래서 나온 계획이 조선의 임금을 명나라 변방으로 유폐시킨 뒤 세자인 광해를 임금으로 삼아 재정비한다는 것이었다.

때마침 조선의 세자인 광해가 분조를 이끌고 왜군과 맞서 싸우려한다는 소식은 선조를 폐위시키려는 명나라 조정의 의중과 맞아떨어졌다.

이제 조선 땅에서 왜군과의 전쟁을 눈앞에 둔 명나라의 시선은 세자 광해의 분조에 쏠려있었다. 조선의 실질적인 임금이 선조가 아닌 광해가 되는 것은 시간문제였다.

선조는 며칠을 고민했다. 신하들의 반대에도 불구하고 명나라로 가겠다고 고집을 피우다가 막상 외진 유배지와 다름없는 곳으로 가려니 차마 떠날 수가 없었다.

이미 임금으로서 체면이나 위상이 땅에 떨어진 마당이었다. 다시 슬그머니 조선 땅에 머무른다는 것도 대신들에게 눈치가 보였지만 어쩔 수가 없었다.

"과인은 여러분들의 뜻을 헤아려 명나라로 가지 않겠소. 대신 이 곳에 오래 머물면서 국정을 돌볼 터이니 처소를 새로 짓도록 하시오."

"성은이 망극하옵니다."

대신들은 엎드려 한 목소리로 선조의 뻔뻔스러운 결정을 반겼다.

비록 임금이 제 역할을 못하고 국난 극복에 도움이 되지 못할지라 도 조선 땅에 임금이 있는 것과 없는 것의 차이는 컸다. 대신들은 일단 안심했다.

명나라로 가려는 계획이 좌절된 선조는 조선 땅에서 사는 방법을 새로이 모색했다. 그러기 위해선 땅에 떨어진 임금으로서의 권위를 되찾아야만 했다. 누군가 희생양이 필요했다.

왕권을 강화하기 위해서는 무엇보다 백성들의 민심을 얻기 위한 노력이 필수였다. 하지만 선조는 그렇게 하지 않았다. 무조건 자신만 을 따라야 충신이고, 그렇지 않으면 역적이라는 단순 논리가 그가 내 세우는 무기였다. 이를 바탕으로 선조는 북쪽 국경지역인 의주에서 실추된 왕권을 재정비했다.

명나라 군대가 조선 땅으로 들어와 왜군과 피할 수 없는 전쟁을 벌여야하는 상황이 점차 다가왔다. 자국의 피해를 최소화하려는 명나 라 조정과 전란 극복의 걸림돌로 전락한 조선 임금인 선조 간의 충돌 은 불가피했다. 그렇게 임진년 6월의 마지막 밤은 저물어갔다.

7월 문턱에 들어선 조선의 산하는 온통 핏빛으로 물들었다.

광해를 중심으로 하는 분조는 영변을 떠나 운산, 희천, 덕천, 맹산 등을 거쳐 적진 깊숙이 파고들었다.

세자 일행은 곳곳에서 진동하는 피비린내에 분노를 억누르며 가슴을 쳤다. 가는 곳곳마다 길바닥과 숲속에는 남녀노소의 시체가 시들은 시래기처럼 널브러져 있었다. 왜군이 지나간 자리에는 어김없이 대학살이 이뤄졌고, 그걸 보는 광해의 마음은 찢어질 듯 아팠다.

"억울하게 죽은 백성을 한 곳에 모아 화장시키시오."

"세자 저하, 적진 한복판에서 불을 피우는 것은 위험하옵니다."

광해가 백성들의 시신을 화장시키려 하자 영의정 최흥원이 반대 의견을 냈다. 혹시라도 발생할지 모르는 왜군들의 공격으로부터 종묘의 신위와 세자를 지키는 것이 더 중요했기에 당연했다.

"좋소. 그렇다면 최소한 작은 웅덩이를 파 묻어주든지, 그것도 여의치 않으면 나뭇가지나 풀로 시신을 덮어주시오. 도대체 백성들이 무슨 죄가 있어 시신마저 저리 내팽개칠 수 있단 말이오."

광해가 구슬픈 음성으로 말하자 최흥원은 고개를 숙였다.

"저하, 그리하겠습니다. 그리고…"

"말해보시오."

"신주는 안전한 곳에 모시든지, 아니면 절간에라도 보관하는 것이 어떠실지…"

최흥원은 임금인 선조가 분조에 떠넘긴 신주들을 모시고 이동하다 보니 많은 불편과 어려움이 있음을 내비쳤다. 실제로 신주는 숫자도 많고 무겁기도 했기에 정처 없이 떠도는 광해의 분조 일행에겐 큰 짐이었다.

"그럴 수는 없소. 신주 없이는 이 나라도 없소."

광해는 단호하게 최흥원의 제안을 거절했다.

세자 일행은 영변을 떠나 보름이 넘게 왜군의 눈길을 피해 평안도와 함경도를 거쳐 황해도로 이동했다. 대신들과 군사들은 제대로 먹지도 제대로 자지도 못했다. 다들 고생이 말이 아니었다. 하지만 분조를 이끄는 광해는 일절 흔들림이 없었다.

"우리가 가야할 곳은 이곳 이천이요."

광해가 흙바닥에 지도를 그려 손으로 가리키자 대신들은 깜짝 놀랐다. 이천伊川은 강원도 서북쪽에 위치한 고장이었다. 황해도와 경기도가 멀지 않았다. 조선의 정중앙이자 후삼국 시대 도읍이었던 철원 바로 위였다. 분조의 거주지로는 적격이었다. 그야말로 사통팔달의 요지였다. 그러나 그곳은 사방에 왜군들이 깔려 있어 너무도 위험했다.

"세자 저하, 이곳은 적진 한복판이나 다름없습니다."

최흥원이 말도 안 된다는 어투로 반대했다.

"아니오. 왜군을 무서워했다면 처음부터 남쪽으로 내려올 이유가 없었소. 조정을 원망하며 고통 속에 신음하고 있을 백성들에게 조금이라도 더 다가설 수 있다면 이보다 더한 곳도 갈 것이오. 경기도는 물론 남도의 백성들한테도 조정이 건재하고 있음을 보여줄 것이오. 그것이 분조가 해야 할 일이오."

광해가 비장한 어조로 소신을 밝히자 신하들은 더 이상 아무 말도 하지 못했다. 광해는 그동안 호종하는 신하들과 똑같이 풍찬노숙하면서도 전혀 힘든 내색을 보이지 않았다. 이러한 당당함에 신하들은 모두 압도당했다.

광해의 말 한마디 한마디에는 사실상 임금이나 다를 바 없는 위엄이 서려 있었다. 신하들은 복종심과 사명감으로 각오를 새롭게 했다.

광해 일행은 황해도 곡산을 거쳐 7월 9일 강원도 이천에 도착했다.

이천에 당도하자마자 곧바로 분조를 설치했다. 분조는 각도의 관군과 수령들에게 사람을 보내 격서를 전달하고 조선의 조정이 건재함을 알렸다. 또한, 각 지역을 지키는 관리들에게 상을 주고 격려함으로써 사기를 높였다.

"백성들이여, 왜적을 맞아 모두들 떨치고 일어나 싸웁시다."

분조의 책임자인 광해가 각지로 호소문을 전달하자 흩어졌던 민심이 하나가 돼 출렁거렸다. 왜군이 오자 곳곳으로 몸을 피했던 지방 관리와 관군들도 하나둘 되돌아왔다. 칼 한번 잡아본 적 없던 사대부들도 앞장서서 의병을 조직해 합류했다. 세자가 적진에 뛰어 들었다는 소문이 퍼지자 그동안 표류하던 백성들은 감동으로 들끓었다. 세자와 함께 싸우자는 결전의 의지가 전국 방방곳곳에서 불타올랐다.

광해의 분조는 의병을 모집하면서 군량과 말먹이의 수집 및 운반 등 전란 시 임무 수행을 위한 야전사령부 역할을 했다. 각지에서 흩어져 활동하던 의병들이 속속 이천으로 달려와 힘을 보탰다.

이중 전라도 나주에서 고경명 등과 함께 의병을 일으킨 뒤 수원 부근에서 왜적과 싸우던 의병장 김천일이 의병활동을 보고하자 광해는 격려문을 보내 사기를 북돋아 주었다. 이후 김천일은 강화도에 머물면서 광해의 명령을 삼남지방에 알리며 분조의 수족과 같은 역할을 했다.

적진 한복판인 이천에 분조가 설치된 이후 전국 각지에서 광해의 분조를 향해 사람들이 모여들었다. 바야흐로 분조는 전란 초기 도망가던 조정에 등을 돌렸던 민심을 수습하고 왜군과 맞서 싸우는 야전사령부이자 전란극복의 구심점으로 확고하게 자리를 잡아갔다.

이 시기 분조를 이끈 세자 광해는 걸림돌에 불과한 선조 대신 실질적으로 조선의 민심을 움직이는 임금 이상의 역할을 수행했다.

밤하늘의 공기가 꽤 쌀쌀했다.

7월이 시작된 한 낮의 남해는 온 몸을 땀으로 적실만큼 따뜻했지만 어둠이 짙게 드리어진 저녁은 으스스한 한기로 코끝이 서늘했다.

이순신은 정자에 앉아 밤바람에 몸을 움찔거리면서도 검은 바다를 향한 시선을 거두지 못했다. 벌써 며칠째 계속되는 불면의 밤이었다. 밤잠을 이루지 못하고 잠깐씩 자는 쪽잠으로 근근이 버텨야만 했다. 그래도 하루가 너무 짧았다.

이순신은 왜적과의 첫 해전에서 대승을 거두고 본영인 여수로 돌아온 뒤로 줄곧 마음이 편치 못했다. 나라의 도성이 무너지고 북쪽으로 달아난 임금의 생사 여부조차 알 수 없는 현실이 너무도 답답했다. 조선에 조정이 무너진 상황에서 이순신이 짊어져야 할 마음의 부담은 편히 잠자리에 들 수 없게 했다.

"좌수사 대감."

어둠 속에서 누군가의 목소리가 들렸다. 호위무관인 송희립이었다. '영감'에서 '대감'으로 바뀐 호칭이 왠지 어색했다. 옥포해전에서 대승한 결과를 평양에 있던 조정에 보고하자 공을 인정받아 종2품從二品 가선대부嘉善大夫로 품계가 한 단계 올랐다. 3품까지는 영감으로 불렸으나 2품부터는 대감으로 불리게 된 것이다.

"무슨 일인가?"

"심상치가 않습니다. 왜군 수군이 곧 대대적으로 공격해 올 것 같습니다."

이순신은 고개를 끄덕였다. 짐작은 하고 있었다. 이순신은 옥포

해전 이후 다양한 계층을 동원해 왜군에 대한 정보를 수집했다. 그리고 그 정보를 바탕으로 적들의 움직임을 한발 먼저 파악해 사천, 당포, 당항포, 율포 등지에서의 해전을 모두 승리할 수 있었다.

이순신은 2차 출전을 마치고 본영인 여수로 돌아오자마자 전투보고서인 장계를 썼다. 장계에서는 첫 출전에 나선 거북선의 활동을 비롯해 장졸들의 논공행상을 1, 2, 3등급으로 나눴고, 조선 화약무기의 위력 등을 상세하게 담았다. 그리고 중요 노획품과 적의 수급에서 자른 좌이左耳: 왼쪽 귀 등을 배에 실어 군관을 시켜 조정으로 올려 보냈다.

이때부터 이순신은 가시방석에 앉아있는 것처럼 마음이 편치 못했다. 차라리 출전해 오직 전투에만 전념하고 싶었다. 도성을 버리고 파천한 임금이 지금 어디쯤에 머무르고 있을지 알 수 없는 현실이 답답했다.

1차 출전 후 올린 장계가 도착한 곳이 평양인 것만 알 뿐 그 이후는 깜깜무소식이었다. 왜군이 침략한 뒤 전 국토가 유린되도록 변변히 대응 한번 못하고 속수무책으로 도망가기에 급급한 임금과 육상의 수많은 장수가 야속했다.

수군은 조선 땅과 분리된 고립무원의 섬 같은 존재였다. 왜군이 육지로 우회해 전라좌수영이 있는 여수로 쳐들어오면 꼼짝없이 당할 수밖에 없었다. 평양 부근 어딘가에 있을 조정의 행재소行在所: 임금이 머무는 곳가 왜군으로부터 공격을 받지나 않았는지 별별 불길한 생각이 다 들었다. 이순신이 보낸 전령이 행재소로 잘 찾아간 뒤 별 탈 없이 돌아올 수 있을지도 염려스러웠다.

이러한 모든 것들이 이순신으로 하여금 불면의 밤을 보내게 했다. 2차 출전 때 입은 총상 상처도 욱신거렸지만 육체의 고통은 아무것도 아니었다. 전란의 깊은 수렁에 빠진 조선의 앞날을 생각하면 한숨만 나올 뿐이었다. 변방의 수군 장수가 감당하기에는 너무도 무거운 짐이 어깨를 짓눌렀다.

이순신은 불편한 몸을 정자 기둥에 기댄 채 송희립을 바라봤다. 왜군이 대대적으로 공격해 오리라는 것은 이미 충분히 예상하고 있었다.

이순신은 전란이 발발 후 왜군이 파죽지세로 북상하면서 반드시 보급에 문제가 생길 것이라고 내다봤다. 도성인 한양까지는 어떻게든 육로로 보급을 할 수 있겠지만 그 이상 북쪽은 서해를 거치지 않고서는 쉽지 않을 것이라고 생각했다.

왜군 본토로부터 각종 물자가 오는 일차 거점은 부산이었다. 그런데 전장지역이 평안도와 함경도까지 확대되면서 왜군의 보급로는 길게 늘어질 수밖에 없었다. 가장 빠른 보급수단은 결국 배편이었다.

이때 남해에서 이순신이 서해로 가는 길목을 차단했다. 왜군으로선 발을 동동 구를 수밖에 없었다. 조선수군은 눈엣가시이자 목줄을 조이는 장애물이었다. 왜군은 조선과의 전쟁에 승리하기 위해선 조선수군과 사활을 건 총력전을 벌여야만 했다. 피할 수 없는 외길 수순이었다. 이순신은 그 흐름을 정확히 꿰뚫고 있었다.

"부산에 지금 왜 본토로부터 대거 동원된 전선을 포함해 약 150척이 집결해 있다고 합니다. 그리고 왜군의 내로라하는 육상과 수군의 최고 장수들과 병졸들이 속속 모여 그 규모와 위세가 엄청나다고 합니다."

보고를 하는 송희립의 목소리가 떨렸다. 평소 두려움이 없고 배포가 크기로 소문난 송희립조차 긴장하고 있었다. 부산 등 곳곳에서 은밀히 활동하며 보내온 정보원들의 보고내용도 대체로 일치했다. 가까운 시일에 왜군의 대규모 부대가 총공격한다는 것이었다.

"알았네, 또 다른 소식은 없는가?"

이순신은 무표정한 얼굴로 되물었다. 상대가 누가 되든 어차피 군인은 싸우기 위해 존재했다. 그러나 적과 싸워 이기는 것보다 더 중요한 것은 조정의 유무有無였다. 나라가 없는 군인은 존재의 의미가 없기 때문이었다. 이순신의 속마음이 그랬다.

"조금 전 조정에 장계를 전하기 위해 떠났던 전령이 무사히 도착했습니다."

"그래?"

이순신의 눈빛이 반짝였다. 기다리던 소식이었다.

"지금 막 도착했기 때문에 내일 날이 밝는 대로 조정의 하명을 전하도록 조치했습니다. 일단 주상 전하께서는 무고하신 것 같습니다. 전교傳敎: 임금의 명령의 내용이 특별한 것은 없는 것 같아 전령을 이리로 불러오지 않았습니다만…"

송희립이 말끝을 흐리자 이순신은 표정을 누그러뜨리며 말했다.

"그래, 야심한 밤인데, 전령도 먼 길을 갔다 왔으니 쉬어야겠지. 급하지 않은 것 같으니 내일 보고받도록 하세나."

"그리고 여기…"

송희립은 주위를 살피며 조심스럽게 품속에서 서찰을 꺼냈다.

"이게 뭔가?"

"유성룡 대감이 보낸 개인 서찰입니다."

"유성룡 대감? 아니 이 서찰이 어떻게…"

이순신은 깜짝 놀라 서찰을 받았다.

"전령의 말에 의하면 용천에서 조정에 승첩 장계를 전달한 뒤 되돌아오는 중에 유성룡 대감을 만났다고 합니다."

"용천? 아니 주상 전하가 평양이 아닌 용천에 계셨단 말인가?"

이순신은 심상치 않은 표정으로 되물었다. 용천은 명나라와 국경 지역인 의주 바로 밑에 위치했다. 한나절이면 국경을 넘어갈 수 있는 조선의 최북단 고장이었다. 임금일행을 그곳에서 만났다면, 필히 평양이 왜군의 손에 넘어간 뒤이고 더 이상 조선 땅에서 피난갈 곳이 없을 만큼 전세가 심각함을 의미했다.

"아마도 주상 전하께서는 의주를 목적지로 피난 중이었던 것 같습니다. 이 서찰은 조정의 공문과는 달리 유성룡 대감이 전령을 우연히 만나자마자 급하게 써서 건넨 것입니다. 꼭 좌수사 대감께 전하라며 신신당부했다고 합니다."

송희립의 말에 이순신은 고개를 끄떡이며 한숨을 내쉬었다.

이순신은 전장 상황이 점점 악화되고 있다는 생각에 가슴이 답답했다. 왜군은 총력전을 준비하며 조선수군을 조여 오는 마당에 조정은 내일 일을 알 수 없을 만큼 쫓기는 상황이 영락없는 사면초가였다. 그나마 한 가닥 위안은 유성룡 대감의 서찰이 유명무실한 조정의 공문보다는 뭔가 내용이 있지 않을까 기대감을 갖게 했다.

"수고했네. 밤이 깊었으니 돌아가서 쉬게나"

이순신은 송희립을 돌려보낸 뒤 숙소로 돌아가 서찰을 펼쳐보았다.

서찰에는 남쪽 바닷가 변방에 있는 이순신이 알아야 할 꼭 필요한 정보가 담겨 있었다. 임금이 의주로 피난한 뒤 여차하면 명나라로 망명할지도 모르지만, 그런 일이 없도록 반드시 막겠다는 유성룡의 각

오가 글 속에서 꿈틀거렸다. 평양이 허망하게 왜군의 손에 넘어간 상황도 자세히 적혀 있었다. 또 명나라에 군사지원을 요청했고, 일부 병력이 조선에 도착했다는 소식도 있었다. 조선 땅이 왜군에 일방적으로 유린당하는 상황에서 명나라 군대의 파병은 다소나마 희망을 가질 수 있는 대목이었다.

"아니?"

이순신은 서찰의 끝부분을 읽다가 깜짝 놀랐다. 세자로 책봉된 광해가 분조를 맡았다는 내용이었다. 임금의 원래 조정과는 달리 전쟁 극복을 위해 세자가 주도하는 조정이 새로 만들어졌다는 것은 엄청난 일이었다. 세자를 중심으로 조정의 역할이 새롭게 적극적으로 재편됨을 의미했다.

이제 조선 땅 곳곳에서 왜군과 싸우는 모든 군대와 의병들이 분조를 구심점으로 결집할 수 있게 됐다는 생각에 가슴이 쿵쿵 뛰었다. 답답했던 마음이 뻥 뚫린 듯 후련했다.

"세자 저하, 충성을 다하겠습니다."

이순신은 나지막한 음성으로 각오를 다졌다. 전라좌수사로 부임하기 직전 광해의 처소로 찾아가 나라의 앞날을 걱정하며 서로 마음을 나눴던 일들이 눈에 선했다. 그때 보았던 광해는 총기가 가득한 젊은 왕자였다. 하지만 지금은 세자가 되어 분조의 책임자로서 전란을 극복할 적임자이자 믿음직한 차기 임금이었다. 눈가에 눈물이 고일 만큼 감격스러웠다.

서찰의 마지막 내용은 왜군이 조만간 조선수군을 치기 위해 대규모 병력을 동원할 것이니 조심하라는 정보였다. 또한, 앞으로도 서해로 가는 길목을 잘 차단해 달라는 당부의 말로 갈무리됐다.

이순신은 그러나 세자의 분조 소식에 눈길이 꽂혀 서찰의 다른 내용은 하나도 눈에 들어오지 않았다.

장수로서, 오직 당면한 적과의 싸움에 전념할 수 있게 되자 가슴이 벅차올랐다. 이순신은 두 주먹을 불끈 쥐며 반드시 이기겠다고 의지를 불태웠다.

6
이순신의 한산대첩

7월 6일, 이순신의 함대는 여수를 떠났다. 이억기의 전라우수영 함대 25척과 원균의 7척 등 도합 56척의 전함으로 구성된 연합함대였다. 이들은 여수 인근의 창신도昌信島 앞바다에 모여 함께 훈련을 하며 위용을 과시했다.

조선의 연합함대는 7일 당포唐浦에 머물며 휴식을 취하던 중 마을의 한 백성으로부터 값진 정보를 취득했다. 견내량見乃梁에 왜군이 엄청나게 모여 있다는 것이었다. 왜선의 규모가 70~80척 정도 된다는 것이 김천손이라는 목동의 이야기였다. 이순신은 즉시 정찰요원과 척후를 보내 이를 확인케 했다.

이순신은 각 함대의 장수들을 불러 작전회의를 가졌다. 파악한 정보에 의하면 왜군 수군 장수는 와키자카 야스하루脇坂安治와 구키 요키타카九鬼嘉隆, 카토 요시아키加藤嘉明 등이 참전한다고 했다.

"정보원들이 보내온 정보에 의하면 이번에 싸우게 될 왜군의 와키자카 야스하루는 지난 용인전투에서 전라감사인 이광이 이끄는 수 만명의 병력을 격파한 무적의 용장이라고 하오. 또한 쿠키 요시타카는 해전의 귀신으로 불릴 만큼 명성이 높다고 하오. 가토 요시아키도 왜군이 자랑하는 백전무패의 장수로 소문이 난 만큼 어느 누구하나 만만한 상대가 없소. 왜군의 전 수군세력이 결집한 만큼 우리도 전력을 다해야 할 것이오.”

이순신이 그동안 수집한 정보를 바탕으로 말문을 열었다. 장수들 모두 긴장된 표정으로 고개를 끄떡였다.

“왜군 수군은 이번에 100척 이상의 군선이 참전한 것으로 알고 있소. 그런데, 견내량에 70~80척이 모였다고 하니 저들은 지금 한꺼번에 모여 있는 것 같진 않습니다. 어떻게 판단해야 할지 말씀해 주시지요?”

전라우수영의 이억기 수사가 질문을 했다. 이순신은 빙그레 웃으며 말했다.

“좋은 말씀이오. 이 수사가 말한 대로 적은 지금 병력이 분산되어 있는 것 같소. 그리고 아마도 주력이 견내량에 모여 있다고 생각되오. 우리로서는 이런 상황이 절호의 기회가 될 것이오. 적의 주력을 먼저 제압하면 왜군의 전체 규모가 우리보다 크다고 해도 승기를 잡을 수 있을 것이오.”

이순신은 좌중을 둘러봤다. 이순신의 확신에 찬 음성에 모두 수긍하는 눈치였다. 어차피 연합함대를 이끄는 중심은 전라좌수영이었다. 같은 수사 직책이라도 이순신이 그동안의 공을 인정받아 품계_{이순신은 정2품, 이억기와 원균은 종2품}도 가장 위였다. 더욱이 이억기 수사는 2차 출전 때 함께 참전한 뒤로 이순신의 열렬한 추종자가 되었다.

원균은 연합함대에서 자기 휘하에 군선과 병력이 가장 적었다. 그런데 이순신 덕분에 공적을 쌓은 탓에 묵묵히 따르며 실속을 차리는 것에 만족하는 눈치였다.

다음날 아침 일찍, 조선 연합함대는 당포를 떠났다.

견내량을 향해 항해하던 연합함대는 멀리서 왜선으로 보이는 배를 발견했다. 조선 수군의 동향을 살피러 온 적의 척후선이었다. 이순신의 명령에 따라 광양 현감인 어영담이 몇 척의 군선을 이끌고 적선을 추격했다. 왜선은 견내량으로 들어갔다. 뒤를 쫓은 어영담은 중·대형선 위주로 구성된, 70척이 넘는 적선이 정박해 있는 것을 확인했다.

이순신이 구상한 작전은 '인출전포지계引出全捕之計: 적을 유인해 한꺼번에 몰살시키는 계책'였다. 전날 작전회의에서 세운 계획이었다. 견내량이 좁은 해협인 만큼 적을 넓은 바다로 끌어내 공격하는 것이었다.

적선을 유인하는 선봉대 역할은 어영담이 맡았다. 어영담이 몇 척의 군선을 끌고 대규모 왜군 함대 부근까지 다가가 대포를 쏘며 적을 자극했다. 그러자 기다렸다는 듯이 적의 함대 전 세력이 일제히 몰려나왔다.

견내량에 있던 왜군 함대의 사령관은 와키자카 야스하루였다. 그는 이순신의 조선수군이 나타났다는 보고에 즉각 추격을 지시했다. 그는 곧 조선수군을 무찌를 생각에 마음이 들떴다. 멀리 떨어진 바다에 희미한 부유물 같은 것이 보였다. 조선수군의 군선이 분명했다.

와키자카 야스하루는 일본 전국시대 당시 통일전쟁에서 분수령이 됐던 시즈카타케1583년 전투에서 용맹을 떨친 장수였다. 이 전투에서 와키자카는 가토 요시아키 등 7명과 함께 앞장서서 적진에 뛰어들어 '시즈카타케의 칠본창'이라는 칭호를 받은 맹장이었다.

그는 일본 통일전쟁기간 중 내내 공을 세웠다. 그러다 임진왜란이 발발하자 주력 장수 중 한 명으로 참전했다. 특히 개전 초기인 6월 5일 용인전투에서 명성을 크게 떨쳤다. 수만 명이나 되는 조선의 삼도 근왕군을 불과 1천 500여 명의 병력으로 일거에 격파했다. 이순신을 제압하라는 특명을 받고 수군에 합류한 그가 자신만만한 이유였다.

와키자카는 조선수군으로 인해 서해로 가는 보급로가 차단되자 이를 타개하라는 본국 도요토미 히데요시의 명령을 받았다. 하지만 육상과 수군의 최고 장수들로 연합함대를 구성하라는 도요토미의 지침은 무시했다.

그는 부산에 내려오자마자 150척의 왜선 중 70척으로 자신의 함대를 구성했다. 나머지 군선을 구키 요시타카와 가토 요시아키가 지휘토록 한 뒤 자신은 서둘러 먼저 떠났다.

와키자카는 자신만의 함대 단독으로 이순신이 이끄는 조선수군을 격멸하고 싶었다. "이순신이 이끄는 조선수군이 만만치 않다"는 여러 장수와 부하들의 조언은 귀에 들어오지 않았다. 그저 겁쟁이들이 내뱉는 헛소리에 불과했다.

"안골포 쪽에 있는 2함대에도 알려 연합으로 조선수군을 공격하는 것이 어떻겠습니까?"

와키자카의 부하 장수인 마나베 사마노조眞鍋左馬允가 조심스럽게 건의했다.

"무슨 소리야? 지금 당장 적을 쫓아 몰살시켜야 한다. 여기서 조선수군을 놓치면 아무 소용이 없다. 우리가 먼저 신속하게 격퇴한다. 그리고 패잔병 처리는 구키와 가토의 2함대에 시켜도 늦지 않다."

와키자카의 단호한 지시에 마나베는 아무 대꾸를 못했다.

"전속력으로 적을 추격하라!"

와키자카는 목청껏 외쳤다.

왜군 함대는 형형색색 화려한 깃발을 펄럭이며 일제히 속도를 높였다. 거대한 왜 함대의 선두와 끝이 뱀처럼 길게 이어져 넓은 바다를 가득 메웠다. 이순신의 연합함대는 왜군이 맹렬한 기세로 추격하자 무작정 후퇴했다. 왜군 함대의 선두와 조선수군 후미와의 거리 간격은 점차 좁혀졌다.

이순신은 왜선들이 한산도 앞 상죽도上竹島까지 쫓아오자 기함인 사령선에서 신호를 보냈다. 그러자 요란한 군악이 울려 퍼지면서 조선수군의 연합함대는 세 갈래로 나뉘어졌다. 이어 재빨리 뱃머리를 돌렸다. 학이 날개를 펴듯 적선을 에워싼 학익진 전법이었다. 드넓은 바다에서 한 치의 오차도 없는 전술대형을 펼쳤다.

"어어, 저게 뭐야. 전원 전투준비!"

추격자의 심정으로 쫓던 와키자카는 조선수군이 방향을 틀어 정면으로 돌아서자 당황했다. 와키자카는 이순신의 전투방식을 전해들은 바 있어 추격을 중지했다. 그리고 현 위치에서 전투태세를 지시했다.

왜선들은 해상 백병전을 위해 방패를 빽빽이 세웠다. 왜군의 방패는 상대방의 화살이나 조총을 막는 방어막이었다. 동시에 상대 배와 부딪치면 사다리가 되어 공격통로가 되는 공수양면의 유용한 무기였다.

와키자카는 줄행랑을 치던 조선수군이 오히려 포위 형태로 전환해 넓은 바다에서 마주 보게 되자 팽팽한 기세를 느꼈다. 비로소 이순신이란 조선 장수와 싸우게 됐다는 생각에 절로 미소가 그려졌다.

와키자카는 이번 출전을 앞두고 나름대로 대비를 했다. 먼저 조선수군은 이순신을 중심으로 움직이는 만큼 이순신 제압이 첫째였다. 이순신이 없는 조선수군은 오합지졸에 불과하다고 판단했다.

둘째는, 조선수군의 화포에 대한 대응이었다. 조선수군보다 먼저 포를 쏘며 돌격하는 전술이 준비된 해결책이었다. 종전에는 사정거리가 짧은 조총만으로 대응했기에 패배할 수밖에 없었다고 와키자카는 생각했다. 이를 위해 큰 배에 척당 3문의 왜식 대포를 장착했다. 와키자카가 이번 싸움에서 승리를 자신하는 이유였다.

"돌격조 앞으로 전진!"

와키자카는 정면에 보이는 이순신의 기함을 제압하기 위해 돌격명령을 내렸다. 왜군의 대형선인 층루선 5척이 쏜살같이 앞으로 나아갔다. 목표는 조선수군의 지휘선인 이순신의 기함이었다.

"꽝, 꽈꽝"

선두의 왜선으로부터 포성이 울려 퍼졌다. 왜선의 돌격선 5척에서 차례로 발사되는 대포와 조총의 소리가 고막을 찢을 듯 요란했다. 시뻘건 불기둥이 바다 곳곳으로 떨어지면서 분수처럼 솟구쳐 올랐다.

왜선의 돌격조와 조선수군의 선두에 위치한 기함과의 거리는 점차 가까워졌다. 왜군의 대포가 비록 사거리가 짧고 명중률이 떨어졌지만 기존의 조총과는 달리 꽤 위협적이었다. 왜선은 더욱 빠른 속도로 다가왔다.

"정면 발사!"

이순신의 기함을 좌우로 호위하던 일단의 판옥선에서 발사 신호가 떨어졌다.

"꽝, 꽝, 꽈꽝"

선두에 선 이순신의 기함 옆으로 차례로 늘어선 다섯 척의 판옥선에서 일제히 각종 포를 발사했다. 한 척당 두 문씩 10문의 대포가 불을 뿜자 왜선의 돌격선 5척은 순식간에 휘청거리며 불길에 휩싸였다.

"좌현 발사!"

"우현 발사!"

조선 연합함대의 주축인 전라좌수영 소속의 판옥선들은 좌우로 돌면서 계속 대포를 쏘아댔다. 전라좌수영의 최정예인 순천부사 권준이 지휘하는 5척의 선단이 포격을 마치자 뒤로 빠졌다. 이어 뒷줄의 방답첨사 이순신이 이끄는 5척의 판옥선에서 일제히 불을 뿜었다.

"꽝, 꽈꽝"

요란한 포성이 바다를 울렸다.

"정면 발사!"

"후면 발사!"

조선수군의 판옥선에서 쏟아지는 각종 포화는 정확하게 왜선을 강타했다. 기세 좋게 달려들던 왜선은 순식간에 벌집이 됐다. 부서지고 깨어지고 불길에 휩싸였다. 왜선은 속수무책으로 당하며 침몰했다.

멀리서 이 장면을 지켜본 와키자카는 하얗게 질려 말문을 잃었다. 눈으로 보면서도 도저히 믿어지지 않는 일방적인 싸움이었다.

"아니, 어떻게 저럴 수가…"

와키자카는 조선수군이 파놓은 무시무시한 덫에 빠졌음을 깨달았다. 그가 야심차게 구상한 왜식 대포를 장착한 돌격조는 거대한 바위를 향해 던져진 작은 조약돌에 불과했다. 가장 큰 차이는 왜선의 대포는 조선의 대포에 비해 명중률이 떨어진다는 점이었다. 사거리도 짧고 파괴력도 크지 않았다.

무엇보다 왜선은 첨저선이어서 앞으로의 전진은 빠르지만 제자리에서의 방향전환은 거의 불가능했다. 반면, 조선수군의 판옥선은 평저선이어서 전후좌우로 방향전환이 용이했다. 왜선이 쏜 대포는 조선수군 부근에도 도달하지 못했지만 조선수군의 판옥선에서 쏘아대는 대포는 정확하면서도 화력이 엄청났다. 이것은 공정한 싸움이 아니었다. 불공정한 학살이었다.

와키자카는 막다른 길에 몰린 절박한 심정으로 외쳤다.

"돌격, 돌격하라!"

왜선들은 대장선에서 공격을 알리는 요란한 북소리와 깃발신호를 보면서도 우왕좌왕했다. 수십 척이 길게 늘어서 있어 명령이 제대로 전달이 되지 않았다. 그런 상태에서 선두의 돌격조가 무참히 격파되자 어찌할 바를 몰랐다. 기껏해야 중앙의 대장선 주위로 삼삼오오 몰려들 뿐이었다.

이때 조선수군의 함대 양쪽 끝에서 거북선이 불쑥 나타났다. 거북선은 쏜살같이 다가왔다.

"어어, 저 저 괴물을 막아라."

왜군들에게 거북선은 이미 괴물이었다. 말로만 듣던 거북이 모양의 배는 거침없이 왜군 함대 중심을 파고들었다. 와키자카가 승선한 기함 주변으로 무수히 많은 왜선들이 조총 등을 쏘아댔지만 거북선은 아랑곳하지 않았다.

"쿵, 쿠쿵!"

거북선이 왜선 함대 중앙의 대형 충루선을 들이받았다. 왜군들은 고래고래 소리를 지르며 난리법석을 피웠다.

"조총을 쏴라", "기함을 지켜라"

무시무시한 용의 머리를 한 거북선은 왜선 사이를 마구 헤집고 다녔다. 왜군들은 반쯤 정신이 나가 있었다. 잔뜩 겁을 먹은 상태에서 일부는 조총을 쏘고 일부는 허공에 칼을 휘두르며 저지하려 애를 썼다. 하지만 거북선은 비웃듯이 기함을 향해 돌격했다.

"쾅, 쾅, 콰쾅!"

거북선의 몸체 전후좌우에서 갑자기 대포가 불쑥 튀어나왔다. 요란한 포성과 함께 불덩어리가 솟아올랐다.

"악, 으악"

기함을 호위하려고 거북선에 다가간 왜선은 예상치 못한 포격에 휘청거렸다. 수많은 왜군이 비명을 내지르며 쓰러졌다.

왜군 함대는 일순간 혼란에 빠져들었다. 조선함대의 이순신을 제압하려던 5척의 돌격조는 이미 무참하게 침몰한 상태였다. 반면 왜군의 수많은 군선은 한복판을 헤집고 다니는 거북선 2척을 제압하지 못해 쩔쩔맸다.

"쾅, 꽈꽝, 꽈~꽝!"

정신을 차리지 못하는 왜군 함대를 향해 엄청난 불꽃이 소낙비처럼 쏟아졌다. 어느새 다가온 조선함대의 판옥선에서 일제히 포격을 가한 것이었다. 수백 발의 포탄이 하늘을 뒤덮으며 날아오자 왜군은 대낮에 불꽃놀이를 구경하듯 속수무책으로 당했다. 수십 척의 조선함대는 올가미에 갇힌 왜군 함대에 숨 쉴 틈을 주지 않았다. 각종 총통을 비롯해 온갖 화력을 쏟아 부었다.

왜군 함대는 순식간에 무너져 버렸다. 와키자카는 절박한 심정으로 외쳤다.

"돌격, 전원 돌격하라!"

와키자카는 거북선에 정신이 팔리는 동안 조선함대 포화에 일방적으로 당하는 이 상황을 도저히 견딜 수가 없었다. 어차피 화력에서 우월이 갈린 이상 장기인 빠른 속도의 기동으로 전환해야만 했다. 조선함대에 다가가 근접 전투를 시도하는 것만이 왜군이 할 수 있는 유일한 승부수였다.

그러나 조선함대는 왜선이 포위망을 빠져나오는 것을 쉽게 허락하지 않았다. 조선함대는 질서정연하게 길게 늘어져 바다를 에워쌌다. 몇몇 왜선이 돌진해 다가오면 집중포화로 접근을 막았다. 마치 학이 날개를 펴고 접듯이 거리를 조절하며 몰아붙였다. 드넓은 바다에 촘촘한 그물망이 설치된 것처럼 왜선이 빠져나갈 곳은 어디에도 없었다.

"장군, 역부족입니다. 속히 후퇴해야 합니다."

와키자카의 부하 장수들이 다급하게 건의했다. 한마디로 당장 도주하지 않으면 몰살당한다는 절박함이 얼굴에 역력했다. 어떻게 손을 써볼 수가 없을 만큼 최악의 상황에 몰린 것이었다. 와키자카는 입술을 깨물었다.

"퇴각하라!"

어쩔 수 없이 퇴각을 명하는 와키자카는 참담함에 고개를 숙였다. 숱한 전투에서 단 한 번도 패배를 몰랐던 그였기에 목숨을 구걸해야 하는 이런 상황을 좀체 견디기가 어려웠다.

그러나 막상 퇴각을 결정했지만 포위망을 뚫고 살아남을 수 있을지도 의문이었다. 이미 검푸른 바다에는 수많은 왜선 중 성한 배를 찾기가 힘들었다. 대부분 불에 타거나 심하게 파손되어 시체처럼 둥둥 떠다녔다. 그 광경은 거대한 배들의 무덤을 연상케 했다.

"장군, 배로는 탈출이 불가합니다. 바다로 뛰어들어 헤엄쳐 빠져 나가는 수밖에 없습니다."

왜군들은 앞 다투어 무거운 투구와 갑옷 등을 내던지고 바다로 몸을 던졌다. 와키자카를 비롯한 왜군 장수들은 살기 위해 지체 없이 바다로 뛰어들었다. 바다를 가득 메운 수많은 왜군이 목만 내놓은 채 허우적거리며 몸부림쳤다.

한산도 앞바다에서 벌어진 해전은 조선수군의 완벽한 승리로 끝이 났다. 불과 한 시진時辰: 2시간 동안 왜군의 주력인 와키자카 함대는 거의 전멸했다.

기함 1척과 소형 10여 척이 간신히 도망쳤을 뿐, 주력 전투함은 모조리 침몰됐다. 와키자카의 기함은 포위망을 가까스로 빠져 나왔지만 정작 와키자카를 비롯한 휘하의 장수들은 격침될까 두려워 오히려 바다로 뛰어들었다. 이순신이 바다에 떠다니는 왜군을 무리하게 죽이지 않는다는 정보를 알았기 때문이었다.

"해전 결과는 어떠한가?"

일방적인 싸움이 끝나자 이순신은 호위무관인 송희립에게 물었다.

"완벽한 승리입니다. 왜선은 큰 배 35척을 포함해 총 59척이 파괴됐습니다. 우리 측은 단 한 척도 피해가 없습니다. 사상자 수도 왜적은 수천 명이지만 우리는 10여 명에 불과합니다. 난파한 왜선이나 바다에서 허우적거리는 왜군들은 어떻게 할까요?"

이순신은 힐끔 바다를 바라봤다. 왜군들 상당수가 바다를 가득 메울 만큼 물속에서 버둥거렸다. 목을 베기에는 절호의 기회였다. 어차피 공적은 적의 수급으로 따지기에 부하들은 이순신의 명령을 애타게 기다렸다.

"아직 침몰되진 않았지만 왜군이 버리고 간 왜선을 위주로 수습을 명한다. 유용한 물품을 거둬들이고 조선인 포로를 구해 데려와라."

이순신이 단호하게 말했다. 수급을 하되 물속의 수많은 왜군들을 일일이 무리하게 처리하지 말라는 의도가 담겨있었다.

"왜군의 나머지 세력이 반드시 멀지 않은 곳에 있을 것이다. 그들을 찾아내 모조리 격멸시켜야 한다."

이순신의 말에 송희립을 비롯한 휘하 장수들은 고개를 숙이며 절대 복종의 뜻을 나타냈다. 이번 기회에 왜군의 수군 세력 전체를 완전히 궤멸시키겠다는 것이 이순신의 의지였다. 패잔병 따위의 수급보다는 전체 판세를 내다본 것이었다. 송희립은 곧바로 이 같은 지침을 각 함선에 전했다.

조선 연합함대는 수습을 하면서 한편으로는 진해, 거제, 김해 쪽으로 척후선을 보냈다. 일부 포위망을 뚫고 달아난 왜선을 은밀히 쫓다보면 적의 대규모 세력을 찾을 수 있으리라는 생각에서였다. 연합함대는 견내량 부근에서 밤을 새며 기다렸다.

다음날 정오 무렵, 이순신이 보낸 척후선이 돌아와 보고했다.

"안골포 부근에 적선 수십 척이 몰려있습니다."

이순신은 되물었다.

"왜선의 규모가 어찌 되는가?"

"40척은 넘어 보였습니다."

이순신은 고개를 끄떡이며 빙긋이 미소를 지었다. 왜군의 수군 본거지인 부산을 정탐한 정보원에 의하면 왜선의 총규모는 150척 정도였다. 그렇다면 이번에 약 110척 정도가 출전을 했고, 한산도에서 와키자카 함대를 격멸한 데 이어 안골포 쪽의 적 함대마저 격파하면 사실상 왜군 수군은 와해되는 셈이었다. 이순신은 곧바로 작전회의를 소집했다.

한편 안골포 쪽에 위치한 왜군 2함대는 와키자카 함대가 대패했다는 충격적인 소식을 듣고 무거운 침묵에 빠졌다.

사령관인 구키 요시타카는 참모장인 가토 요시아키의 시선을 애써 외면하며 말을 아꼈다. 해적출신인 구키는 왜군 최고의 수군 대장이었다. 이번 조선 침공에서도 도요토미 히데요시가 이순신을 잡는 특별함대의 사령관으로 그를 임명했지만 믿었던 선봉장인 와키자카의 참패에 할 말을 잃었다.

"연합함대가 합심해 작전을 했어야 하는데… 와키자카가 혼자 공을 세우려고 너무 설치는 바람에 이렇게 됐습니다."

가토는 평소 기고만장한 성격으로 인해 왜군 장수들 사이에서도 질시의 대상이 됐던 와키자카에게 패배의 책임을 돌렸다. 그리고 슬그머니 구키의 눈치를 살폈다.

"정녕, 조선의 이순신 함대를 이길 수 있는 방법은 없단 말인가?"

구키는 가토의 말을 무시하며 한탄하듯 되물었다.

그는 한산도 해전을 멀리서 지켜보고 돌아온 부하로부터 보고를 받은 터라 정면승부로는 힘들다는 것을 알았다. 그렇다고 싸움을 피할 수도 없는 진퇴양난의 상황이었다.

"그, 그게 참…"

가토는 말끝을 흐리며 머리를 긁적였다. 뾰족한 수가 보이지 않았다. 어쩌면 자신도 와키자카와 같은 신세가 될지도 모른다는 생각에 모골이 송연했다.

"정면승부는 피한다. 최대한 방어태세를 갖추고 버틴다."

구키는 마침내 고민 끝에 결정을 내렸다. 왜군 2함대는 모두 해상에서 철수해 안골포로 들어갔다. 방어태세를 갖춘 뒤 버틴다는 작전이었다.

사실 안골포는 방어전을 펴기에는 이상적인 곳이었다. 오랜 해적생활로 잔뼈가 굵은 구키는 안골포가 방파제가 있는 포구인 탓에 방어에 유리한 조건의 지형이라는 것을 한눈에 알았다. 좁은 수로를 따라 들어가야만 선창이 있어 공격 측으로 봐선 부담이 적지 않았다. 밀물 때 조선함대가 공격해온다고 해도 썰물 때는 어쩔 수 없이 물러설 수밖에 없었다. 최악의 경우 육지로 올라가 저항하면 조선함대도 어찌할 수가 없었다.

더욱이 안골포에는 높지는 않지만 주위를 조망하기에 부족함이 없는 작은 야산이 있었다. 그곳에서 멀리 조선함대의 움직임을 상세히 살필 수 있으므로 방어지로는 최상이었다.

싸움을 피하는 것도 전술의 하나였다. 백전노장인 구키는 조선의 이순신 함대와 싸움을 피하는 것이 훗날을 도모할 수 있는 차선책이라고 생각했다. 그는 조선의 이순신을 제거하지 않으면 조선침략전쟁은 결국 실패할 수밖에 없다는 것을 깨달았다. 어떡하든 반드시 살아 돌아가 이러한 사실을 본국의 최고 우두머리인 도요토미 히데요시에게 알려 방안을 강구해야만 했다.

구키는 절박한 심정으로 칼을 움켜쥐며 바다를 응시했다.

조선의 연합함대는 안골포에 왜군 대규모 부대가 집결해 있다는 정보를 입수했다. 결전을 앞두고 거제도 부근에서 하루 휴식을 취했다.

다음날인 10일, 어둑어둑한 여명이 깃들 무렵 조선함대는 새벽바람을 마주하며 출항했다. 적이 눈치채지 못하게 안골포로 접근해 공격하는 것이 작전의 골자였다. 이순신이 직접 지휘하는 전라좌수영 소속 함대가 선봉에 섰다. 전라우수영의 이억기 함대는 가덕도에서 매복했다.

"조선수군이 나타났습니다. 이순신 함대가 새까맣게 몰려옵니다."

안골포 야산의 감시초소에서 동향을 살피던 왜군 병사가 큰 소리로 외치며 사령관인 구키에게 보고했다.

"동요하지 말고 현 위치에서 기다려라."

구키는 여러 장수들에게 침착할 것을 주문했다. 그동안 여러 차례 이순신의 전술을 전해 들어서 조선수군이 바다로 싸움을 끌어들이는 유인전술을 쓸 것으로 예상했다. 어떠한 일이 있어도 포구 현장을 지키면 조선수군도 어쩔 수 없을 것이라는 것이 구키의 생각이었다.

구키는 해적 출신답게 수군전술과 바다에 대해서 잘 알았다. 그래서 포구 입구에는 일본 본토에서 조선의 판옥선을 제압하기 위해 새로 건조한 3척의 대형 층루선을 배치했다. 그 뒤로 대선 18척, 중선 15척, 소선 6척이 줄을 지어 포구 가까이서 대기했다.

이순신 함대는 안골포 외곽을 에워싼 뒤 왜군의 반응을 살폈다. 서로가 한눈에 알 수 있는 멀지 않은 거리였다.

그런데 이상했다. 밀물은 진시辰時: 오전 8시부터 시작됐지만 왜선은 조선수군을 보고도 꼼짝을 하지 않았다. 다음 밀물은 미시未時: 오후 2시때 시작되므로 마냥 기다릴 수만은 없었다.

이순신은 왜군이 이미 유인전술을 간파하고 있다고 생각했다. 상대인 왜군 장수는 만만치가 않았다. 현장 고수작전을 펴며 버틴다는 의도였다. 공격할 수 있는 밀물시간은 한 시진時辰: 2시간에 불과했다. 좀 더 적극적으로 자극해야만 했다.

"공격하라!"

이순신의 지휘선에서 공격신호가 떨어지자 선두의 돌격용 판옥선 2척이 쏜살같이 나아갔다. 동시에 가덕도에서 매복중인 이억기 함대에 합류하도록 연락선을 보냈다. 수로가 좁기 때문에 2척이나 3척 정도만이 안골포 선창에 바짝 다가가 공격을 해야 했다.

그러나 교대로 계속 공격을 반복하다 보면 왜군도 어쩔 수 없이 좁은 포구에서 빠져나와 싸움에 응할 수 밖에 없을 것이라고 예상했다. 이순신은 반드시 그렇게 되리라고 믿었다. 인내심을 갖고 누가 오랫동안 버틸 수 있느냐가 싸움의 관건이었다.

"쾅, 꽈꽝"

안골포 포구로 접근해 공격에 나선 판옥선 2척이 왜군의 대형 층루선을 향해 각종 총통을 발사했다. 시커먼 불길이 치솟으며 일방적으로 포화를 쏟아붓자 왜선들도 맞대응을 했다. 왜군도 미리 준비한 듯 왜식대포와 조총으로 요란하게 응사했다. 포구 방파제 쪽에서도 왜병들이 엎드려 사격하며 물러서지 않았다.

안골포 포구를 사이에 두고 양측 간에 포격전이 벌어졌다. 그러나 왜군의 피해가 늘어나면서 일방적으로 전개됐다. 화력과 사거리 차이는 어쩔 수 없었다. 그럼에도 불구하고 왜군의 대형 층루선은 두꺼운 판자나 젖은 솜을 선체에 겹겹이 둘러 피해를 줄여나갔다. 왜군은 사상자가 발생할 때마다 신속히 옮기며 버텼다.

대형 층루선에 승선한 왜군들은 애초부터 목숨을 각오한 듯이 끊질겼다. "꽝"하는 폭음과 함께 왜병들은 공중으로 붕 떠 이곳저곳으로 나동그라졌고, 검붉은 피를 토하며 우르르 쓰러졌다. 그럴 때마다 순식간에 배 뒤편으로 옮겨지고 새로운 병력이 그 자리를 채웠다.

충루선 뒤로는 작은 배들이 쉴 새 없이 병력을 싣고 와 충루선으로 옮겼다. 사상자들은 신속히 선창으로 실어 날랐다. 왜군들의 처절한 비명과 신음이 포구를 진동시켰다. 차마 눈 뜨고 못 볼 아비규환이었다.

"저 저런, 독한 놈들."

멀리서 이러한 광경을 지켜보던 조선함대의 장수들은 혀를 끌끌 찼다.

"저 놈들 아예 발화탄을 쏴 모조리 불태워 버릴까요?"

송희립이 끝까지 버티는 왜군들이 답답한 듯 한마디 거들었다.

"놔둬라, 어차피 저들은 독 안의 쥐나 다름없다. 우리가 급할 것은 없다. 끝까지 가둬놓고 공격하다 보면 더 이상 버틸 수 없을 것이다."

이순신은 무표정한 표정으로 대답했다. 그러나 속으로는 상대 왜군장수도 대단하다고 생각했다. 시간은 조선수군의 편이지만 어쩌면 꼭 그렇게 되지 않을 수도 있었다. 막다른 길에 몰린 쥐가 어쩔 수 없이 고양이에게 덤비게 되기를 바라는 것이 조선수군의 입장이었다.

하지만 왜군은 일방적으로 당하면서도 결코 주문대로 응하지 않았다. 그것이 과연 무엇일까? 이순신은 포연이 가득한 안골포 포구를 묵묵히 응시했다.

썰물 시간이 되자 바다는 잠시 고요해졌다. 교대로 돌아가며 맹공을 퍼부어대던 조선수군은 잠시나마 휴식을 취했다. 판옥선의 조선수군은 갑판 위에서 신나게 무용담을 늘어놓으며 격전의 피로를 풀면서 재정비했다.

반면 안골포 포구의 왜군 지휘부는 초상집 분위기였다. 이곳저곳에서 신음이 쏟아져 나오며 망연자실한 표정으로 어찌할 바를 몰랐다.

"장군, 이대로 가면 모두 전멸입니다. 더 이상 버틸 수가 없습니다. 죽는 한이 있더라도 싸워야 합니다."

왜군 함대의 참모장인 가토가 분통을 터뜨리며 말했다.

"진정하라. 어차피 이길 수 없는 싸움이다. 최대한 손실을 줄여 살아남아야 한다. 그래서 이 사실을 본국의 태합 전하에게 알려야 한다. 조선의 이순신을 제거하지 않으면 조선침략전쟁은 승리할 수 없다. 반드시 살아 돌아가 대책을 마련해야 한다."

구키는 입술을 깨물며 부하 장수들을 달랬다.

"그렇다면 언제 퇴각하는 겁니까?"

"조선수군이 공격할 시점은 다음 밀물 때이다. 그때까지 버틴 다음에 날이 어두워지면 빠져나간다."

구키의 말에 왜군 장수들 대부분이 숙연한 표정을 지으며 고개를 끄덕였다. 그러나 한 장수가 조심스럽게 자신의 의견을 피력했다.

"밤에도 조선수군은 이 부근을 에워싸고 있을 텐데, 도망을 가다 죽느니 구원군이 올 때까지 계속 버티는 것이 어떻겠습니까? 어차피 살아 돌아간다고 해도 태합께서 진노하셔서 무사하지 못할 수도 있습니다."

구키는 굳은 표정으로 입술을 깨물었다. 일본을 평정한 도요토미 히데요시의 성격이라면 충분히 그럴 수 있었다.

사실 일본 내 수많은 장수와 무사들은 조선침략전쟁을 원하지 않았다. 그러나 도요토미 히데요시의 명령에 따라 어쩔 수 없이 참여한 경우가 대부분이었다. 그만큼 태합인 도요토미 히데요시는 두려우면 서도 절대적인 지배자였다. 구키는 품속에서 서찰을 꺼내 보이며 말했다.

"여기 태합 전하께 보낼 보고서가 있다. 내가 직접 쓴 이 보고서를 여러 개 옮겨 적어 각 전선마다 한 개씩 줄 것이다. 모든 책임은 내가 진다. 내가 직접 태합 전하에게 조선과의 전쟁에서 이기려면 반드시 이순신을 제거해야 한다는 내용의 이 보고서를 전달할 것이다. 그러나 만약 내가 죽는다면 여러분 중 누구라도 반드시 살아 돌아가 이 보고서를 태합 전하에게 전달하라. 단 한 사람이라도 돌아가 이 보고서를 전달할 수 있다면 치욕스러운 이번 참패는 결코 헛되지 않을 것이다."

구키의 결연한 의지에 왜군 장수 모두 고개를 숙이며 절대복종을 다짐했다. 어떡하든 살아 돌아가는 것, 그것이 왜군이 일방적으로 조선수군에 당하면서도 버티는 이유였다.

조선수군은 오후 밀물 때가 되자 더욱 거세게 공격했다. 왜군 수군은 여전히 포구에 웅크린 채 방어에 급급했고, 피해는 눈덩이처럼 더욱 커졌다. 오전에 간신히 버텼던 대형 층루선들은 끝내 하나둘 침몰해 가라앉았다. 나머지 대형, 중형, 소형 선박들도 일방적으로 부서지고 불타면서 온전한 형체를 갖춘 성한 배들이 드물었다.

왜군들도 어느 시점에서부터는 배에서 빠져나와 뭍에 올라 간간히 조총 등을 쏘며 저항할 뿐 싸움 시늉만 할 뿐이었다. 포구를 등지고 방어전을 편 왜군의 세력은 한눈에 보기에도 급격하게 무너졌다. 조금만 더 밀어붙이면 전멸도 가능했다.

그러나 시간은 더 이상 조선수군의 편이 아니었다. 썰물 때가 되자 조선수군은 어쩔 수 없이 공격을 멈추고 뒤로 물러나야 했다. 이 과정에서 조선 연합함대 장수들 사이에 의견이 엇갈렸다.

"왜군들 상당수가 뭍에서 방어전을 펴는 만큼 상륙해서 한 놈도 살리지 말고 모조리 목을 벱시다."

"썰물에서 좁은 포구로 판옥선이 다가갔다간 상륙하기도 쉽지 않고, 왜군들이 조총으로 필사적으로 저항할 경우 아군의 피해도 엄청날 것이오. 어차피 독 안에 든 쥐인데, 그렇게 무모한 싸움을 할 필요가 뭐가 있겠소?"

상륙을 주장하는 장수는 원균을 중심으로 한 경상우수영 소속의 일부 장수였다. 반면 무모하게 상륙해서 아군도 피해를 입는 것보단 계속 적들을 가둬놓고 공격하자는 주장은 이순신의 전라좌수영과 이억기의 전라우수영 장수들이 대부분이었다.

이순신은 회의를 지켜보며 생각에 잠겼다. 각자의 주장은 다 일리가 있지만 속셈은 달랐다. 원균의 경상우수영은 달랑 7척의 배에 병력도 소수였고 전투의 보조세력에 불과했다. 잃을 것은 없는 반면 적의 수급을 챙길 수 있어 논공행상에서 유리했다. 반면 전라좌수영과 전라우수영은 전투의 주력이었고 상륙할 경우 엄청난 피해를 보게 될 것은 불을 보듯 뻔했다. 그래도 연합함대인 만큼 소수의 의견을 무시할 수만은 없었다.

"일단 물러섭시다. 무리해서 상륙해 싸우다 보면 조선수군의 피해는 물론 자칫 육지의 다른 조선 백성들도 화를 입을 수 있소."

이순신은 한마디로 회의를 정리한 뒤 퇴각을 명령했다. 조선 연합함대는 안골포에서 빠져나와 가까운 육지에서 저녁을 지어 먹고 휴식을 취했다.

어둠이 드리워지자 다시 바다로 나간 연합함대는 밤을 꼬박 새워 해상을 봉쇄했다.

다음날 이른 새벽, 안골포로 접근한 조선함대는 깜짝 놀랐다. 포구 어디에도 왜군의 모습은 보이지 않았다. 파괴된 수많은 왜선이 흉물스럽게 방치되어 전날의 처참한 흔적을 엿보게 했지만 성한 배들은 감쪽같이 자취를 감췄다.

아무런 저항을 받지 않고 포구에 상륙한 조선수군은 왜군이 머물렀던 거주지 등을 샅샅이 뒤졌다. 하지만 시신들을 불태운 곳에 타다만 시체만 있을 뿐 왜군은 어디에도 없었다.

보고를 받은 이순신은 출항을 서둘렀다. 왜군들을 추적하기에는 끝이 보이지 않을 만큼 망망대해였지만 속도를 높여 뒤를 쫓았다. 왜군의 최종 목적지인 부산항을 향해 수십 척이 횡대로 쭉 늘어서 항해했다. 동쪽으로 이동하면서 김해 포구와 다대포 등 약 50리에 걸쳐 샅샅이 수색했다. 하지만 끝내 왜군 수군을 찾지 못했다.

이순신은 이틀에 걸쳐 수색작전을 벌인 뒤 최초 격전지인 한산도를 거쳐 7월 13일 여수 본영으로 귀항했다.

이순신은 여수에 도착하자마자 임금에게 올려 보내는 보고서인 장계를 썼다. 이번 출전에서 거둔 전과는 실로 엄청났다. 적선 90여 척을 격파하고 왜군 1만여 명을 사상케 했다. 그러나 실제로 전공의 근거가 되는 수급적의 목은 90개에 불과해 대승치고는 전리품이 많지 않았다. 형식보다는 전투 내용을 중시하는 이순신의 지휘방식 때문이었다.

반면 조선함대에서는 함정의 손실이 단 한 척도 없었다. 전사자가 19명이었고, 부상자는 100여 명 정도였다. 엄청난 전과에도 불구하고 손실을 최소화하는 것이 이순신이 추구하는 전투방식이었다. 이순신은 장계를 쓰면서 스스로 만족스러워 했다.

무엇보다 이번 한산도 해전으로 왜군의 수군이 붕괴됐다는 점이었다. 장기적인 관점에서 볼 때 왜군은 전쟁 수행능력에 큰 타격을 입었다. 명나라 군 대가 올 때까지 육상의 조선군이 버텨만 주면 전쟁에서 이길 수 있게 됐다.

무엇보다 유명무실한 조정이 아닌 조선군 야전지휘소라 할 수 있는 분조를 세자가 이끌고 있다는 점에서 마음이 든든했다.

이순신은 15일 행재소로 떠나는 전령에게 은밀히 지침을 내렸다. 임금에게 보낼 장계와 전리품을 전하면서 별도로 세자가 거처하는 분조에 들르라고 귀띔했다.

이순신이 보낸 장계는 7월 20일경 임금이 머무는 의주에 도착했다.

이 무렵 의주의 조정은 침울했다. 명나라 장수 조승훈이 평양에서 왜적과의 싸움에서 대패했기 때문이었다.

바로 이때 이순신의 장계가 도착했다. 의주의 조정은 몇 시간 시차를 두고 벌어진 소식에 지옥과 천당을 경험했다.

임금과 대소 신료들은 기쁨의 환호를 내지르며 덩실덩실 춤을 췄다. 의주 조정에 파견 나온 명나라의 사신들에게 눈치를 보며 기가 죽어 있다가 보란 듯이 가슴을 펴며 으쓱거렸다. 이순신의 수군이야말로 조선을 대표하는 최강의 군대임을 자랑스러워했다.

이날 의주의 조정과 백성들은 온종일 왜군을 격파한 무용담을 즐겼다.

한편 이순신의 장계가 의주에 도착한 비슷한 시기에 왜군 수군의 참패소식이 일본 본국의 도요토미 히데요시豊臣秀吉에게 전해졌다.

이즈음 한산도에서 대패를 당한 왜군 1함대 사령관인 와키자카 야스하루脇板安治는 극적으로 살아 돌아왔다. 바다로 뛰어들어 무인도에서 사흘간 미역만 뜯어 먹다가 구조된 것이었다.

그러나 그는 차마 도요토미 히데요시를 볼 면목이 없어 부산에 눌러앉아 눈치만 살폈다. 총사령관인 구키도 마찬가지였다. 그는 직접 쓴 보고서를 들고 도요토미 히데요시를 만나려고 했지만, 주위 장수들의 만류로 부산에 머물렀다.

불같은 성격의 도요토미 히데요시에게 직접 대면보고를 한 인물은 도도 다카토라藤堂高虎였다. 그는 조선수군과의 첫 해전인 옥포해전에서 이순신에게 참패를 당한 왜군 지휘관이었다. 하지만 도요토미 히데요시와 친분이 두터워 직언할 수 있는 왜군 중 몇 안 되는 장수였다. 보고서는 구키가 쓴 것을 위주로 수군재건을 위한 건의내용을 담았다.

일본 나고야에 머물던 도요토미 히데요시는 도도 다카토라로부터 수군이 참패했다고 보고를 받았다. 도요토미는 믿기지 않는 듯 얼굴이 일그러진 채 억지로 화를 삼켰다.

"조선수군을 이길 수 없는 것인가?"

"솔직히 말씀드려서 그렇습니다. 지금 상태로서는 도저히…"

도도는 고개를 숙인 채 들릴 듯 말 듯 작은 소리로 대답했다.

"그럼 뭐야? 조선과의 전쟁을 포기하란 소리인가?"

"아닙니다. 그렇진 않습니다. 여기 구키가 작성한 보고서가 있습니다만 지금 상태에서는 조선수군을, 아니 조선의 이순신을 이길 수는 없다고 봅니다."

도요토미는 잠시 침묵을 지켰다. 도도는 등줄기에 식은땀을 느끼며 처분을 기다렸다.

도요토미 히데요시는 120여 년에 걸친 일본의 전국시대를 마무리 짓고, 통일의 대업을 달성한 이른바 '난세의 영웅'이었다. 그는 가진 것이 아무것도 없는 시골 농부의 의붓자식으로 태어났다. 얼굴 생김새도 원숭이처럼 못났지만, 주위 사람을 끄는 묘한 힘이 있었다.

도요토미 히데요시는 전국시대에 가장 앞서 나갔던 오다 노부나가織田信長가 피살되자 혼란을 수습하고 일본을 통일했다. 그는 오다 노부나가에게 발탁돼 밑바닥부터 시작해 점차 장수로 중용되다가 찾아온 단 한 번의 기회를 놓치지 않았다. 누구도 예상치 못한 일이었다.

도도는 도요토미가 어떤 난관 속에서도 시기를 잘 잡고 시세를 처리하는 위기관리 능력이 탁월하다고 생각했다. 그랬기에 도요토미 히데요시가 전국 통일 후 느닷없이 조선을 침략하겠다고 선언했을 때 아무도 반대하지 못했다. 도도는 조선수군의 이순신에게 도저히 이길 수 없는 현실을 솔직히 털어놓으면 도요토미가 반드시 해결책을 제시해 줄 수 있을 거라고 믿었다.

"지금부터 조선수군을 만나면 싸우지 말고 무조건 도망쳐."

"넷?"

도도는 도요토미 히데요시의 말에 깜짝 놀랐다. 뜻밖의 말이었지만 절묘한 답이기도 했다.

"대신 조선으로 가는 통로인 부산만은 반드시 지켜. 조선수군을 이기기 위한 대책을 마련하기까진 그 수밖에 없어."

"그 그거야 그렇습니다. 그렇지만 육지에서는 달아나는 조선의 임금을 끝까지 추적하면 잡을 수 있지 않겠습니까?"

도요토미 히데요시는 비릿한 웃음을 지으며 말했다.

"도읍인 한양을 버리고 또 나라까지 버린 채 명나라로 도망가려는 자가 무슨 임금이라고 할 수 있겠어. 그런 자는 살려두는 게 우리에게 오히려 더 득이 되는 법이야. 조선에서는 임금이 오히려 걸림돌인 셈이지. 그래서 자중지란이 벌어질 수도 있고, 아니면 왕권을 지키기 위해 능력 있는 신하들을 쫓아내는 일도 생길 수 있어. 조선수군의 이순신을 조선의 임금이 제거한다면 그거야말로 금상첨화겠지. 충분히 그럴 가능성이 있어. 또 그렇게 되도록 해야만 전쟁에서 우리가 이길 수 있는 거야."

도도는 도요토미의 말에 속으로 감탄했다. 일본 천하를 제패한 인물은 확실히 뭐가 달라도 달랐다. 전장에 직접 뛰어들지 않아도 정세를 파악하는 능력은 상상을 뛰어넘었다.

"어차피 조선수군이 있는 한 해상 보급로는 포기할 수밖에 없어. 대신 하루속히 조선수군을 상대할 수 있도록 대형 군선을 건조해야 해. 이제부터 조선과의 싸움은 우리 편이나 마찬가지인 조선의 임금이 아니라 조선수군의 이순신이다. 반드시 이순신을 제거해야 한다."

"태합 전하, 명심하겠습니다."

도도 다카토라는 이마가 바닥에 닿도록 조아리며 절대복종을 다짐했다.

며칠 후, 도요토미 히데요시의 지시는 조선 침략전쟁에 참가한 왜군의 주요 장수들에게 일제히 전달됐다.

7

분조 조선군의 반격

전라좌수영의 전령은 의주의 조정에 이순신의 장계를 전했다. 이어 여수로 되돌아오는 길에 세자인 광해가 있는 이천伊川의 분조에 들렀다.

조선군의 야전군 지휘소라 할 수 있는 분조는 적진 깊숙한 곳에 있어 찾아가기 힘이 들었다. 거처도 나무를 베어 땅에 박고 풀을 얹어 지붕을 만든 움막 형태로 한눈에 보기에도 초라했다. 장차 조선의 임금이 될 세자인 광해는 풍찬노숙을 하며 고생을 한 탓인지 얼굴이 꽤 상해보였다. 그러나 눈빛은 살아있어 당당한 위엄을 잃지 않았다.

"세자 저하, 전라좌수영의 이순신 수사가 보낸 서찰입니다."

이순신의 전령이 의주 조정에 보낸 장계와 비슷한 형식의 서찰을 전하자 광해는 반색했다.

"참으로 대단한 일이오. 이순신 수사를 중심으로 수군 모두가 힘을 합쳐 바다에서 왜군을 크게 격파한 일은 위기에 처한 이 나라를 구한 경사로서, 조선 땅 구석구석의 백성들에게 이를 널리 알릴 것이오. 우리 분조도 조정의 명령에 따라 의병과 관군 등을 모아 명나라 군대가 오기 전에 이 땅에서 왜군을 물리치는데 더욱 앞장설 것이오."

이즈음 분조는 흩어졌던 민심을 끌어모아 왜군과 싸우는 일선 사령탑으로 악전고투하고 있었다. 분조의 세자와 대소 신료들은 이순신의 승전보에 서로를 끌어안으며 기쁨을 감추지 못했다. 산세가 험한 곳에 있는 분조로 일선 수군의 활동이 직접 보고된 것에 분위기가 한껏 고조됐다.

광해는 이순신의 전령이 돌아가자마자 자신감을 갖고 황해도 지역을 왜군으로부터 지키는 방안 마련에 골몰했다.

황해도는 조선을 침략한 왜군 3군 사령관인 구로다 나가마사黑田長政가 점령하고 있었다. 구로다는 전쟁 초기 충주 탄금대에서 조선군을 전멸시킨 주력 장수였다. 불행 중 다행으로 황해도 전역이 완전히 왜군의 손에 넘어가지는 않았다.

황해도는 황해감사를 비롯해 인근 고을수령들이 뿔뿔이 흩어져 관군체계가 붕괴되어 있었다. 광해가 주목한 부분은 황해도의 남부 해안지역인 연안이었다. 아직 왜군의 발길이 닿지 않은 연안은 전라도 지역을 뱃길로 연결하는 통로였다.

전라도는 의주의 조정에 식량과 무기 등 모든 물자와 병력을 대주는 유일한 보급기지였다. 이순신의 수군이 남쪽 바다에서 왜군의 침입을 확고히 틀어막아 전라도와 황해도 사이의 뱃길은 그 어느 곳보다 안전했다.

그러나 왜군은 이제 곧 연안으로 침공할 기세였다. 연안이 무너지면 임금이 머물고 있는 의주의 조정과 이천에 있는 광해의 분조는 고립될 수 밖에 없었다. 어떡하든 연안을 왜군으로부터 지켜야만 했다. 하지만 분조는 도와줄 여력이 없었다. 광해는 이런저런 생각에 속이 시커멓게 타들어 갔지만 방안을 찾는 것을 포기하지 않았다.

광해는 강화도에 주둔하고 있는 전라도 의병장인 김천일을 불러 속내를 털어놨다.

"왜군의 대병력이 연안으로 쳐들어갈 것이라는 정보가 있는데, 어떡하면 좋겠소?"

"세자 저하, 신도 그것을 걱정하고 있었습니다. 다만 얼마 전에 연안에서 의병이 조직됐다는 소식이 있어 그나마 위안을 삼고 있습니다."

"그러지 않아도 마침 보고가 들어와 있소. 연안의 이정암이라는 자가 수십 명의 마을 유지들을 모아 의병대를 발족했다고 분조로 알려왔소. 그런데 수천 명의 왜군을 물리칠 수 있을지 걱정이 되오."

광해의 말에 김천일은 깜짝 놀라며 반문했다.

"세자 저하, 이정암이라고 했습니까? 그렇다면 한번 기대해도 좋을 것 같습니다. 저 또한 각지의 의병들을 불러 모아 연안을 지킬 수 있도록 적극적으로 돕겠습니다."

이정암은 뜻밖에도 대단한 인물이었다. 그는 젊은 시절 연안부사로 부임해 공명정대한 일 처리로 백성들의 신망을 얻었다. 퇴임 후 십수 년이 지난 지금까지도 칭송이 자자하다고 했다. 그런 그가 자발적으로 의병대를 조직한 만큼 의병이 활성화될 것이라고 김천일은 칭찬을 아끼지 않았다.

"좋소. 그렇다면 이정암을 황해도 초토사로 임명하겠소. 그대도 이정암을 도와 연안을 지키는 데 전력을 다해 주시오."

"넷? 초토사로 말입니까? 세자 저하, 성은이 망극하옵니다. 즉시 분부대로 전하겠습니다."

황해도 초토사란 황해도 관내에서 군사를 모집하고 적군을 토벌하는 행정과 군대의 총책임자였다. 즉 의병은 물론 관군도 지휘하면서 지역 내 모든 물자의 징발과 인사권을 지닌 막강한 자리였다. 그 직책을 이정암에게 부여한 것이었다. 광해가 분조를 맡은 이래 실시한 최고 직위에 대한 첫인사였다.

조정을 대신한 분조는 8월 초 연안의 의병장인 이정암을 황해도 초토사로 전격 임명했다. 이정암이 황해도에서 전시 생살여탈권을 포함한 절대적인 권한을 갖게 된 것이었다. 소문을 들은 황해도의 수많은 백성과 의병들이 앞 다투어 연안으로 몰려왔다.

이정암은 연안이 전라도에서 임금이 거주하는 의주로 가는 서해안 보급로의 요충지인 만큼 왜군이 반드시 쳐들어올 것이라고 생각했다. 분조의 세자가 자신을 황해도 초토사로 임명한 이유도 연안을 지키라는 뜻임을 잘 알고 있었다.

황해도에는 목牧, 부府, 군郡, 현縣을 합해 모두 24개 고을이 있었다. 이중 절반 정도의 마을에서 의병이 일어났다. 이들 의병은 소문을 듣고 자진해서 연안으로 찾아왔다. 이로 인해 의병의 규모가 상당히 커졌지만 거점지로서 연안은 결코 부족함이 없었다.

특히 무기, 식량, 숙영시설 등을 감안할 때 연안성만한 곳이 없었다. 전임 부사였던 신각전쟁초기 임금의 실수로 해유령 고개에서 죽은 장수이 연안성을 성다운 성으로 철저하게 보수했기 때문이었다. 성안에 저수지도 만들어 놓아 장기간 농성전도 벌일 수 있었다.

문제는 삼삼오오 모여든 의병이 칼 한번 제대로 잡아본 적이 없어 제대로 훈련을 받고 규율을 갖추기까지는 시간이 필요하다는 점이었다. 오합지졸이나 다름없는 의병들이 정규군인 조선의 관군을 일방적으로 물리친 왜군의 최정예 부대를 상대한다는 것 자체가 계란으로 바위 깨기만큼 역부족이었다.

시간은 연안의 조선군 편이 아니었다.

성안에 들어와 준비를 서둔 지 불과 닷새쯤 지난 무렵이었다. 황해도 내 왜군의 동향을 감시하던 정찰병이 헐떡거리며 급보를 전했다.

"큰일 났습니다. 왜군의 대병력이 이곳으로 몰려오고 있습니다."

보고를 받은 이정암은 즉각 인근의 야산으로 올라가 사방을 둘러봤다. 산 너머 멀리서 불길과 연기가 치솟고 있는 것이 보였다. 지나가는 곳곳마다 마을에 불을 지르며 초토화를 시키는 전형적인 왜군의 행태였다.

이정암은 성안으로 들어오자마자 강화도의 김천일과 전라병사 최원, 그리고 연안 부근의 배천지역 의병부대에 도움을 청하는 편지를 썼다. 언제 지원군이 올지 모르지만 연안성을 지키며 싸우는 사람들에게 외부의 지원군은 최소한의 희망이었다.

연안 성안의 총병력은 의병과 백성, 그리고 일부 관군을 포함해 모두 1천 명도 채 되지 않았다. 그렇기에 왜군과 싸워 이기기보다는 버티는 것이 더 중요했다. 그러기 위해선 성 밖에서 싸움을 거들어 줄 지원세력이 필요했고, 그것이 농성전을 벌이는 데에 있어 큰 힘이 되리라는 것은 분명했다.

이정암은 "연안성은 무슨 일이 있어도 반드시 사수한다."고 외치며 결의를 다졌다.

8월 28일, 왜군이 몰려와 연안성 밖의 들판을 까맣게 뒤덮었다. 대충 눈짐작으로 헤아려 봐도 6천이 넘는 대병력이었다. 이들은 연안성 외곽을 몇 겹으로 에워싼 뒤 군막을 세우고 포진했다. 보기만 해도 기가 꺾일 만큼 무시무시한 위세였다.

왜군은 결코 서두르지 않았다. 여태껏 조선군 대부분이 지레 겁을 집어먹고 싸우기도 전에 도망을 갔던 일을 잘 알기에 느긋했다.

전투 진영을 갖춘 왜군은 수십 명씩 일렬로 줄을 서 성벽 앞에서 일제히 조총을 쏜 뒤 교대로 물러났다.

"타당, 탕"

천지가 진동하듯 요란한 폭음과 총소리가 울려 퍼졌다. 성안의 의병들은 화들짝 놀랐다. 의병들은 조총 공격을 처음 겪어보기에 겁에 질려 벌벌 떨며 고개를 땅바닥에 처박았다. 일부는 무작정 허공에다 화살을 쏘아대며 어찌할 바를 몰랐다. 제대로 싸워보기도 전에 공황 恐慌상태에 빠진 것이었다.

성안의 야산 지휘소에서 이를 지켜보던 이정암은 후다닥 성벽 위로 달려왔다. 처음으로 왜군과 싸우는 의병들의 용기를 북돋아 주기 위해서였다. 이정암은 총알이 빗발치는 성벽 위를 아무렇지도 않은 듯 천천히 거닐며 의병들에게 외쳤다.

"왜군의 조총이라는 게 소리만 요란할 뿐 별거 아니다. 겁먹을 이유가 하나도 없다."

이정암은 의병들의 시선이 일제히 집중되자 활과 화살을 집어든 뒤 성 아래에 있는 왜군을 향해 쏘았다. 화살은 "슈~웅"하고 날아가 조총을 겨누던 한 왜군을 명중시켰다. 왜군은 그 자리에서 비명을 지르며 고꾸라졌다.

이 광경을 지켜보던 의병들은 "우와"하며 기쁨에 찬 감탄사를 토하며 너도나도 활시위를 당겼다.

"적의 숫자가 많으니 성 돌담에 몸을 숨긴 채 쏘되, 화살을 낭비하지 말고 아껴서 조준해 쏘아라."

이정암이 시범을 보이자 의병들은 언제 겁을 집어먹었냐는 듯이 숙련된 병사처럼 화살을 쏘아댔다. 그러자 왜군들은 공중에서 우수수 쏟아지는 화살 세례에 속수무책으로 픽픽 쓰러졌다.

원래 조총은 시야가 확보된 100보 안팎의 근거리에서나 유리한 무기였다. 반면 위에서 아래로 쏘아대는 지형에서는 화살이 훨씬 위력적이라는 것을 의병들은 체험을 통해 깨달았다. 시간이 가면 갈수록 왜군들의 피해는 눈덩이처럼 불어났다. 의병들은 신바람 속에 공세를 늦추지 않았다.

조총과 화살이 난무하는 공방전은 밤늦도록 계속되다가 자정 무렵에 끝이 났다. 왜군은 적지 않은 사상피해를 냈지만 연안성에는 다친 사람이 거의 없었다. 첫날의 전투는 조선의 승리였다.

"적은 곧 다시 공격해 올 것이다. 일부는 쉬고 일부는 계속 긴장을 늦추지 말고 대비하라."

이정암은 왜군에게 기죽지 않고 열심히 싸운 의병과 백성들의 노고를 치하했다. 그렇지만 마음 한구석에선 불안감을 감추지 못했다. 왜군들은 풍부한 전투경험과 숫자의 우위를 점하고 있어 시간이 흐를수록 유리했다. 반면 아군은 빨리 지치고 허점이 노출되면 쉽게 흔들릴 수 있었다.

예상대로 왜군들은 다음날 어스름한 새벽을 기해 재차 공격을 시도했다. 전날 위세를 떨며 조총을 쏘아대던 공격방식에서 바뀌었다.

왜군은 연안 성 맞은 편 야산 꼭대기로 올라가 통나무 벽을 만든 뒤 그 속에서 조총을 쏘아댔다.

위에서 아래로 화살을 쏘아대며 일방적 우위를 점했던 연안성의 조선군은 예상치 못한 왜군의 공격에 혼비백산했다. 높이가 대등한 위치에서 통나무 방어막이 생기자 조총이 오히려 더 효율적인 무기가 됐다.

왜군은 연안성의 조선군이 정신을 못 차리자 그 틈을 이용해 나무와 풀을 베어서 웅덩이를 메워 나갔다. 성을 오르기 위해 지반을 다지는 것이었다. 일부 무리는 성 밑에 굴을 팠기도 했다. 일본 본토에서 공성전을 치러본 전투 경험으로 쉴 틈 없이 연안성을 압박했다.

이정암은 왜군의 다양한 공격에 당황했지만 곧 침착하게 대응했다. 의병들이 보는 가운데 큰 돌덩이를 던지며 시범을 보였다. 의병들은 앞 다투어 크고 작은 돌들을 성 밑으로 쏟아 부었다. 무거운 바위 돌은 여러 명이 합심해 굴리다시피 성 밖으로 내던졌다.

"악, 으악"

성벽 아래 이곳저곳에서 잇따라 비명이 들리자 의병들은 금세 기세가 올랐다. 언제 겁을 먹었냐는 듯 왜군의 공세에 굴하지 않고 적극적으로 맞받아쳤다. 마치 오랫동안 손발을 맞춘 숙련된 군사의 모습이었다.

"짚단에 불을 붙여 내던져라."

이정암의 명령이 떨어지자 수많은 불기둥이 성 밖으로 던져졌다. 더욱이 성 아래 여인네들도 어느새 펄펄 끓은 물을 준비해 올려 보냈다. 곧바로 왜군의 머리 위로 뜨거운 물이 쏟아졌다.

"으아악, 앗 뜨거"

싸움의 분위기가 바뀌는 것은 순식간이었다. 초기 수세에 몰리던 의병과 관군이 돌덩이를 비롯해 뜨거운 물과 불덩이를 마구 쏟아붓자 왜군들은 전열이 흐트러졌다. 기세가 꺾인 왜군들은 수많은 사상자를 냈다. 일부는 비명을 지르며 도망을 갔다.

그러나 숱한 전투경험을 지닌 왜군은 쉽게 물러나지 않았다. 왜군 장수들은 뒤에서 칼을 휘두르며 싸움을 독려했다. 1진이 무너지면 2진이 달려들고, 또 3진이 뒤따라 공세를 이어갔다.

새벽부터 시작된 공방전은 좀체 수그러들지 않았다. 연안성 안의 백성들과 의병, 관군은 물론 남녀노소 가릴 것 없이 총력전을 펼쳤다.

총탄과 화살이 오가고 돌덩이와 물, 불 등 온갖 무기가 동원됐다. 밥 먹는 시간도 따로 없이 모두가 싸움에 매달렸다. 싸움 도중에 눈치껏 주먹밥을 먹으면서도 눈에 핏발이 선 채 투혼을 불살랐다. 의병들은 불과 이틀 사이에 전문 싸움꾼으로 바뀌어 있었다.

날이 저물자 왁자지껄했던 전투가 언제 그랬냐는 듯이 잠잠해졌다. 왜군들도 하루 종일 계속된 싸움을 쉬려는 듯 연안 성 부근을 철수했다. 성 안의 의병과 백성들은 가쁜 숨을 내쉬며 축 늘어져 휴식을 취했다.

이정암은 어둠이 깃든 성 밖을 찬찬히 바라본 뒤 간부들을 불러 모았다.

"오늘 참 잘 싸웠소. 그런데 틀림없이 오늘 밤 적이 야습할 것이오. 그러니 인원을 반씩 나눠 각자 맡은 곳에서 휴식을 취하며 싸움을 대비하시오."

연안성의 의병들은 이정암의 말 한마디에 군말 없이 따랐다. 뛰어난 지도자 한 명이 군사들에게 끼치는 영향력은 대단했다. 강장하

무약병强將下無弱兵이란 말이 있듯이, 강한 장군 밑에 약졸 없다는 뜻은 바로 이정암을 두고 한 말이었다.

반면에 왜군들은 의외로 성 안의 조선군이 완강하게 저항하자 당황했다. 사전에 들은 정보에 의하면 연안성을 지키는 병력은 오합지졸이나 다름없는 뜨내기 의병들이라고 알고 있었다. 그래서 쉽게 성을 공략할 것으로 생각했다. 그러나 이들은 여태껏 상대했던 어떤 조선군보다 강하고 끈질겼다. 왜군 지휘부는 초조했다.

황해도 침공의 총사령관인 구로다 나가마사黑田長政는 전쟁이 벌어지자 부산과 충주를 거쳐 한양에 제일 먼저 입성한 왜군의 맹장이었다. 그는 황해도 대부분 지역을 손쉽게 점령했다. 하지만 조선의 남쪽지방과 북쪽지방을 뱃길로 연결시키는 조선의 요충지인 연안에 대한 공격은 미루었다. 이유는 식량 때문이었다.

연안은 황해도의 곡창지대인 연백평야 부근에 있었다. 조선 백성들이 곡식을 수확할 때쯤 쳐들어가 한꺼번에 모든 것을 차지하려는 속셈이었다.

구로다는 조선의 보급로를 차단하고 식량을 확보하면 조선이 더 이상 전쟁을 버틸 수 없을 것이라고 생각했다. 그러나 조선의 연안 성은 전혀 예상치 못할 만큼 난공불락이었다. 호랑이가 토끼 사냥을 할 때도 최선을 다해야 한다는 말이 있듯이 결코 만만하게 볼 일이 아니었다.

구로다는 입술을 깨물며 부하장수들에게 총력전을 펼치라고 불호령을 내렸다.

"오늘 밤 무슨 일이 있어도 반드시 연안성을 점령하라!"

훈련이 잘된 군대일수록 야간전투가 강한 법이었다. 왜군들은 밤이 깊어지자 은밀하게 성 주변으로 다가왔다. 반면 연안 성의 의병들은 숨을 죽이며 기다렸다.

왜군은 조선군이 지쳐서 잠에 곯아 떨어졌다고 생각했는지 마음 놓고 사다리를 통해 기어 올라갔다. 선두의 왜군이 막 성에 올라 고개를 내밀 무렵 어디선가 외침이 들렸다.

"적이다, 공격하라!"

갑자기 왜군의 머리 위로 창칼이 번뜩였다. 어둠 속에서도 시퍼런 칼날은 무자비하게 왜군을 향해 내리쳤다.

"으악"하는 비명과 함께 왜군들은 속수무책으로 나동그라졌다. 비명과 "쿵" 하며 사다리에서 떨어져 곤두박질치는 소리가 성 주변 이곳저곳에서 울렸다.

"타당, 탕, 탕"

왜군의 조총부대가 성 밖에서 일제히 사격을 가했다. 어둠을 뚫고 시뻘건 불꽃 탄환이 성을 향해 집중됐다. 왜군들은 개미 떼처럼 사다리를 걸치고 성벽을 기어 올라갔다. 성을 지키려는 자와 오르려는 자 간의 치열한 전투가 계속됐다.

의병들은 성 위에서 일방적으로 왜군의 온몸을 창칼로 도륙했다. 그러나 수많은 사상자가 발생함에도 불구하고 거머리처럼 달려드는 왜군에 질려 점차 밀리기 시작했다. 피비린내가 진동하는 가운데도 싸움은 좀체 끝날 기미가 보이지 않았다.

"서문 쪽에 왜군이 나타났다!"

성 끝쪽에 있던 의병 한 명이 멀리서 외쳤다. 피곤함에 눈이 반쯤 잠긴 채 싸움을 독려하던 이정암은 정신이 번쩍 들었다. 다급한 마음에 주변에 있던 별장하급 무사 몇 명과 수십 명의 의병을 보내 대처토록 했다.

왜군은 여섯 배가 넘는 병력의 우위를 앞세워 끝장을 내려는 듯 파상공세를 퍼부었다. 이대로 가면 더 이상 버틸 수가 없었다. 연안 성의 의병과 백성들은 온 몸이 피와 땀으로 범벅이 된 채 악착같이 싸웠다. 하지만 다들 지친 기색이 역력했다.

'이대로 끝내 무너지는 것인가?'

이정암은 가쁜 숨을 몰아쉬며 불길한 생각을 떨쳐 버리려고 고개를 저었다. 그때 의병 중 한 명이 달려와 불쑥 무엇인가를 내밀었다.

"이게 뭔가?"

"왜군이 던진 돌덩이에 이상한 투서가 있어 가져왔습니다."

왜군들은 싸움 중간중간 돌멩이에 항복하라는 내용의 편지를 묶어 던지곤 했다. 그런데 이 편지는 협박과 욕설이 담긴 기존 것과는 달랐다. 뜻밖에도 놀라운 내용이 담겨 있었다.

"왜군은 조총의 총탄 재고가 거의 바닥났음. 며칠만 버티면 됨. 김선경."

이정암은 깜짝 놀라 잠시 생각에 잠겼다. 주위의 의병 간부들은 영문을 몰라 어리둥절한 표정을 지으며 궁금해했다.

"좋은 소식이다. 이 편지를 쓴 김선경은 내가 동래부사로 있을 때 역관으로 데리고 있었던 믿을만한 자다. 아마도 지금 왜군에게 붙잡혀 있는 모양인데, 왜군이 총탄이 부족해 며칠만 버티면 더 이상 싸우지 못할 거라는 귀중한 정보를 보내왔다."

"와, 만세"

이정암이 편지의 내용을 알려주자 주위의 의병들은 함성을 지르며 기뻐했다. 싸움이란 아무리 잘 싸워도 희망이 없으면 결국 질 수밖에 없지만, 이길 수 있다는 가능성이 보이면 무서운 힘이 발휘되는 법이었다.

살 수 있다는, 적을 물리칠 수 있다는 희망적인 소식이 전파되자 의병들은 눈에 불을 켜고 혼신의 힘을 다해 싸웠다. 동이 틀 무렵, 왜군은 수많은 사상자를 낸 채 다시 물러섰다.

이정암은 왜군이 진영을 뒤로 철수하는 것을 확인하자마자 곧바로 조방장인 전현룡을 불렀다. 마냥 웅크린 채 방어만 할 것이 아니라 역습도 해야 적을 붕괴시킬 수 있기 때문이었다. 무엇보다 외부의 도움이 필요했다.

"오늘 밤 몰래 성 밖을 빠져나가 외부의 의병에 연락해 화공작전을 펴고 적의 배후를 치도록 요청하시오. 그리고 우리도 기회가 되면 왜군의 허점을 노려 기습할 수 있도록 만반의 준비를 갖추시오"

"알겠습니다."

전현룡은 날이 저물자 의병 몇 명을 데리고 몰래 성 밖을 빠져나갔다. 이들은 연안 인접 고장인 배천지역의 의병부대와 연락을 취한 뒤 돌아왔다. 동시에 성 밖에선 거센 불길이 솟구쳐 올랐다.

다음날 아침, 전날 밤 화공작전으로 연안성 밖의 세상은 새롭게 바뀌어 있었다. 시커멓게 그을린 대지 위로 형체를 알 수 없는 왜군의 시신이 곳곳에 나뒹굴어 있을 뿐 살아있는 생명체는 어디에도 보이지 않았다. 그 많던 왜군들이 소리 없이 행방을 감췄다. 들판과 야산은 황량함이 가득했다.

"왜군이 완전히 철수했습니다."

성 위에서 전방을 응시하던 이정암에게 전현룡이 후다닥 다가와 보고했다.

"그래?"

"배천지역의 의병들이 간밤에 허둥지둥 철수하던 왜군에 기습을 가해 왜군들이 정신없이 달아났다고 합니다. 왜군은 두 번 다시 이곳을 얼씬거리지 못할 만큼 와해된 것 같습니다."

"만세, 만세, 만세"

어느새 왜군이 도망갔다는 소식을 들은 연안 성의 의병들과 백성들이 승리의 함성을 내질렀다. 임진왜란 이후 연전연패 하던 조선군이 공성전에서 의병의 힘만으로 엄청난 병력규모의 왜군을 처음으로 물리친 것이었다.

연안 전투는 조선의 임금이 의주로 달아난 뒤 실질적인 구심점으로서 야전사령부 역할을 한 분조의 명령에 따라 적을 물리친 쾌거였다. 이정암과 의병들의 활약은 전국 각지로 전파되어 백성들의 사기를 한껏 높여주었다.

이로써 남쪽과 북쪽지방을 뱃길로 연결시켜 주던 서해안의 교통로는 황해도 초토사인 이정암에 의해 굳건히 보전되었다. 또한 세자 광해가 이끄는 분조는 각지의 의병들을 이끄는 중심으로서 그 위상을 널리 떨쳤다.

이즈음, 왜군의 조선침략에 초기 반신반의했던 명나라 조정은 요동 부총병인 조승훈이 평양전투에서 왜군에 대패했다는 소식에 큰 충격을 받았다. 명나라는 왜군이 예상보다 훨씬 강하다는 사실을 깨달았다. 조선을 국경으로 하는 요동도 이제 안전하지 않다는 위기의식이 고조됐다.

1592년 8월경, 명나라는 병부우시랑 송응창을 비왜경략備倭經略에 임명했다. 북경 주변과 요동의 방어태세를 점검하라는 직책이었다.

명나라 조정은 격렬한 토론을 벌인 끝에 조선에 다시 대군을 보내기로 했다. 하지만 상황은 여의치 않았다.

당시 명나라 내 영하寧夏, 섬서陝西 일대에서는 몽골 귀화인 출신 장수 보바이가 반란을 일으켰다. 명나라는 요동 출신의 최고 장수인 이여송 등을 보내 진압에 안간힘을 썼지만 쉽게 진압되지 않아 어려움을 겪고 있었다. 이런 상황에서 조선에 들여보낼 병력과 군수물자를 동원하는 일은 결코 만만한 일이 아니었다.

명나라는 평양 패전을 계기로 포병과 화력을 운용하는 병력의 필요성을 절감했다. 기병만으로는 조총을 가진 왜군을 당해낼 수 없다는 것을 알았다. 그런데 포병과 화기요원들은 주로 복건, 절강 등 남방 지역에 배치되어 있었다.

남병南兵이라 불린 그들이 조선까지 파견하려면 최소 몇 달의 시간이 필요했다. 만일 남병을 이동시키는 동안 왜군이 요동으로 쳐들어온다면 그것은 생각만 해도 끔찍한 일이었다. 그것이 명나라의 고민이었다.

조선으로 봐서는 당시 병권을 쥐고 있던 병부상서 석성石星이 조선에 우호적이었다는 것이 그나마 천운이었다. 석성은 자신의 부인이 과거 조선의 사신 일행이었던 역관 홍순언에게 큰 도움을 받은 것을 잊지 않고 조선의 일이라면 적극적으로 도왔다.

석성은 조선의 상황이 다급해지자 응급조치를 취했다. 무뢰배 출신의 책사 심유경을 뽑아 파격적으로 유격장군遊擊將軍이라는 직함을 주어 조선으로 보냈다. 외교적으로 왜군을 만나 해결하자는 모양새였다. 하지만 속뜻은 시간을 벌기 위해서였다.

심유경은 8월 17일, 의주에 도착하자마자 조선 임금을 만났다. 이 자리에서 심유경은 자신만만하게 큰 소리를 쳤다.

"황제께서 조선이 지성으로 사대한 것을 가상히 여겨 70만의 대 군을 뽑아 곧 들여보낼 준비를 하고 있으니 그리 아시오."

"예, 황제 폐하의 성은에 감읍할 따름입니다."

임금 선조는 심유경의 거짓말에 반신반의하면서도 머리를 몇 번 이고 조아리며 감사의 뜻을 표했다.

"아무래도 조선은 해결능력이 부족하니 일단 내가 직접 평양으로 들어가 왜군 상황을 알아본 뒤에 거사를 결정하겠소."

"속히 천군이 와서 왜군을 쫓아내기를 간절히 바랍니다."

선조는 체면이고 뭐고 자신을 낮춰 명군을 보내줄 것을 간청했다.

9월 1일, 심유경은 평양 부근의 부산원釜山院이란 곳에서 왜군의 대표인 고니시 유키나가와 회담했다.

심유경은 고니시를 보자마자 일단 일본군이 조선을 침략했으니 물러나라고 촉구했다. 그러자 처음부터 조선과의 전쟁을 원치 않았지 만 도요토미 히데요시의 명령에 따라 마지못해 참전했던 고니시는 억 지 변명을 늘어놓았다.

"우리가 조선을 침공한 것은 길을 빌려 명나라에 조공을 바치려 했는데, 조선이 병력을 동원해 항거했기 때문에 문제가 생긴 것이오."

고니시의 말에 심유경은 왜군도 전쟁의지가 없다는 것을 알아채 고 좀 더 강하게 응수했다.

"이곳 조선은 천조天朝의 지방이나 다름없는 곳이니 당신들은 어 서 물러가서 천조의 명령을 기다리는 것이 좋겠소."

깜짝 놀란 고니시는 지도를 꺼내 보이며 "이곳은 분명 조선 땅"이라며 "명나라의 땅을 침범했다는 것은 말이 되지 않는다."고 반발했다.

그러자 심유경은 재빨리 머리를 굴려 말꼬리를 잡아 응수했다.

"조선은 항상 이곳에서 명 황제의 조칙을 맞이하고 있소. 때문에 외형상 당신들의 눈엔 조선의 땅으로 보일지 모르지만 엄연히 이곳은 우리 명나라의 지방정부나 마찬가지니 당신들은 이곳에 머물러서는 안 되오. 속히 철수하시오."

전쟁은 사실 어느 한쪽의 일방적인 힘의 논리로 발생하지만 때론 명분도 필요했다. 명분이란 다른 말로 외교를 의미했다. 그 외교를 전문 외교관이 아닌 사기꾼에 지나지 않은 심유경이 맡았지만 그럴듯하게 진행됐다.

명나라와 일본을 대표하는 두 사람은 자국의 첨예한 입장과는 별개로 한참 토론을 벌인 끝에 향후 50일 동안 휴전하기로 합의했다.

조선의 운명이 피해 당사자는 배제된 채 엉뚱한 사람들에 의해 제멋대로 논의는 됐지만 차츰 진정국면을 보였다. 그런 가운데 조선 남쪽지방에서는 또 다른 불씨가 대규모 불꽃을 피우기 위해 꿈틀거렸다.

조선을 침략한 왜군 수뇌부 진영은 침통했다.

개전 이후 연전연승을 거두며 평양까지 거침없이 쳐들어간 왜군은 8월 이후 곳곳에서 패배하며 기세가 꺾였다.

특히 한산도 해전에서 조선의 이순신에게 대패한 데 이어 왜군의 근거지인 부산까지 속수무책으로 당했다. 가까스로 버틴 것이 다행일 만큼 피해는 어마어마했다.

이순신의 조선함대는 8월 말부터 9월 초에 걸쳐 부산 일대의 곳곳을 공격했다. 왜군은 전 병력을 동원해 방어 작전을 펼쳤다.

왜군은 한산도 패전 이후 "이순신의 수군을 만나거든 싸우지 말고 도망가라"는 도요토미 히데요시 명령에 따라 철저히 싸움을 피하고 웅크려 방어만 했다. 그런데도 피해는 엄청났다.

왜군의 방어 작전은 주로 육상에 화포를 배치해 철저히 조선군의 상륙을 막는 형태였다. 그러나 포구에 정박한 왜군 선박의 피해는 어쩔 수 없었다. 크고 작은 군선만 1백여 척이 조선수군의 공격에 의해 파괴됐다.

왜군의 9군 사령관이자 부산주둔 사령관인 하시마 히데가쓰羽柴秀勝는 연일 공포에 시달렸다. 결국 그는 시름시름 앓다가 급사했다.

이 시기 왜군들은 절망스러운 나날을 보내야 했다. 주력인 1군의 고니시 유키나가는 보급을 지원받지 못해 평양에서 한 치도 못나간 채 방어에 급급했다. 2군인 가토 기요마사 또한 함경도에서 고립되어 조선 의병들에게 시달리며 지지부진했다.

더욱이 믿었던 황해도 지역의 3군 사령관인 구로다 나가마사도 조선의 보급로 요충지이자 의병들이 지키던 연안성을 공략하지 못하고 물러나 큰 충격을 받았다.

왜군은 시간이 갈수록 조선의 의병과 관군들에게 수세에 몰리자 "전쟁에서 질지도 모른다."며 불안에 떨었다.

이러한 상황을 직시한 일본 본토의 도요토미 히데요시는 특명을 내렸다. 이 모든 원인이 조선의 이순신 한 명 때문에 비롯됐다는 것이 도요토미의 판단이었다.

"조선에 주둔하고 있는 육상의 전 일본군은 전라도로 쳐들어가라. 바다에서 이순신을 이길 수 없다면 이순신의 수군이 머무는 여수를 육로로 공략하라."

도요토미의 명령에 따라 경상도 지역을 중심으로 육상의 왜군 주요부대가 총집결했다. 경상도 주둔군인 7군 사령관인 모리 데루모토毛利輝元를 중심으로 3만여 명의 병력이 김해에서 모여 전라도 침공을 위해 결의를 다졌다.

왜군 연합부대는 1차 공격목표로 진주를 삼았다. 이순신 수군의 본영인 전라도 여수를 침공하기 위해선 반드시 거쳐야 하는 곳이 진주였다. 왜군은 9월 24일 김해를 출발했다.

각 지역의 조선군은 대규모 왜군부대가 쳐들어오자 와르르 무너졌다. 왜군은 27일 창원을 점령했다. 이어 10월 2일에 함양을 거쳐 10월 5일엔 진주 외곽까지 도달했다.

수만 명의 왜군이 거대한 태풍처럼 몰아 부칠 기세에 진주가 무너지는 것은 시간문제처럼 보였다. 그러나 진주에는 김시민이라는 걸출한 지휘관이 있었다.

진주목사인 김시민은 휘하에 3천 명이 넘는 정예 병력을 보유하고 철저한 대비태세 속에 왜군과의 일전을 별렀다. 8척 거인인 김시민은 본래 선비집안 출신이었다. 그러나 그는 25세에 무과를 거쳐 무인의 길로 나선 전형적인 장수였다.

김시민은 대규모 왜군 병력이 쳐들어오고 있다는 보고를 받고도 눈 하나 깜빡하지 않았다. 이런 자신감은 전쟁을 지휘하는 분조로부터 황해도 연안에서 이정암과 의병들이 공성전을 벌여 왜군의 대규모 정예부대를 격파했다는 소식을 접했기 때문이었다.

김시민의 병력은 황해도의 이정암이 왜군과 싸우기 위해 이곳저곳에서 모은 급조된 의병과는 근본적으로 달랐다. 전란 초기부터 피와

땀을 같이 흘리며 일사불란하게 싸운 정예 강병이었다. 인근 곤양군수 인 이광악이 병력 1백 명을 이끌고 합세해 병력 수도 총 3천 8백 명에 이르렀다. 수군을 빼고는 조선에서 가장 강력한 관군부대였다.

김시민은 이정암이 황해도 연안에서 왜군을 물리친 전투내용을 다각도로 분석했다. 무엇보다 유명무실한 조정과 달리 세자를 중심으 로 한 분조가 전쟁을 지휘하는 사령부로서 버팀목이 되어 응원하고 있다는 점이 마음 든든했다.

6일 아침이 되자 왜군들은 사방천지를 뒤엎을 만큼 엄청난 병력 으로 진주성 앞에서 위세를 떨쳤다. 왜군은 들판 가득 깃발을 나부끼 며 전투 진형을 갖추었다. 해가 중천에 뜰 무렵이 되자 왜군의 공격이 시작됐다.

김시민은 진주성 밖에서 잘 보이는 곳에 큰 깃발을 세우고 장막을 친 다음 군사 복장을 한 남녀노소 백성들을 배치했다. 왜군이 볼 때 수 만의 조선 군사들이 성 수비에 임하고 있는 것으로 보이기 위해서였다.

"탕, 타당"

함성과 함께 1천여 명의 왜군이 대형을 갖춰 조총사격을 했다. 요 란한 총소리가 천지를 쩌렁쩌렁 울렸다. 왜군의 전형적인 초기 공격 형태였다. 그동안 숱하게 왜군과 싸워본 김시민과 병사들은 별다른 동요를 보이지 않았다. 그저 성 위에서 힐끔 내려다볼 뿐 아무런 미동 도 없었다.

총소리를 신호로 수많은 왜군들이 개미 떼처럼 성 외곽을 몇 겹으 로 둘러싸고 일제히 돌격했다. 조선군이 별 반응을 보이지 않자 기세 등등했다. 성벽까지는 불과 100보도 남지 않은 거리였다.

선두의 왜군 무리는 서로 성 위로 올라가기 위해 최소한의 방어

자세도 갖추지 않고 공격에만 급급했다. 그 순간 어디선가 북소리가 울려 퍼졌다.

"둥 둥 둥"

낯선 북소리에 달려들던 왜군들은 주춤했다. 동시에 찢어지듯 요란한 조총소리가 귀청을 울렸다.

"탕, 타당, 탕"

불쑥 성 위로 수백 명의 조선군이 모습을 드러냈다. 뜻밖에도 이들은 조총을 들고 일제히 조준사격을 했다.

"으아악, 아악"

순식간에 상황은 급변했다. 바글거리며 기세 좋게 달려들던 왜군들은 낙엽이 떨어지듯이 우수수 쓰러졌다. 조선군이 조총을 쏘리라고는 전혀 예상을 못했던 왜군들은 속수무책으로 당했다. 단말마의 비명을 지르며 검붉은 피를 토했다.

수백 명의 왜군이 조총에 맥없이 픽픽 쓰러지기가 무섭게 연이어 화살이 새까맣게 날아왔다. 조총과 화살이 결합된 엄청난 위력의 시간차 공격은 숨 돌릴 틈 없이 왜군을 몰아쳤다. 총탄과 화살이 비 오듯 쏟아지자 왜군의 공격대형은 순식간에 붕괴됐다.

"퇴각하라!"

돌격하던 왜군들을 뒤에서 말을 타고 독려하던 왜군 장수는 잠시 정신을 놓았다가 뒤늦게 후퇴를 명령했다. 일찍이 숱하게 공성전을 펼친 경험이 있는 왜군 장수도 조총의 교대사격은 봤어도 조총과 화살이 교대로 날아오는 것은 처음이라 어안이 벙벙했다. 왜군의 피해는 상상 이상으로 엄청나 진주성 부근으로 시체가 들판을 가득 메웠다.

"2차 공격을 준비하라."

조선군을 얕보았다가 호되게 당한 왜군 수뇌부는 깜짝 놀라 공격 태세를 재점검했다. 섣불리 공격했다간 낭패를 볼 수 있다고 생각했다. 왜군은 성 부근의 민가를 뒤져 방어에 쓸 만한 것들은 닥치는 대로 긁어모았다. 방패 대용으로 삼기 위해 대문과 마루 등 널빤지 비슷한 온갖 것들을 뜯어냈다. 일부는 야산에서 나무를 베어 보호 울타리를 만들었다. 한나절 안에 싸움이 끝나지 않으리라는 것을 알고 진영 배치를 새로 짜고 숙영지도 설치했다.

성 위에서 이를 바라본 김시민은 나지막한 음성으로 부하들에게 지시했다.

"적은 반드시 다시 공격할 것이다. 잠시 휴식을 취한 후 싸움을 대비하라."

왜군은 조용히 어둠을 기다렸다. 김시민과 장병들도 숨을 죽이며 왜군의 동향을 살폈다. 정적이 깃든 가운데 양측이 팽팽하게 일촉즉발의 기세싸움을 벌였다.

날이 저물자 왜군 장수들은 막사에서 대책회의를 가졌다. 초전에 손쉽게 진주성을 점령하려던 계획이 틀어지자 당황한 나머지 난상토론을 벌였다.

왜군의 눈에 조선의 성은 중국이나 일본의 높고 견고한 성에 비하면 담장에 불과했다. 일부 산성을 제외하면 평야지대에 위치해 성벽으로 넓게 마을을 둘러싼, 소극적인 방어용일 뿐이었다.

자국의 백년 전쟁 공성전에 이골이 났기에 왜군은 담장 같은 진주성쯤은 단숨에 함락시켜 버릴 수 있을 것으로 생각했다. 그런데 초전에 무참하게 패하고 말았다. 왜군 장수들은 자신들이 왜 패했는지 냉철히 분석해야만 했다.

진주성 남쪽 절벽으로 강이 흘렀기 때문에 왜군은 동, 서, 북 삼면을 포위했다. 그런데 성을 포위한 왜군은 동시에 효율적으로 공격하지 못했다. 외곽에 조선의 의병부대가 배후를 위협하고 있어서였다. 자칫 기습을 당할 수 있다는 우려가 적극적 공격을 주저하게 했다.

왜군 장수들은 스스로가 가진 문제점도 되짚었다. 연합부대의 성격상 어느 한 부대 장수가 일방적으로 명령을 내릴 수 있는 상황이 못됐다. 일사불란하게 지휘가 이뤄질 수 없는 이유였다. 외형상 7군 사령관인 모리가 총사령관이었지만 휘하의 직속부대 병력은 몇천 명에 지나지 않았다. 그래서 각 부대와의 이해관계에 따라 일방적 지시를 할 수가 없었다.

반면 진주성의 조선군은 훈련이 잘된 상태에서 일사불란하게 지휘체계가 이루어지고 있었다. 왜군 장수들은 자신들의 단점과 상대의 장점을 냉철하게 분석했다.

다음날, 날이 밝기가 무섭게 왜군은 질서 있게 대오를 갖춰 조총과 활을 쏘며 공격을 벌였다. 그러나 진주성은 여전히 꿈적도 하지 않았다. 왜군은 별 공격을 다 해도 철옹성처럼 버티자 점차 초조한 기색을 보이며 공세가 수그러들었다.

다시 날이 어두워지자 전투는 소강상태에 들어갔다. 아침 일찍부터 공격을 벌인 탓에 지쳤는지 왜군은 야간공격에 들어가지 않고 모처럼 휴식을 취했다.

어둠을 벗 삼아 삼삼오오 땅바닥에 드러누운 왜군들은 멀리 진주성을 바라보며 고향을 그리워했다. 직업군인인 무사 신분이 아닌 말단 왜군 병졸들 대부분은 농부 출신들이어서 고향에 두고 온 처자식 생각이 더욱 간절했다.

그때 어디선가 거문고 소리와 퉁소 소리가 바람결에 실려 왔다. 왜군들은 자신의 귀를 의심하며 소리가 나는 쪽으로 시선을 집중했다. 진주성 안에서 흘러나오는 소리가 분명했다.

김시민은 왜군의 기세가 한풀 꺾이자 악공을 불러 거문고를 타고 퉁소를 불게 했다. 연일 격전을 치른 진주성의 조선군에게는 마음의 평온을 찾게 하고 왜군에게는 여유를 보이면서도 방심하도록 위해서였다.

왜군들은 잔잔하게 마음을 흔드는 음악을 들으며 축 늘어졌다.

"기습이다!"

왜군들이 모처럼 깊은 잠에 빠져든 어둑한 새벽 무렵, 김시민은 500여 명의 기마병을 이끌고 왜군의 막사로 돌진했다. 설마 기습하리라고는 상상도 못했던 왜군들은 속수무책으로 창과 칼에 찔리고 짓밟혔다. 순식간에 막사 수십 개가 부서지고 불에 탔다.

"어"하며 넋을 잃다가 수백 명이 죽임을 당한 뒤 정신을 차릴 무렵 조선군은 한바탕 왜군진영을 휘젓고 바람처럼 사라졌다. 마치 꿈을 꾸기라도 한 것 같은 한바탕 난장에 왜군들은 뿌드득 이를 갈았다. 하지만 진주성은 비웃기라도 하듯 시치미를 뚝 떼고 견고함을 유지했다.

8일 아침이 밝아오자 왜군은 작심을 한 듯 대대적으로 진주성 공격을 감행했다. 전형적인 공성전 전술이 전개됐다. 왜군들은 조총의 엄호사격 하에 일제히 사다리를 성벽에 걸치고는 개미 떼처럼 기어올랐다. 진주성의 조선군도 기다렸다는 듯이 왜군을 향해 화살세례를 퍼부었다. 성벽 위로 바짝 근접한 왜군에게는 돌을 던지고 끓는 물을 끼얹었다.

왜군들은 성보다 더 높은 삼층 누각의 수레를 성 앞으로 끌고 와 그 위에서 조총사격을 했다. 이에 맞서 조선군도 대포와 조총을 쏘며 대응했다. 왜군은 쉽게 공격을 멈추지 않았다. 포탄과 총탄, 화살, 돌 등이 우박처럼 쏟아졌지만 피식피식 쓰러지면서도 악착같이 달려들었다. 성 아래에 왜군들의 시신이 눈에 띄게 수북하게 쌓여갔다.

일방적으로 공격을 퍼부어 대는 성 안의 조선군도 점차 지쳐갔다. 화살은 바닥나기 시작했고, 밥을 해먹을 시간조차 부족해 끼니도 걸러야 했다. 김시민은 왜군이 쏴대는 총탄이 빗발치는 성 위에서 이곳저곳을 뛰어다니며 병사들을 격려했다. 물통과 죽을 쑨 통을 가지고 다니면서 틈나는 대로 병사들에게 먹였지만 금방 동이 났다.

김시민은 지친 몸으로 성벽 가까이 다가오는 왜병들에게 직접 돌을 던졌다. 화살을 아끼기 위해서였다. 다른 조선군과 백성들도 이를 악물고 돌을 던지며 저항했다.

성안의 김시민과 병졸들이 한계에 부딪혀 급격하게 힘이 소진될 즈음 뜻밖에도 왜군의 공세가 멎었다. 날이 어두워지자 왜군의 지휘부에서 철수를 명령한 것이었다.

어둠 속에서 양측은 전투를 멈추고 대치했다. 잠시 전투가 중단된 가운데 팽팽한 긴장감이 감돌았다. 성 안의 조선군은 한숨을 돌린 채 그 자리에서 나동그라져 휴식을 취했다. 극심한 피로와 배고픔에 더 이상 싸울 수 있는 여력이 없었다. 김시민은 황망한 눈길로 어둠에 묻힌 적진을 응시했다.

초조했다. 왜군이 본격적으로 야간공격에 돌입하면 더 이상 버티기가 힘들 거라는 생각에 입술을 깨물었다.

바로 그 시각, 철수를 명령한 왜군 지휘부는 공격의 우선순위를 두고 격렬하게 토론을 벌였다. 한 장수가 수공전술을 쓰자고 제안하자 몇몇 장수들이 고개를 끄떡였다. 진주성 앞의 남강을 활용하자는 주장이었다.

그때 한 왜군 병사가 막사로 뛰어 들어와 다급한 목소리로 밖의 상황을 전했다.

"장군, 조선군 대규모 부대가 남강 건너편으로 몰려 왔습니다."

경상도 의령의 곽재우 부대를 비롯해 각 지역의 의병부대가 남강 건너편에 나타나 횃불을 올리며 응원 온 것이었다. 어둠 속에서 바라본 조선군의 수많은 횃불은 엄청난 규모의 병력을 연상시켰다. 왜군 지휘부는 진주성에 대한 야간공격보다 외곽에 분산되어 있는 지원부대부터 치기로 결정했다.

왜군들은 일부 부대를 편성해 남강 건너편으로 달려갔다. 하지만 어둠 속에서 치고 빠지는 조선의 의병들을 상대로 밤새 헛심만 쓰고 성과를 거두진 못했다.

날이 밝자마자 왜군은 다시 주력부대를 여러 소부대로 나누어 외곽의 조선군 지원부대 공격에 나섰다. 그러나 이러한 병력분산 작전은 오히려 의병들에게 유리한 결과만 가져다줄 뿐 적지 않은 피해만 입었다. 왜군 지휘부는 상황이 여의치 않자 초조함을 감추지 못하고 진주성 공략에만 전념하기로 방침을 세웠다.

왜군은 공성작전을 바꾸었다. 대나무 다발과 연결 사다리를 준비한 다음, 토성을 쌓고 누대를 세워 그 위에서 성안으로 총을 쏘아대는 전술이었다. 그러나 진주성에서 대포로 응수하자 별 효과를 보지 못하고 피해만 입은 채 철수했다.

외곽의 조선 의병부대들이 늘어난 것도 왜군으로선 큰 부담이었다. 의병들이 이곳저곳 불쑥 나타나 왜군의 배후를 괴롭히자 점점 불안에 떨어야 했다.

밤이 되자 왜군들은 마지막 발악을 하듯 총공세를 펼쳤다. 상황이 너무도 절박했다. 더 이상 시간을 끌 수 없는 한계점에 이른 것이었다. 이대로 물러설 수는 없다는 오기와 조급증이 맞물려 이판사판이라는 각오로 달려들었다.

사방 천지가 폭음으로 진동했다. 조총과 포탄이 난무하고 거친 함성과 횃불이 뒤엉켜 어느 한쪽이 끝장이 날 때까지 치열하게 부딪쳤다. 지옥이 따로 없을 정도로 처절한 격전이었다. 단말마적인 비명과 외침이 성 안팎 곳곳에서 메아리쳤다.

뿌옇게 새벽이 다가왔다. 밤새 계속된 전투로 사방천지가 비릿한 피로 가득 채워졌고, 산 자와 죽은 자가 함께 널브러졌다.

김시민은 성 망루에서 참혹한 전투현장을 바라보았다. 그러다 갑자기 다리가 꺾인 듯 풀썩 쓰러졌다. '피잉'하며 어디선가 날아온 총알이 김시민의 투구 밑 이마를 명중시켰다. 순식간의 일이라 누구도 몰랐다.

"장군, 장군!"

느닷없이 쓰러진 김시민을 본 부하 장수들은 하얗게 질려 외쳤다. 그러나 김시민은 의식을 잃고 아무런 말도 하지 못했다. 신속히 옮겨져 치료에 나섰지만 깨어나지 못했다.

전투는 계속됐다. 김시민의 빈자리는 곤양군수인 이광악이 대신했다. 대포의 명수인 그는 직접 포를 조준해 사격하며 성 안의 장졸들을 독려했다.

사투 중에 왜군 일부가 성벽을 넘었다. 부분적으로 방어망이 뚫리자 몇몇 장수들이 달려가 온몸을 던져 막았다. 위기가 오자 성안의 남녀노소 백성 모두가 싸움에 가세했다. 돌을 던지고 지붕 위에서 기왓장을 던지는 등 총력전을 벌였다. 간신히 성안까지 들어온 왜군은 더 이상 견디지 못하고 성 밖으로 달아났다.

아침이 밝아오자 성 주위는 온통 피로 물들었다. 왜군의 사상자는 헤아릴 수가 없었다. 왜군 지휘부는 더 이상의 공격은 무의미하다고 판단했다. 철수 명령을 내려야만 했다. 이때 갑작스러운 천둥과 번개가 치더니 폭우가 쏟아졌다. 왜병들은 빗속에서 허둥지둥 퇴각했다.

진주성 안의 조선군은 물에 빠진 생쥐처럼 초라하게 철수하는 왜군들을 추격하지 않았다. 멀리 사라지는 왜군들을 바라보며 벅찬 감정을 주체하지 못했다.

"만세, 만세!"

기쁨의 환호가 진주성 곳곳에서 봇물 터지듯 쏟아졌다.

진주성에서 충격적인 참패를 당한 왜군은 이전과 달리 강력해진 조선군과 의병의 투혼에 절망했다. 왜군은 의병을 지원하는 조선 분조의 존재와 진주성 지도자인 김시민의 죽음을 알지 못했다. 김시민은 두 달이 넘도록 사경을 헤매다 끝내 숨을 거두었다.

8
조명연합군 평양 탈환

명나라의 조정은 초조했다.

병부상서^{국방장관} 석성은 책사인 심유경을 시켜 평양의 왜군과 잠정적으로 휴전을 맺었다. 하지만 마감일인 10월 20일이 다가오도록 대규모 병력을 마련하지 못해 속을 끓어야 했다.

그러던 중 영하의 보바이哱拜 반란이 진압됐다는 반가운 소식이 전해졌다. 이제 명나라의 대군이 돌아오면 왜군을 치러 조선 땅으로 원정을 가면 될 일이었다.

문제는 병력이 언제 돌아올지, 또 보바이 반란을 진압한 명나라 제일의 명장인 이여송이 다시 참전할 수 있을지는 미정이었다. 어떡하든 만만치 않은 왜군을 물리칠 장수는 이여송만한 적임자가 없는 만큼 그를 끌어들여야만 했다.

석성은 명나라 황제에게 간청했다.

"폐하, 이여송 장군을 조선으로 보내 왜군을 물리칠 수 있도록 명을 내려주시길 바랍니다."

"알겠소, 영하에서 돌아오는 대로 병부상서의 명령을 받아 조선으로 갈 수 있도록 하겠소."

석성은 황제의 허락을 받자 경략으로 임명된 병부시랑^{국방차관}인 송응창을 먼저 조선 땅으로 출발시켰다.

반란을 진압하고 북경으로 개선한 이여송은 황제의 환대 속에 새로운 직책에 보임됐다. 명나라의 수도인 북경을 비롯해 요동지역 등 주요 지역의 총책임자이자 왜군과 싸우는 원정군의 총사령관 자리였다.

이여송은 병권을 쥔 직속상관인 석성을 만나자마자 조선 원정에 대한 자신의 의견을 밝혔다.

"지금 당장 조선으로 떠나는 것은 어렵습니다."

"왜군이 언제 우리 명나라 땅으로 쳐들어올지 모르니 서둘러야 합니다."

석성은 조바심으로 채근했다.

"우선 병력을 모아야 합니다. 이게 단시일에 되는 일이 아니지 않습니까? 전쟁은 철저한 준비가 없으면 이길 수 없습니다. 시간이 필요합니다."

이여송은 영하섬^{석성}에서 보바이를 물리치고 돌아온 병사들을 다시 소집 하는데 시간이 걸린다고 설명했다. 또 타 지역^{절강성, 사천성 등}의 병사들과 전쟁을 위한 물자를 모아서 떠나야 한다고 주장했다. 석성은 이여송의 말에 애가 바짝 탔지만 어쩔 수 없었다.

11월로 들어섰지만 병력의 집결은 생각과 달리 쉽지 않았다. 그러던 중 명나라 조정에 반가운 소식이 들렸다. 명나라에 예속된 만주지역의 한 여진족 족장이 대규모 병력을 보내겠다는 것이었다.

당시 명나라는 조선의 국경 북쪽 지방인 만주 전역을 행정구역상 몇 개의 위衛로 나누고 그 위에 지휘사를 두고 통제했다. 이러한 지휘사들을 관리하는 군사행정기관이 요동도지휘사사로, 보통 요동도사療東都司로 불렀다.

명나라는 과거 이 지역에 있던 여진족이 금나라를 세운 뒤 중국 대륙의 강자가 되어 거란을 멸망시키고 송나라를 위협한 전력이 있어 경계심을 늦추지 않았다.

이들 지휘사들은 대체로 명나라의 명령에 잘 따랐지만 점차 독립된 부족공동체처럼 자치적으로 생활했다. 이중 명나라의 동쪽 홍경을 중심으로 한 건주좌위의 지휘사이자 그 지역 여진족 족장인 34세의 누르하치가 병력을 보내겠다고 의사를 밝혔다.

북경의 조정은 크게 반겼다. 병력 때문에 고민하던 병부상서 석성도 기뻐하며 이를 조선에 알렸다. 의주에 있던 조선 조정은 그러나 명나라가 누르하치 파병을 제안하자 깜짝 놀랐다. 하루속히 명군이 오기를 기다리던 조선에겐 날벼락 같은 소식이었다.

조선은 오래전부터 남으로는 왜구일본, 북으로는 야인여진에게 시달리며 이들을 날강도 같은 오랑캐로 여겼다. 왜군이 쳐들어오기 전까지만 해도 북쪽 국경 부근에서 치열하게 싸웠던 오랑캐가 바로 여진족이었다.

더욱이 조선은 여진족들을 야인이라 부르며 한 수 아래로 내려봤다. 그러기에 아무리 다급하다 해도 이들의 도움을 받는 것은 자존심이 상할 일이었다. 조정 대신들 대부분이 반대했지만 그중에서도 특히 유성룡의 반대가 심했다.

유성룡은 명나라 조정이 조선의 반대 의사를 무시할 것을 대비해 조선에 대한 실질적인 군사행정 책임자인 경략 송응창을 설득했다. 자칫 여진의 파병제안을 받다가는 명나라도 훗날 위험에 빠질 수 있다는 설명에 송응창도 고개를 끄떡였다.

명나라 조정은 조선이 누르하치의 파병에 거세게 반대하자 도움을 받는 주제에 찬밥 더운밥 따진다며 내심 불쾌하게 여겼다. 그러면서도 조선 부근의 요양에 머물러있던 경략 송응창에게 의견을 물었다.

송응창은 명나라 조정에 단호하게 누르하치의 파병은 안 된다며 반대의 뜻을 전했다.

"누르하치가 제2의 보바이가 되지 말란 법이 없는 만큼 양호지환養虎之患: 호랑이를 길러 후환을 초래하다이 될 수 있으니 여진족의 조선 파병은 불가합니다."

명나라 병부상서 석성은 송응창이 반대하자 조정의 공론에 부쳤다. 그러자 명나라 대신들은 한바탕 갑론을박을 벌이다가 "조선 현지에 나가있는 경략 송응창의 의견에 따르자"고 결론을 내렸다.

우여곡절 끝에 명나라의 이여송 장군은 12월 25일 3만 명의 군사를 이끌고 조선에 왔다. 꽁꽁 얼어붙은 조선의 압록강을 건넌 명나라 군대의 주력은 기병이었다. 이여송 자체가 만주지역 출신의 기마전을 중시한 장수다 보니 당연했다.

반면 명나라 군대의 주 화력은 기병의 화살이 아닌 화포였다. 왜군의 조총이 위력적이란 것을 알고 남쪽 지방에서 급히 동원시킨 당시 명나라의 최신 무기였다.

엄청난 화력을 지닌 이 화포는 불랑기포라 불렸는데, 서양에서 들여온 후장식 포였다. 이 포는 이전의 전장식포구로 화약과 포탄을 장전이 아니고 포신 뒤쪽에 약실을 만들어 화약과 탄환이 장전된 자포子砲를 끼

워서 발사하는 방식이었다. 짧은 시간에 연속사격이 가능한 당시로는 첨단 화포였다.

그러나 이 화포는 실전용으로는 아직 검증이 안 된 상태였다. 더욱이 명나라 남쪽 지방에서 파병된 남병만이 화포를 운영할 줄 알았다.

조선에 파병된 이여송의 군대는 크게 두 부류로 구분됐다. 요동 지역을 중심으로 기마부대인 북병요동군과 화포를 다루는 남병절강군이었다.

총사령관인 이여송은 거칠고 군기가 문란한 북병출신이고, 문인이지만 군사행정에서 이여송의 상관인 경략 송응창은 왜구와 전투경험이 많은 남쪽 지방 출신이어서 대조를 이뤘다.

명나라의 조선 참전 총병력은 이여송이 직접 이끌고 온 3만 명을 비롯해 이미 압록강 부근에서 진을 치고 있던 사대수, 낙상지 등이 지휘하는 6천 명과 조선 선발대 7천 명을 합쳐 모두 4만 3천 명에 달했다.

선조는 이여송을 위해 주례를 베풀었다. 그러나 이여송은 술잔을 입에 대지도 않고 단호한 의지를 보였다.

"나는 천자의 명을 받고 이곳에 온 장수요. 주례와 예물은 필요 없소이다. 조선 임금의 성의는 마음으로 받겠소. 대신 하루속히 왜적을 물리쳐 보답하고 싶을 뿐이니 이해 바랍니다."

이여송의 심정은 복잡했다. 외형상 왜군과의 전쟁 전권을 쥔 것처럼 보이지만 문관출신의 상관인 경략 송응창의 명령을 따라야 했다. 둘은 여러모로 생각이 달랐다. 자칫 잘못해 왜군에게 질 경우 책임 소재를 두고 문제가 벌어질 수 있었다.

이여송은 부친 이성량의 뒤를 이어 일찍이 군사적 재능을 꽃피우며 요직을 맡았지만 명나라 조정 대신들의 시기를 받아왔다. 다행히 보바이의 난을 성공리에 진압한 덕에 황제의 신임을 받았지만 문관출신의 대신들은 물론 송응창과도 여전히 불편한 사이였다.

한겨울의 전투는 속전속결이 가장 좋았다. 이럴 경우 왜군이 모르게 기습을 해야만 했다. 설혹 기습이 여의치 않더라도 벌판에서 한판 승부를 벌이면 깔끔하지만 상대가 싸움을 피하고 평양성에서 웅크리면 이기기가 쉽지 않았다.

그럴 경우 화력전을 벌여야 하지만 화력전은 남병이 운용하는 만큼 이겨도 공은 남병을 불러들인 경략 송응창에게 돌아가기 쉬웠다. 장수로서 명예를 중시하는 이여송으로서는 자존심이 허락하지 않는 일이었다.

이여송은 스스로에게 다그쳤다. 무슨 일이 있어도 1월에 평양을 탈환하고, 2월에 한양을 되찾고, 3월에는 조선의 전 국토에서 왜군을 쫓아내는 것이 그의 구상이었다. 그러나 봄이 오기 전에 계획대로 전쟁을 끝내기에는 시간이 너무도 촉박했다. 그가 조선 임금이 마련한 주례를 무시하면서까지 서두른 것은 이런 이유에서였다.

이여송의 군대 속에는 평양전투의 패전 장수인 조승훈과 무뢰배 출신의 책사였던 심유경도 포함되어 있었다. 조승훈은 백의종군하여 입공속죄立功贖罪하라는 배려차원에서 데려왔다. 심유경은 북경으로 가던 중 거짓회담 내용이 들통나 송응창에게 잡혀 곤장을 맞고 왜군을 기만하기 위한 목적으로 끌려 왔다.

의주를 떠난 명나라의 군대는 빠른 속도로 이동했다. 12월 28일 의주를 출발해 1월 4일경 평양에서 100리 정도 떨어진 숙천에 도착했다. 이때까지도 평양의 왜군은 명나라의 대병력이 오는 것을 까맣게 몰랐다.

이여송은 심유경에게 편지를 쓰게 해 왜군과 평화회담을 하도록 일을 꾸몄다. 왜군을 안심시킨 뒤 기습하려는 계략이었다.

평양의 고니시 유키나가小西行長는 심유경의 편지를 받자 의심 없이 23명으로 구성된 사절단을 보냈다. 평양 근처의 순안에서 명나라 측과 만난 왜군 사절단은 그러나 저녁만찬을 갖던 중 음모를 눈치 챘다. 이들은 칼싸움을 벌이며 포위망을 뚫기 위해 안간힘을 썼다. 그 결과 23명 중 18명은 잡혔지만 5명은 달아났다.

1월 5일, 순안에 도착한 이여송은 왜군 사절단을 놓친 자신의 부하들에게 노발대발했다. 기습을 하려던 계획이 무위로 돌아갔기 때문이었다. 어쩔 수 없이 정면승부를 벌어야 하는 것 자체가 부담이었다.

명나라와 조선 연합군은 1월 16일 평양에 도착하자마자 왜군이 머무는 평양성을 포위했다.

매서운 겨울바람 속에서도 내성과 외성으로 되어 있는 평양성은 바늘 하나 들어갈 틈이 없을 만큼 견고하고 깐깐한 자태를 보였다. 이여송은 평양성 전체를 볼 수 있는 언덕에 올라 작전을 구상한 뒤 군사를 배치했다. 평양성 동쪽은 대동강이 흐르기에 남, 서, 북쪽을 중심으로 병력을 분산했다.

평양성 서쪽 성벽의 보통문 앞에는 명나라 제1군 이여백의 군사 1만여 명을 포진시켰다. 이여송의 친동생이자 용맹한 이여백이 이끄는 병력이 명나라 군대의 주력이었다. 서북 성벽의 칠성문 앞에는 제2군 양원의 군사 1만여 명과 3군 장세작의 군사 1만여 명 등 총 2만여 병력이 배치됐다.

평양성 남쪽은 주로 조선군이 배치됐다. 남쪽 함구문 앞에는 별장 김응서가 지휘하는 평양 토병출신 8천여 명의 병력이, 정양문 앞에는 방어사 정회운이 이끄는 2천 명의 병력이 포진했다. 화력 지원을 맡은 명나라의 남병 수천 명과 조선군 순변사 이일의 기동병력 3천 명은 뒤에서 진을 쳤다.

북쪽 모란봉 쪽에는 명나라 1군과 2군, 그리고 3군에서 각각 차출된 3천 명의 병력과 조선의 서산대사가 이끄는 승군 1천 명이 자리를 잡았다. 일종의 별동대 역할의 부대였다.

이여송은 총 5만 8천여 명에 이르는 명나라와 조선 연합군 총사령관이었다. 그는 평양성과 전체 병력을 조망할 수 있는 야산의 정상에 호위부대 9천 명과 함께 포진했다.

왜군 사령관인 고니시 유키나가는 엄청난 병력이 평양성을 포위하는 것을 보고 얼굴이 파랗게 질렸다. 어림 봐도 명나라와 조선의 군대는 5만이 넘어 보였다. 반면 평양성의 왜군 총병력은 1만 5천 명 정도였다.

더욱이 왜군은 오랫동안 보급이 끊긴 탓에 제대로 먹지를 못해 비실거렸다. 무엇보다 일찍이 겪어보지 못한 혹독한 추위에 움직이는 것조차 버거웠다. 모든 면에서 불리했다.

"지금 즉시 황해도와 한양으로 달려가 지원을 요청하라."

고니시 유키나가는 급히 전령을 보냈다. 가장 가까이에 있는 황해도의 구로다 나가마사黑田長政가 지원군을 보낸다면 빨라야 일주일이 걸렸다. 설혹 그때까지 버틴다 해도 지원군 병력은 수천 명에 불과해 큰 도움이 되지는 않았다. 그렇지만 별다른 방법이 없었다. 고니시 유키나가는 지푸라기라도 잡고 싶은 절박한 심정으로 입술을 깨물었다.

왜군은 이틀에 걸쳐 기습적으로 야간공격을 벌였다. 허를 찔린 명군 진영은 쉽게 돌파됐다. 그때마다 조선군은 눈부신 활약으로 왜군을 격퇴했다. 이 과정을 지켜본 이여송은 마음이 편치 못했다. 자신이 지휘하는 명나라 군대의 허점을 봤기 때문이었다.

이여송과 오랫동안 전선을 누볐던 북병은 군기가 해이했다. 반면 대포를 운영하는 남쪽 출신의 남병과 조선군은 의외로 전력이 탄탄했다. 북병 중에서도 이곳저곳에서 불러 모은 용병을 빼면 이여송 직속의 군대는 고작 2만 명 안팎이었다. 이들이 활약해 전공을 세워야만 명나라 제일의 장수라는 체면치레를 할 수 있었다. 이여송은 평양성 공성전만큼은 확실히 뭔가를 보여주겠다고 각오를 다졌다.

아침이 밝아오자마자 명나라와 조선 연합군은 본격적으로 공격에 나섰다.

총사령관인 이여송은 각 장수에게 임무를 부여하고 돌격명령을 내렸다. 명군의 유격장군 오충일과 사대수는 모란봉을, 중군 양원과 우협도독 장세작은 칠성문으로, 좌협도독 이여백과 이방춘은 보통문으로, 조승훈과 유격 낙상지 등은 조선군과 함께 함구문 쪽으로 진격했다.

수많은 기마부대의 말발굽에 땅바닥에서 얼음조각이 날렸다. 오와 열을 맞춘 병력의 발걸음에 흙먼지가 안개처럼 뿌옇게 휘날렸다. 왜군도 성 위에서 오색이 만발한 깃발과 창·칼을 휘두르며 고함을 지르면서 맞섰다.

이여송은 직접 기마대 1백여 기를 이끌고 성 아래로 바짝 다가가 신호를 보냈다. 그러자 곧 우레와 같은 포성이 들렸다. 명군 각 진영에서 잇따라 대포가 발사됐다.

평양성을 두고 공성전을 벌인 명군과 왜군의 싸움은 화포와 조총의 대결이었다. 명군은 불랑기포佛狼機砲, 멸로포滅虜砲, 호준포虎砲 등 서양에서 도입한 최신식 화포를 발사했다. 이들 화포의 위력은 대단했다.

"쾅", "꽈광"

시뻘건 불꽃이 솟구치며 포성이 울려 퍼지자 땅이 진동하고 주변의 크고 작은 산들이 요동을 쳤다. 포를 쏘는 명군이나 지켜보는 조선군, 그리고 평양성의 왜군 모두 엄청난 대포의 위력에 깜짝 놀랐다.

왜군은 서양에서 도입한 조총은 잘 활용했지만 지상전투에서는 대포를 거의 사용해 본 적이 없었다. 그래서 대포가 발사될 때마다 겁을 잔뜩 집어먹고 고개를 처박으면서 두려움에 몸서리쳤다.

이여송은 왜군이 대포의 공격에 정신을 못 차리자 군사들이 평양성으로 쳐들어가도록 큰 소리로 독려했다. 그러나 왜군은 결코 호락호락하지 않았다. 대포의 공격이 잠잠해지자 성안에 엎드려 있던 왜군들은 기다렸다는 듯이 조총을 쏘며 완강히 저항했다.

명나라 군사들은 성 위로 미처 다가가기 전에 숱한 희생을 치러야 했다. 특히 왜군이 끓는 물을 퍼붓자 성을 오르던 수많은 장졸들은 울부짖듯 비명을 지르며 공격을 주저했다. 일부는 눈치를 보며 뒷걸음을 쳤다. 그러자 이여송은 재빨리 후퇴하는 병사의 목을 단칼에 베었다.

"먼저 성에 오르는 자에게 은 5천 냥을 상으로 주겠다."

이여송은 잘린 목을 군사들에게 보이며 위협하면서 한편으로는 큰 상금을 주겠다고 외쳤다. 채찍과 당근을 병행한 이여송의 호령에 명나라 군사들은 다시 전의를 불태웠다. 명군의 장수들은 적탄에 맞아 다치고도 앞장서서 전투를 지휘했다.

특히 낙상지는 함구문 쪽의 선두에 서서 성에 오르다가 왜군이 던진 돌을 맞았지만 피를 흘리면서도 기어 올라갔다. 왜군은 기가 질려 제대로 대항을 못했다.

선두에 선 장졸들이 앞 다투어 성에 올랐다. 그 뒤를 수많은 군사가 쫓아가며 북을 치고 함성을 지르자 왜군들은 기세가 완전히 꺾였다. 명나라 절강출신의 남병들이 제일 먼저 성에 올랐다. 이들은 왜군의 깃발을 뽑고 새로 명군의 기를 꽂음으로써 평양성 함락의 일등공신이 됐다.

동시에 명나라 각 군 소속의 군사들도 합세해 구름같이 성안으로 몰려 들어갔다. 곳곳에서 방어벽이 뚫린 왜군들은 외성을 포기하고 혼비백산해 내성으로 달아났다. 적장인 고니시 유키나가는 전황이 다급해지자 잽싸게 몸을 피했다. 그는 평양성 내의 연광정 토굴로 들어간 뒤 결사항전의 의지를 다졌다.

수많은 병력과 함께 평양성 안으로 들어간 이여송은 왜군이 토굴에서 버틴다는 보고를 받자 곧바로 화공을 지시했다. 명군이 땔감에 불을 질러 토굴에 던지며 공격했다. 왜군들도 조총을 쏘며 맞대응하며 끝까지 버텼다. 막상 성 안 진입에 성공했지만 완강한 적의 저항에 명군은 당황했다. 어차피 막다른 길에 몰린 왜군은 사력을 다했다. 명군도 적지 않은 피해를 입었다.

이여송은 포시晡時: 오후 3~5시 무렵에 이르자 더 이상 내성과 토굴에서 저항하는 왜군을 쉽게 물리치기가 어렵다고 판단했다. 더욱이 점심도 거른 채 격렬하게 싸운 군사들이 배고픔과 피곤함에 힘들어한다는 부하 장수들의 의견을 무시하기도 어려웠다. 이여송은 공격을 중단하라고 명령을 내렸다. 그러자 양측은 잠시 싸움을 멈추고 팽팽한 대치상태에 들어갔다.

"왜군이 끝까지 버티니 우리 측 피해도 만만치 않소. 어찌하면 좋겠소?"

이여송은 휘하 각 장수를 소집해 의견을 물었다.

"적을 끝까지 모두 죽이려고 하면 우리의 피해도 불가피합니다. 그러나 적의 퇴로를 열어주면 손쉽게 싸움을 끝낼 수 있습니다."

명나라의 한 장수가 그럴듯한 의견을 냈다.

"오호, 궁지에 몰린 쥐새끼에게 빠져나갈 길을 열어주자는 말이군. 우리는 더 이상 피해 없이 승리의 대가로 평양성을 차지하면 되니 그것 참 좋은 방안이오."

이여송은 즉시 퇴로를 열어주겠다는 제안의 편지를 적장인 고니시 유키나가에게 보냈다.

절망하고 있던 왜군 수뇌부는 명나라의 편지에 반색했다. 궁지에 몰린 왜군은 군수품 창고가 타버려 식량과 화약 등이 소실됨으로써 반나절도 버틸 수 없는 상황이었다. 만약 이여송이 속임수를 써 퇴로를 보장하지 않으면 꼼짝없이 당할 수 밖에 없었다. 그렇지만 어차피 살 길은 어디에도 없었다. 왜군은 지체 없이 명나라의 제안에 화답의 편지를 보냈다.

"우리는 즉시 평양성을 철수하고자 합니다. 제발 명군과 조선군이 후퇴하는 길을 막지 말기를 간절히 원합니다."

이여송은 왜군의 답장을 받자 기분이 들떴다. 사실상 항복의 표시였기 때문이었다. 몇몇 부하 장수는 순순히 돌려보내서는 안 된다고 반대했다. 그러나 이여송은 적에게 아량도 베풀고 약속도 지키는 장수로 인식되기를 바라는 마음에 우쭐했다. 훗날 한양으로 쳐들어갈 때도 왜군이 이러한 호의를 보고 순순히 물러갈지 모른다고 생각했다.

"왜군들의 퇴로를 보장하라. 혹 조선군이 매복하거나 뒤쫓아 갈지 모르니 나의 지시를 따르라고 전하라."

이여송의 이 말 한마디로 왜군은 쾌재를 부르며 서둘러 평양성을 빠져 나갔다. 반면 조선군은 눈앞에서 왜군이 철수하는 것을 보고 울분을 감추지 못했다.

1월 8일 밤, 왜군은 컴컴한 어둠을 뚫고 얼어붙은 대동강을 건너 남쪽으로 도주했다. 초승달 아래 누더기 꼴을 하고 불안한 마음으로 주위를 두리번거리면서 종종걸음을 지었다. 영락없이 초라한 패잔병의 모습이었다.

명나라 군대는 날이 밝자마자 왜군이 빠져나간 평양성 안에 물밀듯이 진입했다. 그러나 평양성 전투에서 용감히 싸우며 적지 않게 기여했던 조선군은 성안 진입이 저지됐다. 조선 땅에서 자국의 성에 들어가지도 못하고 또 도망가는 왜군을 쫓지도 못하는 기막힌 현실에 조선군은 허탈해했다. 왜군이 떠난 자리에 명군은 평양성의 새로운 주인이 됐다.

성 안에 들어선 명군은 고삐 풀린 망아지 마냥 무자비하게 약탈과 살인을 했다. 전리품에 굶주린 이들은 적과 아군을 구분하지 않고 보이는 족족 사람들을 도륙했다.

민가와 길가 어디에서든 남녀노소를 가리지 않고 칼과 몽둥이를 휘둘렀다. 여성들은 더 끔찍하게 짓밟혔다. 나이와 신분에 상관없이 눈에 띄는 대로 성욕의 노리개가 되었고, 대부분 무참하게 학살됐다.

조선군 장수 몇몇이 명나라 장수에게 "자칫 잘못하면 성안의 조선인이 다 죽을 수 있으니 옥석을 가려 처벌해 달라"고 요청했다. 하지만 일언지하에 거부됐다. 전쟁에서 승자의 살육과 전리품은 역대로 그 누구도 막을 수 없는 관행이라는 것이 이들의 해명이었다.

이여송은 성안에서 명군이 닥치는 대로 사람들을 살육하는 것을 보고도 시치미를 떼고 오히려 격려했다. 명군은 왜군과의 전투에서 1천 2백여 명의 목을 베고 전마 2천 9백여 필 등을 노획했다. 반면 명군의 희생도 이에 못지않았다.

평양전투가 압도적인 명군의 승리로 남기 위해선 왜군의 시신이 더 필요했다. 그러기 위해선 포로로 잡힌 왜군이나 애꿎은 조선인을 죽여서라도 숫자를 부풀려야만 했다. 성안 조선인들에 대한 대규모 학살은 이여송의 묵인 아래 잘 짜진 각본이었다.

적의 목은 증거물이 됐다. 그렇게 잘린 목이 평양성 내 공터에 산같이 쌓아 올려졌다. 그렇지만 목의 수는 아직도 부족했고 또 시간도 걸렸다. 그래서 나온 방법이 불에 태워 죽이는 것이었다. 산채로 잡힌 성내 조선인들은 불구덩이에 강제로 던져졌고, 처절한 고통 속에 버둥거리면서 죽어갔다. 명군은 또 조선인들을 새끼줄로 꽁꽁 묶어 대동강의 얼음을 깨고 그 속으로 집어넣어 마구 학살했다. 그렇게 죽은 조선인이 모두 수천 명을 넘었다.

이여송은 부하들로부터 대규모 학살이 끝났다는 보고를 받자 흐뭇해했다. 그런 뒤 전투에서 사망한 명군 희생 장병들을 위한 위령제를 지냈다.

"여러분들이 잘 싸워준 덕택에 우리도 적지 않은 피해를 입었지만 몇 배가 되는 적을 죽이고 큰 공을 세웠소. 이제 왜군을 물리친 공로에 따라 황제 폐하께서 하사한 은을 나눠줄 것이니 앞으로도 조선의 한양을 되찾고 부산 앞바다로 적을 쫓아낼 때까지 열심히 싸워주기 바라오."

명군들은 "와"하고 함성을 지르며 승리의 기쁨을 만끽했다. 반면 조선군은 평양성의 조선인들을 지키지 못했다는 비애감과 왜군을 쫓지 못한 무력감에 시달렸다. 전리품은 고사하고 허기진 배를 부여잡으며 눈물을 훔쳤다.

조선 침략의 왜군 주력인 고니시 유키나가가 평양에서 쫓겨나자 전세는 일거에 역전됐다. 함경도에 머물던 가토 기요마사 휘하의 왜군은 평양 패전소식을 듣고 고립되는 것을 우려해 서둘러 철수 길에 올랐다. 개전 이후 줄곧 수세에 처했던 조선으로서는 본격적으로 반격할 수 있는 계기가 마련된 것이었다.

조선 조정은 감격했다. 임금인 선조는 승전 소식을 듣자마자 명나라 수도인 북경의 황제를 향해 큰절을 올리며 감사의 마음을 전했다. 조정의 대신들도 덩달아 호응했다. 명군의 총사령관인 이여송을 모시는 사당을 짓고 그의 화상을 그려 봉안해야 한다고 건의를 했다.

조정 대신들은 한 목소리로 "평양대첩 덕분에 조선이 재조再造되고 억만년 동안 이어질 기반이 마련되었다"고 극찬했다. 이여송은 순식간에 '조선을 다시 살린 영웅'이자 '영원히 잊을 수 없는 은인'으로 추앙받았다.

그러나 정작 이여송은 평양전투의 승리에도 불구하고 내부적으로는 적지 않은 갈등을 겪었다. 평양전투 당시 명군 지휘부에는 보이지 않은 알력이 팽팽했다. 무고한 조선 백성들이 엄청나게 희생된 것도 사실은 알력의 결과였다. 명군의 최고사령관은 명목상으로는 이여송이었지만 그는 경략 송응창으로부터 지시를 받아야 하는 입장이었다. 갈등의 불씨였다.

명나라 남쪽 절강 출신인 송응창의 직계 부하인 원황과 유황상은 이여송의 참모 신분으로 평양성 전투에 참전했다. 하지만 이들은 사사건건 이여송과 부딪치며 고분고분하지 않았다. 평양 승전 이후 논공행상을 둘러싸고 북병과 남병 사이의 갈등은 한껏 고조됐다.

이여송은 평양전투 승리의 주역으로 북병을 치켜세웠다. 남병들은 이에 반발했다. 자신들이 화포 등을 이용해 왜군을 무력화시켰기 때문에 승리할 수 있었다고 맞섰다. 평양성에 누가 먼저 올랐느냐는 결과를 두고도 북병과 남병은 서로 자신들이 주역이라고 주장했다.

이러한 상황에서 가장 확실한 전과의 결과물은 왜군의 수급首級이었다. 이를 서로 많이 얻으려고 다투는 과정에서 무고한 조선 백성들이 희생됐다. 예고된 참사였다. 조선인들에 대한 학살은 주로 거칠고 잔인한 북병들이 주도했다.

이에 남병측에서는 노골적으로 북병을 두둔하는 이여송에게 반기를 들었다. 남병의 지휘관들은 "이여송이 참획했다고 주장하는 왜군 수급 가운데 절반은 조선 사람의 것이고 불에 타 죽거나 물에 빠져 죽은 1만여 명 가운데 절반도 조선 사람"이라고 따졌다. 그리고 명나라 조정에 이여송을 탄핵하는 급서를 보냈다.

이를 안 이여송은 남병을 달래지 않고 더욱 불신했다. 앞으로 왜군과의 전투는 북병 위주로 벌일 것을 계획하는 등 문제를 봉합하지 않고 오히려 화를 키웠다.

이러한 가운데 조선의 조정은 평양성 전투에서 무고한 조선 백성들이 엄청나게 희생됐다는 보고를 접했지만 대수롭지 않게 무시했다. 임금인 선조는 평양성 탈환과 함께 명군이 조선 땅에서 왜군을 쫓아내면 권력을 되찾으리라는 기대감에 한껏 고무되어 있었다.

선조는 평안도 도체찰사였던 유성룡을 삼도 도체찰사로 전격 임명했다. 명군을 도와 한양을 수복할 수 있도록 조선군 전체를 지휘하는 총책임자로 삼은 것이었다. 그러나 정작 삼도 도체찰사로 임명된 유성룡은 마음이 편치 않았다.

유성룡은 들뜬 조선 조정과는 달리 앞으로의 정세가 쉽지 않다고 내다봤다. 평양전투를 앞두고 평양 북쪽의 안주에서 만난 적이 있는 명군 총사령관인 이여송은 결코 만만한 인물이 아니라고 생각했다.

당시 유성룡은 이여송이 풍채가 뛰어나면서도 글 쓰는 솜씨가 대단한 장수라고 높이 평가했다. 둘은 필담을 통해 짧은 시간 속에서도 서로에게 신뢰와 우의를 나눴다.

이때 유성룡은 명나라와 조선 연합군이 왜군으로부터 반드시 평양성을 탈환하리라는 확신을 가졌다. 그래서 이여송이 평양을 공격하기 위해 떠나자마자 은밀하게 왜군섬멸 작전을 세웠다. 왜군이 평양성에서 달아날 때를 대비해 길목을 지키고 있다가 급습해 전멸시키려는 계획이었다.

평양성 전투는 이여송이 최고 사령관으로서 지휘권을 쥐고 있었다. 하지만 후퇴하는 왜군을 섬멸하는 것은 조선군만으로도 가능하다고 유성룡은 판단했다.

유성룡은 황해도 방어사 이시언과 김경로에게 비밀리에 임무를 부여했다.

"그대들은 우리 조선군 병력들을 매복시켜 놓고 있다가 왜군이 패해 도주할 때 기습하도록 하시오. 적군은 틀림없이 굶주리고 피곤한 상태에서 제대로 저항을 못할 터이니 단번에 몰살시킬 수 있을 것이오."

유성룡의 지시에 따라 이시언은 평양 남쪽의 황해도 중화지역으로 병력을 동원했다. 그러나 김경로는 이 핑계 저 핑계를 대다가 마지못해 엉뚱한 곳으로 병력을 이동했다. 불과 평양성 전투 하루 전의 일이었다.

유성룡의 예상은 정확했다. 왜군은 평양성에서 허겁지겁 달아나며 무방비 상태로 전의가 상실되어 있었지만 조선군은 제대로 추격을 하지 못했다. 그나마 이시언만이 명나라 군대의 눈치를 살피며 적을 뒤쫓다가 낙오병 60여 명을 베어 죽였다. 유성룡은 한 번에 전쟁을 끝낼 수 있는 천재일우의 기회를 놓쳤다며 한탄했다.

유성룡의 마음이 편치 못한 것은 작전권이 없는 조선군의 냉혹한 현실 때문이었다. 평양성 전투를 계기로 조선군은 작전권을 상실하고 명군 지휘부의 명령에 휘둘리는 상황이었다. 도주하는 왜군을 명나라 군대의 눈치를 살피다가 놓치는 일은 앞으로 더 심해질 것이 뻔했다. 더욱이 명군 내의 갈등과 보급품 지원문제 등 여러 가지로 왜군과의 싸움이 결코 순탄해 보이지 않았다.

유성룡은 답답함에 한숨을 내쉬었다. 침략한 적을 스스로 물리치지 못해 명군을 끌어들여야만 했던 조선의 무능이 한스러웠다. 어찌되었든 간에 지금은 전란 이후 왜군을 쫓아낼 호기인 것만은 분명했다. 명나라 군대를 이용해 최선을 다하는 수 밖에 없었다. 유성룡은 반드시 조선을 구하겠다며 머리를 쥐어짰다.

평양을 탈환한 이여송은 한양으로 진격을 앞두고 고민에 빠졌다.

매서운 추위가 수그러지고 곧 다가올 봄까지 한양을 수복할 수 있을지 스스로 의문이 생겼다. 처음 조선으로 병력을 이끌고 올 때까지만 해도 단번에 왜군을 물리칠 수 있으리라 생각했다. 그런데 그 의욕이 평양성 전투를 계기로 남병과 갈등을 겪으며 많이 꺾였다.

가장 큰 문제는 식량이었다. 원활한 보급이 제대로 이뤄지지 않는다면 싸움에 한계가 있을 수 밖에 없었다. 이여송은 북병 위주의 기마대 운용으로 신속한 기동전을 벌이고자 했다. 기동전은 적시에 식량이 뒷받침되지 않으면 작전을 펼 수 없는 전술이었다. 한양에서의 전투는 북병 위주로 전투를 벌여 승리를 거두고 싶었다. 그것이야말로 남병들의 반발을 잠재우고 콧대를 꺾을 수 있는 유일한 방안이었다.

이여송은 조선군 전체를 지휘하는 삼도 도체찰사인 유성룡을 불렀다.

"한양으로 신속히 진격하기 위해선 제때에 식량이 보급되어야 하는데, 가능하겠소?"

유성룡은 이여송의 의도를 짐작하고 되물었다.

"구체적으로 말씀하시오. 최대한 맞춰보겠소."

"솔직히 무거운 화포를 끌고 움직이다 보니 이동속도가 매우 더딜 수 밖에 없소. 먼저 기병으로 질풍같이 달려가 한양으로 몰려오는 각지의 왜군들을 도성 외곽에서 격멸할 것이오."

유성룡은 빙그레 웃으며 화답했다.

"그렇게 하도록 하지요. 당장이라도 식량을 준비할 수 있으니 마음 놓고 진격하시오."

유성룡은 이여송의 속내를 읽고 철저히 준비해 논 터라 자신이 있었다. 이여송과 헤어진 유성룡은 곧바로 황해감사 유영경에게 공문을 보내 곡식을 운반하라고 지시했다. 유영경은 미리 유성룡의 지침을 받아 곡식을 깊은 산속에 저장해두고 있었다. 공문을 받자 그는 백성들을 동원해 명나라 군대가 이동하는 길 요소요소에 곡식들을 옮겼다.

명나라의 선두 부대는 1월 20일 개성에 도착했다. 이어 23일에는 이여송이 잔여 부대를 이끌고 합류했다. 이들은 24일 한양탈환을 위한 작전회의를 가진 뒤 신속히 이동했다.

명군 선두부대는 27일 임진강을 건너 한양 북쪽에 도착했다. 명군은 이곳에서 유격전을 펼치며 왜군을 괴롭혀 온 양주목사 겸 경기도 방어사인 고언백 일행을 만났다.

명군 부총병 사대수와 양주목사 고언백은 3천여 명의 병력을 이끌고 벽제관을 지나 앞으로 진격했다. 안개가 자욱해 한 치 앞도 보이지 않았다. 거침없이 나아가던 조명 연합군은 마침 고개를 올라오던 왜군 2천여 명과 맞부딪쳤다.

명군의 길 안내를 하며 앞장을 선 고언백의 조선군 기병들은 평소 이 일대에서 왜군과의 조우전遭遇戰에 익숙했다. 조선군 기병은 주저 없이 적진으로 달려갔다.

"돌격, 왜적을 쳐라."

조선군 기병은 마치 기다렸다는 듯이 돌격해 칼을 휘둘렀다. 당황한 것은 왜군이었다.

"으아악"

순식간에 기습을 받자 왜군들은 제대로 대응을 하지 못한 채 우왕좌왕했다. 뒤따르던 명군 기병들도 합세했다. 왜군은 전의를 상실한 채 뿔뿔이 도망가기에 급급했다. 불과 한 시간 남짓의 전투에서 왜군은 600여 명이 넘는 병력이 무참하게 몰살당했다. 반면 조명 연합군은 피해가 전무할 정도로 일방적인 대승을 거뒀다.

이 소식은 임진강을 건너 파주에 있던 이여송의 지휘부에 신속히 전달됐다.

"그래, 잘했다. 바로 그거야. 내 계획 그대로야. 이 기세를 살려 적을 완전히 섬멸해야 한다."

선두 부대의 승전보를 접한 이여송은 한껏 고무되어 단숨에 말에 올랐다. 첫 전투에서 기대 이상으로 대승을 거두자 직접 전공을 챙기고 싶은 욕심에 마음이 들떴다. 이여송이 말에 채찍을 가하며 쏜살같이 달려 나가자 호위부대 1천여 기병도 뒤를 따랐다.

이여송은 서둘러 벽제관에 도착해 선발대인 조명연합군 일행을 만났다.

"적은 지금 어디쯤에 있는가?"

"정찰병의 보고에 의하면 왜군은 무악재를 넘어 홍제원 골짜기 쪽에 몰려있는 것 같습니다. 어림잡아 5천 명의 병력으로 추정됩니다."

이여송은 조선군의 양주목사 고언백이 대답하자 잠시 생각했다.

"처음 전투를 벌였을 때 적들의 규모와 형태는 어떠했소?"

"적의 병력은 2천 명 정도였고, 대부분 보병이었습니다."

이여송은 고언백의 보고에 흐뭇한 미소를 지었다. 바라는 대로 전술을 펴기에 이상적인 상황이었다.

"우리 명군의 기병이 확실히 몰아부쳐 왜군을 모조리 섬멸하겠소. 조선군이 길을 안내해 주시오."

이여송은 마음이 급해 서둘러 식사를 하자마자 병력을 모두 집합시켰다. 조선군 수백 명을 포함해 모두 4천여 병력이 도열하자 이여송은 출발을 지시했다.

"너무 서두르지 마시지요. 후속 부대가 온 다음 차분히 적지를 충분히 살핀 후 거동하는 것이 어떻겠습니까?"

고언백이 조언하자 이여송은 얼굴을 찡그렸다. 후속 부대란 명나라의 화포를 포함한 중무장 병력을 의미했다. 이여송은 남병을 제외하고 오직 북병의 기마병 중심으로 왜군을 물리치고 싶었다. 때문에 고언백의 말은 귀에 들어오지 않았다.

"전군, 진격하라!"

이여송이 외치자 4천여 병력이 기마병을 중심으로 우렁찬 함성을 지르며 움직였다.

명군이 벽제관을 떠나 이동할 무렵, 왜군은 홍제원을 지나 여석현 골짜기에 병력을 배치했다. 왜군의 지휘관은 6군 사령관이자 백전의 용장인 고바야가와 다카가게小早川隆景였다. 그는 2만 병력을 이끌었다.

고바야가와 다카가게는 평양에서 쫓겨 내려온 고니시 유키나가로부터 귀띔을 받았다. 명군의 화포를 피해 좁은 곳에서 기습작전을 벌이라는 내용이었다.

명군은 기동력이 좋은 기병과 대포를 운영하는 만큼 넓은 지역에서 장점이 있었다. 반면 왜군은 비록 사정거리가 짧지만 위협적인 조총과 칼싸움이 능숙한 만큼 근접전에 강했다. 고바야가와는 산이 많은 조선의 지형지물을 잘 활용하면 명군을 충분히 무찌를 수 있다고 생각했다.

"병력을 길 양쪽의 야산에 배치해 적을 깊숙이 끌어들인 뒤 공격하라."

고바야가와 다카가게는 여석현 골짜기 능선에서 전체를 조망한 뒤 명령을 내렸다. 길 양쪽으로 작은 야산들이 이어져 골짜기까지 이르는 여석현은 한눈에 봐도 천혜의 지형이었다. 골짜기 끝부분의 능선에는 5백여 명의 조총부대를 배치했다. 조총부대의 사격을 시작으로 좌우의 병력이 일시에 명군을 공격하는 것이 고바야가와의 계획이었다.

명군의 선두 기마부대는 겨울 날씨치고는 따뜻한 햇볕을 받으며 여석현 골짜기로 들어섰다. 전후좌우를 살피며 이동하던 명군 기마부대는 얼어붙은 땅이 녹으며 질척거리자 점차 조심스러운 마음도 누그러졌다.

좁고 긴 골짜기를 따라 한참을 들어선 명군 선두의 기마부대 누군가가 멀리서 왜군을 발견했다. 얼핏 소수의 병력처럼 보였다.

"왜적이다!"

오전에 왜군을 물리쳐 자신감을 얻은 명군의 선두 기마대는 쏜살같이 앞으로 달려갔다.

"와아"

선두의 기마대가 앞서 나가자 뒤따르던 명나라의 본대 병력들도 함성을 지르며 쫓아갔다. 그 순간, 앞 다투어 돌격하던 명군 진영으로 요란한 총성이 울려 퍼졌다.

"탕, 타당, 탕"

몸을 낮추어 숨어있던 정면의 왜군들이 불쑥 나타나 일제히 조준사격을 가했다. 수백여 발의 조총탄환이 선두의 명군 기마부대로 발사되자 말과 사람이 제멋대로 길바닥에 나동그라졌다.

"히이힝", "으악"

말과 사람이 비명을 지르며 쓰러지면서 명군 선두 기마부대가 일거에 무너졌다. 그러자 뒤따르던 본대 병력은 나아가지도 못하고 엉켜 혼란에 빠졌다. 그때 골짜기 좌우의 야산에서 수많은 왜군이 나타나 조총사격을 가하며 달려들었다.

좁은 길 사이로 정면과 좌우로 일제히 공격을 받은 명군과 조선군은 미처 전열을 가다듬지 못하고 속수무책으로 쓰러졌다. 야산을 새까맣게 뒤덮을 정도로 엄청난 병력의 왜군이 벌떼처럼 달려들었다. 조총사격에 이어 긴 칼을 휘두르는 왜군의 단병전에 명군은 제대로 대응 한번 못했다. 속수무책으로 밀렸다.

2만여 병력이 4천 명을 포위해 무자비하게 가하는 공격은 일방적인 도륙이었다. 명나라 군대 장졸들의 처절한 비명이 골짜기 사이사이로 끊임없이 메아리쳤다.

"후퇴하라!"

본대 중간에 있던 이여송은 반쯤 정신이 나간 채 다급히 외쳤다. 순식간에 앞뒤와 주변의 부하들이 피를 토하며 고꾸라졌다. "아차"하며 후회했지만 이미 돌이킬 수가 없었다.

"장군, 피하십시오."

누군가 몸을 피하라는 외침에 말을 돌리려는 순간 이여송은 공중으로 몸이 솟구치며 땅바닥에 곤두박질쳤다. 말에서 떨어져 엉금엉금 기는 이여송의 눈앞으로 악귀같이 달려드는 수많은 왜군이 어른거렸다.

그때 명군의 한 장수가 재빨리 다가와 왜군을 상대했다. 호위군관 이유승이었다. 왜군의 칼날은 무자비하게 이유승의 온 몸을 내리쳤고, 검붉은 피가 사방으로 튀었다.

이번에는 장창을 든 왜군장수가 이여송의 목을 겨냥했다. 예리한 창날이 허공을 가르며 내리치려는 순간 어디선가 화살이 날아왔다. 왜군장수는 "억" 하는 외마디 신음을 내뱉으며 이여송의 앞에서 눈을 부릅뜬 채 쓰러졌다.

이여송의 동생인 이여백과 부하 장수들이 화살을 쏘며 후다닥 몰려왔다. 이여송을 사이에 두고 명군과 왜군은 치열한 접전을 펼쳤다. 그 틈에 이여송은 부하들의 부축을 받으며 황급히 말에 올라탔다. 죽고 죽이는 처절한 살육전의 한복판이었다. 이여송은 빗발치는 조총세례를 피해 고개를 숙인 채 무작정 내달렸다.

이여송이 앞만 보고 꽁지가 빠지게 달아나 파주에 도달해서야 멀리서 명군의 후속부대가 보였다. 이제 살았구나 하는 생각이 들자 온몸에 힘이 쏙 빠지면서 정신이 혼미해졌다.

대참패였다. 기세등등하게 명나라와 조선의 4천 병력을 이끌고 갔던 이여송은 불과 5백여 명만이 초라한 몰골로 살아 돌아오자 부르르 몸을 떨었다.

이여송은 숙소에 들어가자마자 오한이 걸린 듯 끙끙 앓았다. 자신이 직접 거느린 최고의 정예 병력이 무참하게 도륙당한 장면이 눈앞에 펼쳐지자 고개를 처박고 울부짖었다. 지옥이나 다름없는 전장이 두려웠다.

이여송은 더 이상 싸울 의욕을 잃었다. 북병 위주로는 산이 많은 조선 땅에서 왜군과 싸워 이길 자신이 없었다. 더욱이 체면을 구긴 채 화력을 담당하는 남병을 동원한다 해도 이기기가 쉽지 않았다. 그러고 싶은 마음도 없었다. 오직 고향인 명나라의 요동으로 하루속히 돌아가고 싶을 뿐이었다.

"장군, 몸은 좀 어떻습니까?"

한밤중에 측근 장수인 장세작이 찾아왔다.

"그럭저럭 견딜만 하오. 왜군의 동향은 어떻소?"

"언제 야간 공격을 벌일지 모르겠습니다."

"경계를 단단히 하시오. 여기서 밀리면 임진강이라서 꼼짝없이 당할 수밖에 없소."

"내일 날이 밝자마자 강을 건너 후퇴해야 합니다. 빨리 이곳을 벗어나는 것이 상책입니다."

"무작정 후퇴하기에는 모양새가 좋지 않은데…"

이여송은 후퇴의 명분을 찾고 싶은 속내를 드러냈다.

"중병에 걸려 부득불 철수해야 한다고 황제께 보고 드리면 됩니다."

"그것 좋은 생각이오. 지금 당장 탄원서를 써서 급송하시오."

이여송은 며칠 후 병력을 철수해 동파로 이동했다. 그러자 유성룡을 비롯한 조선의 대신들이 깜짝 놀라 달려와 철수를 만류했다. 하지만 소용이 없었다.

동파로 진영을 옮긴 명군은 다시 개성으로 이동해 식량만 축내며 왜군과의 싸움을 피했다.

유성룡은 답답한 나머지 매일 명나라 진영으로 사람을 보내 언제 출병할지 물었다. 그러나 그때마다 명나라 군대는 신경질적인 반응을 보이거나 묵묵부답이었다. 유성룡은 빈둥대는 수만 명의 명군 식량과 군마의 먹이를 조달하느라 속이 썩어 문드러질 지경이었다.

그런데 오히려 명군은 식량이 부족하고 군마가 병이 걸려 죽었다며 트집을 잡았다. 졸지에 보급을 책임지는 유성룡과 몇몇 대신들이 명나라 군대 막사로 끌려왔다.

"식량은 군대의 생명인데, 이를 담당하는 자가 잘못을 저질렀으니 군율에 따라 엄정히 처벌하겠소."

이여송이 호통을 치자 땅바닥에 무릎이 꿇린 유성룡은 주르르 눈물을 흘렸다. 나라가 힘이 없어 당하는 설움이 기가 막혔다. 일국의 재상이 이런 수모를 당하는 마당에 백성들은 오죽할까 생각하니 눈물이 그치지 않았다.

이여송은 물끄러미 유성룡을 바라보다 미안한 마음이 들었다. 한때 자신이 존경하던 사람을 억지로 죄를 씌우려는 치졸함이 부끄러웠다. 이여송은 갑자기 태도를 바꿔 버럭 주위의 명군 장수들을 꾸짖었다.

"너희들은 나와 함께 영하의 발배를 정벌할 때도 여러 날을 굶었지만 되돌아가자는 소리 없이 헌신적으로 싸워 큰 공을 세웠다. 그런데 여기 조선 땅에 와서 며칠간 군량이 제때 보급되지 않았다고 불평을 늘어놓으며 가겠다고 하면 어찌하겠는가. 너희들 모두 가고 싶으면 가라. 그러나 나는 여기 남아 왜군을 무찌르겠다. 알겠는가?"

이여송이 큰 소리로 꾸짖자 주위 모두가 숙연해졌다. 명군 장수들은 머리를 조아리며 복종의 뜻을 나타냈다.

이여송은 겉으로나마 명군과 조선에 왜군과의 싸움 의지를 피력하면서도 전선으로 나가지 않고 개성에 머물렀다. 그렇게 2월 중순까지 명군은 조선군이 보급하는 식량을 먹으며 유유자적한 나날을 보냈다.

9
권율의 행주대첩

평양이 탈환된 이후 조선의 조정도 변화가 생겼다.

명군이 한양을 목표로 남쪽으로 이동함에 따라 의주의 조정도 남행길에 나섰다. 왜군이 침략하자 최북단 국경지역까지 황급히 쫓겨온 지 6개월이 지나서였다.

피난길에 오른 조선의 왕실은 뿔뿔이 흩어져 이산가족이 됐다. 함경도로 피한 임해군과 순화군은 왜군에 붙잡히는 수모를 겪었다. 또한 신성군은 피난처인 의주에서 병으로 세상을 떠나기도 했다.

그나마 천만다행인 것은 세자인 광해가 이끄는 분조가 조정을 대신해 크게 활약했다는 점이었다. 궁색하지만 왕실의 체면치레는 할 수 있었다. 그것은 엄밀히 말해서 조정의 중심이 임금인 선조에서 분조를 이끈 세자로 넘어갔음을 의미했다.

남행길에 오른 선조의 마음은 복잡했다. 선조는 의주를 떠나 평양에서 멀지 않은 정주로 조정을 옮겼다. 그리고 영변에 있는 세자의 분조와 조선 전역의 관군을 비롯해 의병들에게 이 소식을 전파했다.

1593년 1월 19일, 세자인 광해를 비롯한 분조의 일행은 정주에 도착했다. 전란 속에서도 사직과 종묘의 신주를 모신 광해는 당당했지만 조심스러운 몸가짐으로 임금 일행을 기다렸다. 다음 날인 20일에 임금인 선조가 정주에 들어옴으로써 이들 부자는 7개월 만에 다시 만나게 됐다.

임금이 있는 조정과 세자의 분조는 22일 정식으로 합쳐졌다. 원래의 단일 조정이 되면서 업무가 정상화되자 파천 초기의 모습을 되찾았다.

임금과 세자가 다시 만나 합쳐진 조정은 선전관을 각지의 관군과 의병들에게 보내 왜군과의 싸움을 독려하는 것 외에는 특별히 할 일이 없었다. 오직 이여송이 이끄는 명나라 군대가 하루속히 왜군을 격멸해 한양을 되찾기를 바랄 뿐이었다.

그런데 청천벽력 같은 소식이 전해졌다. 믿었던 명나라 군대가 한양을 목전에 두고 벽제관에서 참패를 당했다는 급보가 조정에 전달됐다.

"아니 이럴 수가, 어떻게 천자의 군대가 왜군에 질 수 있단 말인가."

임금인 선조는 믿을 수가 없다는 듯이 창백한 안색으로 부들부들 몸을 떨었다.

"전하, 고정하시옵소서. 아무리 강한 천자의 군대인 명군도 한 번쯤은 패배할 수도 있사옵니다. 명군의 선발대 일부가 서두르다 그런 것인 만큼 화포를 포함한 본대가 전열을 가다듬어 싸우면 능히 이길 수 있습니다. 조금만 기다리시면 곧 좋은 소식이 있을 것입니다."

조정 대신들은 한목소리로 간절함을 담아 임금을 달랬다.

그러나 한참이 지나고도 명군의 승전보는 전해지지 않았다. 오히려 명군이 개성으로 철수했다는 소식이 들리자 조정 대신들은 안절부절못하며 임금의 눈치를 살폈다.

일부 대신은 삼도 도체찰사인 유성룡이 명군을 잘 보필하지 못해 그랬다며 억지로 책임을 전가하기도 했다. 그런데 유성룡을 비롯한 몇몇 대신이 명군에 식량을 제때 보급하지 못했다는 죄명으로 끌려가 혼이 났다는 소식이 전해졌다. 조정은 침통함에 말문을 잃었다.

이제 명나라 군대가 더 이상 싸우지 않고 평양으로 철수하리라는 것은 명약관화明若觀火했다. 믿었던 명나라 군대가 무위도식하는 애물단지로 전락한 이러한 상황에 조정 대신 누구도 말을 못하고 쉬쉬하며 속으로 앓았다.

광해는 답답했다. 나라의 앞날을 생각하자 한숨만 나왔다. 그러던 차에 유성룡이 조정에 들르자 처소로 불러내 하소연했다.

"대감, 도대체 어찌된 일입니까. 명군이 평양으로 철수할 거라는 소문이 파다한데, 이제 조선의 운명은 어떻게 되는 것입니까?"

유성룡은 모처럼 만난 세자 광해에게 반가운 감정에 앞서 먼저 정중히 예의를 표했다. 그동안 조정을 대신해 분조를 이끌고 이곳저곳으로 옮겨 다니며 풍찬노숙을 한 탓인지 병자처럼 안색이 좋지 못했다. 마음이 아팠다. 유성룡은 입술을 깨물며 나지막한 음성으로 대답했다.

"어차피 명군은 자국의 전쟁이 아닌 만큼 처음부터 한계가 있었습니다. 우리 조선의 힘으로 왜군을 못 막은 대가를 지금 혹독히 치르고 있는 중입니다."

"대감, 그걸 누가 모르나요? 우리 조선의 군사력이 왜군을 못 이겼으니까 명나라 군대를 불러들인 것 아닙니까. 과거의 잘못을 따져서 지금 무슨 소용이 있단 말입니까. 앞으로 어떻게 이 난국을 수습해야 할지 걱정이 돼서 하는 말입니다."

광해는 울먹이듯 감정을 억누르며 말했다. 누구도 속 시원히 답을 내릴 수 있는 상황이 아니라는 것을 잘 알면서도 투정이라도 부리고 싶은 심정이었다. 그만큼 유성룡에 대한 막연한 믿음과 기대가 담긴 말이었다.

"세자 저하, 지금 저하께서 말씀하신 그대로입니다. 앞으로는 우리 조선의 힘으로 왜군을 물리쳐야 합니다. 우리는 명나라 군대가 없이도 그동안 남쪽 바다에서 이순신의 수군이 왜군을 무찔렀고, 또 전국 각지에서 의병이 활약하며 왜군을 괴롭혔습니다. 황해도의 연안성과 진주성 전투의 승리 또한 우리 조선인의 힘만으로 싸운 결과입니다. 앞으로도 그렇게 왜군을 물리치면 됩니다. 그 길이 비록 험난할지라도 그렇게 가야만 합니다."

광해는 유성룡의 단호한 대답에 머리가 맑아지는 기분이 들었다. 어차피 길은 정해져 있었다. 그렇지만 쉽지 않은 일이었다. 조선군만의 힘만으로 불안한 것은 어쩔 수 없었다.

"우리가 왜군을 물리쳐 조선 땅에서 쫓아내는 것이 가능하겠습니까? 한양에 몰려있는 왜군은 막강한 명나라의 군대도 격파하지 않았습니까. 당장 왜군의 대병력이 공격해오면 명군의 한양 탈환에 대비해 경기도 일대로 몰려와 버티고 있는 우리 조선군의 경우 고립된 채 속수무책으로 당할 것이 염려스럽습니다. 이를 어찌해야 할지…"

광해는 조선의 야전사령부라 할 수 있는 분조를 이끌면서 각지의 조선군과 의병, 그리고 왜군의 동향을 수집하며 분석해 왔기에 형세

판단 능력이 뛰어났다.

유성룡은 광해의 정확한 현실인식과 미래를 내다보는 안목에 새삼 놀랐다. 조선을 구할 수 있는 지름길은 세자 광해가 하루빨리 임금의 자리에 오르는 것뿐이었다. 유성룡은 잠시 생각한 뒤 조용한 목소리로 말했다.

"세자 저하, 말씀대로 왜군은 곧 한양 부근 쪽에 위치한 우리 조선군을 격멸하러 대병력을 동원할 것입니다. 그럴 경우 중과부적이라서 조선군이 위태로운 것은 사실입니다. 그렇지만 권율을 비롯한 우리 조선군 장졸들이 그곳에서 왜군에 결코 쉽게 물러서지는 않을 것입니다. 아니 반드시 왜군을 물리칠 것입니다."

유성룡이 간절함을 담은 눈빛으로 대답했다. 광해는 말없이 고개만 끄떡였다. 홀로서기에 나선 조선군이 과연 왜군의 대병력을 맞아 버틸 수 있을지는 누구도 장담할 수 없었다. 두 사람은 말없이 서로를 바라보았다. 그러다 광해가 불현듯 생각이 난 듯 말했다.

"대감, 혹시 권율이라 하면 전란이 벌어지기 전에 대감께서 전라좌수사로 이순신과 함께 의주목사로 천거했던 바로 그 장수 아닙니까?"

"그렇습니다. 지금은 전라도 순찰사가 되어 한양에서 멀지 않은 행주 쪽에서 병력을 지휘하고 있습니다."

"오, 이럴 수가. 그리고 보니 이순신 수사처럼 권율장군도 왠지 큰 일을 할 것만 같습니다. 대감의 혜안이 놀라울 따름입니다. 꼭 그렇게 됐으면 좋겠습니다."

광해는 유성룡의 손을 꼭 잡았다. 전란의 풍파를 겪으며 거칠어진 세자의 손길로 뜨거운 염원이 전해졌다.

권율은 허탈했다.

한양 북쪽의 행주 쪽으로 군사를 이끌고 왔다가 이러지도 저러지도 못한 처지에 놓이게 되자 어찌해야 할 바를 몰랐다. 명군의 한양 진공에 발맞춰 수원에서 올라 왔다가 정작 명군이 철수하자 되돌아가지도 못하는 어정쩡한 형국이었다.

환갑을 바라보는 57세의 권율은 행주의 작은 야산인 덕양산에 올라 멀리 도읍인 한양을 바라보며 생각에 잠겼다. 지난 2년간의 세월이 너무도 다사다난해 절로 쓴웃음이 나왔다.

그는 본래 관직에 욕심이 없었다. 그런데 2년 전인 1591년 유성룡의 천거에 의해 평안도 최북단인 의주목사가 됐다. 일 년이 지나 임진왜란이 발발했다. 그러자 권율은 왕명에 의해 급히 광주목사로 부임했다. 전라도를 지키라는 임무였다.

권율은 1592년 7월 8일 동복현감 황진과 함께 충남 금산의 이치 배재에서 전주로 들어오려는 왜군을 격퇴했다. 당시 왜군이 전라도 진출을 기도한다는 정보를 입수해 이치로 달려가 방어진지를 구축했다. 그 결과 1만 5천여 명에 이르는 왜군 대병력의 공세를 저지함으로써 전라도를 보존했다.

이러한 전공으로 나주목사를 거쳐 전라도 관찰사 겸 순찰사가 됐다. 그리고 군사를 거느리고 북진해 수원의 독성에 들어가 한양 탈환을 위한 전진기지를 구축했다.

그러던 중 명나라 군대가 평양을 탈환하고 남하하자 협력하여 왜군을 물리치기 위해 군사 2천여 명을 이끌고 한강을 건넜다. 권율이 행주에서 진을 치게 된 배경이었다.

명군의 이여송은 왜군에게 호되게 당한 뒤 임진강을 건너 북쪽으로 도주하면서 협공을 위해 몰려 온 조선군에게도 철수하라고 지시했다. 그러나 누구도 이를 따르지 않았다. 한양 탈환을 위해 조명 연합군이 합동작전을 벌일 때는 명군이 작전권을 행사할 수 있었지만 철수는 별개의 문제였다.

조선의 조정은 어떡하든 하루속히 명군이 다시 돌아와 한양에 기거하고 있는 왜군을 쫓아내길 바랐다. 명군이 없는 조선군에 대한 단독 작전권은 조정의 명을 받는 삼도 도체찰사인 유성룡이 쥐고 있었다. 권율은 무작정 기다릴 수밖에 없었다.

한양 주변에는 권율의 부대 이외에도 관악산과 양주 해유령, 임진강 부근 등지에 크고 작은 조선군과 의병 부대가 포진해 있었다. 명군을 격파한 왜군은 한양 주변에서 활동하고 있는 이들 조선군 부대가 물러가지 않고 주변을 서성거리는 것이 영 눈엣가시처럼 거슬렸다.

왜군 지휘부는 한양 도성 바깥에서 활동하고 있는 조선군 때문에 골치를 앓았다. 그래서 대표적인 부대 한 곳을 찍어 본보기 차원에서 완전히 전멸시키기로 의견을 모았다. 왜군이 손을 보기로 선택한 곳이 바로 행주에 있는 권율의 부대였다.

행주의 덕양산은 서해의 한강 입구에서 한양으로 들어오는 뱃길을 경유하는 한강 길목의 요충지였다. 한양 부근의 조선군으로는 가장 규모와 세력이 큰 곳이었다. 때문에 이곳을 무너뜨리면 나머지는 저절로 소멸될 것이 뻔했다. 공격방법은 기습으로, 한 번에 조선군 모두를 몰살시키기로 왜군지휘부는 작전을 짰다.

1593년 2월 12일, 왜군은 어스름한 새벽에 3만 명의 대병력을 이끌고 한양을 빠져나와 이동했다. 목표는 행주였다. 이날 왜군은 지휘부가 총출동했다.

조선 침공의 총사령관인 우키타 히데이에宇喜多秀家를 비롯해 벽제에서 명군을 대파한 6군사령관인 고바야가와 다카가게小早川隆景, 평양에서 쫓겨 내려온 1군사령관인 고니시 유키나가小西行長 등 쟁쟁한 왜군장수들이 조선군을 격멸하겠다고 전의를 불태웠다.

행주의 조선군은 왜군의 대병력이 오는 것을 전혀 눈치채지 못했다. 그나마 다행인 것은 권율의 휘하장수인 전라도 방어사 조경이 며칠간에 걸쳐 주둔지에서 방어공사를 벌여 막 끝냈다는 점이었다. 그는 전 병력을 동원해 덕양산 둘레에 목책을 세우고 그 위로 돌과 흙을 이용해 튼튼한 성벽을 쌓아 올림으로써 왜군의 조총공격을 견딜 수 있게 했다.

"왜군이다!"

해가 막 뜨는 무렵이었다. 덕양산에서 망을 보던 조선군의 한 초병이 화들짝 놀라 외쳤다. 권율과 부하장수들은 보고를 받자마자 달려가 왜군을 확인하고는 모두 입을 쩌억 벌렸다.

산 아래에는 어느새 한강 주위를 새까맣게 뒤덮은 왜군들이 형형색색의 깃발을 나부끼며 운집해 있었다. 끝이 보이지 않을 만큼 엄청난 대병력이 토해내는 위세는 공포의 차원을 넘어 웅장한 비경을 보는 듯 황홀했다.

"즉시 전 병력을 깨워 소집하시오!"

권율은 멍하니 바라보다 잠에 취한 목소리로 소리쳤다.

"왜군은 족히 3만 명은 될 것 같은데, 어떡해야 합니까?"

부하장수들은 어쩔 줄을 모르고 권율에게 대책을 요구했다. 권율은 아무 생각도 할 수 없었다. 그저 믿기지 않은 이 상황을 벗어나고 싶을 뿐이었다.

"산 아래 도주로를 찾아보시오. 속히 북쪽으로 피하는 것이 최선이오. 어서 서두르시오."

권율은 부하장수들을 다독이며 사방으로 정찰병들을 보냈다.

"복병입니다. 북쪽 길에 수천 명의 왜군이 진을 치고 있습니다."

"서쪽에도 왜군이 가득 몰려 있습니다."

정찰병들이 속속 되돌아와 전한 보고의 내용은 암담했다. 사방에 이미 왜군들이 길목을 차단해 어디에도 도주할 길은 없었다. 완전히 포위된 형국이었다.

권율은 억지로 냉정함을 유지한 채 생각을 가다듬었다. 방법은 도주로를 뚫거나 아니면 끝까지 버티며 싸우는 것뿐이었다. 둘 다 원치 않는 일이지만 어차피 싸울 일이라면 방어전을 펴는 것이 좀 더 해볼 만하다고 생각했다.

중과부적인 상태에서 방어전을 치루기 위해선 아군의 지원세력은 필수였다. 진주성에서 왜군을 무찌를 수 있었던 것도 외곽에서 조선 의병들이 적들을 끊임없이 괴롭혔기 때문에 가능한 일이었다.

권율은 비장한 얼굴로 부하장수에게 지시했다.

"지금 즉시 강화의 월곶으로 떠나시오. 가서 이 상황을 알리고 도움을 청하시오."

권율의 종사관인 김맹복은 명령을 받자마자 후다닥 달려갔다. 월곶은 강화도에 있는 포구로, 경기 수군영이 위치한 곳이었다. 어떡하든 그곳에 연락이 닿아 수군의 도움을 받으면 고립된 권율의 부대가 좀 더 버텨볼 만했다. 왜군의 눈을 피해 한강 변의 쪽배를 타고 가 조선수군으로부터 지원이 오기를 간절히 바랄뿐이었다.

"조선의 운명은 우리에게 달려있다. 어차피 퇴로는 없다. 오직 적을 물리쳐야 우리가 살 수 있다. 왜군의 공격을 버텨낸다면 막강한 조선수군이 우리를 지원하러 올 것이다. 우리가 승리하는 그날, 바로 이곳이 왜군의 무덤이 될 것이다."

권율이 단호한 목소리로 결전의 각오를 밝히자 성채 안의 모든 장병은 "와"하며 함성을 내지르면서 기세를 높였다.

아침 햇살이 환하게 드리워진 왜군 진영은 겨울바람을 뚫고 일찍 찾아온 봄기운을 만끽하려는 듯 평온해 보였다.

멀리 덕양산을 바라보며 진을 친 왜군 지휘부는 느긋했다. 조선군을 막다른 곳으로 가둬놓고 어떻게 요리를 할까 하는 여유로움이 회의에 참석한 장수마다 얼굴에 쓰여 있었다.

"조선군 병력이 모두 얼마나 됩니까?"

회의를 주재한 우키타 히데이에가 주위를 둘러보며 말했다.

"2천 명 정도 될 겁니다."

벽제에서 명군을 대파한 고바야가와 다카가게가 확실한 어조로 대답했다.

"싸움이 얼마나 걸릴 것 같습니까?"

조선 침공군 8군 사령관 겸 총사령관인 20대의 젊은 우키타 히데이에는 이미 승리를 자신하는 말투였다.

"아마도 반나절이면 종료될 겁니다."

고바야가와 다카가게가 단호하게 말했다. 60세의 백전노장인 그는 개전 초 전라도 점령 임무를 맡았지만 왜군 중 유일하게 실패했다. 그때 자신에게 첫 패배의 수모를 안겨준 조선군 장수가 바로 권율이었다. 그런데 그 권율이 지금 행주에서 조선군을 이끌고 있었다. 고바야가와가 이를 갈며 복수를 다짐하는 것은 당연한 일이었다.

왜군은 한강 쪽 방면을 제외한 세 군데를 포위한 채 공격신호를 기다렸다.

"와아"

왜군 1진은 공격을 알리는 북소리와 깃발 신호가 떨어지자 함성을 내지르며 달려갔다.

덕양산 주위에 성을 쌓고 그 위에서 왜군을 바라보던 조선군은 조용히 기다렸다. 총지휘관인 권율은 산 아래 가까이 왜군이 접근하자 큰 소리로 발사명령을 내렸다.

"쾅, 꽈광"

천지를 진동케 하는 요란한 굉음이 울려 퍼졌다. 수박 덩어리 같은 거대한 포탄이 하늘을 뒤덮으며 쏟아졌다. 그러자 왜군들의 기세는 순식간에 꺾였다. 포탄이 터지며 그 속에서 강철 탄환이 사방으로 튀었다. 왜군들은 검붉은 피를 펑펑 토하며 우르르 쓰러졌다.

왜군의 몸이 공중으로 솟구쳐 땅에 처박히고 사지가 찢겨 사방으로 튀었다. 그럼에도 불구하고 상당수 왜군은 용감하게 가파른 성채를 향해 달려갔다. 그러나 힘겹게 다가선 왜군들은 불쑥 나타난 조선군의 화살세례에 맥없이 고꾸라졌다.

산 위에서 아래로 쏟아붓는 조선군의 화살공격은 숨 쉴 틈 없이 계속됐다. 더욱이 간간히 터지는 발화통發火筒의 폭음과 불덩어리는 왜군을 지옥의 소용돌이로 내몰았다.

"후퇴하라!"

눈에 띄게 기세가 꺾인 왜군들은 허둥지둥 뒤로 물러섰다. 왜군장수들은 눈으로 보고도 믿기지 않은 표정이었다. 황급히 회의가 소집됐다.

반면 덕양산 성채의 조선군은 왜군이 물러나자 크게 기뻐하며 한숨을 돌렸다. 왜군의 대병력이 몰려올 것을 예상해 준비한 비격진천뢰라는 신무기의 위력은 기대 이상이어서 조선군 스스로도 놀랐다. 전란 중 조선의 화포장火砲匠인 이장손李長孫이 처음 만들어 효력이 있다는 소문을 듣고 급히 들여온 것이었다.

실제 대완구大碗口로 그것을 쏜 결과 400보까지 날아갔다. 땅에 떨어지면서 사방으로 불덩어리가 튀면서 왜군에 엄청난 타격을 주자 성안의 조선군은 신바람이 났다.

권율은 왜군의 침공에 대비해 그동안 이순신의 해전과 진주성 전투, 그리고 명군의 평양 탈환전까지 세밀히 연구했다. 답은 한가지였다. 왜군의 조총 사거리에서 벗어나 멀리서 대포를 쏘고 가까이에서 화살공격을 병행하면 승리한다는 사실이었다.

문제는 훈련을 통한 숙련된 운용능력과 무기의 수량이었다. 더욱이 왜군의 병력규모가 압도적일 경우 시간이 흐를수록 고립된 조선군은 불리할 수밖에 없었다. 외부의 지원을 바라는 것도 이 때문이었다.

한번 호되게 당한 왜군은 다양한 방법으로 재차 공격했다. 화살공격을 대비해 통나무를 방패삼아 수백 명이 한꺼번에 달려들었다. 그러자 성안의 조선군은 고유의 화포인 천자포와 지자포를 쏘며 손쉽게 제압했다.

원거리의 대부대는 비격진천뢰, 좀 더 근접거리는 천자포와 지자포, 그리고 마지막에는 화살공격으로 왜군의 공격 맥을 효과적으로 끊었다.

왜군도 쉽게 물러서지 않았다. 신속히 기병부대를 편성해 공격의 흐름을 이어갔다. 하지만 가파른 언덕길의 장애물과 조선군의 편전片箭 공격에 수많은 사상피해만 입은 채 물러서야 했다.

편전은 길이가 약 40센티미터인 대나무 통에 작은 화살을 넣어 발사하는 조선군의 비밀병기였다. 뾰족한 화살촉이 300보까지 날아가 왜군의 갑옷을 관통했다. 방패가 없는 기마병은 편전 공격에 속수무책으로 말과 함께 고꾸라졌다.

왜군은 숱한 피해에도 불구하고 공격의 강도를 늦추지 않았다. 세 군데에서 동시다발적으로 공격하다보니 방어하는 조선군도 점차 지쳐갔다. 낮은 곳에서 높은 곳으로 공격하는 왜군에 비해 무기와 지형에서 유리한 조선군이지만 월등하게 뒤지는 병력의 열세는 어쩔 수 없었다.

한 치의 양보 없는 치열한 접전 중에 서풍이 불자 조선군에 위기가 찾아왔다. 서북쪽 방향에서 왜군을 이끌던 고바야가와 다카가게가 조선군의 목책 앞으로 마른 풀과 나무를 쌓아올린 뒤 불을 지른 것이었다. 때마침 불어오는 서풍에 불은 순식간에 목책을 태우고 사방으로 번져갔다.

거센 불길과 바람을 타고 온 매캐한 연기로 서쪽 방면의 조선군은 콜록거리며 물러섰다. 그 틈을 이용해 몇몇 왜군이 방어망을 뚫고 성 안으로 쳐들어왔다.

"불이야", "왜군이 들어왔다."

요란한 북소리가 울리며 조선군 영내에 비상이 발령됐다. 동쪽 방면에서 지휘하던 권율은 멀리 불길을 보자 서둘러 부하장수를 데리고 달려갔다.

"물러서지 마라."

권율은 칼을 휘두르며 뒷걸음질치는 부하들을 위협했다. 한번 밀리면 끝장이기에 두 눈을 부릅뜨고 호령했다. 그러자 주춤하던 조선군은 다시 기세를 되살렸다.

서슬이 퍼런 권율의 모습에 겁을 집어먹은 서쪽의 군사들은 성안으로 들어온 왜군들과 온갖 힘을 다해 칼싸움을 벌였다.

다행히도 가파른 언덕을 오른 뒤 성안으로 진입한 왜군의 무리는 많지 않아 곧 진압이 됐다. 일부는 달아남으로써 가까스로 위기를 넘겼다.

1진부터 3진까지 연패하는 전투 상황을 지켜보던 왜군의 총사령관인 우키타 히데이에는 화가 머리끝까지 치솟았다.

"아니, 어떻게 이럴 수가 있습니까. 분명 반나절이면 끝난다는 전투가 이게 뭐예요. 내가 직접 지휘하겠습니다."

젊은 우키타 히데이에의 호통에 백전노장인 고니시 유키나가小西行長와 구로다 나가마사黑田長政, 고바야가와 다카가게小早川隆景 등 주요 장수들은 얼굴을 붉히며 재차 결의를 다졌다.

우키타 히데이에는 예비대이자 자신의 휘하에 있는 병력들로 4진 병력을 편성하고 돌격명령을 내렸다. 왜군들은 절대로 물러서지 않겠다는 각오로 눈에 불을 켜고 달려들었다. 왜군들은 숱한 희생자를 내면서도 물러섬 없이 계속 진격했다.

조선군의 제1방어선이 무너졌다. 제2방어선도 위태로웠다.

"화살이 떨어져 갑니다."

"포탄이 부족합니다."

시간이 갈수록 조선군은 궁지에 몰렸다. 아침부터 쉬지 않고 싸운 탓에 모두가 지친 상태에서 화포의 포탄과 화살이 바닥이 나자 동요의 빛이 역력했다.

"가까운 곳은 돌을 던져 막아라."

권율의 부하장수인 조경이 커다란 돌덩이를 던지며 외쳤다. 위에서 아래로 쏜살같이 날아간 돌덩이는 기어오르던 왜군을 정확히 가격했다. 왜군은 푹 쓰러지면서 굴러 떨어졌다.

"으아악, 아악"

돌멩이 공격은 생각보다 유용했다. 조경의 돌멩이 투척 시범을 본 조선군이 일제히 돌덩이를 던지자 벌떼처럼 기어오르던 왜군들은 급속히 무너졌다. 마침 덕양산 부근에는 돌덩이가 지천으로 널려 있었다. 100보 안쪽의 거리는 위에서 아래로 던지기만 해도 위력적인 무기가 됐다.

조선군 모두가 너도 나도 돌덩이 공격을 했다. 쓸 만한 돌덩이는 얼마 안 가 고갈이 됐다. 그러자 성안의 부녀자들이 치마에 돌멩이를 담아 병사들에게 전했다. 총력전이었다. 그럼에도 불구하고 왜군의 공격은 집요했다. 조선군의 방어는 점차 한계에 이르렀다.

그때 기적 같은 일이 벌어졌다.

"지원군이 왔다."

"화살이 도착했다."

누군가 지원군이 도착했다고 소식을 알렸다. 조선군은 함성을 지르며 환호했다. 한강을 거슬러 온 배 2척이 수만 개의 화살을 보낸 것이었다. 백여 명의 병력이 산길로 화살을 어깨에 메고 올라왔다. 성안은 축제를 벌이는 장터처럼 활기로 북적거렸다.

강화의 경기수군 진영으로 보낸 지원요청이 때맞춰 귀중한 화살

선물로 되돌아왔다. 권율은 안도의 한숨을 내쉬었다. 적어도 삼사일은 충분히 견딜 수 있었다. 전장에서 음식은 없어도 며칠을 견딜 수 있지만 무기가 없으면 한시도 버틸 수 없었다. 그런 점에서 이때의 화살이야말로 조선군에게는 가장 필요한 무기이자 생명을 지탱해주는 보약이었다.

돌멩이 공격을 받으면서도 용감하게 싸우던 왜군은 한강 쪽에서 조선군 지원군이 왔다는 것을 알고 맥이 빠졌다. 한강을 봉쇄하지 않은 한 그쪽 방면으로의 출입을 완전히 차단하기가 어려웠다.

직접 지휘에 나선 총사령관인 우키타 히데이에는 화포공격에 부상을 입고 부하의 부축을 받으며 물러났다. 대신 선두에서 지휘하던 부하장수들도 줄줄이 피를 흘리며 후퇴했다.

왜군 지휘부는 갈등했다. 방어하는 조선군도 꽤 지쳐있는 것이 분명했지만 계속 밀어붙이기에는 피해가 너무도 컸다. 결정을 내리지 못하고 우물쭈물하던 왜군 진영으로 나쁜 소식이 전해졌다.

"이순신이 왔다."

"조선수군의 함대다."

왜군들은 화들짝 놀랐다. 이순신이라는 말에 귀를 의심했다. 왜군의 수군을 완전히 박살내고 바닷길을 차단해 보급로를 막은 이순신을 왜군들 사이에선 모르는 이가 거의 없었다. 이순신이라는 존재는 조선에게는 영웅이지만 왜군에게는 꿈에서라도 나타날까 두려운 공포그 자체였다.

멀리 산 위의 조선군들이 한강 쪽을 보며 한목소리로 "이순신"을 외쳤다. 서해 쪽에서 한강으로 수십 척의 조선군 함대가 미끄러지듯이 다가오고 있었다.

왜군 중에는 수군으로 참전해 이순신의 함대와 싸워본 장졸들이 몇몇 있었다. 조선수군 모두가 이순신의 부대는 아니기에 확인이 필요했다. 이순신의 함대를 구별할 수 있는 유일한 방법은 판옥선 위에 꽂힌 전라좌수영의 깃발이었다.

"오, 맙소사. 이순신이다."

"이순신의 수군이 맞다."

수군출신의 한 왜군이 소리치자 너도나도 말에 살을 붙여 목소리를 높였다. 남쪽 바다에 있어야 할 이순신이 한강에까지 진출했다는 말에 왜군들은 큰 충격을 받았다. 다들 공황상태에 빠져들었다.

"후퇴하라."

싸움을 지휘하던 한 왜군장수가 엉겁결에 외치자 산 위로 오르던 왜군들이 우르르 뒷걸음질쳤다. 마치 기다렸다는 듯이 내빼는 왜군들은 겁에 잔뜩 질린 모습이었다. 공격대형에서 순식간에 대열이 무너지는 상황이 눈으로 보고도 믿어지지가 않았다.

백전노장인 고바야가와 다카가게는 고래고래 소리를 지르며 병력을 수습하려고 애를 썼다. 그러다가 곧 털썩 주저앉으며 체념했다. 한번 기세가 꺾이면 되돌릴 수 없다는 것을 그는 너무도 잘 알고 있었다. 그것은 누구의 탓도 아니었다.

권율은 덕양산 정상에서 아래를 내려다보며 고개를 갸우뚱거렸다. 멀리 한강으로 조선수군함대가 나타나고 얼마 후 왜군이 철수하자 의아했다.

"저기 한강을 가로지르는 조선함대는 어디 소속이오?"

"정걸수사가 이끄는 충청 수군의 함대입니다."

권율의 물음에 화살을 지원하러 온 경기 수사 이빈이 대답했다.

이빈은 유성룡의 지시에 따라 미리 화살을 준비하고 있었다. 그러다가 행주에서 지원요청이 오자 직접 배를 타고 지원 작전을 지휘했다.

"배에 꽂혀있는 저 깃발은 무엇이오?"

"아하, 저거는 전라도로 향한다는 표시입니다. 본토에서 전라도 각지의 군영으로 무기와 식량을 싣고 가는 보급선이지요."

권율은 고개를 끄떡였다. 군사들이 이순신을 외치자 정말로 이순신의 전라좌수영 함대가 왔는지 궁금하던 터였다. 어쩌면 왜군이 후다닥 철수한 것도 조선수군의 등장과 무관하지만은 않을 것 같았다. 생각이 여기에 미치자 권율의 안색은 환하게 밝아졌다. 모처럼 고단한 피로를 푸는 평온한 미소였다.

조선군에게 크게 패하고 물러선 왜군은 사기가 뚝 떨어졌다. 총사령관인 우키타 히데이에를 비롯해 주요 장수들이 줄줄이 부상을 당해 더 이상 악착같이 싸울 형편이 못됐다. 왜군은 결국 초라한 모습으로 철수했다.

권율은 왜군이 도주하듯이 허겁지겁 물러나자 여유 있게 덕양산을 내려왔다. 더 이상 머물 이유가 없기에 북쪽의 파주 쪽으로 이동했다.

한강을 뒤로하고 떠나는 조선군의 발걸음은 개선장군처럼 당당하고 경쾌했다. 승자의 포효가 도읍지인 한양 이북 산천에 울려 퍼졌다.

바람은 차고 시렸지만 조선군이 행주를 떠난 1593년 2월 16일은 따뜻한 봄날이었다.

10

명군과 왜군의 강화협상

　　행주에서 조선군이 왜군을 크게 이겼다는 소식은 바람처럼 빠르게 조선 전역으로 퍼져 나갔다.

　　소식을 접한 조선의 백성들은 각지에서 "만세"를 외치며 덩실덩실 춤을 추며 기뻐했다.

　　안주에 머물고 있던 조선 조정도 믿을 수 없는 조선군의 승전보에 신바람이 났다. 명나라 군대의 눈치를 살피던 입장에서 당장이라도 왜군을 쫓아낼 수 있으리라는 기대감에 지위고하를 막론하고 감정이 한껏 고무됐다.

　　반면 조선에서 철수하고 싶었던 명군의 마음은 착잡했다. 특히 벽제에서 왜군에 패한 이여송은 모양새가 궁색해졌다. 겉으로는 조선군에 축하하면서도 속으로는 울고 싶은 심정이었다.

　　명나라의 조선파병 군사행정 책임자인 경략 송응창은 소식을 접하자마자 곧바로 축하의 뜻을 담은 자문咨文을 조선 조정에 보냈다. 그는 자문에서 권율에 대해 "나라를 중흥시킨 명장"이라고 치켜세웠다. 하지만 속마음은 달랐다.

송응창은 권율 앞으로도 별도의 서한을 발송했다. 내용의 핵심은 "왜군을 함부로 죽이지 말라"는 것이었다. 한마디로 "자중하라"는 경고였다.

명나라는 왜군과 강화협상을 벌이기를 원하다가 생각지도 않은 조선군의 행주대첩이 차질을 줄까 우려했다. 명군의 진짜 속마음이었다.

조선 조정은 두 개의 서한을 보고나서 송응창의 의도를 짐작했다. 조선이 행주대첩의 여세를 몰아 왜군을 몰아 붙이지 못하도록 하는 것이 명군의 입장인 것을 알게 된 것이었다. 조정은 한 목소리로 반대의 목소리를 높였다.

유성룡은 보다 단호했다. 아예 조선군 단독으로 도읍인 한양 공략 계획을 세운 뒤 임금인 선조에게 보고했다.

"신은 권율을 독려해 행주산성을 지키게 하고 싶었으나 목책과 숙소 등이 모두 타버려 어쩔 수 없이 파주로 물러나게 했습니다. 하지만 임진강의 이남 지역을 굳게 지키면서 기회를 봐 한양의 동서를 기습해 반드시 도성인 한양을 탈환토록 하겠습니다."

선조 또한 유성룡의 한양 탈환 계획에는 동조하면서도 어떡하든 명나라 군대를 끌어들이고 싶어 했다. 그러자 유성룡은 준비한 대책을 건의했다.

"왜군은 행주에서의 패배로 큰 타격을 받은 것으로 사료됩니다. 아직 각지의 왜군이 한양으로 모두 집결하지는 않았습니다. 반면 우리 측의 군량과 무기는 부족하지 않은 상태입니다. 이때 명군을 다시 전진시켜 싸운다면 왜군을 한양에서 손쉽게 쫓아낼 수 있습니다. 전하께서 잇따라 조정 중신들을 명군 측에 보내 지성으로 간청토록 하시옵소서. 그리하면 명나라 군대도 어쩔 수 없이 거병할 것입니다."

선조는 유성룡의 직언에 "조선은 휴전 및 강화를 반대한다."는 공문을 송응창에게 발송했다. 끝까지 싸우겠다는 의지를 천명한 것이었다. 그리고 명군의 총사령관인 이여송을 평안도 숙천에서 만나 조심스럽게 조선의 뜻을 전했다.

조선에서 하루라도 빨리 전쟁을 끝내고 싶은 왜군에게 있어 행주에서의 패배는 충격을 넘어 절망스러운 일이었다.

왜군은 어떻게든 빨리 집에 돌아가고 싶은 명군과 은밀히 거래했다. 거래 내용은 조선을 분할하는 것이었다. 왜군과 명군은 좀 더 유리한 조건을 얻기 위해 밀고 당기며 강화를 진행하던 중이었다.

왜군은 이러한 바람이 한순간에 산산조각이 났지만 희망을 완전히 접지는 않았다. 다행히도 명군 또한 강화에 대한 의지가 강했기 때문이었다. 비록 행주대첩이 '조선에 불리한 전쟁 국면'을 '조선에 유리한 전쟁 국면'으로 바꾸는 데 결정적으로 기여했지만, 그 기세를 이어가진 못했다.

행주에서의 패배 이후 왜군은 초조했다. 혹시라도 조명연합군 본대가 내려오고 사방에서 조선군 의병이 공격하면 주둔지인 한양이 참혹한 공동묘지가 될 수 있었다. 명군을 믿지 못하는 것도 이유 중 하나였다. 한번 속은 적이 있어 마음을 놓을 수가 없었다. 그래서 서둘러 조선과 명나라에 강화회담을 요청했다.

조선은 도체찰사인 유성룡이 일언지하에 강화를 거부했다. 명나라는 그러나 기다렸다는 듯이 강화회담에 응했다. 명군의 군사행정 책임자인 경략 송응창과 총사령관인 이여송은 왜군의 대표로 나선 고니시 유키나가와 어떡하든 강화를 맺기 위해 애를 썼다.

명군의 요구조건은 크게 세 가지였다. 점령지 모두를 반환하고, 포로로 잡힌 임해군과 순화군 등을 석방하며, 전쟁 책임자인 도요토미 히데요시가 사과하라는 것이었다.

왜군은 도저히 받아들일 수 없는 이러한 명군의 요청에도 불구하고 강화를 포기하지 않았다. 고니시 유키나가는 본국의 도요토미 히데요시에게 명군의 강화 조건 내용을 제멋대로 속여 진행 상황을 보고했다.

그러자 도요토미 히데요시는 강화 조건으로 조선 8도 중 4도를 일본에 넘기고, 명나라 공주를 일본의 후비로 보내며, 조선 왕자와 대신을 인질로 보내는 등 크게 7가지를 제시했다. 왜군이 인질로 잡고 있는 두 왕자를 돌려주는 것 외에는 모두가 현실성이 없는 조건이었다.

도요토미 히데요시는 한술 더 떠 조선의 왜군 수뇌부들이 상황이 어렵다며 지원 요청을 하자 알아서 버티라는 식으로 회신을 보냈다. 식량보급도 끊기고 병력보충도 안 되는 상태에서 이대로 고립되어 죽을 수밖에 없는 것이 조선에 있는 왜군의 처지였다. 하지만 일본 본국의 현실인식은 태평했다.

고니시 유키나가는 속이 터질 것만 같았다. 명나라의 요구를 어느 정도 맞추기 위해선 일본 본국의 지침을 현실에 맞게 바꾸어야만 했다. 불가피하게 본국의 도요토미 히데요시를 속일 수밖에 없었다.

고니시 유키나가는 강화를 위해 기꺼이 악역을 맡기로 결심했다. 살기 위해선 어쩔 수가 없었다. 그만큼 조선을 침공한 왜군의 상황은 강화 이외에는 달리 길이 없었다.

유성룡은 강화 회담에 나선 이여송의 목표가 왜군의 한양 철수라는 것을 알아챘다. 그 대가로 명군은 명분을 얻고 왜군은 한양 이남 지역을 보장받기 위해 음모를 꾸민다고 생각했다. 그렇지만 명군이 시치미를 뚝 떼고 오리발을 내밀자 따질 방법이 없었다.

명군과 왜군은 강화를 위해 교묘하게 조선 조정을 흔들었다. 이러한 양측의 계략에 정작 중심을 잡아야 할 조선 임금인 선조는 부화뇌동했다. 오히려 엉뚱한 일을 꼬투리 잡아 유성룡에게 화풀이를 했다. 명나라와 왜군이 적극적으로 강화회담에 나서고 있으니 조선군의 한양 공격을 서둘러야 한다는 유성룡의 보고가 발단이었다.

"유성룡은 요직을 맡고서도 왜군을 치는 것을 소홀히 하면서 강화하려는 명나라 장수들의 비위를 맞추기에 급급하고 있으니 한심한 일이로다. 한 번도 기이한 계책을 세워 적을 격파한 적도 없으니 과인의 생각으로는 다른 뛰어난 장수로 교체해야 함이 마땅할 것이다."

조정은 느닷없이 유성룡의 도체찰사 직을 박탈하겠다는 선조의 말에 깜짝 놀랐다. 이유는 유성룡이 강화하려는 명군에 동조했다는 것이었다. 말도 안 되는 억지논리에 다들 기가 막혀 혀를 찼다.

유성룡은 임금이 도주하느라 정신이 없을 때 사태를 수습하면서 누구보다 왜군과 결전을 주장한 주전론자였다. 하지만 임금이 오히려 강화론자로 몰아붙이자 아연했다. 조정 중신들은 임금인 선조가 자신의 치부를 가리기 위해 몽니를 부린다고 생각했다. 보다 못해 군사행정 최고기관인 비변사에서 유성룡의 체직을 반대하고 나섰다.

"유성룡이 강화논의에 강하게 반대하지 않은 것은 창졸倉卒간에 일어나 그랬을 뿐 다른 뜻은 없습니다. 이 일로 병권을 체직한다는 것은 안 될 일입니다. 더욱이 한양과 경기도 일대를 비롯한 각지의 백성들은 하루속히 관군이 구제해주기를 학수고대 하는데, 군무를 책임지고 있는 유성룡을 파직하면 불안과 실망이 극심할 것이니 사료바랍니다."

비변사 신료들의 직언은 선조를 뜨끔하게 했다. 백성들은 유성룡을 믿고 지지하고 있는데, 괜히 도체찰사 직을 박탈하면 임금도 무사하지 못할 것이라는 경고였다. 군사행정 최고기관인 비변사에서 공개적으로 반대하자 선조는 슬그머니 꼬리를 내렸다.

이미 조정의 대소 신료와 온 백성의 마음에서 임금인 선조는 지워져 있었다. 조선의 진정한 임금은 분조를 이끌고 왜군과 싸운 세자였다. 그리고 유성룡과 권율, 이순신과 같은 국난극복의 영웅이야말로 임금을 대신해 나라를 구한 충신이었다.

선조는 질투와 불안으로 좌불안석했다. 치밀어 오르는 분노를 조절할 수 없었다. 까닭 없이 유성룡이 미웠다. 선조는 가슴에 비수를 품고 기회를 다음으로 미뤘다.

1593년 4월 16일, 왜군은 마침내 조선의 도읍지인 한양에서 철수했다. 명군과 협상을 통해 안전한 퇴로를 보장받았기에 기다렸다는 듯이 남쪽으로 이동했다. 수많은 병력과 물자와 짐을 실은 말과 우마차 행렬은 끝이 보이지 않을 정도로 길게 늘어져 장관을 이뤘다.

왜군은 혹시라도 조선군의 기습을 우려해 대열 선두에 인질로 잡은 조선 왕자들과 명나라 사신들을 앞세웠다. 풍악을 울리며 당당하게 한양을 빠져나가는 왜군들은 패잔병이 아닌 제 발로 고향을 향해 길을 떠나는 승자의 모습처럼 의기양양했다.

임진강 부근에 있던 유성룡과 조명연합군은 왜군이 빠져나간 텅 빈 한양 도성으로 20일 돌아왔다. 유성룡은 한양으로 오기 며칠 전부터 명군으로부터 철수하는 왜군에 어떠한 공격을 해서도 안 된다는 협박과 험한 꼴을 당해 의기소침했다.

일부 조선군은 퇴각하는 왜군 후미부대를 공격했다가 명나라 장수들에게 제지당하거나 심지어는 붙잡혀 죄인처럼 처벌을 받기도 했다.

어찌 됐든 왜군에 빼앗겼던 한양을 되찾은 것은 기쁜 일이었다. 그러나 약 1년 만에 돌아온 한양은 폐허의 잔재가 가득한 죽음의 도시였다.

한양 성안에 들어서기가 무섭게 심한 악취가 코를 찔렀다. 4월의 한낮에 내리쬐는 햇살은 여기저기서 뒹구는 백성들의 시체들을 더욱 부패시켜 썩은 냄새가 진동했다. 차마 눈 뜨고 볼 수 없는 참혹한 장면에 유성룡은 질끈 눈을 감았다. 주르르 눈물이 흘러내렸다. 수려한 경관을 자랑하던 조선의 도읍지인 한양은 어느새 저주받은 지옥의 땅으로 바뀌어 있었다.

유성룡은 분노했다. 1년간 한양을 유린한 왜군이 소풍놀이 하듯 왔다가 유유자적하게 되돌아가는 꼴을 더 이상 볼 수 없었다. 유성룡은 도체찰사 자격으로 은밀히 조선의 장수들을 소집해 왜군을 공격하라고 지시했다. 충청도와 전라도 등 각지의 장수들과 의병에게도 밀서를 보냈다.

그러나 명군은 조선의 편이 아닌 왜군의 편이었다. 왜군이 무사히 철수할 수 있도록 약속한 명군은 눈에 불을 켜며 조선군의 공격을 방해했다. 더 이상의 공격명령은 무의미했다.

분통이 터진 유성룡은 결국 쓰러졌다. 기력이 쇠한 상태에서 화병을 얻자 몸이 견디지를 못했다. 병석에 누워 두 달 가까이 사경을 헤맨 뒤 6월이 되어서야 겨우 일어섰지만 조선의 암담한 현실은 조금도 변하지 않았다.

명군과 왜군은 강화조약이 순조롭게 진행되자 곧 전쟁이 끝나리라는 기대감에 취해있었다. 명군은 조선의 불만을 애써 무시했다.

설혹 조선에서 따지더라도 으름장을 놓고, 때로는 본보기 삼아 몇 사람을 붙잡아 호되게 혼을 내주면 찍소리 못하고 고분고분해지기에 별문제가 되지 않았다. 멍청한 조선 임금을 들었다 났다 흔들어 대면 바른말을 하는 똑똑한 신하들도 결국 바보가 될 수밖에 없는 조선 조정의 허점을 교묘히 이용했다.

그런 점에서 경략 송응창과 총사령관 이여송은 손발이 척척 잘 맞았다. 명군의 남병과 북병을 대표하는 두 사람 사이에는 보이지 않는 알력이 존재했다. 그러나 하루속히 조선을 떠나고 싶은 마음은 같았다. 왜군과의 강화는 순전히 이들의 합작품이었다.

왜군은 명나라 사신 일행을 일본 본토로 초대해 극진히 대접했다. 도요토미 히데요시는 명나라가 자신이 내건 요구조건을 수용하는 것으로 알고 흡족해했다. 반면 중간에서 회담의 다리를 놓은 고니시 유키나가는 사기행각이 들통날까봐 시종 조마조마했다.

도요토미 히데요시는 명나라와 회담을 하는 도중에 조선 주둔 왜군 지휘부에 비밀 지령을 내렸다. 지난해 참패를 당했던 조선의 진주성을 다시 공격해 깡그리 전멸시키라는 것이었다.

조선 주둔 왜군 지휘부는 도요토미 히데요시의 뜻을 정확히 파악했다. 진주는 조선 침공을 좌절시킨 이순신을 육로로 치기 위해 반드시 거쳐야 할 길목이었다. 그곳 진주에서 지난 패배를 복수하고 싶은 도요토미 히데요시의 심정은 당연했다.

한양을 철수해 부산 등지로 포진한 조선 주둔 왜군의 총병력은 지상군과 수군을 합쳐 12만 명 정도였다. 처음 조선을 침공할 당시의 20만 명에 비하면 그동안 많은 사상피해로 반 가까이 줄어들었지만 여전히 막강한 군사력을 자랑했다.

조선 주둔 왜군사령부는 도요토미 히데요시의 밀명에 따라 긴급히 작전회의를 가졌다. 작전은 왜군 최고의 전략가인 구로다 죠스이 黑田如水에 의해 일사천리로 진행됐다.

"진주성을 공략하기 위해 투입되는 병력은 모두 9만 2천 명이 될 것이오."

구로다의 말에 회의에 참석한 왜군 장수들은 눈을 휘둥그레 뜨며 입을 쩍 벌렸다. 일개 성 하나를 치는데 9만 2천 명의 병력이 참가하는 것은 일찍이 왜군 역사에도 없는 일이었다. 수군과 주둔지인 부산 일대를 방어하는 필수 병력을 제외한 전 병력이 동원됐다.

"태합의 뜻이오. 이번에도 실패하면 살아서 고향 땅으로 돌아갈 생각을 하지 마시오. 이곳 조선에서 죽는 한이 있어도 반드시 진주성을 점령해야 할 것이오."

회의에 참석한 왜군 장수들은 숙연한 표정을 지으며 결의를 다졌다. 이들은 말은 하지 않았지만 자존심에 큰 상처를 받았다. 명나라와의 회담결과가 어떻게 나오든 간에 진주성을 공략함으로써 지난 패배를 설욕하고 싶은 마음은 도요토미 히데요시와 다를 바가 없었다. 전라도 땅을 밟은 뒤 이순신의 수군진영으로 쳐들어가는 것은 다음 일이었다.

왜군이 다시 진주성을 쳐들어갈 것이라는 소문은 빠르게 퍼져 나갔다.

조선군은 처음엔 이 소문에 반신반의했다. 왜군의 교묘한 심리전으로 보는 시각이 다수였다. 그러나 시간이 갈수록 이곳저곳에서 들어온 정보들은 모두 왜군의 공격이 임박했다며 대비를 촉구했다. 무려 9만 명이 넘는 대군이 총출동한다는 소식에 조선군 지휘부는 안절부절못했다.

조선군 총사령관인 도원수 김명원은 회의를 통해 각지의 조선군을 불러 모아 운봉에서 싸우기로 방침을 정했다. 운봉은 전라도 남원 부근의 지리산 자락에 위치한 곳이었다. 산세가 험해 방어하기에 좋은 지형이었다. 왜군의 목표가 궁극적으로 전주를 향한다는 가정하에 반드시 거쳐야 할 길목이라는 점도 고려가 됐다.

문제는 진주성을 깨끗이 포기를 해야 한다는 점이었다. 또 왜군이 진주성을 점령한 뒤 전주로 오지 않고 이순신의 수군이 있는 여수로 공격할 경우 아무 의미가 없는 대책이었다. 사실상 왜군과 싸움을 피하고 싶은 조선군 지휘부의 꼼수였다.

이런 문제점을 전라도 의병장인 김천일이 지적했다.

"누가 뭐라고 해도 진주성을 지키지 못하면 전라도 방어는 무의미하오. 나 혼자라도 가서 싸울 것이니 알아서들 하시오."

김천일이 홀연히 외치자 회의장 분위기는 무겁게 가라앉았다. 다들 외면하고 싶은 아픈 현실을 꼭 집어냈기 때문이었다.

"나도 가서 싸우겠소."

진주에 머무는 경상우병사인 최경회가 동조했다. 그러자 분위기는 일순간 바뀌었다.

"전라도의 관문인 진주를 결코 포기할 수 없소. 나도 함께 지키 겠소."

충청병사 황진도 가세했다. 충청조방장 정명세와 김해부사 이종 인 등도 잇달아 싸움의 의지를 밝혔다. 전국 각지의 의병장들도 다수 합세했다.

이렇게 해서 순식간에 각지의 조선군과 의병이 진주로 속속 모여 들었다. 약 7천 명의 병력이었다. 진주의 많은 백성도 피난을 가지 않 고 미력하게나마 힘을 보태기 위해 남았다. 10배가 훨씬 넘는 정예 왜 군에 맞서면서도 이들은 결코 두려워하지 않았다. 전란 초기 무기력 하게 왜군에 패하며 도망가기 급급하던 조선군과 의병의 모습이 아니 었다.

1년이 지난 지금은 확실히 달라졌다. 숱한 전투를 거치며 적과 싸 워 이기는 법을 하나 둘 체득했다. 용장 밑에 약졸 없다는 말이 있듯이 이순신과 권율 등 수많은 영웅이 등장하면서 조선군의 전력은 한결 단단해졌다.

그럼에도 불구하고 9만 명이 넘는 왜군은 너무도 강했다. 조선을 침공한 왜군의 전 병력과 싸우기에는 중과부적이었다. 죽을 줄 알면 서도 진주로 달려가는 각지의 조선군과 의병이 갖는 유일한 희망은 오직 기적뿐이었다.

각지의 병력이 모이자 자연스럽게 관군·의병의 총책임자인 도절 제가 된 김천일은 세자인 광해에게 편지를 썼다. 죽는 한이 있어도 진 주성을 사수하겠다는 일종의 유서였다.

일찍이 벼슬길에 올라 장래가 촉망됐던 그는 전란이 벌어지자 고향 나주에서 의병을 일으켰다. 이후 전라도의 관군과 함께 강화도로 거점을 옮겨 세자의 분조활동을 도왔다. 김천일은 세자 광해가 암울한 조선을 구할 지도자라는 것을 알고 충성을 다했다. 광해 또한 수시로 김천일에게 편지를 보내 전라도 지역의 의병활동을 독려하며 신임을 보냈다.

"세자 저하, 반드시 목숨을 바쳐 진주성을 지키겠습니다. 만에 하나 신의 역량이 부족해 진주성이 함락되는 일이 있을지라도 결코 호락호락 내주지는 않을 것입니다. 적에게 심각한 타격을 주어 전라도 지역으로 들어오지 못하게 하겠습니다. 부디 옥체를 보존하셔서 만대에 길이 남을 성군이 되십시오."

김천일은 인편으로 편지를 보내자마자 광해가 있는 북쪽을 향해 절을 했다. 그의 마음에서 임금은 이미 선조가 아니었다. 세자 광해만이 전란에서 신음하고 있는 조선을 구할 진정한 임금이라고 확신했다. 그가 기꺼이 죽기를 각오한 것은 임금인 선조를 위해서가 아닌 조선이라는 나라를 위해서였다.

진주성에 있던 7천 명의 병력과 5만 명에 이르는 백성 모두는 최후의 일인까지 왜군과 싸웠다. 그렇게 그들 모두는 처참하지만 비굴하지 않게 죽음을 맞았다.

병석에 누워 있다 어느 정도 기력을 회복하자 유성룡은 고향 땅인 안동에 내려갔다. 그곳에서 처음으로 진주성이 왜군의 공격을 받고 있다는 소식을 들었다.

유성룡은 충격을 받고 땅을 쳤다. 누가 봐도 무모한 싸움이었다. 조선과 명나라 어느 곳도 진주성을 돕지 않으리라는 것은 불을 보듯 뻔했기 때문이었다.

그런데도 진주성의 조선군과 백성들은 도망가지 않고 맞섰다는 것이 유성룡의 가슴을 후벼 팠다. 그들이 기꺼이 목숨을 버리면서까지 지키고자 한 것은 단순히 진주라는 고장이 아닌 조선이라는 나라였다. 그런데도 조선의 조정에서는 아무런 도움을 주지 못했다. 그것이 너무도 부끄러웠다.

유성룡은 서둘러 편지를 썼다. 그리고 사람을 보내 명군에게 진주성을 구원해달라고 요청했다. 지푸라기라도 잡고 싶은 간절한 심정이었다. 그러나 명군은 끝내 아무런 대답을 주지 않고 외면했다.

초조하게 기다리던 유성룡에게 뒤늦게 온 소식은 진주성이 함락됐고, 군·관·민 모두 죽었다는 비통한 내용이었다.

유성룡은 통곡했다. 나라님이 외면한 이 땅의 백성들이 너무도 불쌍했고, 힘없는 현실이 서러웠다.

한동안 유성룡은 고향 땅에서 실의에 잠겼다. 그러다 우연히 왜군이 쳐들어왔을 때 불타버린 옛집에서 오래전에 즐겨 읽었던 양명집을 발견했다. 다른 서적들은 대부분 없어졌지만, 다행히도 폐허가 된 집터 부근에서 몇몇 서적들을 찾을 수 있었다. 그 중에 양명집이 있었다. 유성룡은 마음의 위안을 삼기 위해 미친 듯이 탐독했다.

명나라의 대학자인 왕양명이 쓴 양명집은 전통 유교사상인 성리학과 대립된다는 인식 때문에 한동안 사학邪學으로 간주되기도 했다. 그렇지만 귀천의 차별은 있을 수 없다는 학설이 맘에 들어 유성룡은 젊은 시절 흠뻑 빠진 적이 있었다.

성리학은 중국의 주자가 집대성하여 그 체계를 확립한 사상으로, 당시 조선에서는 절대적이었다. 성리학은 격물치지格物致知라고 하여 외부의 사물을 탐구해 지식을 얻고, 자신의 관점을 넓혀 수양을 하는 것을 근본으로 했다. 즉 성현이 남긴 말씀이나 경전의 탐구, 스승의 가르침 등을 따르면서 자신을 수양하는 학문이었다.

반면 양명학은 이러한 성리학이 너무 이론적으로 치우쳤다고 보고 아는 것과 행동의 일치知行合一를 중시하는 학문이었다. 양명학의 창시자인 왕양명은 사람은 모두 본래 원만한 양지良知: 옳고 그른 것을 판단하고 실천하는 능력를 지녔다고 봤다. 그는 이것이 도덕의 근원이고 선악의 기준이 되는 만큼 이러한 것을 온전히 발휘토록 노력해야 한다고 주장했다.

즉 지식과 실천은 하나이며, 실천을 떠나서는 지식도 없다는 양명학의 학설은 이론과 형식에 치우쳐 현실감각이 무딘 성리학과는 여러 가지 면에서 달랐다.

'진정 이 나라 조선을 구하려면 어떻게 해야 하는가?'

유성룡은 스스로에게 질문을 던졌다. 그리고 양명집을 하나하나 펼쳐보면서 답을 찾기 위해 애를 썼다.

조선은 이미 임진왜란을 통해 국가로서의 기능을 상실한 껍데기에 불과했다. 어떤 식으로든 변화는 불가피했다.

임금이 백성과 국가권력의 상징인 대궐을 버리고 떠날 때부터 조선이라는 나라는 붕괴되고 있었다. 조각난 백성들의 마음을 붙잡지 않고서는 나라가 온전히 지탱할 수 없었다. 그러기 위해선 백성을 주인으로 섬기는 개국정신으로 돌아가야만 했다.

백성을 주인으로 섬기는 조선의 개국정신이란 바로 민본주의民本主義를 의미했다. 이는 조선을 설계한 개국공신인 정도전의 정치철학이기도 했다. 조선이 개국할 때 초심이라 할 수 있는 민본주의 정신의 부활만이 조선을 다시 구할 해답인 셈이었다.

유성룡은 무릎을 쳤다. 양명집이 말하고자 하는 핵심은 바로 정도전이 왕양명보다 100년 앞서 주장한 민본주의와 절묘하게 일맥상통했다. 이러한 깨달음을 실천에 옮겨야 조선을 구할 수 있다는 생각에 유성룡의 가슴은 요동을 쳤다.

이 무렵, 명군의 장수인 낙상지가 문병을 위해 유성룡을 찾아왔다. 낙상지는 명군 중에서도 남병을 이끄는 대표적인 장수였다. 경략 송응창과 함께 양명학을 신봉하는 절강병법의 대가였다. 문무를 겸비한 그는 유성룡의 인품과 학식에 반해 조선에 도움을 주고자 쉽지 않은 발걸음을 했다.

"몸은 좀 어떻습니까? 지난번 왜군이 진주성을 공격했을 때 돕지 못해 참으로 면목이 없습니다."

"내 한 몸 아무려면 어떻습니까만 명군의 이번 일은 너무도 실망스럽습니다. 앞으로 조선은 어찌해야 할지 걱정이 태산 같습니다."

유성룡의 꾸짖음에 낙상지는 사죄의 뜻으로 고개를 숙였다. 그리고 조심스럽게 말을 꺼냈다.

"대감, 변명 같지만 솔직히 우리 명나라의 상황도 그렇게 좋지가 않습니다. 그래서 송응창 경략과 이여송 장군이 하루속히 조선을 떠나려고 하는 것입니다. 원래 계획대로라면 벌써 우리 명군이 왜군을 조선 땅에서 쫓아내야 했습니다. 그러나 벽제에서 왜군의 반격으로 인해 일이 꼬여버렸습니다. 왜군과 강화를 서두르려 한 것도 그 때문입니다."

낙상지는 명군이 처한 상황에 대해 털어놨다. 그는 명나라 조정안에서의 권력투쟁과 외부의 크고 작은 침략과 위협이 심각하다고 한숨

지었다. 때문에 조선으로 파병된 군대를 유지하는 것조차 명나라로서는 큰 부담이라고 속사정을 밝혔다.

"명군은 조만간 떠난다는 말인데, 그렇다면 우리 조선은 어찌해야 할지 답답할 따름입니다."

"대감께서는 우리 명군이 떠날 때를 대비해 미리 준비하셔야 합니다. 그래야 조선이 살 수 있습니다."

유성룡은 낙상지의 말에 깜짝 놀라 움찔했다. 위험한 말이었다. 엄연히 임금이 존재하는데 조정 대신이 주제넘게 나설 일이 아니었다. 자칫 잘못하면 역모로 오해를 살 수 있었다. 낙상지는 유성룡의 눈치를 살피며 말을 이어갔다.

"아마도 짐작하셨겠지만 전 양명학을 추구하는 무인입니다. 제가 볼 때 조선의 임금과 관료들은 허세만 있지 진정 나라를 위해선 제대로 실천하지 못하고 있습니다. 격식만을 따지는 성리학에 너무 매몰되어 있는 것 같습니다. 그나마 대감이나 세자 저하 정도가 조선을 구할 적임자인 것 같은데, 임금을 설득해 바른길로 가도록 적극적으로 나서야 합니다. 백성들을 위해선 결코 주저해서는 안 될 것입니다."

유성룡은 낙상지의 말을 들으며 부끄러움에 낯을 붉혔다. 맞는 말이었다. 무인은 싸움터로 달려가야 하듯이, 문인은 목숨을 걸고 바른말을 해야 하는 법이었다.

"알겠소. 그럼 어떡하면 되겠소?"

유성룡은 겸허한 마음으로 낙상지의 뜻을 수용했다. 어차피 조선은 약자이고, 도움을 얻기 위해선 체면을 따질 상황이 아니었다. 평양 전투에서도 최선두에서 가장 용감히 싸워 전공을 세웠고, 병법에서도 명군 최고인 낙상지가 믿음직스러웠다.

"우선 하셔야 할 것이 조선의 군사들을 체계적으로 훈련시키는 것입니다. 지금 제가 거느리고 있는 명군의 남병 중에는 병법에 뛰어난 장졸들이 많습니다. 이들로부터 화포·낭선狼筅: 끝에 칼이 달린 창·장창을 비롯해 칼 쓰는 법과 병기 사용법 등을 낱낱이 익힌 뒤 다시 한 사람이 열을, 열 사람이 백을 가르친다면 수 년 내에 엄청난 병력의 정예군을 양성할 수 있을 것입니다."

유성룡은 낙상지의 말에 답답한 마음이 뻥 뚫리는 기분이었다.

"고맙소. 내 그리하도록 힘쓸 테니 도와주시오."

"물론입니다. 저 또한 우리 명군이 제대로 조선을 돕지 못한 채 왜군과 서둘러 강화를 맺고 본국으로 가게 될지 모르는 상황에 대해 마음이 편치 못했습니다. 힘닿는 범위 내에서 아낌없이 돕겠습니다."

낙상지는 유성룡을 문병한 뒤에도 여러 차례 사람을 보내 편지로 필담을 나누었다. 유성룡은 이때 훈련도감을 생각했다. 명나라 군대의 군사지식과 최신 무기 제조법을 습득하기 위해선 제도적인 기관이 필요했다. 그것이 바로 훈련도감이었다.

유성룡은 고향땅에서 훈련도감 설치를 구체화하기 위해 골몰했다. 문제는 임금을 설득해야만 했고, 그러기 위해선 자연스럽게 조정의 대신으로 다시 등용되어 실권을 쥐어야 하는 과정이 필요했다. 서두르다간 오히려 의심을 살 수가 있어 조심스럽게 때를 기다렸다.

기회는 곧 찾아왔다. 임금인 선조는 8월 6일 승정원에 명령을 내려 고향에 머무는 유성룡을 불렀다. 선조가 유성룡을 부른 이유는 복잡한 정치적 상황 속에서 임금이라는 권력을 유지하기 위해서였다.

이 무렵, 선조는 명나라의 경략 송응창과 심각하게 갈등을 벌였다.

송응창은 왜군과의 강화를 반대하는 선조를 무력화시키기 위해 세자인 광해를 내세우며 몰아붙였다. 세자에게 영남과 호남·호서 등 하삼도下三道를 맡기라고 요구한 것이다. 한마디로 조선의 임금인 선조는 능력이 없으니 속히 자리를 내놓고 물러나라는 소리였다.

"왕의 둘째 아들 광해는 어린 나이지만 영웅의 풍채에 재능이 뛰어난 만큼 전라 경상 충청도를 맡으면 나라의 기운이 다시 회복될 터이니 그렇게 하는 것이 좋을 것 같습니다."

송응창의 이러한 요구에 선조는 발끈했다. 선조는 자신의 권력을 빼앗으려는 송응창의 시도에 어떻게 대응할지를 고민했다. 이런 상황에서 유성룡이 자신의 부름에 쉽게 응하지 않고 버티자 발을 동동 굴렀다.

유성룡은 선조의 부름에 몸도 안 좋고 능력이 부족하다며 완곡히 사양하면서 사태를 관망했다. 명나라의 장수인 낙상지 등 여러 경로를 통해 이야기를 듣다보니 대충 돌아가는 형국을 짐작할 수 있었다. 임금인 선조보다 조선이라는 나라를 놓고 생각해 볼 때 좀 더 지켜볼 필요가 있었다.

조선 파병 총책임자인 송응창은 하루속히 왜군과 강화를 맺고 본국으로 돌아가고 싶었다. 그런데 백성을 버리고 자신만 살기 위해 도망쳤던 조선의 임금이 명나라 군대에게 매달리며 징징거리면서 정작 강화에는 반대하자 기가 막혔다.

양명학자인 송응창이 보기에 임금인 선조는 조선을 망친 주범이자 자신의 안위만을 생각하는 비열한 인간이었다. 선조가 조선의 임금으로 있는 한 명나라는 엄청난 희생을 치러도 결국 밑 빠진 독에 물 붓기에 지나지 않았다. 그래서 나온 생각이 분조활동을 하면서 백성들로부터 신망이 두터운 세자에게 조선의 왕권을 넘기는 것이었다.

유성룡은 이러한 방안이 결코 송응창 혼자만의 생각이 아닌 명나라 조정의 대체적인 정서라는 것을 간파했다. 실리를 중시하는 양명학파가 명나라 조정에서 다수 포진해 있는 것을 감안해볼 때 그럴 가능성이 높았다. 유성룡도 내심 세자인 광해가 속히 보위에 오르기를 바랐다. 그것이 한치 앞도 보이지 않는 어둠 속의 조선을 구할 수 있는 유일한 길일지도 몰랐다. 유성룡이 선조의 부름에 선뜻 달려가지 못한 이유였다.

선조는 밤이 깊었지만 쉽게 잠을 이루지 못했다. 어둠 속의 자신을 조롱하듯 풀벌레 울음소리가 요란했다. 선조는 컴컴한 밤하늘을 바라보며 크게 한숨을 내쉬었다.

초라했다. 조선의 최고 권력자인 임금이 황해도의 해주에 마련된 허름한 임시 숙소에 머물며 신세나 한탄하고 있는 현실이 차마 믿기지 않았다. 왜군에게 빼앗겼던 도읍인 한양을 명나라 군대의 도움으로 되찾았지만 쉽게 돌아갈 수 없는 상황이 속상했다.

선조는 의주에서 내려와 평안도 영유에서 잠시 머물다가 다시 강서로 내려온 뒤 두 달이 지나 이곳 해주에 8월경 도착했다. 하지만 사정은 조금도 나아지지 않았다.

왜군이 한양에서 물러났지만 아직 조선을 떠나지 않고 머물고 있는 점이 너무도 불안했다. 언제든지 지난 임진년처럼 다시 쳐들어 올 수 있기 때문이었다. 실제로 왜군은 명군과 강화협상을 하는 중에 진주성을 공격해 수많은 조선군과 백성을 학살했다.

믿었던 명군이 왜군을 완전히 물리치지 못한 채 강화를 맺고 철수하려는 것은 조선을 사지로 몰아넣는 행위나 마찬가지였다. 선조가 한양으로 환도하지 못하고 머뭇거리면서 명군과 왜군과의 강화를 반대하는 것은 이러한 이유에서였다.

그런데 명나라의 파병 총책임자인 경략 송응창은 이처럼 궁색한 처지의 조선 임금을 노골적으로 조롱하고 업신여겼다. 너무도 분했다. 선조는 왕권을 세자인 광해에게 물려주라는 송응창의 요구에 아무 말도 못하는 자신이 바보라고 자책했다. 조정의 신하들마저도 사방에서 수군거리며 비웃는 것 같아 견딜 수가 없었다.

선조는 자신이 시험대에 올랐지만 도움을 줄 충직한 신하가 주위에 없음을 한탄했다. 이럴 때 정치력과 수완이 뛰어난 유성룡이 필요했지만 그는 고향 땅에서 병을 핑계로 부름에 꿈쩍도 하지 않았다. 야속했다.

이제 어떠한 방법이든 돌파구를 찾기 위해 스스로 결정을 내려야만 했다. 시간이 없었다. 선조는 뜬눈으로 밤을 지새우며 고민에 고민을 거듭했다.

다음날 날이 밝자마자 선조는 조정 대신들을 소집했다. 선조는 한참 뜸을 들이며 대신들을 물끄러미 바라봤다. 묘한 정적이 흘렀다. 대신들은 영문도 모른 채 고개를 숙인 채 알 수 없는 긴장감에 몸을 떨었다. 이윽고 선조는 나지막한 음성으로 전가의 보도를 꺼내 들었다.

"나는 젊어서부터 병이 많아 반생을 약으로 연명할 만큼 힘이 들었는데, 왜군이 쳐들어 온 탓에 제대로 쉴 겨를이 없었소. 이제 왜군이 물러나고 옛 강토도 수복되고 있는 중이니 물러날 때가 된 것 같소. 다행히도 세자가 장성해 난리를 평정하고 치적을 쌓아 임금 자격이 충분한 만큼 이제 자리를 넘길까 하오. 나의 뜻에 따라 이제부터 선위

禪位에 관한 여러 일을 조속히 거행하도록 하시오."

왕위를 세자에게 넘기겠다는 선조의 말에 대신들은 깜짝 놀랐다. 갑작스러운 임금의 결단에 대신들의 심정은 복잡했다.

선조가 왕위를 이양하겠다는 언급은 이번이 처음은 아니었다. 하지만 대신들 모두는 약속이나 한 듯 명령을 거두어달라며 한 목소리로 간청했다. 몇 번이나 고개를 조아리며 애걸하는 대신들을 보자 선조의 마음은 한결 편해졌다. 그러나 표정만큼은 엄숙함을 유지한 채 대신들의 반응을 꼼꼼히 살폈다. 선조의 입가에 보일 듯 말 듯 흐릿한 미소가 그려졌다.

한동안 조선의 조정은 선조의 왕위 이양 선언에 술렁거렸다. 대신들은 드러내 놓고 말은 안했지만 임금인 선조의 의도를 짐작했다. 신하들의 충성심을 확인하려는 노림수가 뻔했다. 알면서도 소모적인 정치놀음을 벌여야 하는 형국이었다.

"큰일이오. 주상께서 왕위를 넘기겠다고 하는데, 어떡하든 맘을 돌릴 수 있도록 우리 모두의 뜻을 모아야 할 것이오."

좌의정인 윤두수는 임금의 처소에서 나오자마자 2품 이상 고위 관료들을 소집했다. 그리고 선조가 명을 거두어 줄 것을 공식으로 요청하기로 의견을 모은 뒤 함께 입궐해 읍소했다.

왕위 계승자로 거론된 광해도 소식을 듣자마자 달려와 죄인처럼 엎드려 눈물을 흘렸다. 세자와 신하들은 며칠 동안 임금의 처소 앞에서 선조의 마음을 돌리려 애를 썼다.

세자 광해는 분조기간 중 몸을 크게 상해 시름시름 앓고 있었다. 하지만 식음을 전폐하다시피 앞장서서 선조에게 매달렸다. 효심이 깊은 광해는 임금이자 부친인 선조에게 불충과 불효를 저질렀다는 죄책

감에 이중고를 겪어야 했다.

　걸음조차 걷기 힘들 정도로 병세가 심했지만 광해는 매일 새벽마다 부축을 받고 임금의 처소 뜰로 나와 땅바닥에 꿇어 간절하게 읍소했다. 주위의 신하들은 애가 탔다. 자칫 선조가 왕위에서 물러나기 전에 세자인 광해가 먼저 사단이 일어날 판이었다.

　선조의 속셈을 알면서도 광대 짓거리를 하던 좌의정 윤두수가 보다 못해 묘안을 냈다. 선조의 왕위 이양 언급은 명나라 송응창의 요구에서 비롯됐기에 이를 무마하려는 방안이었다. 윤두수는 세자가 심하게 병을 앓고 있으므로 부득불 명나라의 요구에 따를 수 없으니 이해 바란다는 내용으로 편지를 보냈다.

　이에 대해 명나라 송응창 측에서는 뜻밖에도 세자인 광해의 병이 나은 뒤에 천천히 하삼도로 내려가도 괜찮으니 쾌차를 바란다고 응답했다. 결코 서두르지 않겠다는 뜻이었다. 왜군과의 강화에 반대하던 선조의 기세를 확실히 꺾은 만큼 허수아비나 다름없는 조선 임금을 조종하는 것도 나쁘지 않다고 명군 측은 생각했다.

　선조는 내심 명나라의 이런 반응을 크게 반겼다. 그렇지만 당장 왕위를 이양하겠다는 명을 취소하기에는 왠지 낯간지러웠다. 선조는 시치미를 떼고 선위를 고집했고, 그때마다 광해와 대신들은 엎드려 호소하는 일이 반복됐다.

　드디어 선조가 인심을 쓰듯 선위 명령을 거두겠다고 선언했다. 왕위를 물려주겠다고 말한 지 열흘이 지나서였다. 그동안 조선의 국토는 더욱 피폐화되어 병들고 헐벗은 백성들의 신음과 통곡 소리가 방방곡곡에서 메아리쳤다.

　명군의 이여송은 휘하 장수들과 함께 한양을 떠났다. 조선 땅으로 파병 온 뒤 지친 몸과 마음을 추스르며 기다렸다가 마침내 고향 땅을 향해 이동하게 된 것이다. 명군 장졸들은 신바람이 났다.

파병 총책임자인 경략 송응창은 조선의 진주성이 왜군의 공격으로 함락됐지만 애써 싸움을 피하고 철수를 지시했다. 덕분에 명군은 큰 피해 없이 본국으로 돌아갈 수 있었다. 다만 왜군의 주요 병력이 본토로 철수하지 않고 남아있었기에 명군의 몇몇 장수들과 병력 1만 6천 명은 경상도와 전라도 주요 지역에 남아 만일을 대비했다.

경략 송응창과 이여송은 9월 중순경 조선의 최북단인 의주에서 만나자마자 곧바로 압록강을 건넜다. 조선국경을 넘어 파병 온 명군이 왔던 길인 명나라 요동으로 되돌아가기까지는 약 10개월이 걸린 셈이었다.

이 기간 중 명군이 한 일은 조선 조정의 뜻과는 다르게 왜군과 강화협상을 맺은 것이 전부였다. 왜군은 명군에 의해 평양과 한양에서 일단 물러났지만 조선과의 전쟁을 포기하지 않은 채 강화라는 불안정한 상태로 남쪽에 주둔하며 대치했다.

조선 또한 명군이 왜군을 쫓아내지 못하고 강화협상을 맺은 것에 불만을 가졌지만 국토의 상당부분을 되찾은 것에 억지 위안을 삼았다. 침략자인 왜군과 피해자인 조선 모두 살얼음판을 걷듯이 불안한 나날을 보내는 것은 마찬가지였다.

조선의 뜻이 배제된 명군과 왜군이 맺은 동상이몽同床異夢식의 강화협상이 앞으로 어떤 식으로 흘러갈지는 아무도 알지 못했다.

11

임금의 한양 귀환

1593년 10월 1일, 조선의 임금인 선조는 도성인 한양으로 돌아왔다. 황해도 해주를 떠난 선조는 벽제역에 도착한 뒤 1일 아침 일찍 출발해 저녁에 정릉동 행궁덕수궁 자리에 도착했다.

선조가 한양을 버리고 떠난 지 1년 6개월 만에 다시 찾은 도성의 모습은 전장의 참상이 고스란히 남은 흉가였다. 불타다 남은 너저분한 것들이 성안 곳곳에서 굴러다녔다.

길가에는 전염병과 기근으로 죽은 시신들이 방치된 채 썩은 냄새가 진동했다. 그나마 살아남은 백성들은 휑한 몰골로 먹을 것을 찾아 거지처럼 이곳저곳을 기웃거렸다.

한양으로 돌아온 선조는 한동안 잠을 못 이루었다. 바닥까지 추락한 임금의 권위와 존재감을 어떻게 하든 보여야 할 필요가 있었다. 자신을 흔들며 임금 자리를 위협한 명나라의 경략 송응창과 차마 맞서지 못한 무력감에도 시달려야 했다. 조정의 군사행정기관인 비변사

역시 선조에 대해 극심한 불신을 보였다.

선조는 안팎으로 녹록지 못한 환경에서 어떤 식으로든 돌파구를 찾아야 했다. 그래야 껍데기에 불과한 왕권에 힘이 실릴 수 있었다. 방법은 오직 하나뿐이었다. 초야에 있는 유성룡을 끌어들여야만 꽉 막힌 정국의 실타래를 풀 수 있었다. 명나라의 송응창과 조정의 비변사, 그리고 백성 모두로부터 신망이 두터운 인물은 조선에서 유성룡 밖에 없었다.

"풍원부원군 유성룡을 조정의 영의정에 보하노라"

한양으로 환도한 지 며칠이 지나 선조는 유성룡을 영의정으로 임명한다고 선언했다. 고향에 있던 유성룡은 즉각 사직상소를 올려 사양했다. 선조는 그러나 받아들이지 않았다. 유성룡은 몇 번 거부의 모습을 보였다. 그러다가 자연스럽게 구국의 뜻을 펼칠 때가 왔음을 현실로 받아들였다.

1593년 10월 27일, 마침내 유성룡은 도성인 한양으로 올라왔다. 그리고 다시 영의정 자리에 오르자마자 곧바로 훈련도감 설치를 서둘렀다. 사전에 훈련도감 설치안을 임금인 선조에게 보고했던 터라 일사천리로 진행됐다. 선조 또한 훈련도감 설치의 필요성을 절감하던 터라 유성룡의 훈련도감 추진을 반색했다.

사실 훈련도감 설치는 유성룡이 선조가 제시한 영의정 자리를 받아들이는 전제 조건이기도 했다. 유성룡은 영의정에 제수되기 전 이미 훈련도감 설치를 위한 종합적인 내용을 보고서로 만들어 선조에게 제시했다.

"명나라의 무신인 척계광이 지은 병법서인 기효신서란 책에는 우리 조선의 군대가 배워야 할 내용이 자세하고도 세밀하게 기재되어 있습니다. 지금 명나라의 남병 중 병법에 능한 장수들이 아직 조선에 다수 머무르고 있으니 이들을 통해 최대한 전수받아야 할 것입니다. 때문에 이러한 것을 주관할 훈련도감 설치가 시급합니다."

선조는 유성룡이 올린 보고를 기억하고 있었다. 그래서 유성룡이 영의정 자리에 오르자마자 곧바로 훈련도감을 설치하도록 지시했다.

임금의 명령에 따라 정식으로 설치된 훈련도감의 총 책임자인 제조提調 자리는 유성룡이, 행정책임자인 유사당상有司堂上은 이덕형이, 훈련대장은 조경이 맡았다.

유성룡이 영의정이면서 훈련도감 제조까지 맡게 된 것은 훈련도감에 대한 구상부터 설치까지, 세세한 모든 것들을 잘 알고 준비했기 때문이었다.

조정 직속의 훈련도감은 국가에서 급료를 지급하는 직업군인 체제라는 점에서 과거의 군영과는 확연히 달랐다. 유성룡은 쌀 100석을 양식으로 마련해 장병들을 모집했다. 훈련도감에서 하루에 한 사람당 쌀 두 되씩을 준다는 소문이 퍼지자 응모자가 전국 각지에서 쇄도했다.

훈련도감은 응모자가 넘치자 시험을 거쳐 정예 병력을 선발했다. 큰 돌을 들고 성인 어른 높이의 담을 뛰어넘어야 하는 등 몇 가지 시험을 통과해야만 합격할 수 있었다. 그렇게 훈련도감에 들어온 병력이 한 달도 못 돼 수천 명에 이르렀다.

훈련도감의 교관은 명나라의 장수인 낙상지가 추천한 수십 명의 각 분야별 군사 전문가로 구성됐다. 이들은 매일 병법과 화포 제조 및 운영, 활쏘기, 무예 등을 체계적으로 가르쳤다. 훈련도감의 장병들은 하루가 다르게 실력이 배양됐다.

포수砲手, 살수殺手, 사수射手 삼수군으로 조직된 훈련도감은 어느덧 짧은 시간 속에서도 조선군 전력의 핵심으로 성장했다.

훈련도감이 조금씩 기틀을 잡아갈 무렵 유성룡은 영의정으로서 처리해야 할 산적한 일로 골머리를 앓았다. 가장 큰 문제는 명나라의 경략 송응창이 조선에서 철수한 뒤에도 세자인 광해에게 하삼도영남, 호남, 호서를 맡기라고 요구한 것이다. 더욱이 명나라 조정을 움직여 국서에도 명시함으로써 임금인 선조가 빠져나가지 못하도록 바짝 옭아맸다.

"상황이 매우 좋지 않소. 그러니 대감께서 명군의 총병總兵인 척금을 만나 해결책을 찾아보시오."

선조는 심각한 표정으로 유성룡을 불러 은밀히 지시했다. 유성룡은 선조가 지시한 속뜻을 짐작했다. 척금은 낙상지와 함께 남병 출신으로, 훈련도감 운용에 도움을 주고 있는 조선에 우호적인 장수였다. 더욱이 경략 송응창과도 친분이 있으면서 명나라의 정치상황도 잘 알고 있기 때문에 조언을 해 줄 더할 나위없는 적임자였다.

유성룡은 곧바로 척금을 만나 필담으로 하소연했다.

"왜군이 지금 남쪽에 주둔해 있는데도, 경략 송응창은 모두 물러났다고 명나라 조정에 거짓 보고한 것으로 알고 있소. 그런데도 우리 조선의 임금만 추궁하니 너무 하지 않소?"

"맞는 말이오. 그런데 송 경략은 이미 조정에 그렇게 보고한 이상 잘못되면 살아남기 어려울 것이오. 그러니 그도 어쩔 수 없을 것이오. 조선으로선 지금 상황이 좋지 않소. 명나라 조정도 여러 목소리가 있으니 조금 더 지켜봐야 할 것 같소."

며칠 후 명나라의 사신이 조선의 도읍인 한양에 왔다. 명나라의 칙사인 사헌은 오자마자 황제의 칙서를 전하겠다며 조선 임금을 부하 다루듯 대하며 큰소리쳤다.

"나는 천조의 칙사이므로 남면하여 북쪽에 앉고, 조선 임금은 속 국의 왕이므로 남쪽에 앉으시오. 그것이 의전이오."

명나라의 칙사인 사헌은 윗사람의 자리인 상석에 앉겠다고 억지 를 부렸다. 과거 전례에 없던 일이었다. 조선의 대신들은 사헌에게 따 지지도 못하고 슬그머니 선조의 눈치를 살폈다. 그러자 선조는 당연 하다는 듯이 사헌에게 상석을 권하며 신하처럼 굽실거렸다.

사헌은 상석에 앉자마자 명나라 황제의 칙서를 읽어 내렸다.

"근자에 왜적이 한 번 들어오니, 조선은 나라를 지키지 못하고 백 성들이 죽어 나동그라진 채 종묘와 사직은 빈터가 되었다. 그렇게 몰 락한 이유는 임금이란 자가 딴 짓거리나 하면서 백성을 구휼하지 않 고 군비를 소홀히 하여 도적을 불러들였기 때문이다."

사헌이 준엄한 어조로 조선의 임금을 신랄하게 질책하자 선조의 낯빛은 창백해졌다. 사헌은 목소리를 더욱 높였다.

"조선의 임금은 도대체 어떤 마음가짐과 생각으로 정치를 하고 있는가? 짐은 비록 조선이 속국이라고 하나 피해를 주지 않았다. 다만 불쌍히 여길 따름이다. 짐은 조선의 임금을 구해 줄 책임이 없다. 그러 니 조선은 짐을 믿고 스스로를 준비하라. 그렇지 않으면 다음에 어떤 변이 생길 때 너희를 도와주지 않을 것이다. 이제부터 조선의 존망과 기틀은 너의 임금의 처신에 달려있으니 명심하라."

사헌이 칙서의 선포를 마치자 선조를 비롯한 조정의 대신들은 부 들부들 몸을 떨었다. 차마 부끄러움에 모두 고개를 들지 못했다.

칙서의 내용은 한마디로 무능한 조선의 임금은 더 이상 상대하기 싫으니 빨리 임금 자리를 내놓으라는 뜻이었다. 속히 세자인 광해에게 왕권을 넘기라는 말과 같았다. 명나라 황제의 지시인만큼 누구도 거역할 수 없었다.

그날 밤, 선조는 조용히 유성룡을 처소로 불렀다. 어느덧 술상을 마련한 선조의 표정은 모든 것을 포기한 듯했다.

"한잔 받으시오. 과인은 내일 명나라 사신에게 왕위를 내놓을 것이오. 내가 할 일은 이것밖에 없소. 대감과의 임금과 신하 관계는 오늘로 이것이 마지막이오."

유성룡은 당황했다. 명나라 황제의 뜻인 만큼 선조가 더 이상 버틸 수 없는 상황이라는 것은 이해가 되는 일이었다. 그렇지만 자주 독립국인 조선의 왕권이 명나라 황제에 의해 좌지우지되면서 꼭두각시가 되는 것은 막아야 했다. 어떡하든 시간을 벌어 선조 스스로가 떳떳하게 세자인 광해에게 왕위를 물려주는 모양새가 필요했다.

"전하, 내일 명나라 사신 앞에서 왕위를 물려준다는 말씀을 해서는 절대로 안 됩니다. 신이 감히 죽기를 각오하고 간청을 드립니다. 통촉하여 주시옵소서."

선조는 아무 말도 하지 않았다.

이튿날, 선조는 칙사 사헌을 만나자 소매 속에서 서첩을 꺼내 건네주었다. 서첩은 선조 스스로가 쓴 양위서讓位書였다.

"본인은 병이 심한 탓에 국사를 감당할 수 없으니 세자에게 왕위를 넘기고자 합니다. 사신께서 주관하여 나의 바람대로 왕위가 이양되도록 하십시오."

명나라 사신 사헌은 선조가 생각보다 순순히 왕권을 넘기겠다고 하자 흡족한 미소를 지었다.

선조의 돌출행동은 조정 대신들을 경악케 했다. 순식간에 선조가 양위서를 제출했다는 소문이 조정 곳곳으로 파다하게 퍼져 나갔다. 벌써부터 세자인 광해에게 대신들이 줄을 서려고 몰린다는 이야기도 들렸다.

유성룡은 선조의 경솔함에 혀를 찼다. 하지만 한편으론 이번 기회에 세자인 광해가 임금의 자리에 올라 위기의 조선을 바로세우는 데 진력하는 것도 나쁘지 않다고 생각했다.

날이 어둑해지자 유성룡은 퇴청하여 숙소에서 새로운 임금을 맞을 준비를 했다. 어차피 맞을 매라면 빨리 매를 맞자는 마음으로 세자에게 조정의 현안에 대해 보고할 내용을 검토했다. 기본적인 보고서 준비에만 밤을 새도 모자랄 판이었다.

그때였다. 누군가 예고 없이 불쑥 방문을 열고 들어섰다.

"아니, 저하. 야심한 시간에 여길 어떻게…"

유성룡은 깜짝 놀랐다. 범인凡人의 옷차림으로 변복을 했지만 틀림없는 세자의 모습이었다. 곧 왕위에 오를 광해가 느닷없이 찾아오자 유성룡은 당황했다.

"영상대감, 거두절미하고 부탁을 드리겠습니다. 저 좀 도와주십시오."

광해는 자리에 앉기 무섭게 떨리는 음성으로 말했다.

"세자 저하, 무슨 말씀이신지요?"

"주상전하께서 오늘 아침에 명나라 칙사에게 양위서를 제출했다는 소식을 들었습니다. 절대로 그리되어선 아니 될 일입니다. 대감께서 명나라 칙사를 설득하여 없던 일로 해주셔야 합니다. 간절히 부탁

드립니다.”

광해는 창백한 안색으로 부들부들 몸을 떨었다.

“저하, 신도 그리되지 않도록 노력했지만 주상전하께서 느닷없이 명나라 칙사에게 양위서를 제출하는 바람에 어찌해야 할지 난감할 따름입니다.”

유성룡은 세자인 광해에게 최대한 예의를 갖춰 상황을 설명했다. 곧 조선의 임금이 될 신분이기에 말 한마디 한마디가 조심스러웠다.

“알고 있습니다. 저간의 사정을. 그런데 지금 전하께서 그만두시면 조선은 명나라의 종속국에 지나지 않게 됩니다. 아바마마께서 얼마나 상심이 크시면 그리하셨겠습니까? 그렇게 임금의 자리를 물려받을 수는 없습니다. 영상 대감이 제 뜻을 받아들이지 않으면 내일이라도 당장 전하에게 달려가 석고대죄를 하며 죽는 한이 있더라도 왕위를 거부할 것입니다.”

광해의 어조는 단호했다. 어린아이가 떼를 쓰는 것과는 달리 확실한 소신을 피력했다. 유성룡은 움찔했다. 무엇보다 아직 병환 중이어서 안색이 창백한 것이 맘에 걸렸다.

이런 상태에서 세자가 만약 석고대죄를 하게 되면 쓰러지는 것은 불을 보듯 뻔했다. 효심이 깊은 광해의 성격상 충분히 그렇게 하고도 남을 일이었다. 그것이 염려스러웠다.

“저하, 정 그러신다면 신이 다시 방법을 강구하겠나이다. 하지만 만일의 경우를 대비해 보위에 오르는 것도 마음에 두셔야 합니다. 어쩌면 이것은 하늘의 뜻일 수도 있습니다. 헤아려주시옵소서.”

“그만하십시오. 대감. 더 이상 말은 듣기 싫습니다. 내게는 아바마마가 임금의 자리를 계속 유지하든지 아니면 자진自盡하든지 둘 중에 하나만 있을 뿐입니다. 그러니 제발 도와주십시오.”

광해의 말에 유성룡은 더 이상 아무 말도 하지 못했다.

그날 밤 유성룡은 척금의 숙소를 찾아갔다. 명나라 사신인 사헌이 한양에 올 때부터 척금과 모든 일을 상의하며 친하게 지내는 것을 눈여겨봤기 때문이었다. 척금을 통해 임금의 양위를 되돌리려는 것이 유성룡의 마지막 승부수였다.

“절대로 지금 조선의 임금을 바꾸면 아니 될 일입니다.”

척금은 유성룡이 건넨 글을 보고 고개를 갸우뚱거렸다. 둘은 필담으로 속내를 밝혔다.

“조선으로서는 무능한 현 임금 대신 세자인 광해가 하루속히 왕위에 오르는 것이 더 좋은 일이 아닌가요?”

“세자가 왕위에 올라야 하는 것은 당연한 일이지만 지금은 때가 아닙니다. 전쟁 중에는 장수를 바꿔서는 안 된다는 말이 있습니다. 지금 조선은 왜군과 힘겨운 싸움을 벌이고 있는데, 이 와중에 갑작스러운 왕위 교체는 자칫 큰 혼란을 초래할 수 있습니다. 어느 정도 안정이 될 때 자연스럽게 왕위가 이양되어야 할 것입니다.”

척금은 물끄러미 유성룡을 바라보다가 고개를 끄덕였다.

“알겠소. 그것이 조선의 입장에서 최선의 방법이라면 그렇게 하도록 하시오.”

척금은 유성룡의 간청에 아무 말 없이 필담을 나눈 종이를 불태웠다. 그리곤 희미한 미소를 지었다.

날이 밝자마자 유성룡은 대궐로 가 조정의 대신들을 하나 둘 불러 모았다. 밤새 잠 못 이루고 구상한 계획을 실행에 옮기기 위해서였다. 대신들이 모두 모이자 유성룡은 칙사인 사헌을 찾아가 정중하게 모셨다.

사헌은 조선의 주요 대신들이 한자리에 모인 것을 보고 깜짝 놀랐다. 파격적인 예우였다.

유성룡은 정중하게 칙사인 사헌에게 감사의 뜻을 전한 뒤 말을 꺼냈다.

"지금 제가 말씀드리는 것은 여기 모인 조선 모든 대신의 일치된 의견입니다."

유성룡은 조선의 현재 사정과 입장, 그리고 조선의 임금이 지금 바뀌면 안 되는 이유를 설득력 있게 호소했다.

요지는 왜군이 침략하려는 나라는 조선이 아니라 명나라였고, 그로 인해 참담한 불행을 겪고 있지만 명나라에 대한 의리는 변함이 없다는 것이었다. 또한 조선의 임금은 왕위에 오른 이후 줄곧 지성으로 명나라를 섬겼으며, 이러한 임금이 갑작스럽게 바뀌면 조선의 앞날이 매우 불안한 만큼 시기적으로 바람직하지 않다는 점을 강조했다.

칙사인 사헌은 묵묵히 유성룡의 말을 경청했다. 귀를 기울이는 그의 표정은 꽤 진지했다. 유성룡이 말을 마치자 그는 침묵을 유지한 채 숙소로 되돌아갔다. 유성룡과 조정 대신들은 사헌이 말없이 자리를 떠나자 혹시라도 일이 잘못 꼬이지 않나 싶어 안절부절못했다.

날이 어둑어둑해질 무렵, 척금이 유성룡을 찾아왔다.

"아주 잘됐습니다. 칙사께서 영상대감의 말씀에 감동을 받은 눈치입니다. 이제 조선의 임금이 바뀌는 일은 없을 것 같습니다. 다만…"

"다만 무엇이오? 말씀해 보시오."

유성룡은 척금의 말에 안도하면서도 혹시나 싶어 되물었다.

"어찌 됐든 칙사에게도 황제 폐하에게 보고할 때 모양새는 갖추도록 하는 것이 좋겠습니다. 그러기 위해선 그전부터 송 경략이 말하던 세자의 하삼도下三道: 충청도, 전라도, 경상도 경리經理안은 받아들이고, 나중에 기회가 되면 송 경략과 왜군과의 강화 협상이 지닌 문제점을 지적하여 명 조정에 알리면 됩니다."

"고맙소이다. 내 그리 하도록 힘쓰겠습니다."

유성룡은 척금의 손을 붙잡고 감사의 마음을 전했다.

다음날 날이 밝기가 무섭게 유성룡은 세자인 광해에게 달려갔다. 그리고 임금이 양위되는 일은 일단 막았으니 하삼도로 내려가야 하는 것은 받아들여야 한다고 상황을 설명했다.

광해의 얼굴이 환하게 밝아졌다. 광해는 유성룡의 손을 꼭 붙잡고 거듭 감사의 뜻을 나타냈다.

"대감, 고맙습니다. 이 은혜 잊지 않겠습니다. 주상전하의 선위와 연관된 하삼도 경리 안이라면 거부하겠지만 전하가 임금의 보위를 유지할 수만 있다면 어디든지 달려가 뜻을 따를 것입니다."

"저하, 이왕 내려가시는 김에 하삼도 지역의 민심을 어루만져 주시옵소서. 또한 왜군과의 싸움을 준비하는 관군과 의병들의 노고를 치하하며 대비태세를 점검하십시오. 특히 해상에서 왜군을 격퇴하며 이 나라를 구한 이순신의 수군을 잊지 마십시오. 얼마 전 여수에서 한산도로 주둔지를 옮겼다고 하니 격려한 뒤 더욱 사기를 북돋아 주십시오."

유성룡의 말에 광해는 고개를 끄덕이며 화답했다.

"당연히 그래야지요. 영상대감의 말씀을 잊지 않고 꼭 그렇게 하겠습니다. 대감께서 아바마마를 잘 보필하여 조정의 중심을 잡아주십시오. 대감이 여기 한양에서 주상전하 곁에 있으니 내 비록 하삼도로 내려가더라도 발걸음이 가볍고 마음 든든할 것입니다."

11월 19일, 세자인 광해는 부친인 선조를 위해 한양을 떠나 하삼도로 내려갔다.

명나라 칙사인 사헌이 보는 가운데 세자가 내려가자 선조는 의미심장한 미소를 지었다. 부자 간의 아쉬운 이별의 감정보다 임금의 건재를 확인한 것이 더 기쁜 듯 흡족한 표정이었다.

유성룡의 일 처리 능력은 명나라와 조선 모두를 만족시켰다. 전체 나라일은 임금인 선조가 총괄하고, 세자인 광해는 하삼도의 일부 현안을 맡아 처리하는 형식으로 정리한 것이었다. 최대의 수혜자는 선조였다.

얼마 후, 칙사 사헌은 명나라로 귀국길에 올랐다. 사헌은 떠나는 날 선조를 만나 직접 편지를 건네주며 당부했다.

"조선의 재상인 유성룡의 흔들림 없는 충성과 곧은 인의는 명나라 내의 문무백관과 장수들 모두가 칭송하지 않는 이가 없습니다. 국왕께서는 참으로 훌륭한 재상을 두었으니 국정을 맡기면 나라의 근심 걱정을 해결하고 국위를 떨치게 될 것입니다."

선조는 머리를 조아리며 왕위를 보장받은 것에 기뻐했다. 편지의 속뜻은 조선 임금은 명나라 조정 모두가 지지하는 유성룡 때문에 쫓겨나지 않고 자리를 지키게 됐으니 잘 처신하라는 경고였다.

한편으로는 딴 짓거리하지 말고 유성룡이 나라 일을 도맡아 하라는 압력이기도 했다. 무능하면서도 의심이 많은 선조가 무슨 짓을 할지 몰라 사헌이 미연에 단속한 것이었다.

조선의 임금이 상국인 명나라에 의해 바뀔 수도 있었던 위기사태가 가까스로 진정되면서 어느덧 한해가 저물어 갔다. 그리고 1594년 갑오년甲午年 새해가 밝아왔다.

이 무렵, 조선 조정은 어느 정도 안정을 되찾았지만 왜군은 조선 땅 한쪽에 웅크리고 있어 여전히 위협적이었다. 조선은 전란의 소용돌이 속에서 결코 벗어나지 못했다. 곳곳에 전쟁의 불씨가 산재해 언제든지 불길에 휩싸일 수 있었다.

겉으로는 평온해 보이지만 불안의 그늘은 넓고 짙었다. 그럼에도 불구하고 이 시기는 잠시나마 숨을 고를 수 있는 달콤한 단잠과 같은 휴지기休止期였다.

꿈이었다.

광해군은 눈을 뜨자 소스라치듯 놀라 주위를 두리번거렸다. 유배지인 제주도의 초라한 토방모습이 눈앞에 보였다. 광해군은 다시 질끈 눈을 감았다. 지난 임진왜란 당시 젊은 세자의 모습은 이미 아득한 과거의 일이었지만 조금 전까지만 해도 너무 생생했다.

깜빡 잠이 든 모양이었다. 광해군은 꿈속에서 만난 그 시절로 되돌아가고자 눈을 감았지만 소용이 없었다. 어느덧 현실로 돌아온 광해군의 앞에는 소찬의 술상과 초췌한 노인이 앉아있었다. 노인은 송희립이었다.

"전하, 피곤하신 듯싶습니다. 침소에 드셔야 하는데… 저 때문에."

"아니오, 나도 모르게 잠이 든 것 같소. 하도 오랜만에 술잔을 대하다 보니 금방 취기가 오르는 것 같소."

광해군은 넋두리하듯 대답했다.

"전하, 날이 밝아오고 있습니다. 사람들 눈이 있으니 신은 이만 물러가겠습니다."

송희립은 고개를 숙인 채 천천히 자리에서 일어섰다.

"아니 이보시게. 지금 어딜 간단 말이오?"

광해군은 실망한 얼굴로 힘없이 손을 내저었다. 사람이 그리운 처량한 군주의 몸짓이었다. 오랜 유배생활로 현실에 익숙해질 법하지만 원치 않은 두터운 울타리를 벗어나고 싶은 간절함은 어쩔 수 없어 보였다.

그 모습을 보자 송희립은 울컥하는 감정이 솟구쳐 올랐다. 절로 눈물이 핑 돌았다.

"전하, 원통하옵니다."

송희립은 다시 털썩 자리에 앉아 부복하며 흐느꼈다.

"정녕, 그리 생각하는가? 그렇다면 그 원통함을 씻어주지 못한 과인의 잘못이 너무도 크고 부끄러울 따름이네."

"전하, 조선의 백성이 모두 죽어가고 있습니다. 헐벗은 이 나라의 산천에서 통곡의 소리가 끊이지 않고 있습니다. 암담한 현실을 백성들과 후손들에게 무책임하게 떠넘긴 엄청난 이 죄를 도저히 용서할 수가 없습니다. 죽고 싶어도 너무도 억울해서 차마 눈을 감을 수가 없습니다."

송희립은 봇물이 터지듯 탄식을 토했다. 광해군은 송희립의 처절한 외침을 차마 들을 수가 없었다. 외면하고 싶은 현실이 기다렸다는 듯이 매서운 질책으로 쏟아졌다.

"아~"

광해군은 시선을 돌리며 한숨을 내쉬었다. 송희립을 마주 대할 용기가 나지 않았다. 그에게서 절망을 확인하는 것이 차마 두려웠다.

광해군은 질끈 눈을 감았다. 다시 눈꺼풀이 무거워지며 잠이 쏟아졌다. 현실을 벗어나고 싶은 갈망이 순식간에 늪이 되어 광해군을 빨아들였다. 컴컴한 암흑의 세계가 소용돌이처럼 육신을 옭아맸다.

어둠의 끝 어딘가에서 희미한 빛줄기가 보였다. 깊은 수렁에서 허우적거리던 광해군의 눈에 비친 그곳은 현실의 지옥이 아닌 과거의 찬란했던 기억이었다. 그토록 찾아 헤매던 지난날은 그러나 아픔과 슬픔의 색채로 가득한 전장의 한복판이었다.

그럼에도 불구하고 그곳이 반가웠다. 그곳에선 적어도 희망이 있었다. 당시의 광해는 하고자 하면 할 수 있는 힘과 세상을 바꿀 수 있는 올곧은 기상이 있었기 때문이었다.

굵은 빗줄기나 쏟아졌다. 늦여름 비가 저녁 무렵부터 내리면서 후덥지근한 열기가 대지 위로 끈적거렸다. 조선의 도성인 한양 대궐 밖에 있는 가옥들은 인적이 끊긴 채 흥건하게 젖어 있었다. 달빛도 장대비에 가린 을씨년스런 밤이었다.

광해는 호롱불을 밝힌 민가의 허름한 토방에 앉아 근심어린 표정으로 한숨을 내쉬었다. 광해 앞에는 한 사내가 죄인처럼 고개를 숙인 채 침묵했다. 그 사내는 바로 조정의 최고 대신인 유성룡이었다.

"대감, 정녕 방법이 없단 말입니까?"

광해는 간곡한 어조로 말을 꺼냈다. 그러나 유성룡은 천천히 고개를 가로저었다. 유성룡은 장차 임금의 보위에 오를 세자가 야심한 시간에 빗속을 뚫고 자신의 숙소로 찾아온 이유를 잘 알고 있었다. 그러나 어쩔 수 없었다. 상대는 임금이었다. 임금의 확고한 의지를 꺾을 수는 없었다.

"차라리 내일 아침 전하께 석고대죄席藁待罪를 하는 한이 있어도 꼭 살리고 싶습니다."

"저하, 참으십시오. 절대 그리해서는 안 될 일입니다."

광해는 유성룡의 만류에 눈물을 글썽이며 입술을 깨물었다. 충신이 어느 날 갑자기 역적으로 몰려 사지가 찢겨 죽어가는 현실이 너무도 기가 막혔다.

"아, 익호장군翼虎將軍!"

광해는 탄식하듯 중얼거렸다. 유성룡은 광해의 비통한 심정을 동병상련의 심정으로 이해했다. 남도의 뛰어난 의병장인 김덕령이 역적이 아닌 것은 누구나 다 아는 일이었다. 그런데 그가 역적이 된 것은 한순간의 일이었다.

광해는 1593년 11월에 임금인 선조를 대신해 하삼도下三道로 내려갔다. 명나라가 임금이자 부친인 선조에게 왕위를 넘기라고 압력을 가하자 보위를 지키기 위한 궁여지책이었다.

이때 광해가 이끄는 조직이 분비변사分備邊司였으나 12월경 공주에서 무군사撫軍司로 이름을 개칭했다. 당시 경상도 지역에서 거주하고 있던 왜군과의 싸움이 소강상태로 접어들자 일선에서 수행해야 할 제반 조처를 시행하기 위해 설치한 것이었다. 기존의 분조와 임무와 성격이 비슷했다.

광해는 12월 말경 목적지인 전주에 도착하자 병兵과 민民에 대한 구체적인 대책을 수립했다. 광해는 무군사를 통해 군사문제는 물론 일선에서 행해지는 제반 행정을 모두 먼저 조처하고 뒤에 임금에게 보고했다.

특히 여러 임무 가운데서도 모병과 군사훈련을 중시해 뛰어난 인재를 발탁하고 대비태세를 정비했다.

광해가 김덕령을 만난 것은 이때였다. 전라도 광주 출신인 김덕령은 임진왜란이 일어나자 1593년 담양에서 의병을 일으켜 왜군과 싸운 의병장이었다. 광해는 호남지역의 대표적인 의병장인 김덕령을 높이 평가해 익호장군翼虎將軍이라는 칭호와 함께 군기를 수여했다. 또한 임금인 선조에게 보고해 초승장군超乘將軍이라는 군호도 받게 했다.

김덕령은 세자인 광해의 최측근 장수로 부각되었다. 실제로 김덕령은 광해에게 충성을 다했다. 광해는 분조에서 활약할 당시 알았던 의병장 김천일이 진주에서 장렬히 전사하자 마음 아파하다 김덕령을 알게 되자 누구보다 신임했다.

그런 김덕령이 어느 날 갑자기 역적으로 몰린 것은 1596년 7월 충청도에서 발생한 이몽학의 난에서 비롯됐다.

이몽학의 난은 임진왜란을 겪으며 무능한 임금과 조정에 대해 쌓여있던 백성들의 불신이 폭발하여 일어났다. 전쟁으로 인해 농촌은 황폐화되고 관리와 토호들의 부정부패는 극에 달했다. 그런 상황에서 왜군의 재침략에 대비한 사역 등으로 백성들의 삶은 극도로 피폐해 있었다.

왕족의 서얼 출신인 이몽학은 이 시기 충청·전라 지방을 전전하다가 의병모집을 구실로 홍산鴻山: 지금의 부여에서 군사 600~700명을 모아 반란을 일으켰다. 이들은 충청도 일대를 차례로 함락시켰다. 이 과정에서 강제징세에 시달리던 백성들이 대거 합세함에 따라 수천 명으로 세력이 불어났다.

보고를 받은 임금인 선조는 깜짝 놀라 진압을 명령했지만 쉽게 난은 평정되지 않았다. 그러자 도읍인 한양의 백성들은 두려움에 떨었고, 일부는 피난 짐을 꾸릴 정도로 홍역을 치러야 했다. 다행히 이몽학의 반란군은 관군이 사방에서 포위해 오자 점차 사기가 떨어졌고,

이몽학의 부하들이 이몽학의 목을 베어 항복함으로써 가까스로 진압
됐다.

조정에서는 난을 수습하는 과정에서 이몽학의 목을 벤 김경창과
임억명에게 종2품에 해당되는 당상관급인 가선대부의 직위를 하사
했다.

반면 포로가 된 반군의 졸개들에겐 무자비하게 고문을 가했다. 두
번 다시 반란이 일어나는 것을 막기 위한 본보기였다. 이 과정에서 고
문을 견디지 못한 일부가 백성들로부터 명망이 있는 장수들의 이름을
무고했다. 그 속에 김덕령이 끼어 있었다. 이때 고문을 하던 관리 중에
김덕령에 대해 불만을 갖고 있었던 자가 김덕령을 반란의 배후로 옭
아맸다.

당시 김덕령은 이몽학의 반군을 토벌하기 위해 병력을 이끌고 오
다가 난이 평정됐다는 소식을 듣고 고향으로 내려가려던 중 체포됐
다. 한양으로 압송된 김덕령은 8월 초 이례적으로 임금인 선조로부터
직접 국문을 받았다.

선조는 여러 대신 앞에서 노골적으로 살의를 드러냈다.

"김덕령은 따로 가두어 병사들을 이중 삼중으로 엄중하게 배치한
뒤 혹독하게 문초할 것이다."

이에 유성룡은 조심스럽게 직언했다.

"전하, 김덕령은 일부 역적들을 취조하는 과정에서 나왔으니 다
른 역적들이 붙잡혀 오면 세밀하게 따져본 뒤에 처리해야 할 것이옵
니다."

선조는 유성룡의 말을 무시한 채 더욱 세게 몰아붙였다.

"무슨 소리인가. 옛적부터 역적을 다스리는 것은 반드시 문서를

기다려볼 필요가 없다. 이미 취조 과정에서 나왔으면 됐지 뭘 더 기다리린다는 말인가?"

"전하, 어차피 죄인은 목숨을 부지하기 힘들 것이옵니다. 그래도 자초지종을 따져 물어 실제 사정을 알아야 할 것입니다."

선조는 유성룡이 집요하게 말리자 못마땅하다는 듯이 목소리를 높였다.

"김덕령의 졸개들을 속히 잡아들여라. 김덕령은 마땅히 죽어야 할 죄인이다. 김덕령의 옥사를 엄중히 지키고 혹독히 문초하라. 혹시라도 자진自盡하는 일이 없도록 하되 그 죄를 낱낱이 밝혀라."

선조의 명령이 떨어지자 다시 김덕령에게 혹독한 고문이 가해졌다. 유성룡은 차마 끔찍한 고문을 더 이상 지켜보지 못하고 초저녁 무렵 퇴청했다. 광해가 유성룡의 숙소로 찾아간 것은 유성룡이 퇴청한 지 몇 시간 지나지 않아서였다.

유성룡은 세자인 광해가 자신을 찾아온 이유를 너무도 잘 알고 있었다. 또한 임금인 선조가 서슬이 퍼렇게 날뛰는 속셈도 짐작했다. 자칫 잘못하다가는 불똥이 어디로 튈지 몰랐다. 유성룡은 순수하고 맑은 성정의 광해에게 냉혹한 정치현실을 알려주는 것이 쉽지 않음에 답답함을 느꼈다. 아직 스물둘 나이에 불과한 광해가 감당하기 어려운 일이었다.

"대감, 제발 알려주시오. 김덕령이 이대로 죽게 내버려 둘 수는 없습니다. 전하께 석고대죄도 하지 말라고 하면 도대체 내가 할 수 있는 일이 무엇이란 말입니까. 제발 살릴 방법을 알려주십시오."

광해는 울먹이며 유성룡에게 호소했다. 유성룡은 멍하니 천장을 바라보다 천천히 말을 꺼냈다. 어느새 방문 밖의 빗소리는 끊겨 적막이 감돌았다.

"저하, 정말 모르십니까?"

유성룡의 말에 광해는 멍한 얼굴로 되물었다.

"모르다니요? 그게 무슨 말입니까"

"전하께서 진노하셔서 김덕령을 죽이려는 속뜻을 말입니다."

"그 그게… 잘 모르겠습니다. 속 시원히 말씀해 주십시오."

광해는 당황했다. 자신도 막연히 생각한 적이 있었다. 하지만 워낙 불경스러워 입 밖에 꺼내기조차 조심스러웠다. 유성룡이 말한 임금의 속뜻은 어쩌면 자신이 가졌던 그 불경스러운 생각과 같을 지도 몰랐다. 두렵지만 그 속뜻이 궁금했다.

"김덕령이 진짜 죄인인지 아닌지는 저도 잘 모르겠습니다. 하지만 제가 아는 것은 주상 전하께서는 김덕령이 죄가 있고 없고의 여부가 아니라 반드시 죽여야 할 대상으로 여긴다는 점입니다."

"넷? 전하께서 그럴 리가… 대감, 도무지 이해가 되지 않습니다."

광해는 유성룡의 직언에 충격을 받은 듯 말을 더듬었다. 유성룡은 광해의 표정을 살피며 작심하고 말을 이어갔다.

"김덕령이 죽어야 할 이유는 한가지입니다. 그가 백성들로부터 신망을 받는 장수이기 때문입니다. 주상 전하께서는 민심이 이반되고 왕권이 약해진 것에 대해 두려워하고 계십니다. 전란을 겪으면서 자신감을 많이 잃으셨습니다. 그래서 왕위를 내놓으시려고 여러 번 선언하기도 했습니다. 전하는 그동안 실추된 임금의 권위를 회복하고자 별렀고, 불행히도 김덕령이 그 올가미에 걸린 것입니다."

유성룡의 말에 광해의 얼굴은 사색이 되어 부들부들 몸을 떨었다. 좀체 받아들이기 힘든 듯 광해는 고개를 절레절레 저었다.

무거운 침묵이 흘렀다. 광해는 한참을 골몰하다가 어렵게 말을 꺼 냈다.

"대감의 말씀에는 어느 정도 수긍을 합니다. 하지만 왜 하필 김덕 령입니까?"

광해는 억지로 감정을 누그러트리고 되물었다. 무서운 말이었다. 유성룡의 등에 진땀이 흘렀다. 자칫 잘못하다가는 세자와의 관계가 틀어질 수도 있었다. 광해는 세자이면서 효심이 깊은 임금의 아들이 기도 했다. 말 한마디 한마디가 외줄타기처럼 아슬아슬했다.

"저하, 신의 말을 한 귀로 듣고 한 귀로 흘리십시오. 김덕령을 살리 려고 하면 세자 저하께서도 위험하실 수 있기에 하는 말입니다."

"설마, 전하께서?"

광해의 표정은 일순간 일그러졌다. 임금은 김덕령을 문초하는 과 정에서 누구든 걸리면 올가미를 씌우겠다는 뜻이었다. 그렇다면 김 덕령을 누구보다 신임하고 천거했던 세자인 광해도 무사할 수가 없 었다.

유성룡은 광해의 눈치를 살피며 조마조마한 가슴을 달랬다. 광해 가 자신이 처한 정치현실을 어느 정도까지 냉철하게 받아들일지는 알 수 없는 일이었다. 유성룡은 그러나 임금인 선조가 최종적으로 칼끝 을 세자인 광해에게 겨누고 있음을 직감했다.

유성룡이 아는 임금인 선조는 권력을 유지하기 위해선 수단방법 을 가리지 않고 정적을 처단하는 무자비한 군주였다. 그런 선조에게 부자의 정이란 일고의 가치도 없는 일이었다. 유성룡은 오랫동안 조 정에서 관료 생활을 하며 선조가 꾸민 교활한 음모와 행태를 너무도 많이 보아왔다. 알면 알수록 그것이 너무도 두려웠다.

유성룡은 묵묵히 광해를 바라보다 한숨을 내쉬었다. 세자인 광해에게 위험이 다가오고 있다는 생각에 소름이 끼쳤다. 임금인 선조가 허약한 왕권을 되살리기 위해 또다시 음모를 꾸민다는 생각이 들었다. 이몽학의 난을 계기로 김덕령까지 반역죄로 엮는 과정이 과거 정여립의 난과 너무도 흡사했다. 어떡하든 세자인 광해까지 엮이는 일은 막아야 했다. 유성룡은 마른 침을 삼키며 광해의 반응을 주시했다.

"대감, 진심으로 묻고 싶습니다. 정녕 김덕령 하나 죽으면 모든 일이 끝나는 겁니까? 그렇다면 기꺼이 그의 죽음을 모른 척하겠습니다. 말씀해 주십시오. 세자이면서도 무력하기만 한 제가 도대체 뭘 어떻게 해야 할지 모르겠습니다."

광해는 비장한 어조로 속마음을 내뱉었다. 뼈가 있는 말이었다. 유성룡은 한숨을 내쉬며 잠시 숨을 골랐다. 과연 세자인 광해가 감당할 수 있을지 대답의 수위를 조절해야 했다.

"저하, 신의 소견으로는 김덕령의 죽음은 주상 전하로 봐선 아무 일도 아닙니다. 권력은 결코 민심의 뜻대로 움직이지 않습니다. 불행하게도 전하께서는 그 길을 가고 있는 것 같습니다. 주상 전하는 백성들로부터 추앙받는 이 땅의 영웅호걸을 절대 좋아하지 않습니다. 전란 중에는 그런 장수들을 어쩌지 못하지만 지금과 같은 소강국면에서는 제거해야 할 대상일 뿐입니다. 신이 보기에 이제 시작입니다. 주상 전하께서 신호를 보내신 것입니다. 앞으로 더 큰 희생이 있을까 그것이 몹시 우려스럽습니다."

광해는 입술을 깨물며 유성룡의 말을 곱씹었다. 자신도 불경스러워 억지로 외면했던 생각과 크게 다르지 않았다. 숨이 막혔다. 한바탕 끔찍한 일이 벌어질 것 같아 두려웠다.

"대감, 그렇다면?"

광해가 나지막한 음성으로 되묻자 유성룡은 천천히 고개를 끄덕였다.

"그렇습니다. 아마도 최종적으로 이순신이 희생양이 될 것입니다."

"넷? 이순신이요?"

광해는 소스라치게 놀랐다.

"네. 그렇습니다. 그 이유는 이순신이 조선 땅에서 백성들이 가장 따르는 최고의 장수이기 때문입니다. 더욱이 그는 조선 땅에서 가장 강력한 군대를 보유하고 있습니다. 왜군이 전쟁을 더 못하고 물러난 것도, 명군이 왜군의 강화협상에 순순히 응하면서 전란이 재발하지 않을 것으로 믿었던 것도 바로 이순신이 존재해서입니다. 그들이 보기에 조선의 임금은 아무 힘이 없는 허수아비에 불과합니다. 조선의 온 백성과 왜군, 그리고 명나라 모두가 다 아는 사실을 주상 전하께서 모르실 리 없습니다. 그것이 전하가 이순신을 죽여야 하는 이유입니다."

"으음"

광해는 답답한 듯 절로 신음을 토했다.

"주상 전하의 의도는 이미 돌이킬 수 없는 수순입니다. 임금의 보위를 지키고 권력을 유지하기 위해선 그럴 수밖에 없습니다. 불안한 왕권을 지키기 위한 전하의 절박한 몸부림입니다. 살기 위해선 상대를 죽이는 것, 그것이 정치입니다."

"대감, 절대로 그렇게 되어선 아니 될 일입니다. 그것은 조선이 망하는 길입니다. 절대로 그리 돼서는 안 됩니다."

"..."

유성룡은 광해의 말에 침묵을 지켰다. 더 이상 대답하기가 조심스러웠다. 진땀이 흘렀다.

"이순신을 살릴 방법은 없습니까?"

유성룡은 광해를 물끄러미 바라보다 호흡을 고른 뒤 대답했다.

"방법이 없지는 않습니다."

"대감, 그것이 무엇입니까? 어서 말씀해 주십시오."

광해는 유성룡의 말에 반색하며 말을 재촉했다.

"방법은 단 하나입니다. 주상 전하께서 죽음의 칼날을 휘두르기 전에 저하께서 먼저 임금의 보위에 오르는 것입니다. 오직 세자 저하만이 이순신을 살릴 수 있습니다."

"넷? 그렇다면 반역을?"

광해는 깜짝 놀라 되물었다.

유성룡은 광해의 표정을 살피며 천천히 고개를 가로저었다.

"저하, 그렇지 않습니다. 그것은 결코 반역이 아니옵니다. 세자 저하께선 첫 번째 왕위 계승자인 만큼 당연한 순리에 따르는 것입니다. 다만 시기를 앞당겨 보위에 오르셔야 한다는 것뿐입니다. 그것만이 조선이 살고 주상 전하와 이순신 모두가 함께 살 수 있는 길입니다"

광해는 아무 말도 하지 못했다. 너무도 당연한 말이었다. 다만 시기를 앞당긴다는 것은 각오가 필요했다. 그 각오란 때에 따라선 부자지간에 등을 돌릴 수도 있고, 물러설 수 없는 싸움이 될 수도 있었다.

광해는 자칫 벌어질 엄청난 피바람을 떠올리며 부르르 몸을 떨었다.

유성룡은 광해가 주저하는 듯 약한 모습을 보이자 목소리의 수위를 높였다.

"저하, 명심하셔야 합니다. 만약 이순신이 죽으면 그다음엔 신과 세자 저하의 차례가 될 것이옵니다."

"네엣? 그게 무슨 말씀인지…"

광해는 어렵게 말문을 열며 반문했다.

"주상 전하께서 이순신을 제거하면 그다음엔 백성들로부터 신망이 높은 세자 저하를 비롯해 신과 다른 대신들도 가만히 두지는 않을 것이라는 뜻입니다. 설혹 목숨을 부지한다고 해도 세자 저하께서 임금의 보위에 오를 일은 절대 없을 것입니다."

"휴우"

광해는 유성룡의 말에 한숨을 내쉬며 고개를 끄덕였다. 이해는 되지만 받아들이기 힘든 말이었다.

"대감, 잘 알겠습니다. 그렇다면 제가 결단을 내려야 하는 시기는 언제입니까?"

광해는 호흡을 가다듬으며 냉정하게 말했다.

"빠르면 빠를수록 좋습니다. 주상 전하께서 이순신을 제거하기 전에 먼저 손을 써야 합니다. 언제든 저하께서 각오가 서면 신에게 하명하십시오. 신은 물론 멀리서 조선의 바다를 지키는 이순신도 저하를 위해 충성을 다할 것이옵니다."

광해는 입술을 깨물며 유성룡의 말을 곱씹었다. 가슴은 요동을 쳤지만 유성룡과 이순신이 자신을 지지한다고 생각하자 점차 두려움이 사라졌다. 조선을 살리기 위해선 어쩔 수가 없었다. 광해는 두 주먹을 불끈 쥐었다.

1596년 8월 23일. 광주의 의병장이었던 김덕령은 여섯 차례에 걸

친 혹독한 고문을 받고 끝내 숨을 거두었다. 뼈와 살이 으깨지고 힘줄
이 토막 났지만 억울하다고만 외칠 뿐 누구 하나 탓하지 않고 운명을
받아들였다. 오히려 죽기 직전에 이르러선 부하 장수들은 죄가 없으
니 선처를 바란다고 호소까지 했다.

임금인 선조는 분개했다. 누구라도 고문 앞에는 장사가 없다고 믿
어 내심 벼르던 몇몇을 엮으려던 계획이 틀어졌기 때문이었다. 고문
의 강도는 더욱 심해졌고, 가쁜 숨을 내쉬던 김덕령은 떠듬떠듬 시조
한 수를 읊고 눈을 감았다. 그의 나이 불과 30세였다.

"춘산에 불이 나니 미처 못 핀 꽃들 다 타는구나.
저 산의 저 불은 부어 끌 물이나 있으련만,
이 한 몸 태우는 불이야 끌 물 없어 하노라."

한때 호남의 대표적인 영웅으로 칭송받았던 김덕령이 남긴 시는
순식간에 입에서 입으로 조선 전역에 퍼져 나갔다. 백성들은 억울한
그의 죽음에 마음 아파했고, 임금과 조정에 대한 불신은 극에 달했다.

광해는 자신이 아끼던 장수인 김덕령이 죽자 며칠간 식음을 전폐
했다. 설마 했던 일이 현실로 닥치자 세상에 환멸을 느꼈다. 부친인 임
금이 무서워졌고, 권력을 놓고 이전투구 해야 하는 주위의 환경이 못
견디게 싫었다.

조선 전역을 쑥대밭으로 만든 왜군이 버젓이 경상도 땅에 웅크리
고 있는데도 불구하고 조선인이 조선인을 죽이는 기막힌 현실을 도무
지 이해할 수가 없었다. 더욱이 그 장본인이 나라를 다스리는 임금이

고, 그 임금이 부친이라는 점에 광해는 자괴감에 빠져들었다.

광해는 눈에 띄게 피골이 상접해 갔다. 주위에서 우려의 시선으로 바라보며 수군거렸지만 병석에서 미동도 하지 않았다. 여러 대신이 병문안을 다녀갔다. 유성룡도 그 중 한 명이었다. 그는 위로의 말을 전한 뒤 완쾌되면 읽으라며 책을 한 권 놓고 돌아갔다.

광해는 조금씩 몸 상태가 좋아지자 유성룡이 놓고 간 서적을 펼쳐 보았다. '자치통감'이라는 책이었다. 중국 송나라 사마광司馬光이 편찬한 중국의 편년체編年體 역사서였다. 기원전 403년 주나라부터 960년 후주에 이르기까지 1362년간의 역사를 1년씩 묶어서 편찬한 것이었다. 유성룡이 건네준 책은 당나라 시대 당 태종에 대한 집권 초기 내용을 담은 필사본이었다.

당 태종은 중국 역사상 가장 뛰어난 군주로 평가받는 인물이었다. 그러나 그가 황제로 즉위하기까지의 과정은 험난했다. 광해는 순식간에 책에 빠져들었다. 내용은 생각했던 것 이상으로 충격적이었다.

광해는 책을 다 읽고 부르르 몸을 떨었다. 자신이 임금이 되면 중국의 당 태종처럼 강력한 군주가 되겠다고 생각한 적이 있었다. 그러나 혈육들을 죽이고, 부친을 연금한 후 황제에 자리에 오른 과정을 이전에는 잘 몰랐다. 황제가 되기 위해 수단과 방법을 가리지 않은 당 태종의 또 다른 모습이 너무도 낯설었다.

역사서인 자치통감은 황제가 되기 전과 후인 당 태종의 두 얼굴을 적나라하게 드러냈다. 역사는 승자를 위한 기록이고, 패자의 정당성은 아무런 의미가 없음을 자치통감은 후세에 교훈으로 남겼다.

광해는 곰곰이 생각에 잠겼다. 유성룡이 당 태종의 즉위 과정을 담은 중국의 역사서적을 전해 준 이유가 궁금했다. 그것은 아마도 광해를 꾸짖는 질책일 지도 몰랐다. 김덕령의 죽음에 괴로워하는 나약한 광해의 모습에 자극을 주려는 의도가 담겨있었다.

분명한 것은 장차 임금의 보위에 오르기 위해선 지금처럼 나약한 세자가 아닌 목숨을 걸고 앞장설 수 있는 세자가 되어야 한다는 점이었다. 유성룡은 광해에게 그러한 결단을 요구한 것이었다.

광해는 아차 싶었다. 유성룡과 이순신 등 측근 신하들은 세자인 광해가 임금이 될 수 있도록 기꺼이 목숨을 걸었지만 정작 자신은 뒤로 주춤하는 나약한 모습을 보였기 때문이었다. 측근들의 지지와 믿음을 저버린다면 광해는 권력싸움에서 한낱 파리 목숨에 불과했다.

무엇보다 수군의 이순신이야말로 조선에서 가장 강력한 힘을 지닌 군부의 실세였다. 그러나 이순신이 죽거나 광해를 지지하지 않는다면 세자인 광해가 임금의 자리에 오르기는 쉽지 않았다. 그렇다면 광해가 보위에 오르는 길은 하나뿐이었다. 광해를 지지하는 이순신이 죽기 전에 서둘러 결단을 내리는 것이었다. 유성룡이 중국 당 태종의 즉위 과정을 기록한 자치통감 서적을 전한 의도는 바로 그것이었다.

'아~'

광해는 가늘게 신음을 내뱉었다. 임금이 이순신을 제거하면 그다음에는 광해와 자신의 차례라는 유성룡의 말이 귓가에 맴돌았다. 설마 전란 중에 이순신을 당장 제거하지는 못할 것이라는 안이한 판단이 틀릴 수도 있다는 불길한 생각이 뇌리를 스쳤다.

12
위기의 이순신

9월의 남쪽 바닷바람은 매서웠다. 어둑어둑 해가 질 무렵이었다. 한산도에서 바라보는 바다는 한 폭의 그림처럼 신비로운 비경을 담고 있었다.

경상도 통영의 앞바다인 한산도에서 작은 섬들이 산재한 뱃길을 따라 멀지 않은 곳에 전라도 여수가 있다. 임진왜란이 발발하던 1592년 4월에 전라좌수영이 왜군을 맞아 출동을 했던 곳이었다.

이순신은 한산도 중심에 솟아있는 높이 3백 미터 고지인 망산에 올라 바다로 꼬꾸라지는 석양을 묵묵히 바라봤다. 마음이 복잡했다. 전란이 벌어진 지 어느덧 4년이 넘게 지났지만 전쟁은 아직 끝나지 않았다. 왜군이 언제 다시 쳐들어올지 몰랐다. 불안한 나날이 몇 년째 이어지고 있는 답답한 형국이었다.

이순신이 이곳 한산도로 수군기지를 옮긴 것은 1593년 7월 15일이었다. 그리고 한 달 후인 8월 15일에 삼도수군통제사로 임명됐다.

조선 삼도경상, 전라, 충청 수군의 총사령관이 된 것이었다.

이순신이 여수에서 한산도로 거처를 옮긴 이유는 왜군과의 싸움이 장기화되면서 비롯됐다. 무엇보다 여수의 관문이라 할 수 있는 진주가 왜군의 총공세로 1593년 7월 1일 함락되면서 상황이 급박해졌다.

진주에서 여수까지는 하루면 도달할 수 있는 거리였다. 조선수군이 비록 바다에서는 무적일지라도 육지로 쳐들어오는 적에겐 취약할 수밖에 없었다. 수군기지를 서둘러 옮긴 이유였다.

이순신은 그러나 일찍이 한산도를 점찍어 왔기에 큰 어려움 없이 신속하게 이동했다. 한산도가 수군 주둔지로서 매우 유리한 지형적 조건을 갖추었다는 것을 알고 있었기 때문이었다. 한산도는 왜군수군이 남해로 진출할 때 반드시 거쳐야 하는 해상 길목이었다.

특히 한산도 근처 많은 섬들에는 소나무 숲이 울창해 군선 건조에 용이했다. 인근의 섬과 내륙지역에는 적지 않은 평지가 있어 식량을 조달할 수 있는 자급자족이 가능했다.

이곳에서 이순신은 수많은 군함을 새로 건조하고 훈련에 몰두했다. 또 둔전屯田: 군졸이나 백성 등에게 아직 개간하지 않은 땅을 개척·경작해 군대의 양식으로 쓰도록 한 밭을 통해 식량과 물자도 안정적으로 확보했다.

한산도는 이순신의 수국水國으로 부족함이 없었다. 삼도 수군을 관할하는 통제영이 한산도에 설치되자 전국 각지에서 백성들이 모여들었다. 기근으로 전국 방방곡곡이 굶주림에 시달렸지만 한산도만은 달랐다. 왜군의 위협과 조선 관리들에게 시달리던 가난한 백성들에게 한산도만큼 안전하고 먹을 것이 풍족한 곳은 없었다.

"남쪽 한산도로 가서 군사가 되면 안전하고 가족들도 배를 굶지 않는다."

한산도에 대한 소문은 조선 전역으로 퍼져나갔다. 하루에도 수많은 백성이 꾸역꾸역 몰려들었다. 이순신은 이들 백성 모두에게 살길을 마련해 주었다. 백성들은 둔전에서 각종 작물을 수확하고 바다에서 생선과 수산물을 획득했다. 자연히 물물교류가 활성화됐고, 백성들의 살림과 군영도 풍요로워졌다.

어느덧 한산도는 조선 최대의 병력과 물자를 갖춘 군대의 중심지이자 경제와 물류의 핵심지역이 됐다. 그러나 한산도가 번영할수록 한편에서는 의혹과 시기의 눈초리도 만만치 않았다. 특히 조정에서 한산도를 바라보는 시선은 심상치 않았다.

이순신의 마음 한편이 불안한 것도 그 때문이었다. 왜군과의 싸움도 대비해야 하지만 보이지 않는 내부의 적을 상대하는 것이 더 힘이 들었다. 칼끝을 어디로 겨누어야 할지 모르는 상황이야말로 전장의 장수가 가장 두려워하는 일이었다. 멀리 바다를 바라보는 이순신의 마음은 착잡했다.

"통제사 대감!"

이순신이 산에서 내려와 본영으로 막 들어서자 호위군관인 송희립이 외쳤다.

"무슨 일인가?"

"조금 전 도성인 한양에 갔던 연락선이 돌아왔습니다. 여기 통제사 대감께 직접 전해달라는 서찰이 있습니다."

"그래? 알았네."

이순신은 송희립이 건네준 서찰을 쥐고 숙소로 들어갔다. 왠지 모르게 불안했다. 서찰을 보낸 사람은 오랜 벗이었던 유성룡이었다. 서찰의 내용은 예상대로 충격적이었다.

서찰에는 최근 조정에서 벌어졌던 일들이 상세하게 적혀 있었다. 무엇보다 호남의 의병장인 김덕령이 역적으로 몰려 죽임을 당했다는 것과 그 일로 세자인 광해가 병상에 누웠다는 내용이었다. 편지 말미에는 조정의 움직임이 예사롭지 않으니, 조심하라는 당부의 말도 담겨 있었다.

"아"

이순신은 탄식했다. 왜군은 아직 버젓이 조선 땅에서 강토를 유린하고 있는데, 조선의 유능한 장수가 억울하게 죽었다는 것이 기가 막혔다. 죽은 김덕령은 이순신도 잘 아는 뛰어난 의병장이었다.

이순신은 부르르 몸을 떨며 김덕령과의 인연을 떠올렸다.

이순신이 김덕령을 처음 본 것은 2년 전의 일이었다. 1594년 9월 29일부터 10월 4일까지 거행됐던 거제도 장문포 상륙작전 당시 김덕령이 병력을 이끌고 참가함으로써 알게 됐다. 이 작전은 도체찰사였던 윤두수가 조선군 단독으로 수륙작전을 통해 장문포 일대에서 약탈을 일삼던 왜군을 격멸하자는 계획에 따른 것이었다.

이때 호남의 대표적인 의병장인 김덕령은 경상도의 의병장인 곽재우와 함께 병력 8백여 명을 이끌고 수군의 판옥선에 승선했다.

이순신은 작전기간 중 하삼도에서 실질적으로 조정무군사의 총 책임자였던 세자의 측근인 김덕령을 눈여겨봤다. 그리고 그의 충성심과 용맹스런 활동에 깊은 인상을 받았다.

비록 내색은 하지 않았지만 세자를 지지하던 이순신과 김덕령은 서로를 응원하며 합동 상륙작전을 벌였다. 그리고 무탈하게 작전을 마칠 수 있었다. 왜군이 싸움을 피함으로써 큰 전과는 없었더라도 김덕령에 대한 인상은 이때 이순신에게 또렷하게 각인되었다.

"익호장군, 잘 가시구려. 명복을 빌겠소이다."

이순신은 김덕령의 넋을 위로하며 한숨을 내쉬었다. 점점 죽음의 칼끝이 다가오고 있다는 위기감에 자신도 모르게 몸이 움츠러들었다. 유성룡이 급하게 서찰을 보낸 것은 김덕령 다음 차례가 누구인지를 짐작케 했다.

"오호, 이를 어찌한단 말인가."

이순신은 뒷짐을 지고 서성이며 중얼거렸다. 임금께 충성을 다하기 위해 몸과 마음을 바쳐 사심 없이 살아온 이순신으로서는 임금인 선조의 행태가 도무지 이해가 되지 않았다.

장수로서 죽는 것은 하나도 두렵지 않았다. 그런데 눈앞의 왜군을 놔두고 억울하게 죽는 것은 쉽게 받아들여지지 않았다. 이대로 죽기에는 해야 할 일들이 너무 많았다. 무엇보다 절망의 늪에 빠질 조선의 백성들이 눈에 밟혔다.

마음을 가다듬고 서찰의 내용을 다시 음미했다. 세자인 광해가 상심해 병석에 누웠다는 것은 여러 가지 의미를 담고 있었다. 김덕령의 죽음에 세자가 반응을 보였다는 증거였다. 조선이 살기 위해선 세자인 광해가 하루속히 보위에 올라야 한다는 암시였다. 그렇다면 그때까지는 무슨 일이 있어도 반드시 살아남아야 했다.

이순신은 털썩 무릎을 꿇고 두 손을 모았다. 바람은 하나였다. 왜군을 조선 땅에서 모두 물리치고 장수로서 명예롭게 전장에서 죽는 것이었다. 그렇게 죽을 수 있게 되기를 간절하게 하늘에 빌었다.

이 무렵, 왜군의 심장부인 일본 본토에서는 명나라와 일본의 강화 협상이 결렬되는 일대 소동이 벌어졌다.

1596년 9월 6일, 도요토미 히데요시는 강화협상 내용이 명나라 사신인 심유경과 임진왜란의 선봉장이었던 고니시 유키나가가 자신을 속이고 꾸민 조작이었음을 알고 대노했다. 이에 일본에 머물던 심유경 등 명나라 사절단은 서둘러 도망치듯 대마도로 피신했다.

이 사실을 전해들은 유성룡은 심유경이 또다시 거짓 보고서를 명 조정에 보내리라 예상하고 먼저 선수를 쳤다. 명나라 조정에 심유경이 꾸민 거짓 강화협상이 들통이 나 일본이 발칵 뒤집혔음을 알린 것이었다. 이에 따라 곧 왜군이 다시 조선을 침략할 것이라는 내막도 통보했다.

그동안 왜군과의 강화협상을 의심해오던 명나라 조정은 즉각 반응했다. 본국으로 돌아온 심유경을 즉시 처벌했다. 또 강화를 주도했던 병부상서 석성까지 실각시켰다. 명나라는 이어 왜군이 재침하면 신속히 군대를 보내 강경하게 대응하겠다고 조선에 약속했다.

바야흐로 전쟁의 기운이 꿈틀거리면서 또다시 참화가 벌어지는 것은 불가피했다. 일본 본토의 왜군은 곧바로 전쟁준비에 들어갔고, 명나라 또한 왜군의 침략에 대비해 상황을 예의 주시했다.

그러나 정작 전란의 최대 피해지가 될 조선의 움직임은 엉뚱했다. 다급한 순간에 헛발질을 하며 시간을 축낸 것이었다.

영의정인 유성룡을 중심으로 왜군의 재침에 대비하려는 전쟁 준비세력은 내부에서 발목을 잡히며 휘청거렸다. 그동안 유성룡에 눌려 숨을 죽이던 서인세력이 당쟁에 불을 지피며 엇박자를 냈기 때문이었다. 배후에는 조선의 임금이 도사리고 있었다.

1596년 11월 7일, 서인의 윤두수 동생인 윤근수가 한편의 장계를 올리면서 조정은 격렬한 당쟁에 휩싸였다.

장계의 내용은 한마디로 원균이 수군장수로서 이순신보다 더 뛰어난 만큼 충청병사 직위에서 다시 수군으로 재임명하여 이순신을 대체해야 한다는 주장이었다. 왜군이 곧 다시 쳐들어올 상황에서 느닷없는 이러한 장계에 임금인 선조는 한술 더 떠 화답했다.

"과인의 생각 또한 그러한데 이렇게 글로 아뢰니 매우 기쁘도다."

조정은 두 파로 나뉘어 이순신에 대해 갑론을박을 벌였다. 우의정인 이원익이 이순신을 옹호하며 윤근수의 장계내용을 반박했다.

"이순신은 스스로 변명하는 말이 별로 없었으나, 원균은 늘 발끈했습니다. 소신이 뒤에 들으니, 원균이 이순신에 대해 분한 말을 많이 했다고 합니다. 이순신을 결코 한산도에서 다른 곳으로 옮길 수는 없습니다. 만약 옮기면 왜군이 쳐들어 올 때 낭패를 볼 것이옵니다. 헤아려 주시옵소서."

선조는 이원익이 작심하고 직언을 하자 주춤했다.

"어허 그거 참 난처한 일이로다."

그러자 윤두수가 동생인 윤근수와 마찬가지로 슬그머니 원균을 옹호했다.

"원균은 소신의 친족인데, 신은 오랫동안 그를 보지 못했습니다. 다만 원균은 이순신보다 줄곧 지위가 앞서 있다가 낮아지는 바람에 발끈해 노여움을 품었을 것이옵니다. 이점 조정에서 헤아려 처리해야 할 것이옵니다."

임금인 선조는 윤두수의 말에 다시 힘입어 원균을 치켜 올렸다.

"과인이 들은 바로는 당초 군사를 청한 것은 원균이 한 것인데, 조정에서는 원균이 이순신만 못하다고 생각하므로 원균이 노하게 된

것으로 알고 있다. 또한 원균은 왜군과 싸울 때 늘 선봉이었다고 들었
노라."

임금이 다시 원균을 옹호하자 다른 대신들도 임금의 비위를 맞추
며 이순신을 사방에서 헐뜯었다.

유성룡은 답답했다. 임금인 선조의 의도에 따라 조정대신들이 꼭
두각시가 되어 일선의 유능한 장수를 험담하는 행태에 말문이 막혔
다. 유성룡은 이미 지난 6월부터 선조가 이순신을 단단히 벼르고 있음
을 눈치챘다.

선조는 당시 좌의정이었던 김응남에게 "이순신은 어떠한 인물인
가?"라고 느닷없이 물은 뒤 "이순신은 처음에는 힘껏 싸웠으나 그 뒤
에는 작은 적일지라도 잡는데 성실하지 않았고, 또 군사를 일으켜 적
을 토벌하는 일이 없었으므로 내가 늘 의심했다"며 불만을 토로했다.

유성룡은 그때 임금의 의중을 조정 대신들이 기억한 뒤 임금의 비
위를 맞추기 위해 이날 다시 이순신을 공격한 것이라고 생각했다.

왜군이 언제 다시 쳐들어올지 모르는 상황에서 임금인 선조가 일
선의 장수 등 뒤로 칼을 겨누려는 광기에 유성룡은 소름이 끼쳤다. 막
막했다. 적과 싸우기도 전에 자중지란이 일어나는 일은 막아야 하
지만 도무지 길은 보이지 않았다.

불현듯 유성룡의 뇌리에 반역의 깃발이 스쳐 지나갔다. 유성룡은
불손한 생각에 움찔하면서도 가슴이 요동침을 느꼈다. 어쩌면 반역이
야 말로 조선을 구할 유일한 방도일지 몰랐다. 그 반역의 중심에 세자
광해가 있다면 그것은 반역도, 역성혁명易姓革命도 아닌 순리順理였다.

유성룡은 쿵쿵 뛰는 가슴을 억누르며 광기어린 임금의 속셈을 묵
묵히 지켜봤다.

이 무렵, 조선 조정의 내분은 토씨 하나 빠뜨림 없이 일본 본토로 신속히 보고됐다.

고니시 유키나가는 무릎을 치며 쾌재를 불렀다. 조선 침략의 최대 걸림돌인 이순신이 조선 임금의 눈 밖에 났다는 첩보는 전쟁의 성패를 좌우하는 낭보였다.

"틀림없겠지?"

"네, 그렇습니다. 관백關白: 일본의 최고 권력직위께서 예상하신 그대로 조선의 임금이란 자가 우리를 돕고 있습니다."

고니시 유키나가는 조선어 솜씨가 뛰어난 정보원인 요시라의 말에 가슴을 쓸어내렸다.

지난 9월 고니시 유키나가는 강화협상 내용을 조작했다가 들키는 바람에 관백인 도요토미 히데요시에게 하마터면 죽을 뻔했다. 그때 도요토미 히데요시는 고니시 유키나가를 살려주는 대신 이순신을 제거하라는 특명을 내렸다.

도요토미 히데요시는 무능하고 이기적인 조선의 임금이 이순신을 쫓아내기 위해 반드시 수작을 벌일 것으로 예상했다. 그 틈을 노려 이순신을 제거할 수 있도록 계략을 쓰라고 고니시 유키나가에게 주문했다.

그 임무를 수행하는 간첩역할은 고니시 유키나가의 통역인 대마도 출신의 요시라가 맡았다.

사실 고니시 유키나가는 전쟁을 원치 않는 천주교 신자였다. 그러나 자신이 살기 위해서는 일본의 최고 우두머리인 도요토미 히데요시의 명령을 따라야 했다. 무엇보다 일세의 간웅奸雄으로 일본을 통일한 도요토미 히데요시가 뛰어난 지략으로 조선 재침략을 구상했기에 이번에는 성공 가능성이 높았다.

도요토미 히데요시는 조선을 다시 침략할 때 성공의 걸림돌로 세 사람을 꼽았다. 첫 번째가 이순신이고, 그 다음으로 유성룡과 세자인 광해를 꼽았다. 도요토미 히데요시는 고니시 유키나가에게 확신하듯 말했다.

"이순신만 제거되면 나머지 두 사람은 큰 위협이 되지 못할 것이다. 그러므로 이순신의 제거가 조선 침략 성공의 열쇠다."

"잘 알겠습니다. 그러나 조선 조정의 기둥인 유성룡과 차기 임금이 될 세자의 존재감도 무시할 수는 없을 것 같습니다."

고니시 유키나가는 임진왜란 당시 조선의 유성룡과 세자의 활약을 떠올리며 조심스럽게 의견을 냈다.

"물론이다. 그러나 이순신이 없으면 유성룡과 세자의 영향력은 그리 크지 않다. 가장 두려운 것은 이들 세 사람이 합심하는 것인데, 그럴 일은 절대 없다는 것이다."

"지당하신 말씀이옵니다. 그러나 만에 하나…"

고니시 유키나가는 눈치를 살피며 반문했다.

"내가 조선 재침략을 준비하면서 가장 믿는 사람이 있는데, 누구인지 아느냐?"

도요토미 히데요시의 말에 고니시 유키나가는 고개를 갸우뚱거렸다. 누구지? 고니시 유키나가는 궁금한 얼굴로 도요토미 히데요시를 바라봤다.

"하하. 내가 믿는 사람은 바로 조선의 비열한 임금이다."

"네엣?"

고니시 유키나가가 멍한 얼굴로 되묻자 도요토미 히데요시는 친절하게 설명했다. 조선의 임금은 이순신과 유성룡, 세자가 서로 힘을 합치는 것을 절대 용납하지 않는다는 것이었다. 조선이 망하는 한이 있어도 임금인 선조란 자는 자리를 지키기 위해 능력이 출중한 자는 누구든 제거할 것이라고 확신했다.

"그렇다면 이순신이나 다른 힘 있는 장수들이 반란을 일으킬 수도 있지 않습니까?"

고니시 유키나가는 또다시 반문했다.

"당연하다. 우리 일본 같으면 벌써 반란이 났을 것이다. 그러나 조선은 그렇지 않다. 우리는 이미 지난 임진년 전쟁에서 그 사실을 알지 않았느냐?"

"넷? 그렇다면…"

도요토미 히데요시는 다시 조리 있게 말했다. 조선을 침략해 도읍인 한양을 점령했을 때 조선 임금은 백성을 버리고 조선의 국경 끝인 의주까지 혼자만 살겠다고 도망갔던 일을 복기했다.

일본 같으면 전쟁이 벌어지면 성주가 앞장서 성에서 끝까지 싸우다 죽거나 항복하는 것이 상식이었기에 다들 황당해 한 적이 있었다. 더욱이 그 책임을 부하들에게 뒤집어씌우고 버젓이 되돌아와 임금노릇을 하는 조선의 정치문화는 도무지 이해가 되지 않았다. 이 때문에 전란 중에 일본 본토에서도 한바탕 토론을 벌인 적이 있었다.

그때 누군가 이런 주장을 했다. 조선은 임금에게 무조건 충성해야 하는 성리학이라는 이상한 학문에 사로잡혀 신하들은 감히 반역을 할 엄두를 내지 못한다는 것이었다. 도요토미 히데요시는 바로 그 사실을 기억하고 있었다. 고니시 유키나가는 도요토미 히데요시에 감탄했다. 그럼에도 불구하고 의문은 완전히 가시지 않았다.

"만약 조선의 세자가 반란을 일으키면 어떻게 되는 겁니까?"

고니시 유키나가가 뜻밖의 질문을 했다. 그러자 도요토미 히데요시는 말문을 잃고 얼굴이 흙빛이 됐다.

"으음"

도요토미 히데요시는 짧은 신음을 흘리며 잠시 생각을 정리했다. 이어 낮은 어조로 단호하게 말했다.

"내가 가장 두려워하는 일이다. 그것은 엄밀히 말해 반란이 아닌 권력이양이다. 그렇게 되면 우리의 조선 침략은 실패할 것이다. 그러나 그럴 일은 절대 없을 것이다. 만약 하나 세자가 이순신의 지지 하에 임금이 되면 모든 일은 물거품이 된다. 그러기 전에 조선 임금이 이순신을 제거할 수 있도록 서둘러야 한다. 반드시 이순신을 제거하라."

고니시 유키나가는 그때 알았다. 도요토미 히데요시가 조선을 다시 침략하겠다고 공언할 수 있었던 것은 유능한 장수들과 대신들을 시기하는 조선의 임금에 대해 너무도 잘 파악하고 있었기 때문이었다. 그리고 일본을 천하 통일한 도요토미 히데요시가 가장 두려워하는 인물은 오직 이순신이라는 수군장수 한 사람이라는 것도 새삼 깨달았다.

고니시 유키나가는 부끄러웠다. 정정당당하게 싸우지 않고 뒤에서 음모를 꾸며 전쟁에서 이기는 것은 천주교 신자로서, 사무라이로서 해서는 안 될 일이었다.

그런 비겁한 전쟁에 선봉이 되어야 하는 자신의 처지가 너무도 수치스러웠다. 그럼에도 불구하고 전쟁은 불가피했다. 싸움에서 이기고 자신도 살기 위해선 수단방법을 가리지 말아야 했다.

"지금 즉시 조선 땅으로 건너가 준비된 계책을 써라."

고니시 유키나가는 오랜 상념 끝에 명령을 내렸다. 그러자 요시라는 자신 있게 큰소리로 대답했다.

"알겠습니다. 반드시 조선 임금이 이순신을 죽일 수 있도록 덫을 놓겠습니다."

1596년 12월 7일, 고니시 유키나가는 조선의 부산에 도착했다. 그리고 일본과 명나라 간에 강화협상이 깨지는 것을 지켜봤던 조선사절단의 황신 일행을 만났다.

고니시 유키나가와 황신이 마주 앉고, 양측의 통역으로 요시라와 박대근이 동석했다.

"아무래도 전쟁은 피할 수 없을 것 같소, 무식한 가토加藤淸正 놈이 내용을 폭로하는 바람에 알다시피 강화협상이 깨졌소. 아마도 가토 그놈이 앞장서서 대병력을 이끌고 쳐들어올 것이오."

일본 내에서 주화파로 소문난 고니시 유키나가의 말에 황신은 고개를 끄덕이며 한숨을 내쉬었다.

"언제 전쟁이 날 것 같소?"

고니시 유키나가는 황신의 말에 순순히 대답했다.

"아마도 내년 3월 이전에 건너올 것 같은데, 그때까지 조선도 준비를 하시오. 나도 쉽지는 않겠지만 전쟁을 막아보기 위해 애써 보겠소."

"수고 좀 해주시오. 그리고 수시로 상황을 알려주시오."

"그렇게 하겠소. 여기 내 측근인 요시라를 보내 그때그때 연락을 하겠소."

"고맙소. 나도 조선 조정에 전쟁이 곧 날 것이니 대비하라고 보고

하겠소."

황신은 이주일 후인 12월 21일 도읍인 한양에 도착하자마자 귀국 장계를 올렸다. 임금인 선조는 이미 일본이 다시 쳐들어올 것이라는 보고를 받은 터라 황신의 귀국 장계를 보자 더욱 불안감에 좌불안석했다.

해가 바뀌었다.

1597년 신년 벽두부터 다급한 장계가 임금에게 전해졌다. 경상우도 병마절도사인 김응서가 보낸 장계는 깜짝 놀랄 내용이 담겨 있었다. 임금인 선조는 곧바로 회의를 소집했다. 승지가 김응서의 장계 내용을 읊었다.

"고니시 유키나가는 통역 요시라를 소신에게 보내왔습니다. 곧 가토가 바다를 건너 조선으로 올 것인데, 그 시기를 미리 알려준다고 했습니다. 조선수군이 출동해 있다가 바다에서 공격하면 격멸할 수 있을 것입니다."

조정 대신들은 장계 내용에 대해 갑론을박을 벌였다. 고니시 유키나가의 속임수라는 의견과 고니시는 믿을만한 자이니 기회를 놓치지 말자는 의견이 팽팽히 맞섰다. 이에 임금은 군사최고기구인 비변사에 의견을 물었다. 비변사는 곧바로 임금에게 건의했다.

"얼마 전 일본에 사절단으로 갔다 온 황신의 말로는 고니시는 믿을 만한 자로서 가토와 원수지간인 만큼 기회를 놓치지 말아야 한다고 합니다. 그러나 우리 수군상황도 살펴 형세를 보아가며 처리하는 것이 옳을듯 싶습니다."

임금인 선조는 김응서가 올린 장계를 볼 때부터 이미 마음속으로 결정을 내렸다. 왜군의 장수인 가토를 때려잡을 절호의 기회로 여겼다. 그리고 그 임무는 당연히 이순신이 맡아 잘 할 것이라고 믿었다. 만에 하나 이순신이 임무에 실패하면 자연스럽게 눈엣가시를 제거할 명분이 생기는 셈이었다. 적의 속임수라는 대신들의 의견과 신중하자는 비변사의 말은 처음부터 귀에 들어오지 않았다. 그저 형식적인 절차에 불과할 뿐이었다.

선조는 군 최고책임자인 권율에게 수군을 움직이라고 지시했다. 권율은 왕명에 따라 말을 달려 이순신을 만났다.

1월 12일 밤, 한산도에 도착한 권율은 이순신과 독대하자마자 왕명을 전했다.

"왜군의 선봉장인 가토가 곧 바다를 건너올 것이오. 그러니 수군을 즉시 출동시켜 그들을 격멸하시오."

이순신은 울화가 치밀었다. 왜군의 간교한 음모에 놀아나는 조정의 행태가 꼴사나웠다. 그러나 감정을 삭인 채 조심스럽게 반대의견을 냈다.

"왜군의 계책일 수도 있는 만큼 함부로 수군을 출동시킬 수는 없습니다."

"경상우도 병마절도사인 김응서의 말에 의하면 왜군의 고니시는 믿을 만하다고 하오. 더구나 이것은 조정과 전하의 뜻이기도 하오."

"설혹 그렇다 하더라도 적장의 말 한마디에 무작정 대병력을 움직일 수는 없소이다."

권율은 이순신이 완강히 거부하자 당황하여 말을 돌려 재촉했다.

"좋소. 그렇다면 왜군의 거주지인 부산이라도 치시오. 그렇게 되면 가토가 쉽게 상륙할 수가 없지 않겠소."

"전술적으로 볼 때 지금 부산을 치는 것은 매우 위험해 사지로 가는 것과 같습니다. 그전에도 공격을 해봤지만 적이 웅크린 채 완강히 버텨 아무 소득을 얻지 못했습니다. 그런 것은 현지 일선 장수의 판단에 맡겨야 합니다. 더욱이 10월 초부터 1월 말까지는 배를 움직이는 격군들이 집에 돌아가 있는 때인 만큼 이들을 소집해 출동하려면 최소 사나흘이 소요됩니다. 그러므로 당장 출동은 어렵습니다."

권율은 이순신이 논리정연하게 반박하자 말문이 막혔다. 권율은 할 수 없이 얼굴을 붉힌 채 되돌아갔다.

권율이 13일 본거지인 의령에 도착하자 김응서와 황신이 찾아왔다.

"대감, 이순신이 뭐라 합니까? 서둘러 수군을 출동해야 합니다."

"이보시게, 지금 격군이 없어 당장 수군 출동은 어렵다고 하니 난들 어쩌겠나."

"이순신 한 사람 때문에 나랏일을 망칠 수는 없습니다. 당장 명령을 따르도록 종용해야 합니다. 그깟 격군이 없다고 출동을 못한다는 것은 핑계에 지나지 않습니다. 돛을 달고라도 출동해야 합니다."

권율은 김응서와 황신이 눈에 불을 켜고 따지자 진땀을 흘렸다. 난감했다. 명령을 따르는 척 시늉도 하지 않은 고집불통의 이순신이 야속했다. 그러나 한편으론 이순신이 걱정도 됐다. 임금의 불같은 성격을 잘 아는 권율은 이순신이 혹시라도 화를 입게 되지 않을까 불안했다.

씩씩거리며 돌아가는 김응서와 황신의 뒷모습을 보며 권율은 애써 두근거리는 가슴을 억눌러야만 했다.

같은 날 왜군의 재침략 주력 장수인 가토는 바다를 건너 조선 땅에 도착했다. 이순신이 설혹 명령에 따라 긴급히 출동했더라도 바다에서 이들을 저지하는 것은 애초에 불가능한 시간대였다. 그러나 이미 왜군의 간계에 눈이 뒤집힌 임금과 조정에게 있어 이순신의 출동 거절은 기름에 불을 붙인 격이 되고 말았다.

분노의 불길은 활활 타올랐다. 고니시 유키나가와 간첩 요시라가 조선 조정 요로要路에 파놓은 함정은 넓고도 깊었다. 곳곳에서 이순신을 성토하는 장계가 무더기로 쏟아져 올라왔다. 이순신이 이중삼중의 덫에 걸린 것은 순식간이었다.

왜군과의 전쟁이 코앞으로 다가온 1월 27일, 조선의 도읍인 한양에서는 어전회의가 열렸다.

서인의 영수인 판중추부사 윤두수가 목소리를 높였다.

"이번에 가토를 잡을 수 있는 절호의 기회를 이순신이 반대해 무산됐습니다. 온 나라의 민심이 모두 분노하고 있습니다. 이순신을 교체해야 합니다."

이에 동인인 지중추부사 정탁이 이순신을 옹호했다.

"이순신이 이번에 죄는 있사오나 전쟁이 다시 시작되려는 상황인 만큼 장수를 바꿔서는 아니 될 것입니다."

이순신의 처벌을 두고 의견이 갈리자 임금인 선조가 버럭 화를 내며 말했다.

"이순신은 임진년 이후로는 싸우지 않았소. 더욱이 하늘이 준 이번 기회도 거부했소. 상부의 명을 어긴 자를 어찌 용서할 수 있겠소. 이번에 원균으로 바꾸는 것이 좋을 것 같소. 이순신이 가토의 머리를 들고 온다 해도 용서할 수 없소."

영의정인 유성룡은 임금인 선조가 노여움을 참지 못하고 격앙되어 있자 감히 옹호할 생각을 하지 못했다. 일단은 임금의 비위를 맞추며 화가 가라앉기만을 바랄 뿐이었다.

　　이조참판인 이정형이 은근히 이순신의 장점을 부각시키며 원균의 문제점을 지적했다.

　　"이순신이 한산도를 거점으로 삼은 것은 지형적 이점이 있기 때문이라고 말한 바 있는데, 그 말이 합당한 듯하옵니다. 반면 원균은 임진왜란 때 공을 세우기도 했지만 사졸을 돌보지 않아 민심을 잃었다고 합니다. 경상도가 결딴난 것도 원균의 포악한 성질 때문인 것으로 알고 있습니다."

　　호조판서인 김수는 원균에 우호적으로 발언했다.

　　"신이 원균에게 듣기로는 이순신이 늘 자기 공을 빼앗아 갔다고 말했습니다."

　　좌승지인 이덕열도 이순신 공격에 가세했다.

　　"신 또한 이순신이 원균의 공을 빼앗아 의논도 하지 않고 먼저 장계를 올린 것으로 알고 있습니다."

　　조정 대신들 간에 이순신과 원균으로 다시 편이 갈리자 유성룡과 윤두수가 중재 안을 내놓았다. 이순신과 원균을 모두 통제사로 삼아 협조토록 하자는 의견이 그것이었다. 그러나 임금인 선조는 부정적 시각으로 바라봤다.

　　"두 사람을 다 같이 통제사로 삼는다면 이걸 조정하는 책임자가 있어야 할 것이오. 만약 원균이 앞장서 싸우러 나갔는데 이순신이 돕지 않으면 어렵게 될 것이오."

　　임금의 의도는 분명했다. 이순신을 자리에서 쫓아내고 원균을 그 자리에 앉히겠다는 속셈이었다. 좌의정인 김응남이 재빠르게 임금의 비위를 맞추었다.

"만약 이순신이 원균을 돕지 않으면 중죄에 처해야 합니다."

이순신을 중죄에 처해야 한다는 말이 나오자 회의 분위기는 싸늘해졌다. 선조가 흡족한 표정으로 말했다.

"수군을 반으로 갈라 원균이 통솔토록 하는 것을 병조판서는 어떻게 생각하오?"

병조판서인 이덕형은 확실한 어조로 대답했다.

"원균도 다시 수군에 복귀하고 싶어 하니 가능합니다."

이날 회의는 원균을 수군으로 다시 복귀시키는 쪽으로 방향을 정하고 끝이 났다. 유성룡은 원균이 수군으로 다시 복귀하더라도 이순신이 당장 큰 처벌을 받지 않는 것에 아쉬운 대로 동의했다.

그러나 임금인 선조의 노림수는 훨씬 교활했다. 선조는 이순신이 없으면 조선이 위험에 빠진다며 사사건건 변호하는 유성룡을 즉각 조정 회의에서 배제시켰다. 경기도를 순찰하고 오라고 명령을 내린 것이었다. 유성룡이 없는 자리에서 이순신을 잡아들이려는 속셈이었다.

유성룡이 명령을 받고 떠나자 다음날 어전회의는 이순신의 처벌을 논하는 성토장이 되어 버렸다. 이순신을 벼르던 선조는 작심하고 죽음의 칼을 뽑아들었다.

"선전관은 즉시 이순신을 잡아오도록 하라. 그리고 원균을 삼도 수군통제사로 삼으니 먼저 그와 교대한 뒤 잡아오라. 만약 이순신이 왜적과 싸우는 중이라면 싸움을 끝내고 쉬는 틈에 잡아 올 수 있도록 지체 없이 명령을 수행하라."

2월 26일 아침 무렵, 한산도의 앞바다는 살랑대는 미소를 지으며 잔잔하게 출렁거렸다. 햇살이 따사로운 남도의 봄날이었다.

이순신은 동이 트자마자 홀로 바다에 나가 낚시를 드리웠다. 밤새 잠을 못 이루다가 울적한 마음을 달래기 위해서였다. 그동안 하루도 편한 날 없이 치열하게 살아오다가 모처럼 여유로운 시간을 가진 것이었다. 그러나 점점 목을 조여 오는 불안감은 쉽게 가시지 않았다.

전날 이순신은 모처럼 측근 장수들을 불러 술자리를 가졌다. 며칠 전부터 여러 경로로 조정의 소식이 들려 대강의 사정을 짐작했다. 어쩌면 마지막 만찬이 될지 몰라 서둘러 자리를 만든 것이었다.

"통제사 대감, 별일이야 있겠습니까? 그렇지만 왜군과의 전쟁을 목전에 두고 만약 대감에게 무슨 일이 생긴다면 절대로 가만히 있어서는 안 될 것입니다."

한산도로 진영을 옮긴 충청수사 최호가 단호하게 외쳤다. 그러자 좌중의 시선이 충청수사에게 집중됐다. 무서운 말이었다. 가만히 있지 않겠다는 말은 자칫 반역으로 해석될 소지가 있었다.

"그렇습니다. 이건 도무지 말이 되지 않습니다. 만약 대감에게 변괴가 생긴다면 왜군과의 싸움은 해보나 마나입니다. 그동안 통제사 대감을 중심으로 우리 수군이 이 나라를 지키고 살린 것은 세상이 다 아는 일입니다."

오랫동안 손발을 맞춘 전라우수사 이억기도 말을 거들었다.

"아니오. 별일 없을 것이니 다들 감정을 가라앉히시오. 설혹 안 좋은 일이 생기더라도 조정의 명령을 따르는 것이 신하인 장수의 도리요."

이순신은 손사래를 치며 주위의 장수들을 달랬다.

"조선 땅에서 왜군을 능가할 수 있는 세력은 우리 수군뿐입니다.

육상의 관군 전부를 합쳐도 수군의 절반에 불과합니다. 그동안 조정이 뭘 해줬다고 이렇게 업신여긴단 말입니까? 우리가 힘이 없어서 당하는 것이 아니지 않습니까?"

이순신의 호위군관인 송희립이 한층 목소리를 높였다.

좌중은 일순간 침묵에 빠졌다. 조정에 힘으로 맞설 수도 있다는 노골적인 말이었다. 수만 명에 이르는 수군이 조정에 반기를 들면 누구도 상대가 되지 않는다는 것은 세상이 다 아는 일이지만 그것은 금기어였다.

"어허, 큰일 날 소리를…"

이순신은 벌떡 자리에서 일어나 송희립에게 호통을 쳤다. 그리고 모두에게 입단속을 시킨 뒤 서둘러 자리를 파했다.

이래 죽나 저래 죽나 억울한 심정에서 내지른 송희립의 말이 이순신의 가슴 한편을 후련하게 했다. 그러나 그것은 조선 모두가 죽는 길이었다. 결코 가서는 안 될 길이었다.

이순신은 기꺼이 혼자 죽을 수 있다고 마음을 굳혔다. 그렇게 해서라도 조선을 살릴 수 있다면 크게 억울할 일은 없었다. 그러나 자신의 죽음이 조선을 살리기는커녕 더욱 절망의 늪으로 빠지게 한다면 결코 죽어서는 안 될 일이었다.

"하늘이시여, 어찌 해야 합니까?"

이순신은 절박한 심정으로 허공에 외쳤다. 전날부터 밤새 잠 못 이루고 고민했지만 도통 답을 찾을 수 없었다. 홀로 아침 일찍 바다에 나와 생각했지만 오히려 시름만 깊어갈 뿐이었다. 이순신은 크게 한숨을 내쉬며 멍하니 잔잔한 바다를 응시했다.

"한양에서 손님들이 오셨습니다."

멀리서 누군가가 외쳤다. 이순신은 올 것이 왔다는 생각에 본영으로 발걸음을 옮겼다. 본영에는 이미 수많은 사람들이 모여 웅성거렸다. 한양에서 온 선전관 일행과 낯익은 얼굴인 원균의 모습도 보였다.

"어명을 받으시오."

임금의 명령을 전하는 선전관의 말에 따라 이순신은 묵묵히 꿇어앉았다.

"이순신은 조정을 속이고 임금을 업신여겼으며, 멋대로 노는 적을 치지 않아 나라를 배반했고, 남의 공을 가로채고 남을 죄에 빠뜨리는 등 방자하기 짝이 없는 짓을 저질렀다. 이처럼 많은 죄를 범했으니 마땅히 법에 따라 엄벌에 처할 것이다."

선전관의 낭독이 끝나자 금부도사가 포승줄을 들고 다가왔다.

전라우수사와 충청수사 등 여러 장수들이 눈물을 흘리며 오라를 만류했다. 금부도사는 심상치 않은 분위기에 주눅이 들려 오라를 포기했다.

이순신은 앞장서 선창으로 발걸음을 옮겼다. 수많은 부하 장졸들과 백성들이 통곡을 하며 뒤를 따랐다. 이순신은 배에 승선한 뒤 한산도를 뒤돌아봤다. 3년 7개월간 정들었던 조선수군의 본영이 점점 시야에서 멀어져 갔다. 두 번 다시 보지 못하리라는 생각에 두 눈을 부릅뜨며 이별의 아쉬움을 달랬다.

푸른 하늘 아래 따사로운 햇살이 한산도를 포근하게 감싸고 있었다. 그곳은 조선에서 가장 평화롭고 풍요로운 수국이었다. 이순신은 그 기억을 오랫동안 간직하고 싶어 질끈 눈을 감았다.

유성룡은 절망했다. 자신을 경기도로 순찰 보내고 곧바로 이순신을 잡아들이게 한 임금의 처사에 실망과 분노가 겹쳐 견딜 수가 없었다. 더욱이 이순신을 모함하는 데 혈안이 된 서인과 북인들을 조정에서 마주 대하는 것 자체가 혐오스러울 만큼 싫었다. 더 이상 조정에 머무를 이유가 없었다. 유성룡은 주저 없이 사직서를 썼다.

"신은 본디 변변치 못한 인물인데, 오랫동안 중요한 자리에 있었고 아무것도 한 일이 없습니다. 이번에 심병心病이 더욱 중해졌기에 본직영의정과 도체찰사 자리에서 물러나고자 하오니 허락하소서."

이에 임금인 선조는 사직을 반려했다. 왜군과의 전쟁이 곧 발발할 위급한 상황에서 유성룡이 없으면 불안했기 때문이었다.

유성룡은 다음날 또 사직서를 제출했다. 이번에도 선조는 사직을 허락하지 않았다. 그러자 유성룡은 항의의 뜻으로 입궐하지 않고 들어 누워 집 밖으로 꿈쩍도 하지 않았다.

"대감, 많이 편찮으십니까?"

어둑어둑한 저녁 무렵, 세자인 광해가 불쑥 문병을 왔다.

"저하, 누추한 곳을 어떻게…"

유성룡은 얼른 자리에서 일어나 세자를 맞이했다. 둘 사이에 묘한 침묵이 흘렀다.

"상심이 크실 줄 압니다. 대감이 예상한 대로 이순신이 옥에 갇히게 돼서 놀랍기도 하고 몹시 걱정스럽습니다."

광해가 어렵게 말문을 열자 유성룡은 마지못한 듯 고개를 끄덕였다.

"이제 곧 왜군이 쳐들어올 터인데, 이순신은 하옥되고 대감마저 자리에서 물러나시면 이 나라는 어떻게 될지 암담할 뿐입니다."

광해는 힘없이 말을 흘렸다.

누구도 탓할 수가 없었다. 임금에게서 모든 문제가 비롯됐다는 것을 두 사람은 너무도 잘 알고 있었다. 따지고 보면 그전에 결단을 내리지 못한 광해도 일정 부분 책임에서 자유롭지 못했다. 광해는 차마 유성룡의 눈을 마주 보지 못하고 우물거렸다.

"저하, 신과 이순신이 없어도 조선은 아무 문제가 없습니다. 주상 전하의 주변에는 훌륭한 신하들이 많이 있으니 걱정하지 마시옵소서."

유성룡은 은근히 임금인 선조를 비꼬았다.

광해는 아무 말 없이 고갯짓으로 동조의 뜻을 나타냈다.

"제가 병석에 누웠을 때 대감께서 보내준 서적 잘 봤습니다. 그때 많은 것을 생각했습니다. 이번에 전하께서 이순신을 잡아들이라고 명을 내린 것을 알고 나서 아차 싶은 생각이 들었습니다."

광해가 담담하게 말을 하자 유성룡의 눈빛이 반짝였다.

"이미 지나간 일이지만 앞으로는 두 번 다시 이런 일이 없도록 할 것입니다. 이 나라 조선을 살리기 위해선 결단을 내릴 것입니다. 그 전에 한 번만 대감께서 도와주십시오."

광해의 애절한 호소에 유성룡은 흔들렸다.

"조선이 살기 위해선 반드시 이순신을 살려야 합니다. 대감이 자리에서 물러나는 순간 이순신이 살 길은 어디에도 없습니다. 전하의 성정을 잘 아시지 않습니까? 전하께서는 반드시 이순신을 죽일 것입니다. 그러니 무슨 일이 있어도 막아야 합니다. 그래야 훗날을 도모할 수 있습니다."

"저하, 신이 이순신을 살릴 방법은 없습니다. 사직서를 내고 입궐하지 않은 것도 그런 연유에서입니다. 신은 이미 전하의 눈 밖에 나 있기 때문에 자칫 역효과가 날 수 있습니다. 다만 세자 저하가 은밀히 다른 대신들을 설득하면 가능성은 있습니다. 특히 이순신을 죽이려는 서인들은 저하의 뜻을 차마 거부하지는 못할 것입니다. 저 또한 이순신을 살리기 위해 내일부터 다시 입궐해 백방의 노력을 다하겠습니다."

광해는 유성룡의 말에 두 손을 맞잡고 희미한 미소를 흘렸다. 유성룡은 젊은 세자가 건네는 따뜻한 손길에 실낱같은 희망을 느끼며 울컥 눈물을 쏟았다.

한산도에서 이순신을 잡아온 선전관 일행은 일주일 후인 3월 4일 한양에 도착했다. 이순신은 곧바로 의금부 옥사에 갇혔다.

심문관은 조정에 이순신 탄핵 장계를 올리며 분위기를 주도했던 서인의 윤근수가 맡았다. 처음부터 임금의 의중에 맞게 손발이 짝짝 맞아떨어진 역할구도였다. 심문은 세 가지 죄목을 갖고 연일 계속됐다.

원균의 비호세력인 윤근수는 말도 안 되는 갖가지 죄상을 들이대며 추궁했다. 이순신은 억지 죄명에 대해 논리정연하게 부인하고 때론 대답 자체를 거부했다. 그럴수록 부아가 치민 윤근수는 가혹하게 심문했다.

8일간에 걸친 심문이 끝난 뒤 12일부터 혹독한 고문이 시작됐다.

"으아악"

이순신은 사정없이 내리치는 매질과 주리에 신음하며 비명을 질렀다. 이내 몸은 으깨지고 으스러지며 만신창이가 됐다. 매일 한 바가지씩 피를 쏟으며 사경을 헤맸다. 오십이 훌쩍 넘은 노인이 고문을 견딘다는 것은 애초부터 무리였다.

모두들 이순신이 열흘을 버티지 못하고 죽게 될 것으로 예상했다. 30세의 젊은 장수였던 김덕령도 고문 보름 만에 숨진 것을 감안하면 예측이 가능한 한계치였다. 더욱이 오래전부터 이순신을 별렀던 윤근수가 심문관인 이상 인정사정 보지 않는다는 것은 불을 보듯 뻔했다. 이순신이 살 길은 어디에도 보이지 않았다.

　　이 무렵, 도읍인 한양에서는 이순신 구명을 외치는 절박한 목소리가 대궐 밖을 쩌렁쩌렁 울렸다. 한산도에서 뒤를 따라온 이순신의 호위군관인 송희립을 비롯해 각지의 의병장 등 수많은 장졸들이 대궐밖에 거적을 깔고 앉아 목이 터지도록 임금에게 호소했다

　　일부는 탄원서까지 내고 시위를 했다. 함경감사 출신으로 이순신 휘하에서 잠깐 활동했던 정경달의 경우 임금에게 협박과 다름없는 직언을 했다.

　　"이순신의 나라 사랑하는 마음과 적을 물리치는 능력은 일찍이 예를 찾아보기 어려울 만큼 탁월합니다. 그런 훌륭한 장수에 대해 싸움을 주저한다고 죄를 묻는 것은 언어도단입니다. 전하께서 통제사 이순신을 죽이시면 단언컨대 이 나라는 절단날 것입니다."

　　조정에서는 대궐 밖의 움직임을 속속들이 보고받고 임금에게 전했다. 임금인 선조는 정경달을 비롯한 이순신의 비호세력을 한꺼번에 제거해야 할지, 말아야 할지를 고민했다. 자칫 잘못하다가는 왜군과 싸우기도 전에 분란이 일어나 수습하기 어려운 상황이 올까봐 결심을 주저했다.

　　선조는 유성룡의 정적인 서인의 영수 윤두수를 따로 불러 의견을 물었다. 윤두수의 대답은 뜻밖에도 명쾌했다.

"전하, 어차피 이순신은 살아도 살아 있는 목숨이 아닙니다. 전하의 명을 거슬리면 누구도 살아남기 어렵다는 것을 모두에게 알렸기에 그것으로 충분합니다. 이순신은 이미 고문으로 초주검 상태가 되었기에 풀어줘도 얼마 못살 운명입니다. 차라리 목숨이 아직 붙어있을 때 풀어주면 전하의 성은에 모두 감격할 것입니다."

선조의 마음이 흔들릴 즈음 조정의 원로대신인 정탁이 1298자에 이르는 명문의 상소를 보냈다.

"…무릇 인재란 나라의 보배인 법입니다. 이순신은 참으로 장수의 재질이 있사옵고, 바다싸움과 육지싸움에 못하는 일이 없사온데, 이러한 인물은 과연 쉽게 얻지 못할 뿐만 아니라, 백성들의 촉망을 받고 있고 또한 적들이 무서워하고 있는 자이온데, 그럼에도 불구하고 죄명이 엄중하여 큰 벌을 내린다면 능력 있는 자도 스스로 더 애쓰지 않고 공연히 적들을 이롭게 해주어 기뻐하게 만드는 일만 될 것입니다. …비옵건대 은혜로운 명령을 내리셔서 문초를 덜어주시고 그로 하여금 공을 세워 스스로 보람 있게 하신다면, 성상의 은혜를 천지 부모와 같이 받들어 목숨을 걸고 갚으려고 할 것입니다…"

슬그머니 이순신을 풀어줄 명분을 찾던 임금에게 정탁의 상소는 결정타가 됐다. 정탁이 유성룡과 같은 동인이지만 한편으론 서인인 윤두수와도 친분이 있다는 점에서 누구도 상소 내용에 따질 일은 없었다. 선조는 고개를 끄떡거렸다.

한편 이순신을 심문하고 고문을 주관한 윤근수는 초조했다. 의금부 옥사에서 정신을 잃은 이순신을 보자 더럭 겁이 났다. 조금만 더 고문을 가하면 틀림없이 목숨이 끊어질 것만 같았다.

"어찌할까요. 좀 더 매질을 가할까요?"

고문을 담당하는 옥사 나졸의 말에 윤근수는 손을 저으며 황급히 만류했다.

"아서라. 좀 쉬었다가 천천히 문초할 것이다."

윤근수는 며칠 전 집으로 찾아온 친형인 윤두수의 말에 쫓기듯 마음이 불안했다. 친형이자 서인의 영수인 윤두수가 건넨 말은 청천벽력과도 같았다.

"무슨 일이 있어도 이순신을 살려야 한다. 만약에 이순신이 고문으로 옥사하게 되면 우린 결코 살아남지 못할 것이다."

"형님, 그게 무슨 말입니까? 전하의 명령에 따르는 것뿐인데…"

윤두수는 한심하다는 투로 동생인 윤근수에게 말했다.

"지난번 정여립 사건을 잘 생각해봐라. 그때 정여립 사건의 문초 책임자인 정언신이 오히려 고문당한 뒤 유배되어 죽고, 정철이 대신 사건을 맡았다가 그 또한 유배당하지 않았는가?"

윤두수의 말에 윤근수는 오싹 몸이 움츠러들었다. 당시 정여립 사건은 임금이 조정의 유능한 대신들을 제거하기 위해 꾸민 조작극이었다. 하지만 누구도 따지지 못하고 꼼짝없이 당했다.

동인의 영수였던 정언신과 서인의 영수였던 정철을 비롯한 수많은 조정 중신들은 임금의 반란죄 조사 지시에 양측으로 갈려 서로 원수처럼 싸웠다. 그러나 결과적으로는 임금에게 교묘하게 이용만 당한 뒤 모두 참살되거나 유배됐다.

"그, 그야 그렇지만 지금은 전하께서도 그렇게까지는… "

윤근수는 난감한 얼굴로 되물었다. 임금의 성격상 문제가 생기면 신하에게 책임을 떠넘기려고 하겠지만 전란 중인 지금은 그때와 다르지 않겠느냐는 반문이었다.

"물론 전하께서 그때처럼 그렇게 하지는 않겠지. 하지만 모를 일이야. 무엇보다 만약 세자 저하께서 보위에 오른 뒤 책임을 물으면 어떡할 건가?"

"네엣? 세자 저하께서요?"

윤근수는 화들짝 놀라 눈이 휘둥그레졌다. 전혀 생각지도 못한 일이었다. 이변이 없는 한 임금 자리에 오를 것이 확실한 세자가 벼른다면 그것은 죽은 목숨이나 다름없었다.

"세자 저하께서 은밀히 날 찾아와 부탁을 했어. 이순신을 살릴 수 있도록 손을 써 달라고."

"세자 저하께서 형님께 부탁을요?"

"그래. 부탁이지. 그러나 그 부탁은 명령이나 다름이 없어. 그 명령을 따라야만 우리가 살 수 있어. 전하의 시대는 언젠가 저물 수 밖에 없어. 세자 저하가 보위에 오르는 것은 기정사실이야. 그런 세자 저하께서 부탁을 할 때는 다 이유가 있는 법이야. 무슨 말인지 알겠지? 이순신을 살려야 우리가 살 수 있다는 것을…"

윤근수는 형인 윤두수를 만난 뒤 문초의 강도를 줄였다. 티가 안나게 형식적으로 고문했지만 워낙 몸이 상한 이순신이 정신을 잃을 때마다 가슴이 철렁했다.

"이순신을 풀어주라는 어명이십니다."

선조 30년1597년 4월 1일, 의금부 나졸이 이순신의 석방을 알렸다. 윤근수는 속으로 만세를 부르며 가슴을 쓸어내렸다. 이순신이 체포된 지 27일 만의 일이었다.

임금인 선조는 이순신을 선선히 풀어주지 않았다. 도원수 권율의 밑에서 백의종군白衣從軍하라는 처분을 내렸다.

백의종군은 계급이나 직책 없이 군문에 종사토록 하는 처벌의 일종이었다. 이후 다시 공을 세우면 관직을 회복시켜 주겠다는 뜻도 내포되어 있었다. 하지만 본질은 이순신이 딴 맘을 먹지 못하게 족쇄를 채운 것이었다.

옥문을 나선 이순신은 조카와 아들의 부축을 받고 성 밖 허름한 토옥에서 이틀간 몸을 추스르며 쉬었다. 이때 과거 이순신과 근무했던 수많은 부하장수들이 찾아와 위문했다. 영의정 유성룡을 비롯한 조정의 고위 대신들도 사람을 보내 병문안을 했다.

4월 3일, 이순신은 죄인을 호송하는 의금부 도사 일행의 감시 속에 남행길에 올랐다. 그리고 이틀 뒤에는 실로 오랜만에 아산의 고향 집에 들렸다.

이순신은 가는 곳마다 환대를 받았다. 고을의 수령들과 지역 유지는 물론 백성들까지 구름같이 몰려들었다. 의금부 도사 일행도 이순신을 적극 제지하지 않고 행보에 최대한 편의를 봐주었다.

4월 13일, 이순신은 청천벽력과도 같은 소식을 들었다. 여든이 넘은 노모가 여수에서 이순신을 보러 오다 배 안에서 운명했다는 것이었다.

"어머니"

이순신은 통곡했다. 나랏일 때문에 늙은 노모를 자주 찾아뵙지 것이 한스러워 서럽게 울었다. 더욱이 장례도 직접 치루지 못하고 다시 길을 떠나야 했기에 피눈물을 쏟았다.

이순신의 남행길에는 꼬박 두 달이 걸렸다. 도읍인 한양에서부터 충청도를 지나 전라도 순천, 구례를 거쳐 경상도 합천의 초계에 이르는 멀고 험한 길이었다. 고문의 후유증으로 행보가 더뎠던 탓에 권율이 있는 원수부에는 6월 5일경 도착했다.

13
조선수군의 붕괴

이순신이 잡혀갔다는 소식은 바람보다 빨리 일본에 전해졌다. 조선 침략을 준비하던 일본 본토의 도요토미 히데요시는 보고를 받자 어린아이처럼 기뻐했다.

"으하하. 간만에 듣는 최고로 좋은 소식이다."

도요토미 히데요시는 그동안 조선 재침을 위해 부대와 장수들을 편성하고 거의 준비를 마친 상태였다. 일본에서 떠날 공격 전투부대와 부산을 중심으로 조선에 남아있는 수비부대 병력을 포함해 총 15만 명에 이르는 대병력이 도요토미 히데요시의 명령을 기다리고 있었다. 그런 상태에서 이순신이 조선 임금에 의해 옥에 갇혔다는 소식은 전쟁의 승리를 확신케 하는 낭보였다.

그러나 한 달 후 도요토미 히데요시는 새로운 급보를 받고 이맛살을 찌푸렸다.

"뭐라고? 이순신이 풀려났다고?"

"크게 걱정할 일은 못됩니다. 이미 이순신은 직책을 잃고 달랑 목숨만 붙어있는 병든 노인일 뿐입니다."

고니시 유키나가는 진땀을 흘리며 해명했다.

"비록 이순신이 없다지만 막강한 조선수군이 있지 않은가. 조선수군을 궤멸시키지 못하면 결코 이번 전쟁의 승리를 장담할 수 없다."

"그런 점에선 안심하셔도 됩니다. 이번에 이순신 대신 조선수군의 통제사 자리에 오른 원균이라는 자는 조선 임금과 똑같이 멍청하고 무능력한 인간입니다."

"그래? 조선임금과 같은 얼간이라고? 그렇다면 안심이 되는군. 그렇다 하더라도 방심하지 말고 확실히 조선수군을 전멸시키도록 계책을 세워. 알았지?"

"네, 그렇게 하겠습니다."

고니시 유키나가는 도요토미 히데요시를 만나고 온 뒤 다시 요시라에게 지시했다. 이순신에게 써먹은 계책을 원균에게도 적용하는 것이었다.

이에 따라 요시라는 경상우도 병마절도사인 김응서를 만나 일본군 후속부대가 곧 도래할 것이라며 시일을 알려주었다. 김응서는 이를 다시 조정에 곧이곧대로 보고하여 원균이 수군을 이끌고 출동토록 압력을 가했다.

이즈음, 새로 3도 수군통제사가 된 원균은 한산도에서 신선놀음에 젖어 있었다. 종전 회의 장소였던 운주당으로 첩을 불러 살림을 차리고 수시로 풍악을 울렸다.

엄격하던 수군본영은 원균 개인의 주색잡기를 위한 유흥지로 바

꿰었다. 이순신의 측근과 바른말을 하는 장수들은 보직이 바뀌거나 쫓겨났다.

한산도에서 원균의 눈에 거슬리는 자는 누구든 혹독한 처벌을 받았다. 반면 원균은 원하는 모든 것을 얻을 수 있어 하루하루가 천국 부럽지 않았다. 조선 땅에서 가장 안전하고 풍요로운 한산도는 원균만을 위한 수국이 되었다. 반면 수많은 장졸과 백성들의 마음은 점점 멀어져 갔다.

어느 날, 조정으로부터 부산으로 출동하라는 명령이 떨어졌다. 원균은 아차 싶었다. 원균은 조정이 요시라의 계책에 놀아나고 있다는 것을 직감했다. 그렇지만 명령을 차마 거부하기가 어려웠다. 이순신이 명령 거부로 자리에서 쫓겨났고, 자신 또한 그것을 부추겨 통제사 자리를 차지했기 때문이었다.

1597년 6월 18일, 원균은 마지못해 200여 척의 조선수군 전 함대를 이끌고 한산도를 출항했다. 거제도 장문포 부근에서 첫날밤을 보낸 원균은 불안감에 쉽게 잠을 이루지 못했다.

다음날 일찍 조선수군은 안골포에 주둔한 왜군을 공격했다. 왜군들은 조선으로부터 노획한 대포와 조총으로 맞대응했지만 위세에 눌려 곧 달아났다. 조선수군은 이어 가덕도의 왜군들에게도 공격을 퍼부었지만 싸움을 회피한 탓에 큰 전과를 얻지 못했다.

원균은 조정의 명령에 따라 조선수군 전부를 동원해 요란하게 출동을 했다. 이순신과 달리 싸우는 척은 한 셈이었다. 그러나 부산에는 가보지도 못하고 인근 작은 섬에서 헛심만 쓰고 한산도로 되돌아왔다.

보고를 받은 권율은 화가 머리끝까지 치솟아 곧바로 원균을 불러들였다.

"내가 지난 5월 초부터 부산 공격을 지시했는데, 한 달이 넘도록 명령을 따르지 않은 이유는 무엇이오?"

권율의 말에 원균은 지지 않고 응수했다.

"수군만으로는 부산을 치기 어렵습니다. 안골포와 가덕도를 육상 병력이 점령하지 못하고 부산으로 가면 사방의 적으로부터 포위되어 전멸할 수 있기 때문에 어쩔 수가 없소이다."

권율은 원균의 말에 기다렸다는 듯이 문서를 꺼내 부하에게 읽게 했다. 원균이 통제사가 되기 전 조정에 올렸던 장계의 사본이었다. 권율의 종사관은 큰소리로 문서를 읽었다.

"수백 척의 함대로 부산 인근의 바다에 포진하여 위엄을 보이면 가토 기요마사는 조선수군을 겁내 군을 거두어 되돌아갈 것입니다. 이것은 신이 바다를 지켜본 경험이 있어 잘 알고 있는 일입니다…"

원균은 아무 소리를 못하고 얼굴을 붉혔다.

"그때 이순신은 못 나간다고 했지만 당신은 될 수 있다고 이렇게 조정에 글을 올리지 않았소? 그래서 이순신이 옥에 갇혔고, 당신이 지금 그 자리에 앉아있는 것 아니오. 지금 전하께서는 수군이 하루속히 부산으로 나가 일본에서 오는 왜선들을 쳐부수기를 학수고대하고 있소. 전하의 명령을 거부하겠다는 뜻이오?"

권율이 노기 띤 음성으로 따져 묻자 원균은 궁색하게 대답했다.

"그때와 지금은 상황이 다르오. 부산으로 가면 우리 수군은 패배하기 십상인 만큼 한산도에서 왜적을 막는 것이 최선의 방안이오."

"지금 조정의 명령을 거부하겠다는 뜻이오? 분명 그전에 부산에서 왜군을 물리칠 수 있다고 장담했다가 이제 와서 말을 바꾸면 어떡한단 말이오. 어떠한 변명도 듣기 싫으니 무조건 출동하시오."

"난 못하오. 뻔히 안 되는 것을 어떻게 합니까?"

권율의 재촉에 원균도 지지 않고 맞섰다. 원균은 권율의 낯빛이 변하는 것을 보고도 시치미를 떼고 덥다는 듯 손부채질을 했다. 지휘계통상 상급자인 도원수를 무시하는 태도였다.

"여봐라, 저 놈을 당장 형틀에 묶고 매우 쳐라!"

원균은 졸지에 형틀에 묶여 곤장을 맞았다. 현직 수군의 최고 직위인 통제사가 곤장을 맞는 것은 전례에 없는 일이었다. 다들 어안이 벙벙해 어쩔 줄을 몰라 눈치를 살폈다.

주위의 만류로 형식적인 곤장은 이내 중지됐다. 그러나 치욕적 망신을 당한 원균은 분을 참지 못하고 씩씩거리며 돌아갔다.

권율은 답답한 마음에 이순신의 거처로 발길을 옮겼다.

이순신은 초계 원수부에서 떨어진 작은 초가에서 혼자 기거하고 있었다. 백의종군을 하는 터라 보직이 없었다. 할 일이 없다보니 주로 텃밭을 가꾸며 소일했다. 고문의 후유증을 감안해 최대한 건강을 돌보라는 권율의 배려였다.

"몸은 좀 어떠신가요?"

권율이 불쑥 초가에 들어서자 이순신은 몸을 일으켜 손님을 맞았다.

"누추한 곳에 어인 일로 오셨습니까?"

"마음이 편치 못해 무작정 들렸습니다."

"무슨 일이 있습니까?"

권율은 원균을 곤장 친 것을 비롯해 그동안의 일들을 하소연하듯 말했다. 이순신은 묵묵히 듣기만 했다. 뭐라고 말을 해야 할지 답답했다.

"주상 전하와 조정에서는 부산으로 수군을 출동시키라고 재촉하고 원균은 못 간다고 버티니 중간에서 뭘 어떻게 해야 할지 답답할 따름이오."

"이해는 합니다만 통제사에게 곤장은 좀 심한 것 같습니다."

이순신이 어렵게 말문을 열자 권율은 속마음을 털어놨다.

"원균에게 곤장을 친 것은 이유가 있소이다. 아시다시피 장군을 모함하고 원균을 추천한 것은 서인들의 짓거리지요. 그들에 대한 분풀이입니다. 그리고 주상 전하에 대한 서운한 마음도 없지는 않소이다."

권율의 말에 이순신은 주위를 살폈다. 자칫 오해를 살 수 있는 위험한 수위의 말이었다.

"솔직히 장군에 대한 미안한 마음도 있소이다. 왜군과 싸움을 앞둔 마당에 조정이 하는 꼬락서니를 보면 분노가 치밀어 오를 때가 한두 번이 아니었소. 그때 장군이 옥에 갇히는 순간 다음에는 내 차례구나 하는 생각이 들었소."

"도원수 대감께서요?"

이순신은 의외라는 듯 되물었다.

"그렇소이다. 지난번 김덕령이 반역죄로 몰렸을 때부터 조짐을 느꼈소. 그리고 장군이 잡혀가는 순간 내 차례라고 생각했소. 그 이유는 장군이나 나나 유성룡대감의 천거로 관직에 오른 뒤 전란에서 큰 공을 세웠기 때문이오. 그것이 주상 전하나 유성룡 대감의 정적인 서인들로 봐서는 불안했던 것이오."

"으음"

권율의 말에 이순신은 절로 신음을 토했다. 어느 정도 예상했던 일이지만 막상 듣고 보니 속이 편치 못했다.

"알다시피 주상 전하는 의심이 많은 분이오. 원균이 큰소리를 친 것도 있지만 부산으로 출동하라는 명령을 수행하지 못하면 그 책임은 원균이 아닌 내게로 돌아올 것이오. 지휘책임을 물으면 어쩔 수가 없는 일이오. 주상 전하는 그러고도 남을 분이오. 내가 원균에게 곤장을 쳐서라도 출동을 재촉하는 것도 그 때문이오. 나라가 위급한 상황에서 왜군과 싸우다 죽을 수는 있지만 누명을 쓰고 죽을 수는 없지 않겠소. 참으로 답답할 노릇이오."

이순신은 묵묵히 권율을 바라봤다. 군의 일선 최고 책임자지만 육십이 넘은 권율이 왠지 초라해 보였다.

"왜군이 곧 쳐들어 올 터인데 이 나라가 참으로 걱정스럽소. 앞뒤 사방으로 벽에 갇혀있는 기분이오. 장수로서 전장에서 싸우다 나라를 구하고 죽을 수만 있다면 더 이상 바랄 것이 없겠소. 아무쪼록 장군도 몸을 잘 추스르기 바라오. 장군은 반드시 수군으로 되돌아가 큰일을 하리라 믿소."

권율은 속마음을 털어놓은 뒤 자리에서 일어났다. 이순신은 문밖까지 나가 배웅을 했다. 권율의 뒷모습이 쓸쓸해 보였다. 왠지 큰 일이 터질 것만 같아 마음이 불안했다.

이 무렵, 조선 조정은 수군에 대한 불만의 목소리가 날로 높아만 갔다. 왜군의 군대가 조선으로 절반 이상 건너왔다는 소식에 촉각을 곤두세우며 불안한 나날을 보냈다.

명나라 군대가 5월경부터 들어왔지만 병력 규모는 모두 1만 5천 명에 불과했다. 조선의 병력도 제일 방어선인 경상도에 1만 명 정도가 전부였다. 2만 명에 가까운 막강한 수군이 조선으로 오는 왜군을 바다에서 차단하지 못한다면 육지에서는 싸워보나 마나 절대적으로 불리했다.

임금인 선조는 불안한 심사에 또다시 도망칠 궁리를 했다. 이번에는 신하들이 앞다투어 피난의 움직임을 적극 제지했다. 선조는 더 이상 어쩌지를 못하고 안달이 났다. 그런 차에 수군이 한산도에서 꼼짝도 안한다며 불만 여론이 빗발치자 선조는 원균을 마냥 두둔할 수가 없었다.

"원균은 즉시 부산으로 출동하여 왜군을 물리쳐라."

임금인 선조는 왕명을 전하는 선전관을 한산도로 내려 보냈다. 선전관이 직접 대장선을 타고 전투현장을 보고 오라는 지시였다. 원균은 꼼짝없이 명령을 따라야 했다.

7월 5일, 가랑비가 내리는 가운데 원균은 수군 전 병력에 출동명령을 내렸다. 4척의 거북선과 판옥선 180여 척, 협선 200여 척 등 대함대가 이날 한산도를 출항했다.

반면 왜군은 수군 총사령관인 도도 다카토라藤堂高虎를 중심으로 1천여 척의 함대가 조선수군에 맞섰다.

왜군 함대는 조선수군과 정면 승부를 피했다. 철저히 치고 빠지는 작전으로 조선함대를 괴롭혔다. 그 결과 조선수군은 제대로 싸워 보지도 못하고 판옥선 20척과 수군 3천 명이 전사하는 패배를 당했다.

7월 11일, 권율은 옥포로 쫓겨 온 원균을 즉각 호출했다. 그리고 기다렸다는 듯이 곤장을 쳤다. 원균은 변명도 하지 못하고 고스란히 수모를 당했다.

7월 14일, 원균은 다시 부산을 향해 출동했다. 전날까지 술에 취한 채 미적거렸다가 선전관인 김식이 재촉하자 어쩔 수 없이 수군 전 함대에 출동명령을 내렸다.

이날도 풍랑은 거셌다. 조선함대는 온종일 싸움을 피하는 왜군 함대와 거센 파도로 인해 녹초가 됐다.

원균은 휴식을 위해 가덕도에서 함대를 정박시켰다. 그리고 상륙하자마자 땔나무를 구하기 위해 병력을 보냈다. 원균은 원래 척후나 정찰병 운용에 대해 무지했다. 그 결과 호시탐탐 기회를 노리던 섬 안의 왜군이 기습하자 속수무책으로 당했다. 원균은 깜짝 놀라 수 백 명의 병력을 섬에 남겨 둔 채 돛을 올리고 후퇴했다. 섬에 남겨진 조선수군은 모두 참살됐다.

가덕도에서 혼이 빠진 원균은 서둘러 인근 칠천도 포구로 달아났다. 이 소식은 마침 고성에 와 있던 권율에게 그대로 보고됐다.

"부하들을 사지에 놔두고 달아난 원균을 당장 잡아와라."

원균은 또다시 곤장을 맞았다. 수군 총사령관이 한 달 사이에 3번씩이나 곤장을 맞은 것은 조선역사에 없는 일이었다. 원균은 치욕과 망신에 이골이 난 듯 대꾸 한마디 못하고 풀이 죽어 되돌아갔다.

칠천도 포구로 돌아온 원균은 술로 시름을 달랬다. 이미 통제사로서 권위가 땅에 떨어질 대로 떨어진 원균은 자포자기 상태였다. 시시각각으로 위기가 다가오고 있었지만 누구도 섣불리 나서지 못했다.

보다 못한 경상우수사 배설이 원균에게 건의했다.

"이곳 칠천량은 수심이 얕고 물목이 좁아 위험합니다. 그러니 한산도로 우선 이동해 훗날을 도모해야 합니다."

"이대로 물러설 수는 없소. 부산을 공격하려면 여기서 머물러야만 하오. 전하의 명령이니 무조건 따르시오."

원균은 술에 취한 채 횡설수설하며 고집을 부렸다.

15일 저녁 무렵, 배설은 휘하 장수를 소집해 철수를 지시했다. 그리고 자정이 되자 경상우수영 소속 판옥선 12척은 조용히 칠천량을 빠져 나갔다.

16일 이른 새벽, 희뿌연 어둠을 뚫고 왜군 함선이 기습을 했다. 조선수군은 예기치 못한 적의 공격에 우왕좌왕했다. 그나마 이순신 휘하에서 싸워본 경험이 있는 각 진영의 수군장수들은 각자의 위치에서 물러서지 않고 격전을 벌였다.

그런데 어디선가 북소리가 울려 퍼졌다.

"둥 두둥 둥둥…"

수군의 각 함대는 통제사가 있는 사령선 쪽으로 집결하라는 신호였다. 자다가 적이 기습했다는 보고에 놀란 원균이 불안을 느껴 전 함대를 불러들인 것이었다. 포구 외곽 해상에서 힘겹게 왜군과 싸우던 조선수군은 졸지에 명령에 따라 퇴각을 했다.

대장선인 원균은 어이없게도 좁은 견내량 쪽으로 뱃머리를 돌렸다. 수많은 조선함대는 명령에 따라 꾸역꾸역 뒤를 따랐다.

그러나 견내량 앞에는 이미 왜군 함정들이 길목을 막고 기다리고 있었다. 조선수군은 졸지에 좁은 해역에서 앞뒤로 꽉 갇혀버렸다. 넓은 해상에서 사거리가 긴 포를 쏘며 우위를 점했던 조선수군의 특기가 발휘될 수 없게 돼 버렸다.

1천여 척의 왜군 함대는 포위망을 구축한 채 기다렸다는 듯이 달려들었다. 왜군의 장점인 등선접전登船接戰을 위한 최적의 조건이었다. 좁은 포구로 몰린 거북선과 판옥선 등 조선 함정들은 우왕좌왕 서로

부딪치며 일방적으로 수세에 몰렸다.

"모두 함정에서 빠져 나와 육지로 후퇴하라."

원균의 대장선에서 또다시 어이없는 지시가 떨어졌다. 원균은 수군보고 배를 포기하라는 말도 안 되는 명령을 내렸다. 그런 뒤 가장 먼저 육지로 몸을 피했다. 그러자 공황상태에 빠진 대다수의 조선수군은 앞다투어 배를 버리고 육지로 달아났다.

그러나 이순신의 측근 장수였던 이억기와 최호 등은 원균의 지시를 단호히 거부했다.

이들은 끝까지 배에 남아 휘하 장졸들을 지휘하며 싸웠다. 왜군들은 악귀처럼 판옥선으로 달려들어 칼을 휘둘렀다. 단병전에 능한 왜군과의 해상전은 무모할 정도로 일방적이었다. 그렇게 군선에 남은 조선수군 모두는 배에서 최후를 맞았다.

육지로 몸을 피한 조선수군도 사방에서 포위망을 구축한 왜군들의 총칼에 처참하게 쓰러진 것은 마찬가지였다. 1만 명이 넘는 조선수군이 포구 부근의 해상과 육지에서 전멸하기까지는 하루가 채 걸리지 않았다.

당대 최강이었던 조선수군이 완전히 궤멸되던 날, 하늘도 굵은 빗방울을 쏟으며 슬퍼했다. 수백 척의 위용을 자랑하던 조선함대는 단한 척도 살아남지 못했다.

거북선 4척을 포함한 판옥선 160척이 침몰되고 40여 척이 왜군에게 나포됨으로써 조선수군의 명성도 바다 속으로 함께 수장됐다.

7월 18일 새벽, 경상도 합천 초계의 원수부에 비통한 소식이 전해졌다.

"조선수군이 전멸했습니다."

온몸이 피로 흥건한 처참한 몰골의 패잔병 몇 명이 원수부에 찾아왔다. 간신히 살아남은 이들 패잔병은 통곡을 하며 더듬더듬 상황을 알렸다.

권율은 자다 말고 일어나 청천벽력과 같은 소식을 듣고 즉시 긴급회의를 소집했다. 그러나 아무도 대책을 내놓지 못했다. 다들 믿기지 않은 듯 벙어리 마냥 말문을 잊었다. 그저 한숨을 내쉬는 것이 전부였다.

며칠 뒤, 권율의 군관인 최영길은 우연히 죽은 줄 알았던 원균을 만났다고 보고했다. 원균은 도망가는 도중 자기가 한산도로 가서 수습했으니 걱정하지 말라고 큰소리쳤다는 것이었다.

7월 21일, 권율은 그동안의 상황을 종합해 장계를 썼다. 장계의 내용에는 조선수군의 상황과 대책을 담았다.

"조선수군이 칠천량에서 왜군에 대패해 전 함대가 몰살했습니다. 그리고 원균은 신의 군관이 진주에서 만나 살아있는 것을 확인했지만 어디론가 도망을 가 행방이 묘연합니다. 아직 한산도를 비롯해 일부 지역에 수군 배가 남아있을지 모르니 이를 수습해야 할 것입니다. 백의종군하고 있는 전 통제사 이순신을 즉시 현장으로 보낼 수 있도록 조치 바랍니다."

7월 22일, 조선수군이 대패했다는 소식이 도읍인 한양에 전달됐다. 원균의 지휘선에 승선했던 선전관 김식이 구사일생으로 살아나 보고한 것이었다. 뒤이어 권율의 장계도 도착했다.

조정은 물론 한양의 저잣거리는 이내 초상집이 되어 버렸다. 모두 충격 속에 절망과 두려움으로 몸을 떨었다.

임금인 선조는 즉시 조정 대신들을 소집해 회의를 열었다.

"수군 전부가 전멸했다고 하지만 남아 있는 배가 있을지도 모르니 어떡하든 후속대책을 마련해야 할 것이오. 의견을 말해보시오."

임금의 말에 조정 대신들은 벙어리처럼 아무 말도 하지 못했다. 다들 충격에서 벗어나지 못한 눈치였다. 그러자 선조가 버럭 목소리를 높였다.

"왜 대답이 없소? 왜적들이 저렇게 날뛰고 있는데, 무슨 대책이 있어야 할 것 아니오?"

대신들은 임금의 말에 찔끔하면서도 속으로 혀를 찼다. 이순신을 제거하고 원균을 통제사 자리에 앉힌 임금이 큰소리를 칠 상황이 아니었다. 다들 주눅이 들어 눈치만 살폈다.

영의정 유성룡이 마지못해 입을 열었다.

"대신들 모두 말을 못하는 것은 수군의 참패가 너무도 기가 막히고 믿기지 않아서입니다."

유성룡의 말에 다수의 대신은 고개를 끄떡이며 동조의 뜻을 나타냈다. 임금에 대한 무언의 시위였다.

"수군이 패전한 것은 하늘의 뜻인데 어찌하겠소? 원균이 죽었는지 살았는지 알 수 없지만 누군가는 수습을 해야 할 것 아니오. 도대체 원균은 왜 한산도로 물러나지 않았단 말이오?"

대신들은 임금의 말에 어안이 벙벙했다. 분명 수군의 패전은 원균의 책임인데 하늘 탓을 하는 임금의 논리에 혼란스러워했다. 원균을 옹호했던 대신들은 쥐구멍에라도 들어가는 심정으로 고개를 숙였다. 하지만 임금은 오히려 적반하장이었다.

"전하, 우선 급한 것은 통제사와 수사들을 빨리 임명하는 것입니다. 그래야 수습도 할 수 있을 것입니다."

병조판서 이항복이 사안에 맞는 건의를 했다. 그러나 임금인 선조
는 딴청을 피우며 혼자 열을 냈다.

"원균은 원래 부산으로의 출동이 위험하다며 가지 않으려고 했는
데, 사지로 들여보낸 결과가 이렇게 된 것이오. 그러니 이번 일은 도원
수인 권율이 원균을 몰아붙였기 때문에 생긴 예고된 패배요. 그렇지
않소?"

임금은 느닷없이 도원수 권율에게 책임을 전가했다. 자기가 한 말
을 달리 말하는 모순된 화법이었다. 임금의 뻔뻔함에 대신들은 또다
시 혀를 찼다.

"지금 중요한 것은 누구의 탓보다도 통제사를 새로 임명하여 그
로 하여금 대책을 세우도록 하는 것입니다."

형조판서 김명원이 냉정하게 말하자 임금도 슬그머니 물러섰다.

"좋소. 그렇다면 통제사로 누구를 임명하면 되겠소?"

"이 상황에서 수군을 수습할 사람은 이순신뿐입니다. 그를 통제
사로 임명해 보내는 것이 좋을 듯싶습니다."

병조판서인 이항복이 주저 없이 의견을 냈다.

"대감의 생각은 어떻소?"

임금은 이항복의 의견을 선뜻 받아들이지 못했다. 주위를 둘러보
다 형조판서에게 물었다. 김명원은 단호한 어조로 대답했다.

"이번 수군의 참패는 당연히 원균의 책임입니다. 하오니 이순신
을 다시 불러 통제사로 삼는 것이 마땅하옵니다."

선조는 김명원의 말에 아무런 대꾸를 하지 못했다. 대신들 모두는
처음부터 이순신 외에는 적임자가 없다는 것을 잘 알고 있었다. 임금

인 선조만이 장황하게 말을 늘어놓으며 원균을 두둔할 뿐이었다. 그럴수록 조정 대신들의 반응은 싸늘했다. 서인들조차도 이순신을 반대하지 않자 선조는 마지못해 수긍을 했다.

7월 23일, 왕명을 전하는 선전관은 이순신을 다시 3도 수군통제사로 삼는다는 교서敎書: 임금의 명령서를 들고 이순신이 머무는 남쪽을 향해 말을 달렸다.

이순신은 조선수군이 대패했다는 소식을 7월 16일 옛 부하들로부터 전해 들었다. 권율이 긴급회의를 소집할 무렵이었다.

"틀림없이 지금쯤 한산도도 왜군의 수중에 넘어갔을 것입니다."

이순신은 막막한 심정으로 하늘을 바라봤다. 옛 부하들은 어떡하면 좋겠냐며 발을 동동 구르며 비통한 눈물을 쏟았다. 이순신은 초가 문지방에 걸터앉아 입술만 깨물 뿐 아무 말을 할 수 없었다.

옛 부하들이 떠난 뒤에도 이순신은 찌르르 가슴을 후벼 파는 아픔에 가쁜 한숨만 내쉬었다.

불과 몇 개월 전의 일이었지만 한산도에서 있었던 옛 기억들이 구름 사이로 눈앞에 어른거렸다. 이순신은 당장이라도 그곳으로 달려가고 싶었다. 그러나 백의를 입고 있는 자신이 할 수 있는 것은 아무것도 없었다. 무기력한 현실이 불과 몇 개월 전의 일들을 아득한 전설처럼 느끼게 했다.

"장군, 큰일 났소."

권율이 황급히 달려오며 말했다. 이순신은 천천히 다가가 권율을 맞이했다.

"조선수군이 전멸했다는 소식이오. 이 일을 어떻게 하면 좋겠소?"

"…"

이순신은 알고 있다는 뜻으로 고개를 끄떡거렸다. 딱히 할 말도 없었다.

"어떻게 방법이 없겠소?"

권율은 절박한 얼굴로 이순신을 바라봤다. 방법이 있을 리가 없었다. 그렇다고 외면하기에는 상황이 너무도 긴박했다.

"한번 상황을 돌아보고 오겠습니다. 우선 수군의 형편을 살펴봐야 하니 지금 곧 길을 떠나도록 하겠습니다."

이순신은 도원수의 부탁을 거절할 수가 없었다. 권율이 부탁하기 전에 무작정 손을 놓을 수가 없어 할 일을 고민하던 터였다. 백의종군하는 처지에서 멋대로 나설 수도 없는 것에 비하면 오히려 바라던 일이기도 했다.

"고맙소이다. 정말 면목이 없지만 부탁하오."

권율은 덥석 이순신의 두 손을 잡고 절절한 감정을 전했다.

조선수군을 궤멸시켰다는 소식은 일본 본토에서도 조선 조정과 비슷한 시기에 전달됐다.

일본 전역은 온통 축제의 분위기로 휩싸였다. 일본 백성들도 조선수군은 공포의 대상이었던 만큼 전쟁이 곧 끝날 거라는 기대감에 덩실덩실 춤을 추며 기뻐했다.

특히 전쟁을 기획한 도요토미 히데요시는 누구보다 기쁨을 만끽했다. 실추됐던 권위를 되찾으면서 부하들과 백성들의 불만을 잠재우고 전폭적인 지지를 얻었기 때문이었다.

"이제 조선을 끝장내는 것은 시간문제다. 하루속히 전라도와 충청도를 다 쓸어버리고 한양까지 진격하라."

도요토미 히데요시는 신바람이 나 목소리를 높였다.

"알겠습니다. 바로 명령을 전달하겠습니다."

7월 28일, 부산에 진을 치던 왜군의 주력부대는 일본 본토로부터 공격지시를 받고 출발했다. 이번에는 과거와 달리 육로가 아닌 수백 척의 함선에 1만 7천 명의 병력을 태우고 바다로 이동하는 것이었다.

대병력을 태운 왜군 함대의 목적지는 사천이었다. 그곳에서 육로로 이동하는 다른 부대와 합류해 전라도를 공격하는 것이었다.

조선 침략의 총사령관인 우키타 히데이에宇喜多秀家는 고니시 유키나가와 함께 승선해 감회에 젖었다.

"참 감개무량하오. 얼마 전까지만 해도 이순신의 수군 때문에 바다로 이동한다는 것은 상상도 못했는데, 이렇게 편하게 갈 수 있으니 말이오."

"그러게 말이오. 저기 보이는 섬들조차도 조선수군이 해상을 장악해 꼼짝을 할 수 없었다고 들었소. 그런데 이제 마음 놓고 조선 전역을 바다로 이동할 수 있게 됐소. 솔직히 조선수군이 이렇게까지 완전 붕괴되리라고는 미처 예상을 못했소."

우키타 히데이에의 말에 고니시 유키나가도 맞장구를 쳤다.

"듣기로 이번에 장군의 계책이 큰 역할을 했다고 하던데…"

"아니오. 최고 공로자는 누가 뭐라고 해도 이순신을 쫓아낸 조선의 임금과 원균이라는 멍청한 수군장수요."

"으하하. 그렇다면 두 사람이야말로 우리 편이니 상을 줘야겠소."

"그렇소. 그들이 있는 한 조선은 우리 것이나 마찬가지요. 그러니 그들이 자리를 잘 지킬 수 있도록 보호해줘야 할 것이오. 어차피 우리가 전쟁에서 이겨 조선을 빼앗을 때까지는 그들이 그 자리에 꼭 있어야만 하는 것이요."

두 사람은 흥에 겨워 조선의 바다를 바라보며 축배의 잔을 들었다.

8월 4일, 부산에서 대병력을 실은 왜군 함대는 사천에 도착했다.

사천에서 각 지역의 왜군부대와 합세한 이들은 하동과 구례를 거쳐 전라도 남원을 향해 형형색색의 깃발을 휘두르며 진격했다.

조선 침략의 선봉에 선 병력은 좌군이었다. 우군으로 불리는 또 다른 부류의 왜군부대는 밀양과 합천, 거창을 지나 전라도 땅으로 이동했다. 좌우군 합쳐 총 12만 명에 이르는 대병력이었다.

왜군의 대병력이 공격에 나섰다는 소식을 접한 조선군도 바쁘게 움직였다. 도체찰사인 이원익은 경상도를 비롯해 전라도와 충청도의 백성들에게 피난물자를 챙겨 지정된 산성으로 피신하라고 명령을 내렸다. 또한 관군과 의병들에게도 가급적 왜군과 정면승부를 피하고 유격전을 벌이라고 지시문을 보냈다.

경상도에 1만 명과 전라도에 수천 명의 병력이 전부인 조선군으로서는 지구전을 벌이며 적의 보급로 차단에 주력할 수밖에 없는 형편이었다. 명나라 군대도 남원에 3천 명과 전주에 2천 명 등 각지에 퍼진 병력 전부를 합쳐도 1만 6천에 불과했다.

12만 명에 달하는 왜군과 맞서는 조선군과 명군은 그동안 막강한 조선수군이 있는 한 어떡하든 버틸 수 있다는 기대감을 가졌었다. 그런데 조선수군이 참패를 당했다는 소식을 듣고는 전의가 상실되어 모두 바람 앞의 촛불처럼 전전긍긍했다.

8월 10일, 왜군의 좌군 선발대는 전라도 곡성에 이르렀다. 곡성은 남원의 지척이었다. 왜군 수군은 좌군을 지원하기 위해 큰 배는 섬진강에 정박시키고, 작은 배로 군량을 싣고 곡성까지 접근했다. 좌군 4만 9천 명과 수군 7천여 명을 포함해 총 5만 6천의 대병력이었다.

반면 남원을 지키는 조선군은 순천에서 병력을 이끌고 온 전라병사 이복남의 700명과 남원지역의 병력 300명 등 모두 1천 명에 불과했다.

마침 남원에는 명군 부총병인 양원이 거느리는 3천 명의 병력이 주둔하고 있어 연합으로 방어 작전계획을 세웠다. 북문은 조선군이, 동문과 서문, 남문은 명군이 방어를 맡기로 했다.

8월 13일, 5만 명이 넘는 왜군은 남원에 도착하자마자 조선군과 명군이 지키는 남원성을 포위했다. 왜군의 절반 병력은 성을 둘러싼 뒤 조총을 쏘아대며 꼼짝 못하도록 가두어놓았다. 나머지 절반은 주변 100리까지 샅샅이 수색해 혹시라도 있을 조선군의 기습을 원천 차단했다.

14일 날이 밝자마자 왜군은 전면 공격에 들어갔다. 공성전에 능한 왜군은 커다란 사다리를 성 밖에 세워놓고 그 위에서 사격을 했다. 이에 맞서 조선군과 명군은 대포를 쏘며 대항했다. 전형적인 총과 포의 대결이었지만 시간이 갈수록 병력이 많은 왜군이 우세했다.

사흘 내내 격전을 벌였지만 16일이 되자 명군의 방어망은 급격히 무너졌다. 명군이 지키던 남문이 뚫리자 왜군들은 밀물처럼 성안으로 쳐들어왔다. 이어 동문과 서문도 뚫리면서 명군의 일부만 도망갔을 뿐 대부분이 전사했다. 마지막까지 성안에 남은 조선군은 전원 모두 끝까지 싸우다 장렬하게 숨을 거두었다.

왜군은 남원을 점령하자 승리를 자축하면서도 전주도 무너뜨리기 위해 다시 채비를 갖추었다. 전주를 거쳐 조선의 도읍인 한양까지 거침없이 밀어붙인다는 계획이었다. 식량은 배편으로 서해를 거쳐 한강에 내려놓으면 보급에 아무 문제가 없었다.

그때 왜군에 좋지 않은 소식이 전해졌다. 백의종군하던 이순신이 다시 조선의 3도 수군통제사가 되어 바다에 나타났다는 급보였다. 남원에 와 있던 왜군의 도도 다카토라藤堂高虎와 와키자카 야스하루脇坂安治, 가토 요시아키加藤嘉明 등 쟁쟁한 수군장수들은 깜짝 놀라 긴급히 회의를 가졌다.

"이순신이 수군장수로 복귀한 이상 서해 뱃길은 안전을 장담할 수 없소"

"내 생각도 그렇소. 조선수군이 와해됐다지만 어딘가 소수의 전선이 남아 있을 수 있는 만큼 이순신의 수군을 무시할 수는 없을 것 같소."

"이순신이 통제사로 복귀한 만큼 확실히 바다에서 제거하지 않으면 화근이 될 것이오. 이순신을 물리친 다음 안전하게 서해로 군량을 수송해도 늦지는 않을 것이오."

좌군에 소속된 왜군 수군장수들은 만장일치로 합의 하에 수군 7천 명을 데리고 함대가 있는 섬진강으로 되돌아갔다.

왜군의 좌군과 우군은 8월 20일과 21일 양일에 걸쳐 손쉽게 전주로 들어왔다. 전주에 주둔하던 명군의 2천 병력은 남원이 함락되자 공주로 달아났기 때문이었다. 왜군은 전주에서 4~5일간 휴식을 취하며 견고한 석축의 전주성을 흔적도 없이 초토화 시켰다.

왜군 지휘부는 회의를 열고 본국의 도요토미 히데요시 지시에 따라 다시 병력을 움직였다. 도요토미 히데요시의 작전지침은 크게 세 가지였다.

첫 번째로 좌군은 전라도와 충청도 일대를 휩쓰는 것이었다. 두 번째로 우군은 충청도를 거쳐 경기도를 친 다음 조선의 도읍인 한양으로 진군하는 것이었다. 세 번째는 우군의 2만 5천 병력을 별동대로 새로 조직해 일본 수군이 다시 등장한 이순신의 수군을 격멸한 뒤 배편으로 서해를 거쳐 한강으로 이동하는 것이었다.

이에 따라 왜군 좌군은 8월 말 경 충청도로 이동해 서남부 일대를 휩쓴 뒤 남으로 내려가 다시 전라도 전역을 쑥대밭으로 만들었다. 왜군 우군도 공주에 무혈입성한 뒤 가토 기요마사가 1만 병력을 이끌고 청주 쪽으로 향했다. 또한 우군의 구로다 나가마사黑田長政가 5천 병력으로 천안과 수원을 향해 앞장섰다. 그 뒤를 모리 히데모토毛利秀元가 나머지 2만 4천 병력을 이끌고 뒤따랐다.

왜군이 전라도와 충청도를 휩쓸고 경기도까지 다다랐다는 소식이 전해지자 도성인 한양은 난리가 났다. 공포에 질린 백성들 일부는 가재도구를 챙겨 피난길에 올랐다. 거리마다 흉흉한 소문이 나돌며 술렁거렸다.

왕실과 조정도 불안에 떨기는 마찬가지였다. 이미 지난 임진년에 도망친 전력이 있는 임금부터가 좌불안석이었다. 신하들과 백성들을 독려하여 왜적과 싸우는 데 힘을 모으도록 앞장서야 할 임금이 도망칠 궁리를 하자 유성룡이 면전에서 진언했다.

"나라가 위기에 처할 때일수록 전하가 중심을 잡으셔야 하옵니다. 더욱이 명군이 조선에 와 있는 상황에서 우리가 먼저 동요하면 저들에게 책잡히게 되는 만큼 모든 일을 신중하게 처리하셔야 할 것입니다."

임금인 선조는 유성룡의 말에 시치미를 떼고 무시했다. 그리고 왕비인 박 씨를 슬그머니 해주로 피란을 보냈다. 여차하면 뒤따라가 겠다는 속셈이었다.

유성룡은 임금이 하는 짓거리를 더 이상 참지 못했다. 명나라에서 는 조선의 임금을 거의 멸시하듯 혐오했고, 조선의 신하들과 백성들 의 불만은 극에 달한 상태였다. 더 이상 임금을 제멋대로 방관하다간 왜군과 싸우기도 전에 나라가 결딴날 판국이었다. 극약처방을 내려야 만 했다.

"전하 명나라의 병부상서국방장관인 경략 형개가 공문을 보내왔습 니다."

유성룡은 조정 대신들이 모인 자리에서 임금에게 말했다.

"명나라의 병부상서가 공문을 보냈단 말이오? 어떤 내용인지 말 해보시오"

임금인 선조는 명나라 말이 나오자 화들짝 놀라 되물었다. 유성룡 은 평소 명나라에게 강아지처럼 납작 엎드려 꼼짝 못하는 임금의 성 격을 아는지라 큰소리로 공문내용을 읊었다.

"우급사중황제의 명령을 전하는 관료이 말하기를 조선의 임금은 견고한 뜻이 없고, 신하는 도피하려는 마음만 품고, 백성들은 우왕좌왕하니 우 리 명군이 누구와 함께 왜군을 무찌르겠느냐고 했습니다. 이에 공문을 보내니 조선이 나라를 보존할 마음으로 먼저 통렬히 반성한 뒤 상하가 죽음을 각오하고 나라를 지키기 위해 애쓴다면 돕겠지만, 그렇지 않으 면 즉시 군사를 철수할 것이니 명심하라는 내용입니다."

유성룡이 말을 마치자 임금인 선조는 안색이 파랗게 질려 부들부 들 몸을 떨었다. 조선 임금에 대한 명나라의 극단적인 경고였다. 유성 룡은 냉정한 어조로 선조를 더욱 압박했다.

"공문과 함께 지난번 남원에서 달아난 명군의 부총병 양원의 목도 함께 보냈습니다."

선조는 거의 사색이 되어 입에 거품을 물었다. 여차하면 조선 임금도 강제로 퇴위시키는 것은 물론 목을 벨 수도 있으니 딴 짓거리 말라는 무시무시한 협박이었다. 유성룡은 넋이 나간 임금의 모습에 측은지심을 느끼면서도 조선을 살리기 위해선 어쩔 수 없었다고 애써 자위했다.

왜군이 한양을 향해 북상하자 조선과 명나라 연합군은 적을 기다리지 않고 맞서 싸우기로 의지를 모았다. 조명 연합군의 총지휘는 평양에서 급히 한양으로 내려온 명군 군사 총책임자인 경리 양호가 맡았다.

양호의 명령에 따라 마귀가 이끄는 명군 9천 명과 조선군 8천 명 등 총 1만 7천 명의 병력은 수원 방향으로 내려갔다.

9월 7일, 수원 남쪽 100리 지점인 직산_{충남 천안} 부근에서 명군 선봉부대와 북상하던 왜군 선봉부대가 마주쳤다.

기마부대인 명군과 보병인 왜군은 한 치의 양보 없이 일진일퇴의 공방을 벌였다. 넓은 들판에서 양측은 함성을 외치며 총과 화살을 요란하게 주고받았지만 서로 위험부담이 큰 근접전투는 피했다. 명군은 몇 차례의 공방 끝에 왜군 후속부대가 다가오자 수원으로 후퇴했다. 왜군도 명군을 추격하지 않고 천안으로 되돌아갔다.

왜군은 북상하던 발걸음을 멈추고 한동안 직산을 경계로 명군과 대치했다. 왜군 우군의 지휘관인 모리 히데모토毛利秀元는 단독으로 한양으로 진격하다가 자칫 고립이 되는 것을 우려했다.

계획대로라면 수군의 배편으로 별동대 2만 5천 명의 병력이 서해를 거쳐 한강으로 이동해야만 했다. 그래야만 보급품을 지원받으며 함께 한양을 공략할 수 있었다. 그런데 이순신을 물리치고 출발했어야 할 수군의 소식은 들려오지 않았다.

모리 히데모토는 명군과 대치하는 와중에 남쪽의 총지휘부로 급히 전령을 보냈다.

"이순신이 십여 척의 전선으로 서해로 가는 길목을 지키고 있소. 곧 대규모 함정을 동원해 조선수군을 몰살시킬 예정이니 그때까지는 북상하지 말고 대기하시오."

9월 14일, 경남 밀양의 왜군 총지휘부로부터 답신이 오자 모리 히데모토는 곧바로 우군 병력을 천안 이남으로 철수시켰다.

왜군이 물러나자 명군의 마귀는 개선장군이 되어 한양으로 의기양양하게 돌아왔다. 조선 조정과 한양의 백성들은 환호하며 조명 연합군을 반겼다.

유성룡은 왜군을 물리쳤다는 소식을 듣자마자 세자인 광해를 찾아갔다. 광해는 기다렸다는 듯이 반갑게 유성룡을 맞았다. 유성룡은 상기된 얼굴로 말을 꺼냈다.

"저하, 천운입니다. 조명 연합군이 왜군을 물리치고 돌아왔습니다."

광해는 그러나 유성룡의 말에 고개를 갸우뚱거리며 반문했다.

"왜군이 물러섰다고요? 소식을 들자하니 왜군이 패해서 물러선 것 같지는 않습니다."

유성룡은 광해의 말에 이상한 느낌이 들었다. 왠지 꺼림칙하다는 어투가 불안했다.

"왜군이 패해서 물러나지 않았다면? 그렇다면 스스로 물러났다는 것 아닙니까?"

"대감, 그게 의심스럽습니다. 패해서 쫓겨난 것도 아닌데 왜 물러났을까요? 왜군 우군 병력 일부가 남쪽 바다에 집결해 있다는 소문도 있는데, 그것과 관련이 있지 않을까 심히 우려됩니다."

유성룡은 아차 싶었다.

"저하, 어쩌면 수만 명의 왜군이 배편을 이용해 한강으로 이동할 수도 있습니다. 그렇다면 한강으로 오는 왜군과 남쪽의 왜군이 다시 올라와 합세하여 한양을 공격할지도 모릅니다. 그것이 왜군이 스스로 물러난 이유라면 우리 조선으로 봐선 재앙과도 같은 끔찍한 일이 될 것입니다."

광해는 유성룡의 말에 고개를 끄덕였다.

"바로 그 점이 걱정스럽습니다. 조선수군이 궤멸된 이상 왜군이 서해로 이동하는 것은 당연한 일입니다. 조만간 한양이 왜군에 속수무책으로 무너질지도 모르는데, 도대체 뭘 어찌해야 할지 모르겠습니다."

"으음…"

유성룡은 답답한 마음에 절로 한숨을 토했다. 암담한 상황이었다. 불현듯 이순신의 존재가 머리를 스쳤다.

"저하, 아직 희미하게나마 희망은 있습니다. 남쪽 바다에서 이순신이 아직 12척의 전선이 있어 싸워볼 만하다고 얼마 전 조정에 장계를 올린 바 있습니다. 이순신이 왜군 수군의 뱃길을 막을 수만 있다면 조선은 살 수 있습니다."

"이순신이요?"

광해는 눈빛을 반짝이며 되물었다. 유성룡의 말대로 이순신이 바다에서 적을 격퇴하면 아무 문제가 되지 않았다. 그러나 원균이 수백 척의 전선으로도 참패한 마당에 불과 12척으로 엄청난 규모의 왜군 수군을 막는다는 것은 불가능한 일이었다. 오직 기적이 일어나기를 바라는 것 외에는 달리 뾰족한 수가 없었다. 그것이 유성룡이 말한 희망이었다.

"오, 하늘이시여! 제발…"

광해는 유성룡의 손을 덥석 부여잡고 간절히 외쳤다. 유성룡은 광해의 애타는 눈길을 마주 보며 이심전심으로 이순신이 기적을 일으켜 줄 것을 뜨겁게 염원했다.

14
기적의 명량해전

이순신은 초계를 떠나 서남쪽으로 부지런히 발길을 재촉했다.

초라한 행색의 이순신을 알아보는 이는 드물었다. 가는 곳마다 전란의 여파로 피폐해진 탓에 조선의 산야는 흉물스러웠다. 권율의 부탁으로 무작정 길을 떠난 이순신은 생각지도 않은 임금의 선전관을 만났다.

8월 3일, 경남 사천의 외진 마을에서였다.

"어명이오."

이순신은 허름한 농가에서 쉬다가 무릎을 꿇고 교서와 유서를 받았다. 전라좌수사 겸 충청, 전라, 경상 3도 수군통제사로 임명한다는 내용이었다. 임금의 구차한 변명과 장황한 찬사가 늘어진 교서에 이순신은 가슴이 답답하고 먹먹했다.

그러나 나라를 구하기 바란다는 대목에 이르러선 가슴 한구석에서 뜨거운 그 무엇이 울컥 치밀어 올랐다. 나라를 구한다는 것은 어떠한 시련과 모멸 속에서도 장수가 갖는 최고의 가치임을 새삼 깨달았기 때문이었다. 다시 장수의 길을 걸을 수 있게 된 것이 너무도 감격스러웠다.

초계에서부터 이순신을 수행한 송희립의 친형인 송대립 등 옛 부하 15명도 뭉클한 마음으로 이순신을 바라보며 눈시울을 붉혔다.

이순신은 회답 장계를 써 선전관에게 준 뒤 자리를 박차고 일어섰다. 수군을 재건해야 하는 중책을 맡은 이상 한시도 지체할 수 없었다. 이순신 일행은 그날로 섬진강을 건너 전라도 땅을 밟았다.

이순신이 온다는 소문은 남도지역에 파다하게 퍼졌다. 지역 수령들은 도망가든지 아니면 가진 것을 모두 바치며 부하가 되어 명령을 따라야 했다. 이순신을 아는 관리들은 자발적으로 달려왔다. 순천부사 우치적과 김제군수 고봉상 등은 낙안에 먼저 와 기다렸다가 합류했다.

이로써 빈손으로 시작한 이순신은 수군 재건을 위해 최소한의 군사, 병기 그리고 군량미를 확보할 수 있게 되었다. 이순신은 구례, 곡성, 옥과, 순천, 낙안, 보성 등 330킬로미터를 돌며 신병 1천 명과 군량미 1개월 분, 그리고 각종 전투 장비를 거두어들였다.

문제는 왜선과 싸울 수 있는 전선의 확보였다. 수군의 주력선인 판옥선은 결코 단시일에 건조되는 함정이 아니었다. 어딘가 남아있을지 모를 판옥선이 있는 곳이 바로 이순신의 최종 목적지였다. 칠천량 해전에서 퇴각한 배설이 얼마간의 함정을 보유하고 있다는 보고를 들은 순간 이순신은 가뭄의 단비 같은 희망을 가질 수 있었다.

이순신의 순례는 사실 경상우수사 배설의 수군이 머무는 곳을 찾아가는 과정이었다. 순례 도중 이순신은 몇 차례의 위기를 간신히 넘기기도 했다. 하루 이틀 간격으로 왜군이 이순신의 뒤를 쫓기 때문이었다. 조선의 어디에서도 왜군에 안전한 곳은 없었다.

8월 18일, 마침내 이순신은 장흥의 회령포에 도착했다. 왜군 수군을 피해 몇 차례 진을 옮겼던 배설의 수군이 머무는 곳이었다. 수질로 누워있던 배설은 오후 늦게 나와 이순신을 만났다.

"통제사 대감, 먼 길을 오셨습니다. 그동안 고초가 크셨을 텐데, 다시 복직하셔서 마음 든든합니다. 부족하지만 12척의 전선이 있으니 거두어 주십시오."

"배 수사, 참으로 고맙고 수고가 많았소이다. 큰 힘이 될 것이오. 우리 함께 잘해봅시다."

이순신은 배설의 인사에 감사와 격려의 뜻을 전했다. 배설은 희미한 미소를 지으며 고개를 가로저었다.

"아닙니다. 전 죄인입니다. 제가 수군장수로서 해야 할 최소한의 역할은 여기까지입니다. 이제 통제사 대감께서 무거운 짐을 지셔야 합니다. 어차피 전 칠천량에서 명령에 따르지 않고 퇴각한 순간부터 나라의 죄인이 되었습니다. 그때는 제 부하들을 헛되이 죽게 하고 싶지 않은 마음뿐이었습니다. 그때의 결정을 지금도 후회하진 않습니다. 다행히도 통제사 대감이 복직해 돌아온 이상 제 스스로에게 작으나마 위안을 해봅니다. 다만 대감께 큰 짐을 떠넘기는 것 같아 송구스러울 따름입니다."

이순신은 배설의 손을 잡으며 눈을 마주쳤다. 장수로서 나라를 위한다는 것은 참으로 고달픈 일이었다. 두 사람은 이심전심으로 지난한 세월의 풍파를 어루만지며 위로했다.

8월 19일, 임금의 선전관이 교서를 갖고 내려왔다. 교서의 내용은 어차피 가망이 없는 수군조직을 없애고 육지의 병력과 합류해 힘을 보태라는 것이었다. 이순신은 곧바로 회답 장계를 썼다.

"지금 신에게는 전선이 아직도 12척이 있습니다. 죽을힘을 다해 싸운다면 오히려 해볼 만합니다. 그러나 만약 수군을 없앤다면 적이 만 번 다행으로 여길 것이며, 그들은 서해와 충청도를 거쳐서 한양까지 갈 것입니다. 신은 그것을 걱정하는 것입니다. 비록 전선의 수는 적지만 신이 죽지 않고 살아있는 한 적은 감히 우리를 업신여기지 못할 것입니다."

이순신은 다음날 회령포구 앞이 좁다고 느껴 수군진영을 이진해남군 북평면으로 이동했다. 그리고 부하들에게 명령해 12척의 판옥선 전체에 판자를 덧대 외벽을 높이게 했다. 왜군의 근접전을 방지하기 위해서였다. 또한 일부 판옥선에는 지붕을 얹어 거북선 비슷하게 꾸미는 등 다양한 형태의 전투를 대비했다.

8월 28일 아침에는 왜군 함선 8척이 나타나 한바탕 소동이 일어났다. 왜군은 이순신 함대의 행방을 찾기 위해 이곳저곳을 들쑤시다가 조선 함정이 다가가자 후다닥 달아났다. 보고를 받은 이순신은 다음날 바로 벽파진碧波津: 진도으로 진영을 옮겼다.

이순신은 왜군 수군과의 대규모 해전이 멀지 않았음을 직감했다. 그래서 매일 훈련의 강도를 높이며 전의를 불태웠다. 어느덧 수군 병력이 2천 명으로 늘었지만 대부분 신병인 탓에 해상훈련의 진척은 더뎠다. 기강도 엉망이어서 조금만 호통을 쳐도 밤마다 도망병이 속출했다. 하루도 편한 날이 없을 만큼 골칫거리가 즐비했다.

급기야 고위관직의 수군장수 마저 사라지는 사건이 벌어졌다. 아침 일찍 부하군관이 달려와 이순신에게 큰소리로 보고했다.

"큰일 났습니다. 배 수사가 없어졌습니다."

이순신은 태연하게 알았다는 듯 고개를 끄떡였다. 그러자 옆의 다른 장수들이 격하게 반응했다.

"당장 잡아와야 합니다."

"멀리 못 갔을 것 같으니 즉시 추격대를 조직해 쫓아야 합니다."

이순신은 주위 장수들을 휘둘러보며 냉정한 어조로 말을 내뱉었다.

"그만둡시다. 지금 그럴 때가 아니니 진정들 하시오. 왜군이 언제 쳐들어올지 모르니 좀 더 대비에 신경을 씁시다."

이순신이 무 자르듯이 상황을 정리하자 부하 장수들은 더 이상 말을 하지 못했다. 이순신은 시선을 바다 쪽으로 돌린 뒤 전날 밤의 일을 떠올렸다.

배설은 은밀히 부하를 시켜 이순신에게 서찰을 보내왔다. 편지의 내용은 자신은 몸과 마음이 병든 상태에서 수군에 걸림돌이 되는 만큼 고향 땅에서 죽고 싶다는 것이었다. 어차피 그는 왜군과의 싸움이 끝나고 나면 국법에 따라 처형될 수밖에 없는 처지였다.

이순신은 배설의 심정을 이해했다. 전란은 장수들의 죽음을 결코 동정하지 않았다. 배설에게 기우는 연민의 정은 어쩌면 불합리한 조선 조정에 대한 반항일지도 몰랐다. 그는 조정에서 볼 때 죄인이었지만 수군으로서는 훌륭한 장수였고, 끝까지 최선을 다했다. 이순신이 배설을 붙잡을 수 없었던 이유였다.

'잘 가시구려. 노잣돈을 보태지 못해 아쉬울 따름이오.'

이순신은 멀리 바다를 바라보며 배설의 앞일을 속으로 기원했다.

9월 7일 오후 4시경, 왜군은 드디어 조선수군의 진영 앞바다까지 노골적으로 다가왔다. 30척으로 구성된 함대였다. 단순 정찰 목적으로 보기에는 규모가 작지 않았다. 새로 조직된 10척 규모의 이순신 함대를 시험해보는 공격 선발대였다.

왜군 수군 지휘부는 육상의 좌군과 함께 일찍이 남원을 점령한 뒤 급히 회군해 그동안 촉각을 곤두세웠다. 이순신이 통제사로 복직했다는 소식을 듣고 불안했기 때문이었다. 왜군 총 지휘부도 우군의 2만 5천 병력을 배로 싣고 서해를 거쳐 한강으로 이동하려다가 결정을 미루고 머뭇거렸다. 이순신이 이끄는 수군을 제거해야 한다는 의견을 무시할 수가 없었다.

이순신의 행방을 찾던 왜군은 마침내 8월 28일 어란포해남에서 조선수군을 발견하고 즉각 지휘부로 보고했다. 보고를 받은 왜군 총지휘부와 수군 지휘부는 서로의 생각이 달랐다.

왜군 총지휘부는 10척 규모의 이순신 함대를 무시하고 병력을 실은 뒤 곧바로 한강으로 진격하자는 입장이었다. 반면 수군 지휘부는 이순신의 함대를 반드시 격멸한 뒤 이동해야 한다고 주장했다. 두 지휘부는 팽팽히 맞섰다.

이날 등장한 30척의 왜군 함정은 왜군 지휘부 간의 절충된 결과물이었다. 30척의 함정으로 10척 규모의 이순신 함대를 제압하거나 크게 타격을 입히면 왜군 수군은 곧바로 대규모 병력을 싣고 이동하는 것이었다.

반대로 30척의 함정이 이순신에게 패하면 병력 이송을 늦추더라도 대규모 함정을 동원해 조선수군을 완전 섬멸시키는 것이 왜군의 계획이었다.

"둥둥 두둥둥"

요란한 북소리가 울려 퍼지자 조선수군의 전 함정은 일사불란하게 바다로 나아갔다. 이순신은 급조된 수군병력이 실전에서 왜군과 얼마나 잘 싸울지에 대해 자신을 하지 못했다. 짧은 시간이지만 훈련한 대로 수군들이 잘 따라주길 바랄 뿐이었다.

　"발사하라."

　왜선이 대포 사정거리에 이르자 이순신은 발사신호를 보냈다.

　"꽝, 꽈꽝"

　귀청을 울리는 굉음과 함께 조선수군이 쏜 포탄이 왜선을 향해 날아갔다. 수십 발의 포탄이 소나기처럼 쏟아졌다. 포탄은 일부 왜선을 명중했지만 대부분 빗맞아 바다에 처박혔다. 그럼에도 불구하고 시뻘건 포탄이 하늘에서 우수수 불꽃을 토해내는 광경은 꽤 위력적이었다.

　화들짝 놀란 왜선은 뱃머리를 돌려 물러섰다. 왜군은 해상에서 조총과 대포와의 대결이 불리하다는 것을 알았는지 싸움을 요리조리 피했다. 날이 저물자 이순신은 적선을 쫓지 않고 포구로 되돌아왔다.

　"오늘 밤 적의 야습을 대비하라."

　이순신은 왜군이 반드시 야간에 기습을 할 것으로 예상했다. 원균이 칠천량에서 패한 것도 새벽 기습에 대비를 하지 않았기 때문이라는 것을 잘 알고 있었다. 이순신의 지시에 수군병력들은 정박하지 않고 배 위에서 뜬눈으로 적을 기다렸다.

　밤 열 시쯤 되자 어둠 속에서 왜선이 접근해 왔다. 왜선이 가까이 다가오자 조선수군은 기다렸다는 듯이 대포를 쏘며 공격을 퍼부었다. 당황한 왜군은 조총을 쏘며 버티다가 피해가 속출하자 결국 퇴각했다. 주야전투에서 호되게 당한 왜군은 즉시 돌아가 지휘부에 보고했다.

　다음 날 아침, 전투상황을 보고받은 왜군 총 지휘부는 배편으로 한강으로 이동하려는 계획을 무기한 연기하기로 결정했다. 이순신의 함대를 격멸하기 전에는 서해 이동이 불가능하다는 것을 절감한 것이었다. 그리고 이순신을 격파하는 임무의 수군총사령관은 해적출신의 구키 요시다가九鬼嘉隆가 맡기로 했다.

한편 신병 위주로 새로 조직된 조선수군은 왜군과의 전투에서 뜻밖의 완승을 거두자 사기가 한껏 올랐다. 이순신은 수군 병력들을 격려하기 위해 9일 중양절에는 제주도에서 소 5마리를 가져와 배불리 먹게 했다.

마침 소를 싣고 온 배가 판옥선이어서 전선으로 쓰기 위해 징발해 개조했다. 판옥선이 12척에서 13척으로 한 척 늘게 된 것이었다.

이순신은 10일에는 해남과 진도에서 오래 산 노인 및 어부들을 만났다. 이들과 함께 명량울돌목으로 가 지형과 해류특성에 대해 의견을 나눴다.

이순신은 왜군의 대병력과 싸울 장소로 울돌목을 선택했다. 그리고 시간대별로 바닷물의 유속과 방향 등을 숙지한 뒤 작전을 구상했다. 울돌목이 갖는 복잡하고 험난한 해류특성을 잘 살린다면 충분히 싸워볼 만하다는 생각이 들었다.

15일 아침이 밝아오자 이순신은 일찍부터 13척의 판옥선을 꼼꼼히 점검했다. 특히 대포지자총통, 현자총통와 투척용 포탄발화탄, 질려탄, 비격진천뢰을 비롯해 화살 등 각종 무기의 수량과 이상 유무를 하나하나 확인했다.

문제는 싸우고자 하는 장병들의 마음가짐이었다. 무엇보다 엄청난 병력의 왜군에 절대로 주눅 들지 않도록 사기를 끌어올리는 것이 중요했다. 이순신은 저녁식사를 마치자 오자병법에 나오는 경구를 떠올리며 글을 썼다.

'必死則生필사즉생 必生則死필생즉사 一夫當逕일부당경 足懼千夫족구
천부'

반드시 죽으려 하면 살고, 반드시 살려 하면 죽는다. 한사람이 길
목을 지키면 천 사람도 두려워한다는 뜻이었다. 병법에 나온 문구보
다 좀 더 강하게 의지를 담은 표현이었다.

이순신은 부하장수들을 불러 모아 자신이 쓴 글을 낭독한 뒤 훈시
했다. 이순신의 비장하고 위엄에 찬 목소리에 다들 굳건한 얼굴로 결
의를 가다듬었다.

같은 시간, 왜군 수군은 총사령관인 구키 요시다가九鬼嘉隆를 중심
으로 전 지휘관이 모여 마지막 회의를 가졌다. 이 회의에는 우군의 별
동대 2만 5천 명을 이끄는 육상의 지휘관들도 대거 참여했다. 이순신
의 조선수군을 격파하자마자 서해로 북상해 한강으로 들어가기 위해
서였다.

"이번 해전에서 최선봉은 내가 맡겠소."

일본 내에서 돌격전의 달인으로 유명한 구루지마 미치후사來島通
總가 선언하듯이 자원했다. 다들 고개를 끄떡였다. 그는 도요토미 히
데요시로부터 이순신의 목을 베어오라는 특명을 받고 왔기에 누구도
반대할 수 없었다. 더욱이 그는 친형인 구루지마 미치유키來島通之가
임진년 당시 당항포 해전에서 이순신 함대에 패해 전사했기에 복수심
에 불타올랐다.

어란포해남에 집결해 있던 왜군 수군은 회의가 끝나자마자 곧바
로 출동준비를 서둘렀다.

16일 새벽 4시경, 총 333척의 왜군 함정 중 선봉에 선 133척이 기세등등하게 먼저 포구를 떠났다.

"큰일 났습니다. 셀 수 없이 많은 왜군 함정이 우리의 명량 앞바다 쪽으로 몰려오고 있습니다."

이른 아침 무렵, 별망군別望軍: 별도로 편성된 탐망군이 급하게 달려와 보고했다. 이순신은 계속 동태를 살피라고 지시한 뒤 부하장수들을 소집했다. 다들 겁에 잔뜩 질려 어찌해야 할 바를 몰랐다.

"좀 더 기다려야 할 것이오. 적을 최대한 명량으로 끌어들여야 하는 만큼 아직 때가 이르오. 각자 함정으로 돌아가 별도의 지시가 떨어질 때까지 머물면서 대비토록 하시오."

왜군은 신시 말오전 9시쯤 녹도 앞 해협까지 접근했다. 그러나 그들은 곧바로 쳐들어오지 않고 멈춘 뒤 조선수군의 반응을 살폈다. 왜군들은 명량의 변화무쌍한 해류에 대해 나름대로 잘 파악하고 있었다. 더욱이 133척의 함정을 이끄는 최선봉 장수인 구루지마는 울돌목과 유사한 일본 해협에 대해 경험이 많은 탓에 서두르지 않았다.

왜군 수군들도 옛날부터 중국으로 상선들이 오가는 해상 교통로인 명량의 해류가 만만치 않다는 것을 익히 알고 있었다. 그 길목을 이순신이 차단하고 결전을 벌이게 될 것도 예상했다. 바닷물의 유속이 느려지는 때가 바로 공격시점이었다.

정오낮 12시가 되자 물살이 눈에 띄게 약해졌다. 구루지마는 신호를 보냈다.

"두둥, 두두둥"

오색찬란한 깃발로 치장된 왜군 대장선에서 요란한 북소리가 천지를 울렸다. 그러자 왜선 수십 척의 선발대가 쏜살같이 명량 해협으로 들어섰다. 해협의 가장 좁은 물목이자 울부짖듯 파도가 날뛰는 그곳, 바로 울돌목이었다.

이순신은 왜선의 움직임을 살피며 꿈쩍도 하지 않았다. 비록 13척에 불과하지만 조선수군 함대는 나름대로 진용을 갖추고 왜선이 오기를 기다렸다. 맨 앞 거북선 형태로 덮개를 입힌 판옥선 4척과 이순신의 기함을 비롯한 3척, 그 뒤에 3척, 마지막 후미의 3척이 줄지어 바다에 떠 있었다.

구루지마는 이순신의 함대가 고작 13척에 불과함을 거듭 눈으로 확인했다. 유속이 함선의 기동에 영향을 주지 않는 시간대는 12시부터 2시까지였다. 2시간이면 이순신 함대를 격파하는데 충분한 시간이었다. 더 이상 기다릴 이유가 없었다.

"전속력으로 함대 돌격!"

구루지마가 신호를 보내자 선두의 왜선 수십 척이 속도를 높였다. 빠르게 달려가 조선함대를 에워싼 뒤 등선접전백병전하라는 지시였다.

그러나 벌떼처럼 달려들던 왜선들은 어느 순간 주춤거렸다. 좁은 물목 때문에 동시에 접근하기가 쉽지 않았다. 자연히 여러 줄로 길게 늘어선 채 속도를 줄여 이동해야만 했다.

선두의 왜선들이 물목을 막 벗어나자 앞줄의 조선수군 전선 4척이 기다렸다는 듯이 대포를 쏬다.

"꽝, 꽝, 꽈꽝"

왜선들은 시뻘건 포화 속에서도 아랑곳하지 않았다. 몇몇 왜선에서 불길이 치솟았지만 다수의 왜선들은 무서운 기세로 돌진했다. 그러자 선두에서 대포를 발사하던 조선수군들이 오히려 겁을 집어먹고 차츰 물러섰다. 선두에 선 4척의 수군은 전투경험이 부족한 탓에 적의 기세에 눌려 있었다.

"물러서지 말고 쏴라!"

바로 뒤에 포진해 있던 이순신의 기함이 전투를 독려하며 앞으로 치고 나갔다. 붉은 깃발의 조선수군 대장선은 포를 쏘며 앞으로 돌진했다. 이순신도 직접 총통을 붙잡고 사격했다. 이순신이 쏘는 포는 정확하게 선두의 왜선을 하나하나 격파했다.

이순신의 대장선이 종횡무진 포를 쏘며 적진을 휘젓자 다른 판옥선의 수군도 힘을 냈다. 선두와 이순신의 기함 등 7척은 무서운 기세로 각종 포탄과 화살을 왜선에 쏟아부었다. 돌격임무를 맡은 왜선들은 상당한 충격을 받고 휘청거리면서도 포기하지 않고 달라붙었다.

그러나 가까스로 조선수군의 판옥선에 접근한 왜선들은 사다리와 밧줄을 상대 배에 걸지 못해 버둥거렸다. 덮개를 씌운 판옥선에 사다리와 밧줄을 걸기에는 상대 갑판이 너무도 높았다. 물살에 흔들려 시도조차 힘겨웠다.

오히려 조선수군이 위에서 아래를 내려다보며 손으로 화약이 담긴 발화통과 질려탄 등을 내던졌다. 왜군은 속수무책으로 당했다. 조선수군의 배에 접근한 왜군들은 대부분 불길에 휩싸인 채 비명을 지르며 살기 위해 바다에 뛰어들기 바빴다.

조선수군을 에워싼 왜선들은 상당수 포탄에 맞아 선체가 깨지거나 부서졌다. 근접한 왜선들도 불에 타거나 파손되어 허무하게 가라앉았다. 순식간에 벌어진 일방적인 싸움이었다. 왜선들은 정신을 차리지 못할 만큼 호되게 당하자 혼란스러운 듯 우왕좌왕했다.

이 광경을 뒤에서 지켜보던 구루지마는 발을 동동 굴렀다.

"전 함대 돌격하라, 물러서지 마라."

구루지마는 함대 본대를 이끌고 앞장섰다. 왜선들은 북소리를 울리며 다시 새까맣게 몰려들었다.

이순신은 잠시 소강상태에 이르자 전체를 휘둘러봤다. 적의 선봉을 격파해 한숨은 돌렸지만 멀리서 본대가 오자 마음이 다급해졌다.

총 13척의 아군 전선 중 실제 싸움에 나선 판옥선은 7척에 불과했다. 나머지 중군선단 3척과 후군선단 3척은 보이지 않았다.

이순신은 신속히 신호기를 세워 흔들면서 중군과 후군을 불렀다. 거제현령 안위와 중군장인 김응함의 배가 차례로 다가왔다. 이순신은 노기 띤 음성으로 크게 외쳤다.

"안위는 군법에 죽고 싶은가? 중군장은 멀리 떨어져 대장선을 구원하지 않으니 사형감이다. 당장 처벌하기 전에 지금부터라도 용감히 싸워 공을 세워라."

이순신으로부터 호통을 들은 안위와 김응함은 싸움이 재개되자 선두에 섰다. 중군의 2척은 왜선 한가운데에 적장의 기함이 보이자 전속력으로 돌진했다. 조선수군이 거리를 두고 포를 쏠 것으로 예상했던 왜군 선단은 순간 당황했다.

좁은 물목의 해상에서 안위와 김응함의 전선이 과감하게 왜선 진영 한가운데를 돌파했다. 왜선들은 개미 떼처럼 2척의 판옥선을 에워싸고 달려들었다. 조선수군은 근접전을 마다하지 않았다. 왜군들은 서둘러 갈고리를 던지고 사다리를 붙이며 판옥선으로 달라붙었다.

그러나 배의 옆 벽이 너무 높아 왜군들이 판옥선의 갑판까지 기어오르기가 쉽지 않았다. 반면 조선수군들은 눈에 불을 켜고 창과 칼 도끼를 휘두르며 왜군의 접근을 막았다. 흔들리는 배에서 곡예를 하듯 힘겹게 오르던 왜군들은 위에서 결사적으로 내리치는 공격에 저항도 못하고 우수수 떨어져 나갔다.

판옥선 한 척에 대여섯 척의 왜선이 달라붙었지만 뒤엉켜 전혀 숫자의 우위를 살리지 못했다. 육중한 판옥선이 좌우로 선체를 흔들며 왜선과 충돌할 때마다 수십 명의 왜군이 튕겨져 나갔다. 마치 황소가 파리 떼를 쫓아내는 것과 같은 모양새였다.

2척의 판옥선이 용감하게 적진 한가운데를 유린하며 기세를 올리자 나머지 조선함대도 돌진했다.

이순신의 기함은 제일 먼저 안위의 배 주변 왜선에 차례로 대포를 발사했다. 왜선 3척 모두 명중되어 휘청거렸다. 1척은 불길이 치솟고, 2척은 선체 중심부가 박살이 났다. 뒤쫓아 온 다른 함정들도 각종 총통과 화살 등을 쏘며 공세의 고삐를 늦추지 않았다.

좁은 수로에서 기세가 꺾인 왜군은 전혀 힘을 쓰지 못했다. 왜군의 고유 장점인 등선접전이 불가능해지자 지휘계통이 무너져 순식간에 오합지졸로 변모했다. 호기롭게 앞장선 왜선의 기함은 앞뒤로 꽉 막혀 조선수군의 일방적인 표적이 됐다.

"꽝, 꽈꽝"

사방에서 조선함대의 대포가 불을 뿜었다. 좁고 물살이 센 울돌목은 왜선의 무덤이었다. 판옥선과 달리 전후좌우로 기동이 불편한 왜선들은 천혜의 바다 그물에 갇혀 꼼짝없이 공격세례를 받았다.

"왜군 대장이다!"

이순신의 기함에 탄 항왜降倭: 항복한 왜군가 바다 쪽을 손짓하며 외쳤다. 검붉은 바다 위로 부서진 왜선 잔해와 시신들이 어지럽게 떠다니고 있었다. 항왜는 그 속에서 붉은 옷을 입은 시신을 가리켰다.

"저 놈을 끌어올려라!"

이순신은 포탄과 총탄이 빗발치는 와중에도 다급하게 지시했다. 물 긷는 병사가 능숙한 솜씨로 갈고리를 던져 밧줄로 시신을 끌어올렸다.

"맞습니다. 이 자가 악명 높은 구루지마입니다."

"즉시 목을 베어 장대에 매달아라."

구루지마의 몸은 몇 토막이 되어 장대에 묶인 채 이순신의 기함 꼭대기에 걸렸다. 효시梟示의 효과는 바로 나타났다. 격렬한 전투를 벌이던 왜선들은 멀리서 구루지마의 목을 확인하자 즉각 퇴각 신호를 보냈다.

공포에 사로잡힌 왜군들은 허둥지둥 배를 돌렸다. 좁은 수로에서 수많은 왜선이 앞다투어 달아나려고 북새통을 이뤘다.

"전 함대 발사하라."

이순신은 수군 함대에 대포 발사를 명령했다. 달아나려는 적을 향해 근접전투를 벌이는 것은 위험하기에 일단 물러나라는 신호였다. 조선수군 함대는 왜선의 퇴로를 열어주면서 거리를 두고 대포와 화살을 쐈다.

무질서하게 엉킨 상태에서 도주하던 왜선들은 빗줄기처럼 쏟아지는 포탄과 화살공격을 받자 비명을 지르며 아비규환을 이루었다. 그곳은 끔찍한 지옥의 한복판이었다. 왜군들은 혼이 나간 채 울돌목을 빠져나가려고 안간힘을 썼다. 그럴수록 왜선들끼리 충돌은 잦아졌고, 탈출로는 더욱 험난했다.

오후 3시가 되자 물살은 야생마처럼 거칠게 날뛰었다. 물결의 방향이 바뀌자 왜선들은 제자리를 크게 벗어나지 못하고 피해는 눈덩이처럼 불어났다. 조선수군이 무자비하게 쏘아대는 포화에 왜선들은 불에 타고 부서지면서 성한 배를 찾기 힘들었다. 자기들끼리 서로 빠져나오려고 다투다가 파손되어 가라앉은 왜선도 적지 않았다.

울돌목의 좁은 수로는 왜군에게는 아득하게 먼 지옥의 항로였다. 멀리서 이 광경을 지켜보던 왜군 수군 지휘부는 두려움에 몸서리를 쳤다. 외곽 해협에 본대 200여 척이 포진하고 있었지만 감히 지원할 엄두를 내지 못했다. 모두 무참하게 박살이 나고 있는 구루지마 함대 꼴이 될까봐 사시나무 떨듯 기겁을 했다.

왜군 수군 지휘부는 더 이상 이순신이 이끄는 조선함대와의 싸움은 무리라고 결론을 내렸다. 그리고 신속히 수습에 들어갔다.

13척의 조선함대를 상대로 10배가 넘는 133척이 동원됐지만 왜군 수군이 입은 피해는 참담했다. 30여 척이 완전 격파되어 침몰됐고, 나머지 100여 척도 크고 작은 피해로 온전한 배가 드물었다. 사실상 왜군의 선봉 함대 전체가 만신창이가 된 셈이었다.

이순신은 왜군 수군 본대 200여 척이 울돌목 외곽 해협에서 물러나지 않자 퇴각을 지시했다. 적이 야간공격을 할 경우 중과부적이라 버티기가 어려웠기 때문이었다. 이순신의 함대는 신속히 당사도唐笥島: 전남 신안군 암태도로 이동해 그날 밤을 보냈다.

다음날 이순신은 왜군 수군이 만약 싸우기 위해 추격을 한다면 이동할 예상 길목인 서해의 고군산군도까지 북상했다. 그리고 여러 경로로 왜군의 동향을 살피면서 차분하게 장계를 썼다.

왜군에 엄청난 대승을 거뒀지만 임금에게 올릴 보고서를 쓰는 이순신의 마음은 복잡하고 외로웠다.

분명한 것은 왜군 수군이 서해로 북상해 한강까지 가는 것을 완벽하게 저지했다는 점이었다. 적어도 조선의 도읍인 한양이 적의 수중에 당장 넘어가는 일은 없을 것이라는 사실에 다소나마 위안이 됐다. 그것으로 족했다. 13척의 전선이 전부인 수군장수가 할 수 있는 일은 그것이 전부였다.

이순신은 문득 적을 물리치고 살아남은 것 자체가 천운이라는 생각이 들었다. 전장의 장수로서 다시 적과 싸울 수 있게 된 것이 너무도 고맙고 감사했다. 장계를 쓴 뒤의 심정이 그랬다.

명량에서 이순신이 왜군 수군을 대파했다는 소식이 전해지자 도읍인 한양은 환호로 들끓었다.

조정은 처음엔 이순신의 장계를 보고도 반신반의했다.

"정말로 이순신이 왜군의 수군 대병력을 물리쳤단 말인가?"

임금인 선조는 믿기지 않은 듯 몇 번이나 되물었다. 승첩 장계를 거듭 확인하고 나서야 임금과 대신들은 감격의 눈시울을 붉혔다. 기쁨에 어찌할 바를 모른 대신들은 너도나도 찬사를 늘어놓았다.

"이제 조선은 살았습니다. 이순신의 조선수군이 있는 한 왜군이 한양까지 쳐들어올 일은 없게 됐습니다."

"이순신의 공이 지대합니다. 조선수군 모두에게 큰 상을 내려 격려해야 합니다."

선조는 기뻐하면서도 이순신에 대해서는 별다른 말을 하지 않았다.

반면 한양에 머물던 명나라 장수들은 눈이 휘둥그레지며 입을 다물지 못했다. 왜군 수군이 당연히 조선수군을 격파하고 한강으로 올 것으로 예상하던 터라 놀람과 기쁨은 배가 됐다.

명나라 장수들이 볼 때 이순신은 다른 장수들과는 차원이 다른 감히 범접할 수 없는 존재였다. 조선으로 파병 오기 전 다들 이순신의 명성을 전해 들었지만 이 정도일 줄은 몰랐다며 감탄을 쏟아냈다.

명나라도 그동안 숱하게 자국의 남부지방을 쳐들어와 골치를 아프게 한 왜구일본 해적의 전력이 결코 만만치 않다는 것을 익히 알고 있었다. 그런 왜군 정예 수군을 상대로 13척의 전선으로 133척을 격파한 것은 병법을 아는 명나라 장수들로서는 상상도 할 수 없는 일이었다. 이순신을 제갈량을 뛰어넘는 능력자로 우러러 볼 수 밖에 없는 이유였다.

조선의 임금과 대신들을 얕잡아보며 군림하던 명나라 군사총책임자인 경리 양호는 기꺼이 자신을 낮춰 이순신에게 외경심을 나타냈다.

"공의 기함에 붉은 비단을 걸어 승첩 치하의 예식을 올리고 싶은 마음 간절합니다. 하지만 길이 멀어 직접 찾아가지 못하고 뜻만 전하니 부디 받아주십시오."

양호는 소식을 접하자마자 즉각 편지를 쓴 뒤 비단과 은 20냥을 이순신에게 보냈다. 다른 명나라 장수들도 마찬가지였다. 자신들이 가장 아끼는 금과 은 장신구를 비롯해 온갖 값진 선물들을 앞다투어 보내며 존경과 흠모의 마음을 전했다.

명나라 장수들은 변방인 조선 땅으로 파병 온 자신들이 믿고 의지할 수 있는 유일한 인물이 조선에서는 이순신 한 명 뿐이라는 것을 본능적으로 알았다. 비록 국적은 다르지만 전쟁에서 승리할 수 있는 장수를 따르는 것은 전장의 군인이라면 당연한 일이었다.

그러나 조선의 조정은 명나라 장수들의 상식과는 전혀 다르게 포상을 했다. 명량에서 싸운 대부분의 장수에게는 관작을 올려 포상했지만 이순신만은 제외됐다.

조정의 여러 대신이 한 목소리로 이순신을 숭정대부崇政大夫: 종1품로 한 직급 올려야 한다고 건의했지만 임금인 선조는 끝내 외면했다.

보다 못한 명군 군사총책임자인 양호가 임금인 선조에게 정중하게 건의했다.

"이순신과 같이 뛰어난 장수는 일찍이 본 적이 없습니다. 이번 대첩은 다른 때와는 다르게 특별합니다. 조선수군이 붕괴된 가운데 소수의 전선과 병력을 급히 수습해 절체절명의 위기에서 기적을 이뤄냈습니다. 마땅히 이순신을 크게 포상해야 합니다. 저도 비단과 은을 보내 성의를 표시했습니다."

양호의 말에 선조는 멀뚱거리며 대답을 주저하다가 어렵게 말을 꺼냈다.

"이순신은 통제사로서 당연히 할 일을 했을 뿐입니다. 큰 공도 아닌데 지나치게 부추길 필요는 없습니다. 오히려 대인께서 비단과 은을 내려주셔서 과인은 송구할 따름입니다."

양호는 기가 막혀 선조를 뚫어져라 바라봤다. 멍청한 것인지, 음흉한 것인지 헷갈렸다. 양호는 파병을 오기 전 조선의 한심한 임금이 나라를 망치고 있다는 말을 귀가 따갑도록 들었다. 하지만 막상 대하고 보니 생각 이상으로 심각했다.

양호는 무능한 자일수록 질투가 심하다는 속설을 실감했다. 기분 같아서는 배시시 웃으며 비위를 맞추는 조선 임금을 혼내주고 싶었지만 꾹 참았다. 전란 중 불화를 일으키면 이순신에게까지 불통이 튈까봐 염려스러웠다. 왜군과의 전쟁을 이기기 위해선 어떡하든 이순신을 보호해야만 했다. 조선 임금이 언제 또다시 이순신에게 해코지를 할지 몰랐다.

얼굴이 붉게 상기된 양호는 선조를 쏘아보며 자리를 박차고 일어났다. 선조는 양호의 느닷없는 행동에 깜짝 놀라 자신이 무슨 잘못을 저질렀나 싶어 눈치를 살피면서 비열한 미소를 지었다.

명량대첩의 결과는 전쟁의 양상을 일거에 뒤바꾸었다.

정유년 재침으로 승승장구하던 왜군에게는 느닷없이 찬물을 끼얹는 충격이었다. 조선의 도읍인 한양까지 거침없이 진군하려던 기세가 꺾이면서 왜군은 일제히 패잔병처럼 전 전선에서 물러났다.

특히 일본 본토의 도요토미 히데요시는 패전보고를 받자 믿을 수 없다는 듯 길길이 날뛰다가 쓰러졌다. 이순신 한 명을 끝내 당해내지 못했다는 분노와 좌절은 곧바로 병으로 이어졌다. 더 이상 어찌 해볼 수 없다고 낙담하는 순간 건강에 이상이 생긴 것이었다.

그것은 욕심을 버려야만 치유될 수 있는 하늘이 내린 병이었다. 하지만 도요토미 히데요시는 이도 저도 하지 못한 채 드러누워 끙끙거리며 병을 키웠다.

반면 명나라 조정은 조선수군이 왜군 수군을 대파하며 한양으로의 진군을 저지하자 조만간 전쟁을 끝낼 수 있을 것으로 확신했다. 명나라 황제는 서둘러 대규모 증원 병력을 조선으로 보내 전쟁을 끝내기로 결심했다.

황제는 조선을 포함한 요동과 산동일대의 방어를 총괄하는 총독 직책을 만들어 병부상서국방장관인 형개를 임명했다. 형개는 황제의 명령에 따라 3만여 명의 병력을 이끌고 지체 없이 조선으로 떠났다.

이즈음, 조선의 군사총책임자인 유성룡과 명나라 군사총책임자인 양호는 하루가 멀다하게 만나 왜군을 칠 방안을 논의하기 위해 머리를 맞댔다. 물러난 왜군들이 부산을 비롯한 경상도 각 지역에 견고하게 왜성을 짓고 방어태세에 돌입했기 때문이었다. 조명연합군이 이들 왜군을 치기 위해선 합심하여 묘안을 짜야만 했다.

영하권의 한파가 몰아친 11월의 어느 날이었다. 유성룡은 아침 일찍부터 양호가 찾는다는 전갈을 받고 대궐 밖 그의 숙소로 달려갔다.

"대감, 어서 오시오. 기다리고 있었소."

양호는 얼굴에 환한 미소를 지으며 반갑게 유성룡을 맞이했다. 그동안 명나라에서 온 고위 대신이나 장수들 대부분이 유성룡과 친분을 유지했듯이 양호 또한 비교적 말이 잘 통했다.

"무슨 일로 아침부터 찾으시는지요. 좋은 일인 것 같아 기대가 됩니다."

유성룡은 정중한 어조로 화답했다.

"암요. 아주 좋은 일입니다. 간밤에 황제 폐하께서 아주 귀한 선물을 보내주셨습니다."

"황제 폐하께서 선물을요?"

"그렇소이다. 지난번 간청을 올렸는데, 흔쾌히 들어주셨습니다."

양호는 으쓱거리며 식탁 위의 보자기를 펼쳐 보였다. 보자기 안에는 뜻밖에도 다량의 면사첩이 들어있었다.

"아니 이것은 면사첩이 아닙니까?"

유성룡은 깜짝 놀라 양호를 바라봤다. 양호는 예상했다는 듯이 싱글벙글 웃었다.

면사첩은 황제가 내리는 일종의 보증서였다. 원래는 전쟁 때 거짓으로 적에 가담했던 자들이 자칫 잘못되어 처형될 위기에 놓일 때 그들을 살려내는 증명서로 쓰였다. 그러다 차츰 용도가 확대되어 어떤 경우에도 죽음을 면하는 보증서가 됐다. 이것이 있으면 조선 임금의 처형명령도 무용지물이었다.

"이것을 이순신에게 보낼 것이오."

"네엣?"

유성룡은 놀라움과 기쁨이 교차한 얼굴로 감탄사를 토했다. 면사첩이 있으면 이제 이순신은 임금의 위협으로부터 벗어날 수 있다는 생각에 안심이 됐다. 그러나 한편으론 못난 임금을 둔 탓에 조선의 충신들이 명나라로부터 목숨을 구걸해야 하는 현실이 부끄러웠다.

양호를 비롯해 명나라의 조정 관료 대다수는 조선의 임금인 선조가 이순신을 트집 잡아 언제 또 죽이려 할지 모른다고 우려했다.

명나라는 오래전부터 수군의 중요성을 잘 알았고, 조선의 이순신이 왜군에 대승을 거둔 것을 보고 하늘이 내린 명장으로 높이 평가했다. 그래서 임진왜란과 정유재란이 벌어질 때도 지상군은 신속히 파병을 해도 수군은 파병하지 않았다. 이순신이 이끄는 조선수군을 믿었기 때문이었다.

그러나 조선의 임금이 이순신을 잡아 가두고 원균이 이끄는 수군이 왜군에 대패하자 명나라 조정의 분노는 극에 달했다. 당장 조선 임금인 선조를 강제 폐위시켜야 한다는 여론이 들끓었다. 조선의 임금이 있는 한 왜군과의 전쟁은 무고한 명군만 희생시킬 뿐 절대 이길 수 없다고 생각했다.

조선에 파병된 명군은 왜군이 다시 한양을 점령하거나 선조가 도망갈 경우 즉시 붙잡아 목을 베어 효시하라는 비밀 지시를 받았다. 그러나 조선 임금의 목숨을 구한 것은 뜻밖에도 이순신이었다. 누구도 예상치 못한 반전이었다.

기적과도 같은 이순신의 명량대첩으로 선조는 죽음의 문턱에서 다시 살아났다. 그럼에도 불구하고 이순신을 향한 선조의 적대감은 수그러들지 않았다. 죽음의 칼날을 숨긴 채 언제든 휘두를 수 있는 비열한 천성은 어쩔 수 없었다.

양호는 지난번 이순신을 포상하라는 건의를 무시한 선조의 태도에서 그것을 직감했다. 그렇다고 전란 중에 조선 임금을 강제 폐위하기도 시점이 애매했다. 그래서 생각한 것이 명나라 황제의 면사첩이었다. 전란이 끝날 때까지 만이라도 조선 임금이 이순신을 해치지 못하도록 막을 수 있는 유일한 수단이었다.

유성룡은 양호가 면사첩을 갖고 와 자신에게 보인 이유를 짐작했다. 양호는 이미 유성룡과 이순신과의 관계는 물론 조선 조정의 정치 구도에 대해 훤하게 꿰차고 있었다.

유성룡은 한편으론 은근히 걱정도 됐다. 자칫 선조를 강제 폐위한 뒤 후계자를 자신들의 입맛에 맞는 자를 임금으로 내세울 경우 조선은 명나라의 꼭두각시로 전락할 수 밖에 없기 때문이었다. 면사첩이 당장은 보약일지 모르지만 자칫 독약이 될 수도 있는 현실이 답답했다.

"대감, 명심하시오. 이순신의 목숨을 구할 수 있는 면사첩의 유효 기간은 전란 때까지요. 전란이 끝나면 조선의 임금은 반드시 이순신을 해칠 것이오. 이순신을 살리기 위해선 전란이 끝나기 전에 어떡하든 방법을 강구해야 할 것이오."

양호는 노골적으로 유성룡의 폐부를 찔렀다. 유성룡은 움찔했다.

조선이 안고 있는 정치적 문제점을 정확히 간파한 그의 말에 차마 반박을 할 수 없었다.

"사람이 죽고 사는 것은 저마다의 운명이지요. 설혹 이순신이 억울하게 죽는다고 해도 세상이 달라질 게 있겠습니까? 전란이 끝난 뒤에는 개인의 억울함은 그저 세월 속에 묻힐 뿐이지요. 훗날 역사에서 충신이자 영웅호걸로 남을 수 있다면 장수로서 그것으로 족하지 않겠습니까?"

유성룡은 끝내 속마음을 숨긴 채 성리학적 시각의 교과서적인 말을 내뱉었다. 그러자 양호는 정색을 하며 반박했다.

"아니오. 그렇지 않소. 이순신이 어떻게 죽느냐에 따라 조선의 운명은 달라질 수 있소. 이순신은 단순한 전쟁영웅이 아니오. 그는 송나라 시대의 충신인 악비를 뛰어넘을 수 있는 훌륭한 장수요."

'악비?'

유성룡은 양호의 입에서 악비란 말이 튀어나오자 깜짝 놀랐다. 이순신을 악비와 같은 중국 최고의 명장 반열로 여기는 것은 대단한 평가였다. 그런 생각을 하는 양호 또한 지식과 실천의 일치를 중시하는 양명학자가 분명했다. 양명학자만이 가질 수 있는 냉철한 시각이었다.

악비岳飛는 중국 역사에서 촉나라의 관우와 함께 무신武神으로 불릴 만큼 구국의 영웅으로 추앙받는 인물이었다. 그는 송나라 남송 초기의 군인이자 정치인으로, 여진족이 세운 금나라 군대와 싸우며 명성을 드높였다.

가난한 농가의 가정에서 태어난 그는 1122년 군에 입대한 뒤 뛰어난 군사전략과 무예로 금나라와의 전쟁에서 맹활약했다. 악비는 중앙군이 몰락하고 지역 군벌이 활약한 당시 거대한 지역의 병력을 지휘하는 대장군이 되었다. 악비가 이끄는 군대는 싸움에서 반드시 이기고, 백성들에게는 결코 폐를 끼치는 일이 없어 군민 모두로부터 사랑을 받았다.

악비는 침략자인 금나라를 완전히 쳐부수고 과거의 모든 영토를 수복하고자 애를 썼다. 그러나 당시 남송 조정에서는 무능한 황제와 재상인 진회秦檜가 금나라와 평화를 주장해 갈등을 빚었다.

1141년, 남송의 조정 실권자인 진회는 화친을 위해선 남송의 군대를 무력화하라는 금나라의 요구를 받아들였다. 이에 따라 계책을 마련해 군벌끼리 불화와 와해를 유도했다. 각 지역의 군대 지휘권을 박탈하고 소속 병사들을 모두 중앙군으로 개편한 것이었다.

그러자 악비는 조정의 군제 개편 명령에 반발했고, 곧 무고한 누명을 쓰고 투옥된 뒤 살해됐다. 이후 남송은 오랑캐인 금나라를 섬기며 조공을 바치는 수모를 겪다가 끝내 망했다.

악비는 훗날 진회가 죽고 난 후 혐의가 풀리고 명예가 회복됐다. 충무忠武란 시호도 주어졌다. 또한 명나라에 의해 중국 중원이 수복된 이후에는 외세의 침략에 대항해 투쟁한 구국의 영웅으로 칭송되었다.

반면 진회는 '간신', '매국노', '충신을 살해한 소인배' 등으로 불리며 중국역사에서 오욕의 주인공이 되었다.

유성룡은 곰곰이 생각을 정리한 뒤 되물었다.

"이순신이 전란 후에도 살아남아 악비를 능가할 수 있는 장수가 되라는 뜻으로 이해해도 되겠습니까?"

"그렇소."

양호는 거침없이 대답했다.

유성룡은 고개를 끄떡이며 동의의 뜻을 나타냈다. 그리고 두 사람

간의 대화를 적은 종이를 불에 태운 뒤 양호의 처소에서 나왔다.

유성룡은 되돌아와 양호가 한 말을 되새겼다. 이순신과 중국 구국의 영웅인 악비의 삶은 여러모로 닮은 점이 많았다.

이순신이 전란이 끝나기 전에 임금에 의해 죽는다면 악비의 죽음과 크게 다르지 않았다. 훗날 역사에서 악비처럼 구국의 영웅이 되어 충무란 시호가 붙여지며 칭송되는 것이었다. 성리학적 관점에서는 그랬다. 그것이 충忠이었고, 신하로서 최고의 가치였다.

그러나 이순신이 악비를 능가하기 위해선, 전란 후에도 살아남아야 함을 의미했다. 악비는 침략자인 금나라와 끝까지 싸우기를 원했다. 하지만 금나라에게 복속국이 되어 조공을 바치는 한이 있어도 자신들의 권력과 나라의 명맥만이라도 유지하기를 바라는 남송 집권층의 이해와 충돌이 되는 바람에 뜻을 이루지 못했다. 이순신이 살아남으면 조선의 임금을 비롯한 집권층과의 충돌은 불가피했다.

양호의 말에는 두 가지 뜻이 담겨있었다. 하나는 전란이 끝난 뒤 이순신이 선조에 의해 죽임을 당하면 남송이 그랬듯이 조선도 힘없이 내우외환을 겪다가 끝내 망하게 된다는 경고였다. 유성룡을 비롯해 조선을 걱정하는 많은 충신들이 우려하는 부분이었다.

또 하나는 이순신과 조선의 임금인 선조가 부딪칠 경우 상국인 명나라는 이순신의 손을 들어주겠다는 무언의 암시였다. 조선 역사에서 정변이 일어날 경우 명나라의 눈치를 보지 않을 수 없는데, 그런 점에서 이순신은 천군만마를 얻는 셈이었다. 세자인 광해를 임금으로 내세워 선조를 제거하면 완벽한 그림이 됐다. 광해가 화룡정점이 되는 것이었다.

유성룡은 두근거리는 가슴을 진정시키며 환한 미소를 지었다. 오랫동안 꿈꾸던 이상국가의 실체가 당장이라도 보일 듯 눈앞에 어른 거렸다.

세자 광해가 임금이 되어 백성 모두가 잘 살 수 있도록 선정을 베풀고, 이순신이 안보의 중책을 맡아 방위태세를 굳건히 갖춘 막강한 나라가 멀지 않아 도래할 것만 같았다.

문제는 결단의 시기였다. 전란이 끝나기 전까지 시기를 결정해야만 했다. 임금인 선조가 순순히 보위를 내놓지 않으려고 음모와 암수를 쓰리라는 것은 뻔히 예상할 수 있었다. 다행히도 전란 중 명나라 황제로부터 면사첩을 받은 이순신을 죽일 수 있는 방법은 이제 없어졌다. 전란이 끝날 때까지 임금이 정상적인 방법으로는 이순신을 죽일 수 없었다.

'그렇다면?'

유성룡은 순간 아찔한 생각이 들었다.

'오, 맙소사'

유성룡은 머리를 감싸며 신음했다. 임금이 노리는 수는 바로 암살이었다. 틀림없었다. 누구도 의심 않고 이순신을 죽일 수 있는 방법은 오직 암살뿐이었다. 그것이야말로 임금이 바라는 최선의 수였다.

생각이 암살에까지 이르자 유성룡의 마음은 다급해졌다. 언제? 어떻게? 누가? 여러 가지 상황이 머리에 우후죽순 떠올랐다. 어떡하든 그것을 찾아내 미연에 방지해야만 했다. 그래야 크게 피를 보는 일이 없이 순리대로 세자 광해를 임금으로 옹립할 수 있었다.

이순신이 살아야 조선이 살 수 있었다. 유성룡은 눈앞의 적인 왜군보다 실체를 숨긴 채 뒤에서 칼을 겨누는 내부의 적과 싸움을 해야 하는 현실에 몸서리를 쳤다.

11월 27일, 명나라 총독 형개가 혹독한 추위를 뚫고 3만의 병력을 데리고 한양에 도착했다. 기세가 오른 조명연합군은 전쟁을 끝내기 위해 대반격에 들어갔다. 조명연합군은 제독 마귀가 이끄는 명군 4만과 도원수 권율이 지휘하는 조선군 1만 1천 명 등 총 5만 1천 명에 이르는 대병력이었다.

조명연합군은 12월 23일, 울산성 밖 60여 리에 다가와 진을 쳤다. 왜군의 주력부대인 가토 기요마사加藤淸正가 지키는 도산성島山城을 공략하기 위해서였다. 그날 밤 명군은 기습공격을 통해 왜군을 크게 격파함으로써 한껏 자신감을 키웠다.

다음날, 조명연합군은 무시무시한 화력을 퍼부으며 총공격에 나섰다. 1천 문이 넘는 대장군포와 불랑기포, 대형 화포 등이 불을 뿜자 왜군은 속수무책으로 당했다. 그럼에도 불구하고 공성전에 능한 왜군은 쉽게 물러서지 않고 조총을 쏘며 완강히 저항했다. 매일 양측의 희생자가 늘어났지만 승부의 추는 어느 한쪽으로 기울지 않았다.

열흘이 넘도록 포위 고립되어 패색이 짙었던 왜군은 그러나 극적으로 1만 명의 지원군이 가세하면서 가까스로 성을 지켰다. 반면 조명연합군은 공격하느라 지친 상태에서 어이없이 물러남으로써 적지 않은 피해를 입었다.

양측 모두 상처뿐인 공방을 벌인 탓에 사기가 크게 꺾였다. 이로 인해 전선은 겨울잠을 자듯 다시 소강상태에 들어갔다.

육지에서 조명연합군과 왜군 모두 불안한 나날을 보낼 때 조선 수군만은 전력이 크게 보강되어 활력이 넘쳤다.

이순신은 새해1598년 들어 보다 적극적으로 수군조직을 정비했다.

명량해전 이후 이쪽저쪽으로 옮겨 다니던 본영을 2월 17일 고금도古今島·완도군 해안으로 옮겼다.

고금도는 과거 한산도와 형세가 비슷하면서도 넓고 쓸 만한 농토가 많아 백성들이 벌떼처럼 몰려들었다. 본영으로 정착한 지 몇 달 되지 않아 백성들의 가옥 수는 3만을 넘어섰다. 자연히 수군병력도 증원됐다.

조선수군의 위용은 하루가 달랐다. 본영 앞마당에는 격군과 수군이 되기 위해 백성들이 길게 줄을 섰고, 섬 전역은 훈련을 받는 병력들의 열기로 후끈 달아올랐다. 포구 한쪽에는 전선을 만들기 위해 수많은 인력이 구슬땀을 흘리며 북적거렸다.

불과 서너 달 만에 이순신의 함대는 7천 명의 수군과 100여 척에 이르는 전선을 갖춘 막강한 함대로 거듭났다. 수군의 편성과 지휘체계도 이순신의 입맛에 맞게 재편됐다. 과거 함께 싸웠던 부하들과 전란 중 용맹을 떨친 뛰어난 장수들이 속속 이순신의 휘하로 모여들었다.

이즈음, 유성룡은 한양에서 수군이 빠르게 전력을 갖추고 있다는 보고를 수시로 받으며 일거수일투족을 주시했다. 조선의 군사 총책임자인 직책상 당연한 일이었다.

육지의 조선군 총사령관인 권율이 올리는 보고서도 글자 하나 놓치지 않고 꼼꼼하게 살폈다. 조정으로 올라가는 정식 보고서 외에도 누락되는 수많은 일반 보고서와 개인 서찰까지도 소홀히 하지 않았다.

"어?"

유성룡은 이순신이 보낸 개인 서찰에서 이상한 내용을 발견했다. 전 경상우수사 배설이 탈영으로 처리되어 체포령이 내려졌으니 정상을 참작해 체포를 전란이 끝날 때까지 미뤄달라는 부탁이었다. 좀체 부탁을 하지 않는 이순신의 성격상 뜻밖이었다. 그런데 한 달 전 권율이 보낸 보고서에도 배설이 등장해 왠지 연관이 있을 것만 같았다.

권율은 당시 누락된 보고서에서 배설을 체포하기 위해 보낸 군관이 우연히 산길에서 원균 비슷한 사람을 봤다는 내용의 글을 보내왔다. 변복을 했지만 여러 무리와 어울려있는 모습이 원균과 꽤 닮았다는 것이었다. 무리 중에는 배설의 인상착의와 비슷한 자도 있었으나 확실치는 않다는 보고였다.

왠지 느낌이 좋지 않았다. 유성룡은 그동안 임금 주변의 조정 대신 중 의심이 갈만한 자들을 유심히 살폈다. 그런데 특별한 점은 없었다. 조정의 서인들은 대체로 이순신의 명량대첩 이후 입지가 부쩍 좁아져 그전 같지 않았다. 다만 동인에서 갈라진 북인들의 목소리가 높아지고 있다는 점이 특이할 뿐이었다.

남인과 북인은 같은 동인이지만 현실 인식에서의 입장 차이로 나뉘어졌다. 주로 서인을 대하는 태도에서 남인은 온건파에 속했고, 북인은 강경파로 분류됐다.

서인의 영수였던 정철이 1591년 임금에게 세자책봉을 건의했다가 밉보여 죄인이 되자 처벌문제를 놓고 동인은 두 파로 갈렸다. 이때 온건한 처리를 주장한 유성룡 등은 남인으로, 정철의 목을 베어야 한다고 강경하게 나선 이산해와 정인홍 등은 북인으로 불렸다.

유성룡은 조정에서 북인이 아직은 큰 위협이 되지 않는다고 판단했다. 어째든 조정을 장악하고 있는 영의정인 자신과 육지와 바다에서 권율과 이순신이 군대를 이끌고 있는 한 임금도 어찌할 수 없기 때문이었다. 다만 임금인 선조가 워낙 술수에 능해 마음을 놓을 수는 없었다.

유성룡은 이런 저런 생각 끝에 세자인 광해를 찾아갔다.

"대감, 잘 오셨습니다. 그렇지 않아도 할 이야기가 많아 기다렸습니다."

광해는 반갑게 유성룡을 맞았다. 방안에는 다른 두 사람이 먼저 와 있었다. 한 명은 광해의 처남인 유희분이었지만 또 한 명은 생소한 얼굴이었다. 조정의 최고 대신인 유성룡이 벼슬이 낮거나 관직이 없는 젊은 선비들을 모두 알 수는 없었다. 하지만 좋은 인상은 아니었다.

"세자 저하, 영상대감께서 오셨으니 저희는 이만 물러가고 다음에 찾아뵙겠습니다."

두 사람은 자리에서 일어나자 공손하게 목례를 한 뒤 서둘러 방안을 빠져 나갔다.

"저하, 방금 문 쪽에 앉아 있던 선비가 어디선가 안면은 있는 것 같은데, 누구입니까?"

유성룡은 둘만 남자 조심스럽게 물었다.

"아, 시강원 사서인 이이첨을 말하는군요. 이런저런 가르침을 주면서 말벗이 되기도 하는 선생입니다."

광해는 주저 없이 대답했다.

시강원은 왕세자에 대해 교육을 담당하는 부서였다. 따라서 시강원 사서는 품계는 정6품이지만 광해를 가르치는 교수진 중 한 사람으로, 결코 무시할 수 없는 자리였다. 광해는 지난해 12월에 보임된 이이첨을 자주 만나 허물없이 지낸다고 친절하게 설명했다.

유성룡은 그러나 이이첨의 눈빛이 맘에 걸렸다. 사심이 강해 큰 변을 일으킬 수 있는 관상이었다. 장차 임금이 될 수 있는 왕세자 주위로 사람이 몰리는 것은 어쩔 수 없더라도 경계할 필요는 있었다.

"저하, 많은 사람을 만나는 것은 좋지만 언행에 조심할 필요가 있습니다. 혹시라도 저하의 신변에 누가 되는 일이 생길까 우려되옵니다."

유성룡의 말에 광해는 고개를 끄떡이며 수긍했다.

"대감, 무슨 말인지 잘 알겠습니다. 특히 우리의 관계에 대해선 어느 누구에게도 말하지 않았습니다. 다만 주위에서 다들 짐작하고 있는 눈치여서 구태여 변명하지는 않고 있습니다."

광해는 난감한 얼굴로 유성룡을 바라봤다. 유성룡도 이해한다는 뜻으로 씁쓸한 미소를 지었다. 세상이 다 아는 일인 만큼 어쩔 수가 없었다. 그럴수록 임금인 선조가 의혹의 눈초리로 예의 주시하고 있으리라는 생각이 들었다. 등 뒤가 따가웠지만 결단을 내려야만 했다.

"저하, 긴히 상의드릴 일이 있습니다."

유성룡이 심각한 표정으로 말을 하자 광해는 긴장했다.

"아무래도 전하께서 조만간 이순신을 죽일 것만 같아 걱정입니다."

"넷? 전하께서 이순신을요? 어떻게…"

광해는 깜짝 놀라 되물었다. 이순신이 명나라로부터 면사첩을 받은 것을 이미 알고 있는 광해로서는 이해를 할 수 없다는 표정이었다. 전란 중에 명나라 군대가 두 눈을 부릅뜨고 있는 한 있을 수 없는 일이었다.

"아시다시피 전하께서는 정상적으로 이순신을 처벌할 길이 없습니다. 그러나 죽이려고 마음을 먹으면 가능할 수도 있습니다."

"도대체 그게 무슨 말입니까?"

광해는 바짝 긴장한 얼굴로 유성룡의 말을 기다렸다. 유성룡은 잠시 숨을 고른 뒤 낮은 음성으로 말했다.

"아마도 암살을 꾀하실 것 같습니다."

"네엣?"

광해는 눈을 휘둥그레 뜨며 격하게 반응했다. 믿을 수 없다는 듯 반쯤 혼이 나간 모습이었다. 유성룡은 냉정하게 말을 이어나갔다.

"아직 확실한 단서는 없지만 몇 군데 이상한 조짐이 있어 말씀드리는 겁니다."

"그, 그럼 제가 어떻게 해야 합니까?"

"우선 암살을 막는 것이 시급합니다. 그리고 만약 암살의 배후가 주상 전하로 밝혀진다면 그때는 지체 없이 결단을 내리고 보위에 오르셔야 합니다."

광해는 굳은 얼굴로 입술을 깨물었다. 두 사람 사이에 무거운 침묵이 흘렀다. 곤혹스런 얼굴로 생각에 잠기던 광해가 어렵게 말문을 열었다.

"알겠습니다. 그렇게 하겠습니다."

유성룡은 광해가 결정을 내리자 자리에서 벌떡 일어나 큰절을 올렸다. 두렵지만 후련한 기분이었다. 유성룡은 '이 순간부터 조선의 임금은 세자 광해'라고 속으로 외쳤다.

가슴이 벅차올랐다.

15

임금 선조의 음모

선조는 어둠 속의 궁궐에서 탄식했다.

1593년 10월에 한양이 수복됐다. 그때 되돌아온 자신을 반겨준 이는 아무도 없었다. 따가운 원망의 눈초리와 수군거림 속에서 임금 이라는 허울 아래 지난 5년을 보냈다. 그 세월이 너무도 끔찍했다. 임 진왜란이 벌어지기 전의 그 시절은 다시 오지 않을 일장춘몽이었다. 그 때가 너무도 그리웠다.

선조는 한양으로 돌아온 뒤 불탄 경복궁에 잡초만 무성한 것을 보 고 두 번 다시 얼씬도 하지 않았다. 그래서 임시 거처로 정릉동 행궁을 궁궐로 삼았지만 신하들 보기 부끄러울 정도로 초라했다. 자신의 처 지와 허름한 궁궐이 닮았다는 생각이 들자 쓴웃음이 나왔다.

선조는 1568년 열여섯의 나이로 운 좋게 임금 자리에 올랐다. 그 는 어린 시절 소외된 환경 속에서 자란 탓에 의심이 많고 집착이 강했 다. 정식 대군이나 왕자가 아닌 서손庶孫으로서 처음으로 임금이 된 것에 대한 열등감이었다. 그래서 주위의 잘난 신하들을 보면 살의殺意를 느끼곤 했다. 일이 생길 때마다 신하 탓을 하는 병적인 성격이었다.

선조는 자신의 내면을 들여다 볼 때마다 까닭모를 화가 치밀었다. 마치 전란의 책임이 임금에게 있는 양 입바른 소리를 해대는 대신들과 임금을 무시하고 잘난 체하는 장수들을 보면 분노가 솟구쳤다. 그 대표적 인물이 유성룡과 이순신이었다.

이들이 전란 중 공을 세우며 백성들로부터 추앙받고 있는 점이 못 견디게 밉고 싫었다. 언제든지 임금 자리를 빼앗을 수 있는 능력과 힘을 가진 것도 불안했다. 이순신은 이제 임금인 자신도 어찌할 수 없을 만큼 막강한 군벌로 성장했다. 두려웠다.

어떡하든 이순신을 죽여야만 하는데, 상황은 여의치 않았다. 전란이 끝나기 전에 모종의 승부수를 던져야만 했다. 준비한 암수가 통할지는 미지수였다. 하지만 사생결단은 불가피했다. 선조는 크게 한숨을 내쉬며 억지로 마음을 달랬다.

"전하, 시강원 사서 이이첨이 와 있사옵니다."

"들라 해라."

선조의 말이 떨어지자 이이첨은 몸 둘 바를 몰라 긴장된 얼굴로 들어와 큰 절을 했다. 야심한 시간에 임금이 정6품에 불과한 신하를 은밀히 부르는 일은 극히 이례적인 일이었다.

뜻밖에도 임금의 처소에는 단 둘밖에 없었다. 전혀 생각지 못한 비공식 자리였다.

"요즘 세자는 어떠한가? 특이한 일은 없는가?"

이이첨은 임금의 첫 마디에 정신이 번쩍 들었다. 임금이 세자의 동향을 묻는 것이었다. 단순히 임금으로서 자식인 세자의 안위를 묻는 차원과는 달랐다. 그것은 의구심이 가득한 질투였다. 이이첨은 본능적으로 임금의 의중을 알아챘다. 등줄기에 서늘한 식은땀이 뱄다.

"전하, 세자 저하께서는 늘 학문에 정진하시면서 나라 일을 걱정하십니다."

"그럼, 그래야지. 세자니깐 당연히 그래야 할 것이야. 또 다른 점은?"

이이첨은 갈등을 벌였다. 임금은 분명 세자의 약점을 찾고 있었다.

"오늘 낮에 유성룡 대감께서 세자 저하를 찾아오셨습니다."

"그래? 유성룡이 세자를? 둘이 무슨 말을 나누던가."

임금의 눈빛이 먹이를 노리는 독수리처럼 반짝였다. 이이첨은 임금의 잇따른 질문에 곤혹스러워하면서 조심스럽게 대답했다.

"전하, 신은 두 분이 따로 말씀을 나누시려는 눈치여서 먼저 자리를 일어났을 뿐이옵니다. 잘은 모르겠으나 긴밀한 상의를 하는 것 같았습니다."

임금은 묘한 미소를 지으며 이이첨을 응시했다.

"알았도다. 좋은 이야기를 해주었다. 이제부터 세자의 작은 일 하나까지도 빠짐없이 과인에게 보고하도록 하라. 세자는 물론 어느 누구에게도 이 일에 대해 절대로 입 밖에 내서는 안 되니 명심해야 할 것이다. 경을 믿으니 과인의 뜻을 따라 충성을 다하기 바라노라."

이이첨은 임금의 말에 몇 번이고 머리를 조아리며 충성을 다짐했다.

"전하, 성은이 망극하옵니다. 신은 죽기를 다해 전하에게 절대 충성을 다할 것이옵니다. 헤아려 주시옵소서."

임금인 선조는 이이첨이 돌아간 뒤 다시 골몰했다. 어쩌면 이이첨을 잘 이용하면 이순신과 유성룡, 그리고 세자로 이어지는 위협 고리를 제거할 수도 있겠다는 생각이 들었다.

경기도 광주가 본관인 이이첨은 크게 내세울 것이 없는 집안에서 자수성가한 인물이었다. 1582년 진사시와 생원시에 합격했지만 말단 관직을 전전했다. 그러다 임진왜란 초기 광릉참봉으로 있으면서 왜군으로부터 세조의 영정을 지켜내는 데 공을 세움으로써 임금의 눈에 처음으로 들어왔다. 이후 병조좌랑, 평강현감, 사간원 정원 등을 역임했다.

선조가 세자인 광해의 교육을 담당하는 시강원 사서 자리에 이이첨을 보임한 것은 훗날을 도모하기 위해서였다. 출세욕에 빠져있는 사람일수록 기회가 오면 물불 가리지 않는 법이었다.

선조는 알고 있었다. 이이첨은 임금인 자신이 원하는 것이 무엇인지를 알아서 해낼 인물이었다. 임금의 입맛에 맞게 척척 움직여주는 그런 신하가 아쉬운 시기였다. 원균 이후 그런 신하를 찾던 선조에게 이이첨은 모든 것이 잘 어울리는 맞춤형이었다.

문득 원균이 떠오르자 선조는 다소나마 마음이 편안해졌다. 주위의 모든 신하들이 칠천량에서 대패한 원균을 비난했지만 임금인 자신이 볼 때 그는 충신이었다. 임금 말을 우습게 여기면서 잘난 체하는 이순신에 비할 바가 아니었다. 이순신이야말로 역적과 다름없었다.

다행인 것은 원균이 전장에서 죽지 않고 살아있다는 점이었다. 원균과 같이 있었던 선전관인 김식이 살아 돌아와 귀띔을 해 주었다. 그때 선조는 속으로 쾌재를 불렀다.

이후 원균은 몸을 숨긴 채 임금의 어떠한 처분도 따르겠다는 밀서를 김식을 통해 전해왔다. 이순신의 수군이 위세를 떨칠 때 그 소식은 한 줄기 빛과 같은 청량제였다.

선조는 이순신이 명나라 황제로부터 면사첩을 받았다는 보고를 받고 암살을 생각했다. 임금으로서 위협적인 이순신을 죽일 수단이 없다면 암살 외에는 방법이 없었다. 시기는 전란이 끝날 무렵이고, 암살임무는 원균이 맡는다는 계책이었다. 연락책인 김식은 임금의 비밀지시를 원균에게 전했고, 확답을 받아왔다.

김식이 임금인 선조에게 구두로 전한 원균의 암살계획은 뜻밖이었다. 외부 암살자를 구해 이순신에게 다가가는 것은 쉽지 않지만 이순신 휘하의 부하를 포섭하면 가능하다는 내용이었다. 덧붙여 이순신에 대한 불만으로 탈영을 한 전 경상우수사 배설을 만나 이런저런 방안을 모색하고 있다고 설명했다.

선조는 오전에 김식으로부터 구두보고를 받을 때까지만 해도 마음이 심란했다. 그런데 해시亥時: 오후 10시에 이이첨을 대면하면서 기분이 좋아졌다. 왠지 일이 잘 풀릴 것만 같아 절로 미소가 그려졌다.

조선의 임금은 결코 만만한 자리가 아니었다. 그 자리는 빼앗기는 한이 있어도 절대로 나누거나 물려줄 수 있는 공적인 것이 아니었다. 오직 개인 한 사람만이 차지할 수 있는 권력의 정점이었다. 자리를 지킬 수만 있다면 적과도 한편이 되고, 반대로 자리에 위협이 되는 자는 나라의 충신이나 혈육 간의 자식일지라도 모두 적이었다.

선조는 조선의 절대 지배자인 임금 자리를 끝까지 움켜쥐기 위해 눈에 독기를 내뿜으며 스스로를 다그쳤다.

10월로 들어서자 밤에는 코끝이 얼얼할 정도로 냉랭한 한기가 감돌았다.

남도의 외진 산속에 틀어박혀 움막생활을 하는 일단의 무리는 계절을 잊은 듯 희희낙락했다. 전란의 와중에도 끼니때마다 먹거리 걱정을 하지 않는 소수 특권층만이 누릴 수 있는 호사였다.

움막 앞마당에 둘러앉아 모닥불을 쬐던 배설은 맞은편의 사내에게 조심스럽게 말을 꺼냈다.

"한양에서 소식은 없습니까?"

두루마기에 갓을 쓴 사내가 고개를 가로저으며 배시시 웃었다. 풍채가 좋은 선비 모습의 사내는 원균이었다.

"곧 연락이 올 테니 조바심을 낼 필요가 없소. 우리는 급할 것이 없소이다."

"하하하."

원균이 느긋한 목소리로 대답하자 주위의 사내 몇몇이 웃었다. 원균의 측근 부하들이었다. 몇몇 항왜降倭도 말뜻을 눈치 채고 뒤따라 웃었다.

배설은 어둠속의 주위를 한번 휘둘러 본 뒤 기구한 지난 일들을 하나 둘 떠올렸다. 이순신에게 달랑 편지 한 장을 남긴 채 수군 본영을 떠난 것이 못내 후회스러웠다. 나름대로 옛 상관인 이순신의 지휘 부담을 덜어주기 위해 부하 한 명과 함께 탈영의 오명마저 감수했다. 하지만 막상 갈 곳이 없었다. 고향인 성주도 전란의 소용돌이에 휩싸여 맘 편히 정착할 곳이 못 됐다.

이순신이 명량에서 왜군을 크게 물리쳤다는 소식을 듣자 배설의 마음은 흔들렸다. 차라리 이순신처럼 백의종군한다는 각오로 다시 수군에 들어가고 싶었다.

이순신의 함대가 있는 곳을 찾아 정처 없이 떠돌던 배설이 뜻하지 않게 원균을 만난 것은 지난 3월이었다. 아침 일찍 보성을 떠나 해남쪽으로 발길을 옮기던 어느 산길에서였다.

"어?"

배설은 좁은 산길에서 마주 오던 대여섯 명의 무리 속에서 한눈에 원균을 알아봤다. 평범한 선비처럼 변복을 했지만 배설의 눈을 속일 수는 없었다. 갓을 쓰고 고개를 숙인 채 걷던 원균도 배설을 알아보고 걸음을 멈췄다. 패장과 탈영한 장수 간의 묘한 조우였다.

"그만, 칼을 거두어라"

눈 깜짝할 사이에 품속의 칼을 꺼내 배설 일행을 겨냥하던 무리에게 원균이 외쳤다. 그동안 원균의 정체를 아는 사람들을 무자비하게 살해한 듯 무리의 칼솜씨는 익숙해 보였다. 배설은 등골이 서늘함을 느끼며 안도의 한숨을 내쉬었다. 원균은 이미 배설이 이순신의 수군으로부터 탈영했다는 것을 알고 있었다. 둘은 곧바로 동병상련의 처지에서 의기투합이 됐다.

배설은 그동안 원균이 어떻게 살아남았고, 또 어떻게 살려고 계획하고 있는지 몹시 궁금했다. 그리고 몇 개월을 함께 지내면서 원균이 생각했던 것 이상으로 부패한 정치군인이자 권모술수가 뛰어난 야심가라는 것을 알게 됐다. 교활한 임금의 속셈을 정확히 내다보고 그 틈을 이용해 최대한 잇속을 챙기는 능력은 혀를 내두를 정도였다.

조선수군을 궤멸시킨 칠천량 해전에서의 어이없는 참패는 어쩌면 원균과 왜군 수뇌부 간의 거래 결과라는 생각이 들었다. 원균은 왜군에게 조선수군을 몰살시키도록 돕고, 왜군은 원균의 목숨을 살려주는 모종의 거래였을지 몰랐다.

그때 원균의 대장선에 동승했던 임금의 선전관인 김식도 함께 살아남아 원균과 임금과의 은밀한 관계를 이어주는 연락책으로 활동하고 있는 것에 배설은 큰 충격을 받았다.

원균이 세상을 살아가는 힘은 관직을 통해 얻은 재력이었다. 임진왜란이 일어나던 때 이순신과 함께 왜군과 싸웠던 그는 1594년 충청병사가 되자 악착같이 재물을 긁어모았다.

이어 전라병사를 거쳐 1597년 1월 경상우수사 겸 삼도수군통제사로 임명되자 수군 본영인 한산도의 모든 재물을 싹 쓸어 담았다. 그렇게 모은 값진 재물은 조정의 주요 대신들에게 일부 상납하고 상당수는 칠천량 해전이 벌어지기 전 모처로 빼돌렸다.

배설은 원균이 임금과 거래를 통해 엄청난 음모를 꾸미고 있다는 것을 깨달았다. 그 음모란 원균이 임금의 사병私兵 책임자가 되어 주요 정적을 제거하는 것이었다. 임금은 원균의 안위와 훗날을 돌봐주고 원균은 임금이 요구하는 자를 처단하는 무서운 거래였다. 나라의 임금이란 자가 반역의 우두머리인 셈이었다. 기가 막혔다.

임금이 요구하는 살생부의 첫 번째 인물은 바로 이순신이었다. 배설은 석 달 전 원균에게 이순신의 동향을 살피고 수군 내부자를 포섭해야 한다고 설득했다. 그리고 줄곧 함께 움직인 부하를 조선수군의 본영인 고군도로 갔다오게 했다.

그때 이런저런 내용을 적은 밀서를 몰래 부하를 통해 이순신에게 전달했다. 문제는 밀서에 누가, 언제, 어떻게의 구체적 내용이 빠져있었다는 점이었다. 그때까지만 해도 도무지 알 수가 없기 때문이었다.

'그런데 지금은?'

배설은 모닥불 맞은편에 앉은 원균의 표정을 살피며 스스로에게 물었다. 배설은 고개를 가로저었다. 지금도 알 수 없기는 마찬가지였다. 다만 그동안 한양으로부터 내려오는 임금의 지시와 정보를 고려해 볼 때 조금씩 윤곽이 보일 뿐이었다.

먼저 이순신을 죽이는 시기는 전란이 끝나는 무렵이고, 방법은 암살이라는 것만은 분명했다. 그러나 암살자가 누구일지는 확실치 않았다. 다만 원균 주위를 둘러싼 측근 무사 3명과 항왜 3명 중 한 명일 가능성이 높았다. 이들은 모두 뛰어난 무술실력을 지니면서도 일부는 활에, 일부는 편전과 조총에 특화된 살인전문가였다.

"한양에서 전갈이 왔습니다."

어둠 속에서 누군가 모닥불 주위로 다가왔다. 원균의 부하였다. 아마도 마을 어디에선가 한양에서 온 사람을 만난 뒤 곧바로 달려온 모양이었다. 원균과 부하 두 사람이 귓속말로 한참 속삭이는 것을 배설은 조바심을 갖고 지켜봤다. 비밀 유지를 위해 이들이 취하는 연락 방식이었다. 원균은 귓속말이 끝나자 낮은 음성으로 말을 꺼냈다.

"한양의 지시를 전하겠다. 고금도에는 손문욱이 내려간다."

"네엣?"

원균의 말에 배설과 주위 무리는 깜짝 놀랐다. 손문욱은 원균의 측근 무사로서 조선인으로는 드물게 조총실력이 뛰어난 저격수였다. 암살자로 활이나 편전 전문가가 아닌 조총 전문가가 뽑힌 것은 뜻밖이었다. 컴컴한 밤이나 먼 곳에서 몰래 암살하는 무기로 조총은 어울리지 않았다. 다만 살상력에 있어서만큼은 단 한방으로 목숨을 뺏을 수 있는 무서운 무기였다.

'그렇다면?'

배설은 순간 소름이 돋았다. 이순신을 가까이에서 저격하겠다는 뜻이었다. 손문욱이 이순신이 승선하는 지휘선에 함께 탈 수만 있다면 가장 확실했다.

더욱이 컴컴한 야간에 총과 포가 빗발치는 해상 전투상황에서는 뒤에서 은밀히 조총을 쏜다 해도 누구도 의심할 수 없었다. 그러나 그런 상황이 과연 가능할 지는 의문이었다. 배설은 절대로 그런 일이 생기지 않기를 마음속으로 기원했다.

원균은 의미심장한 미소를 지으며 다시 말을 꺼냈다.

"놀랄만한 소식이 있다. 왜군의 본토 우두머리가 죽어 곧 왜군들이 철수할 것이라는 정보다."

"우와, 도요토미 히데요시가 죽다니…"

"그럼, 이제 전쟁이 끝나는 겁니까?"

원균이 말을 하자마자 저마다 놀라움에 한마디씩 쏟아냈다. 특히 항왜는 도요토미 히데요시에 대한 반감으로 그의 죽음을 반겼다. 배설도 조만간에 전쟁이 끝나리라는 기대감에 표정이 밝아졌다.

"호들갑 떨지 마라. 전쟁은 이제부터다. 이순신이 죽어야만 비로소 우리의 전쟁이 끝나는 것이다."

원균은 신경질적으로 말을 내뱉었다. 그의 말에 주위는 바짝 긴장했다.

"지금 한양의 조정에서는 벌써 전쟁에 들어갔다. 이순신의 뒤를 봐주고 있는 간신 유성룡에 대해 탄핵 상소가 빗발치고 있다. 유성룡은 곧 쫓겨날 것이다. 문제는 이순신이다. 전쟁이 끝나기 전에 반드시 이순신을 죽여야만 한다. 반역자인 이순신을 죽이지 못하면 주상 전하도 보위가 위태롭고, 우리도 모두 죽는다. 명심하라."

'반역?'

배설은 원균의 말에 순간적으로 당황했다. 누가 반역자인지 헷갈렸다. 임금이 위협을 느끼는 사람은 모두 반역자라는 논리였다.

여태껏 임금인 선조는 조정의 뛰어난 대신들을 반역죄로 몰아 죽였다. 전란 중에도 마찬가지였다. 왜군이 두려워한 김덕령 등 뛰어난 장수들도 전장이 아닌 옥에서 죽임을 당했다. 그렇다 하더라도 나라를 망친 임금과 조선수군을 몰살시킨 원균이 거꾸로 이순신을 반역자로 모는 것은 적반하장도 이만저만이 아니었다.

배설은 진심으로 바랐다. 그 바람이란 이순신이 기꺼이 이들이 말한 반역자가 되어 진짜 반역자들을 처단하는 것이었다. 그러기 위해선 이순신은 반드시 살아야 했다. 조선이 다시 새롭게 정기를 바로 세워 도약할지, 절망의 구렁텅이로 빠질지는 오직 이순신의 명운에 달려있었다.

이제 운명의 시간은 얼마 남지 않았다. 배설은 초조한 심정으로 두 눈을 질끈 감았다.

11월 18일 아침, 조선수군의 본영인 고금도는 새벽까지 횃불을 밝혔다. 포구는 주위로 몰려든 격군과 수군들로 인해 북적거렸다. 당장이라도 무슨 일이 터질 것 같은 긴장감이 섬 전역에 감돌았다.

이순신은 아침 일찍 휘하 수사들을 은밀히 불렀다. 회의가 소집되자 수사들은 한걸음에 달려왔다. 갑옷과 투구를 쓴 수사들은 각오를 단단히 한 듯 이순신의 말을 기다렸다.

"오늘 해시亥時: 오후 10시에 출전할 것이니 다들 준비하시오."

"이번 해전이 마지막 전투입니까?"

전라우수사인 안위가 물었다. 그는 명량해전에서 용감히 싸운 공으로 올봄 수사로 승진된 탓에 이순신의 명령이라면 물불 가리지 않았다.

"그렇소. 아마 마지막 전투가 될 것이오. 노량에서 왜군을 격파하면 부산까지 추격해 왜군이 두 번 다시 조선의 바다를 넘보지 못하도록 끝장을 낼 생각이오."

이순신의 말에 모두 고개를 끄떡였다. 수사들은 일본의 총 우두머리인 도요토미 히데요시가 죽자 왜군들이 철수를 서두르고 있다는 것을 잘 알고 있었다. 이중 고니시 유키나가 부대가 부산에서 가장 멀리 떨어진 탓에 바닷길로 가야 하는데, 이순신의 수군이 길을 막았다. 왜군도 고니시 유키나가를 구하기 위해 함대가 총출동함으로써 마지막 일전이 불가피했다.

"전투가 끝나고 나면 통제사 대감은 어찌 되는 겁니까?"

이순신과 이름이 같은 경상우수사가 느닷없는 질문을 던졌다. 그는 임진년에 이순신 휘하에서 맹활약한 뒤 전라병사로 있다가 이순신의 천거로 다시 수군에 돌아온 최측근 장수였다. 전란이 끝난 이후 이순신의 목숨이 걱정되어 한 말이었다.

임금이 이순신을 죽이기 위해 벼르리라는 것은 누구나 예상하는 일이기에 다들 촉각을 곤두세우고 있었다. 수군장수들 모두는 적어도 지난번처럼 호락호락 당하지 않겠다는 분위기였다. 여차하면 임금과 일전도 불사하겠다는 의견이 지배적이었다. 이순신은 당황한 듯 즉답을 못하다가 어렵게 말을 꺼냈다.

"장수는 적과 싸워 이기는 것만 생각하면 되는 것이오. 다른 생각은 할 필요가 없소. 모두 이번 전투에서 최선을 다해 주기 바라오."

이순신은 서둘러 회의를 마쳤다.

혼자 회의실에 남은 이순신의 마음은 심란했다. 적과 최후의 일전을 벌이려는 마당에 운 좋게 살아남아도 목숨을 걱정해야만 하는 자신의 처지가 답답했다. 맘 편히 죽을 수도 없는 이런 광란의 짓거리가 언제 끝이 날지 몰라 한숨이 절로 나왔다.

이순신은 지난 6월 명나라 수군 도독인 진린이 함대를 이끌고 합류할 때까지만 해도 앞으로의 정세를 낙관했다. 비록 진린이 성격이 거칠기는 했지만 예의를 갖춰 대해주자 이순신에 감화하여 서로 손발을 잘 맞췄다. 또한 막무가내로 조선군과 조선인에게 행패를 부렸던 명군 수군도 차츰 군기가 잡혀 조명 연합함대의 전력은 왜군을 크게 압도할 정도가 됐다.

그러나 정작 문제는 조선 내부에서 벌어졌다. 탈영을 했던 전 경상우수사 배설이 부하를 통해 은밀히 이순신에게 전한 밀서의 내용은 청천벽력이었다. 칠천량에서 대패해 죽은 줄 알았던 원균이 살아서 임금의 지시로 이순신을 암살하기 위해 준비하고 있다는 것이었다.

이순신은 처음엔 반신반의했다. 그래서 한양의 유성룡에게 배설에 대한 수배령을 미루어 달라고 부탁했다. 배설에게서 좀 더 구체적인 소식을 전해 듣기 위해서였다. 그러나 이후 배설로부터 소식은 끊겼다.

이즈음, 유성룡은 이순신에게 여러 차례 편지를 보냈다. 편지의 내용은 배설 말대로 원균이 살아서 음모를 꾸미고 있으니 몸조심하라는 것이었다. 권율 도원수 측에서도 원균 무리가 있는 외진 산속의 거처를 파악 중이라고 했다.

유성룡은 전란이 끝나면 병력을 이끌고 원균 일당을 붙잡아 취조해야한다는 뜻을 편지에 적었다. 여차하면 임금인 선조를 하야시키고 세자인 광해를 임금으로 옹립하겠다는 속뜻이었다.

이순신은 판단을 주저했다. 자칫하면 임금인 선조와 내전을 벌일 수도 있기 때문이었다. 다만 원균 무리를 붙잡아 임금에게 시위하고 세자인 광해가 보위를 물려받으면 크게 문제될 것이 없을 것 같았다. 그래서 유성룡에게 광해의 뜻이 담긴 친필을 보내 달라고 편지를 써 보냈다. 그러나 한 달이 넘도록 답장은 오지 않았다.

반면 각지의 정보통으로부터 들려오는 이런저런 소식은 별로 좋지 못했다. 특히 한양에서의 소식은 가슴이 철렁할 만큼 불길했다. 유성룡을 탄핵하는 상소가 줄을 이어 곧 파직될 것 같다는 내용이었다.

이순신의 마음은 무거웠다. 탄핵 상소의 배후가 임금이라는 것은 삼척동자도 다 아는 일이었다. 이순신과 유성룡의 관계는 공동운명체나 다름없었다. 임금이 유성룡을 친다는 것은 다음에 이순신을 노린다는 뜻이었다. 어떡하든 결정을 지어야만 했다. 세자인 광해의 하명이 간절했다.

"통제사 대감, 손문욱이라는 자가 찾아와 뵙기를 원하고 있습니다."

밖에서 호위군관인 송희립의 목소리가 들렸다. 이순신은 상념에서 깨어나 대답했다.

"무슨 일로 왔다고 하는가?"

"한양의 세자 저하께서 보내서 왔다고 합니다."

"그래? 어서 속히 모시어라."

이순신은 기다렸다는 듯이 들뜬 목소리로 대답했다.

어둠이 짙게 드리워진 11월 18일 밤 10시, 이순신의 전 함대는 전투태세를 갖추고 포구를 출발했다.

1598년선조 31년 11월 19일, 결국 유성룡이 파직됐다.

이날 유성룡은 임금으로부터 파직통보를 받자 지체 없이 짐을 꾸렸다. 유성룡은 지난 두 달 가까이 사직 상소를 올린 터라 마치 앓던 이가 빠진 것 같은 후련함을 느꼈다.

유성룡은 행장을 꾸려 고향인 안동으로 발걸음을 재촉했다. 그러나 남행길에 오른 지 한 시진時辰: 2시간도 못되어 마음이 무거워지면서 왠지 모르게 눈물이 났다. 무엇보다 나라의 앞날이 걱정됐다. 왜군과 마지막 일전을 벌이고 있을 이순신과 세자 광해의 신변에 혹시라도 변고가 생기지 않을까 염려스러웠다.

세상을 바꾸는 것은 결코 쉬운 일이 아니었다. 임금으로부터 기습적으로 허를 찔리자 속수무책으로 무너진 자신이 원망스러웠다. 그 고비만 잘 넘겼더라면 하는 아쉬움이 걸음을 내디딜 때마다 억장이 무너지듯 속을 쓰리게 했다.

유성룡은 그때 일을 복기하는 심정으로 떠올렸다.

조정 회의에서 유성룡에게 가장 먼저 탄핵을 주장한 자는 뜻밖에도 이이첨이었다. 시강원 사서였던 그는 세자인 광해의 처소에서 우연히 만난 적이 있었다. 그가 정5품 관직인 지평으로 임명되자마자 첫 회의에서 입에 거품을 물고 공격의 포문을 열었다.

유성룡은 기가 막혔다. 이제 중간급 관료가 조정의 최고 대신인 정1품 영의정 면전에서 느닷없이 탄핵을 주장하자 어안이 벙벙했다. 더욱이 탄핵 사유도 황당했다.

명나라의 대신이 황제에게 조선을 무고하자 이를 해명하기 위해 사신을 보내야 할 때 유성룡이 자청해 가지 않았다는 것이 죄명이었다. 당시 유성룡은 노모 때문에 갈 상황이 아니었다. 대신에 좌의정 이원익이 명나라의 북경으로 떠났기 때문에 아무런 문제가 되지 않았다.

그럼에도 불구하고 윤홍, 유숙, 홍봉선, 최희남 등 북인 소장파 관료들은 잇달아 탄핵 상소를 올렸다. 유성룡은 더 이상 참지 못하고 사직 상소를 올리며 맞대응했다.

"신이 탄핵당한 것은 중한 일로 결코 얼굴을 들고 조정의 정승자리에 있을 수가 없습니다. 이제 신은 답답한 심정으로 나아갈 수도 물러갈 수도 없는 궁지에 빠졌습니다. 바라건대 성상께서는 속히 신의 관직 환수를 명하여 논란을 그치게 해 주시옵소서."

당시 유성룡은 내심 임금이 자신의 편을 들어줄 것으로 기대하며 승부수를 걸었다. 그러나 그것은 착각이었다. 임금은 아무렇지도 않다는 듯이 한마디를 던졌다.

"사직하지 말라."

임금은 이 말 외에는 유성룡을 위로하거나 탄핵한 인물에 대해 비판을 하지 않고 오히려 즐겼다. 유성룡은 이때, 탄핵 상소의 배후가 임금이었다는 것을 깨달았다. 더욱이 남이공 등은 새로운 죄명을 만들어 탄핵몰이를 했다. 유성룡은 그들이 세자인 광해의 주변 인물이었다는 것을 알고는 절망했다.

남이공은 작심하고 또 다른 사유로 탄핵 상소를 올렸다. 그런데 그 내용은 더욱 기가 막혔다.

"유성룡이 국정을 담당한 6, 7년 동안에 그가 경영하고 배치한 것은 모두 유명무실한 것이며, 자기 마음대로 일을 처리하여 정사를 해롭게 했습니다. 훈련도감과 속오군, 작미법을 만들어 이것을 빙자하여 이익을 탐냄으로써 백성들로 하여금 도탄에 빠지게 하였습니다. 특히 천한 신분을 발탁하여 그들로 하여금 둔전을 파수하는 관원으로 임명하는 등 나라를 어지럽혔습니다."

유성룡은 새로 권력을 쥐고자 하는 북인과 절대 권력을 유지하기 위한 임금이 서로 거래를 하고 있음을 알고 혀를 찼다.

유성룡이 창설한 속오군은 양반부터 노비까지 포함한 군대였다. 작미법은 토지 소유의 과다를 기준으로 세금을 부과하는 대동법을 뜻했다. 또한 '천한 신분 발탁'은 서얼이나 천인들을 발탁해 천한 신분을 면해주고 벼슬을 주는 것이었다. 모두 양반 사대부들의 오랜 기득권을 흔든 제도이자 법이었다.

북인이 주축이 된 이들 양반 사대부들은 전란 극복정책으로 유성룡이 속오법, 작미법대동법, 면천 등용법 등을 통해 자신들의 신분적 기득권을 뒤흔든 것에 대해 큰 불만을 품고 있었다. 그러다 전란이 끝날 때가 되어 임금이 뒤에서 부추기자 대공세에 나섰다.

이들은 나라가 망하는 한이 있어도 서얼이나 천인들은 등용하거나 면천시켜서는 안 된다고 생각했다. 가난한 백성들이 다 굶어죽고 농사를 못 짓는 한이 있어도 작미법 같은 것을 만들어 지주들에게 땅을 많이 가진 만큼 세금을 거두는 것을 반대했다.

외세의 침략에 나라가 짓밟혀도 양반들은 병역의무를 져서는 안 된다고 주장했다. 이들에게 있어 양반이라는 신분과 기득권은 조선이라는 나라보다 우선이었고, 훨씬 더 중요했다.

임금인 선조는 이들의 심리를 교묘하게 자극했고, 그 노림수는 절묘하게 적중했다. 유성룡은 한탄했다. 임금은 물론 이들 양반 사대부들의 이기적인 본능과 본질을 너무 쉽게 간과했다는 자책이었다.

유성룡은 다수의 백성들로부터 절대적 지지를 받았으면서도 민심을 결집시켜 든든한 버팀목이 될 수 있도록 이끌어내지 못한 것을 후회했다. 그럴 시간적 여유나 상황도 못 됐지만 결과적으로 아쉬웠다. 무엇보다 오직 세자 광해 한쪽만 바라보고 단순하게 정권교체만 시도했던 것이 실수였을지 모른다는 생각이 들었다.

그럼에도 불구하고 유성룡은 일말의 희망을 버리지 않았다. 유성룡은 가던 길을 멈추고 한양을 향해 큰절을 올렸다.

이순신이 왜군을 물리치고 한양을 향해 시위한다면 세자인 광해가 임금이 될 수 있는 길은 얼마든지 있었다. 임금 선조와의 싸움은 아직 끝나지 않았다고 믿었다.

"저하, 부디 성군이 되시옵소서."

유성룡은 임진왜란이 발발하기 일 년 전, 광해의 처소에서 이순신과 함께 있었던 그 날을 떠올리며 눈시울을 붉혔다.

11월 24일 밤, 이순신이 전사했다는 충격적인 소식이 한양의 임금에게 전해졌다. 승정원으로부터 보고를 받은 임금 선조는 놀라워하거나 슬퍼하지 않았다. 마치 알고 있다는 듯 너무도 태연해 주변 대신들은 어리둥절했다.

다음날인 25일에는 명나라 수군 도독인 진린의 보고가 도착했다.

"19일 인시寅時: 새벽 4시부터 사시巳時: 오전 10시까지 적과 노량에서 큰 싸움을 벌였습니다. 이때 통제사 이순신은 앞장서서 군사들을 지휘하며 싸우다 불행히도 적탄을 맞고 전사했습니다. 이순신의 활약으로 왜군을 크게 물리쳤지만 통제사의 직무는 하루도 비워 두어서는 안 될 것입니다. 제 생각엔 경상우수사인 이순신을 승진시켜 임명하는 것이 좋을 것 같습니다. 속히 회답을 바랍니다."

임금인 선조는 진린의 보고에 깜짝 놀라 즉시 회답을 보냈다. 이순신의 휘하 측근 장수가 통제사가 되는 것은 자신을 위협하는 또 다른 불씨가 될 수 있기 때문이었다.

"귀하와 명나라 군대 덕분에 노량에서 적의 숨통을 조였습니다. 우리 조선이 병란을 겪은 지 7년 만에 처음으로 이런 대승을 거둔 것은 당연히 귀하가 1등 공신입니다. 갑자기 전사한 이순신의 후임으로는 충청병사 이시언을 임명했으니 송구하오나 양해하여 주시기 간절히 바랍니다."

임금은 명나라 군대 때문에 왜군을 물리쳤다며 이순신의 공을 낮게 평가했다. 그러나 조정 대신은 파벌을 떠나 한목소리로 이순신의 죽음을 애석해하며 슬퍼했다. 임금은 마지못해 이순신의 죽음에 애도의 뜻을 표했다.

반면 이순신이 전사했다는 소문이 퍼지자 조선 전역은 통곡하며 슬픔에 잠겼다. 백성들은 저마다 거리로 뛰쳐나와 목 놓아 울었고, 노인과 아이들까지 눈물을 쏟으며 슬픔에 어찌할 바를 몰랐다. 온 나라가 초상집 분위기로 휩싸여 깊은 수렁에 빠져들었다.

유성룡은 남행길에서 이순신의 부음 소식을 들었다. 너무도 놀라운 충격적인 소식에 털썩 그 자리에서 주저앉았다.

유성룡은 하늘을 원망하며 실성한 듯 울부짖었다. 이순신의 죽음은 단순히 친분이 있는 한 개인의 차원이 아닌 나라의 운명과도 같았다. 조선은 이제 끝났다는 암담함에 길바닥에서 하염없이 눈물을 쏟으며 통곡했다.

세자 광해는 11월 25일 조정회의에 갔다 온 이이첨으로부터 이순신이 전사했다는 소식을 들었다. 광해는 믿을 수 없다는 듯 충격을 받고 제대로 말을 하지 못했다.

"정말? 아니 어떻게 그럴 수가…"

광해는 뭔가 크게 잘못됐다는 생각에 안색이 일그러졌다. 정신이 혼미했다. 유성룡이 파직된 것에 가슴 아파하던 차에 이순신이 죽었다는 소식을 듣자 세상이 무너지는 것만 같았다.

한순간에 세상이 바뀐 느낌이었다. 왠지 곧 거대한 시련의 폭풍이 몰려올 것만 같아 현기증이 났다. 그런 광해의 모습을 이이첨은 죄인처럼 가슴 졸이며 바라봤다.

광해는 이내 꺼이꺼이 눈물을 쏟았다. 오래전 자신의 처소에서 만났던 유성룡과 이순신과의 인연은 이제 다시 못 올 일장춘몽이 됐다는 생각에 눈물은 쉽게 그치지 않았다. 광해는 이 슬픔이 곧 두려움과 절망으로 이어지리라는 것을 본능적으로 깨닫고 부르르 몸을 떨었다.

16
개혁군주 광해의 명암

아무도 없었다. 눈을 뜬 광해군의 주위에는 아무도 보이지 않았다.

'꿈을 꾼 것인가?'

광해군은 멍하니 천장만 바라보다가 부스스 일어나 고개를 가로 저었다. 익숙한 제주도의 초라한 토방 모습이 보이자 절로 한숨이 나왔다.

달라진 것은 아무것도 없었다. 간밤에 있었던 일이 꿈처럼 아득했다. 송희립과 소찬이나마 술잔을 마주 대했던 기억이 가물가물했다. 기억을 뒷받침할 흔적조차 없이 깨끗한 빈 방이 썰렁하다 못해 외로웠다.

광해군은 불현듯 방문을 열고 밖을 내다봤다. 어느덧 해가 중천에 떠 있었다. 광해군은 서둘러 밖으로 나섰다. 심부름하는 계집종에게 면박을 들을까 왠지 겁이 났다. 광해군은 바닷가를 향해 발걸음을 옮겼다.

"철썩~, 철썩"

하얀 포말을 드리운 파도가 기다렸다는 듯이 광해군을 반겼다. 간밤에 보았던 제주도의 파도는 아침이 되어서도 변함없이 으르렁거리며 요동을 쳤다. 바뀐 것은 아무것도 없었다.

광해군은 익숙한 몸짓으로 파도를 응시했다. 그런데 갑자기 가슴 한쪽이 고동을 치며 숨이 가빠왔다. 하루에도 몇 차례 바다와 벗 삼아 지낸 행위였지만 확실히 그 전과는 심신 상태가 달랐다. 그동안 잊고 싶었던 모든 일이 불꽃처럼 활활 솟구쳐 올랐다.

"아~"

광해군은 탄식하며 입술을 질근 깨물었다. 잊고 싶었던, 아니 결코 잊을 수 없었던 지난 기억들이 다시 눈앞에 선명하게 펼쳐졌다.

전란이 끝나자 세상은 더 이상 세자 광해의 편이 아니었다. 이순신이 죽고 유성룡은 파직에 이어 다시 관직 삭탈 되자 죄인처럼 고향에서 꼼짝을 못하는 처지가 됐다. 광해 주위에서 북적대던 측근들도 임금의 눈치를 살피며 썰물처럼 빠져나갔다.

더욱이 그동안 광해에게 호의적이었던 명나라의 태도도 순식간에 바뀌었다. 조선 조정은 광해를 왕세자로 결정한 이후 1604년까지 모두 다섯 차례에 걸쳐 책봉 주청사를 보냈다. 그런데 그때마다 명은 거절했다.

표면적인 이유는 광해가 첫째가 아닌 둘째라는 것이었다. 그러나 속뜻은 명나라 황제가 아직 황태자를 세우지 않은 상황에서 속국처럼 여기는 조선의 왕세자를 먼저 승인하기 싫었기 때문이었다. 한편으로는 조선과 세자 광해를 길들이려는 측면도 깔려 있었다.

임금인 선조는 이런 상황을 즐기며 아예 대못을 박았다.

1602년, 선조는 중전이 죽자 기다렸다는 듯이 광해보다 아홉 살이나 어린 처녀와 새장가를 들었다. 그리고 광해의 새엄마인 중전은 1606년 후계자로서 하자가 없는 왕자영창대군를 낳았다. 사실상 광해가 임금이 되는 것은 물 건너간 셈이 됐다.

광해는 초조해하면서도 한편으로는 마음을 비웠다. 조정의 대세는 이미 영창대군 쪽으로 급격하게 기울었다. 임금의 복심으로 불리는 영의정 유영경은 광해를 견제하며 영창대군을 노골적으로 지지했다. 광해의 앞길은 사방이 절벽이었다.

그런데 한해가 지난 1607년, 선조의 병세가 심각해지면서 뜻하지 않은 일들이 생겨났다. 초야에 묻혀 있던 유성룡이 그해 5월 6일 66세의 나이로 세상을 떠난 것이었다.

유성룡의 죽음은 하루하루가 고달프던 백성들에게 지난날 전란 극복의 영웅에 대한 흠모의 불을 지폈다.

조정에서는 사흘간 정사를 멈추고 조상했다. 수많은 사대부도 곳곳에서 모여 고인을 기리며 통곡했다. 전국의 백성들 다수가 생업을 중지하고 슬피 울며 애도했다.

유성룡의 서거를 계기로 이순신에 대해서도 추모열기가 이어졌다. 또한 생존한 세자 광해까지 덩달아 떠받들어졌다. 잠자던 백성들의 여론이 깨어나자 어느새 광해의 든든한 버팀목이 됐다.

이 무렵, 광해는 전란 전 유성룡과 이순신 셋이서 교감했던 인연을 떠올리며 일장춘몽이 되어버린 현실을 아쉬워하고 있었다.

그때 밖에서 시중을 드는 환관의 목소리가 들렸다.

"세자 저하, 사헌부의 유진이 뵙기를 청하옵니다."

"어서 모시어라."

광해는 유성룡의 아들인 유진을 반갑게 맞았다. 고인을 그리워하던 차에 당하관의 사헌부 관직에 있는 유진을 보자 그리움과 미안한 마음이 교차했다.

"세자 저하, 생전에 부친께서 꼭 전해달라며 남긴 유품을 갖고 왔습니다. 받아주시옵소서."

유진이 갖고 온 유성룡의 유품은 뜻밖에도 '징비록懲毖錄'이라는 서적이었다.

'징비'란 중국 고전인 시경의 '내가 징계해서 후환을 경계한다.'라는 구절에서 딴 말이었다. 임진년1592에서 무술년1598까지의 기록으로, 임진왜란의 원인과 전황이 자세하게 담겨있었다.

광해는 며칠에 걸쳐 징비록을 읽고 또 읽었다. 전란을 막지 못하고 싸움에서 패했던 아쉬운 대목에선 탄식했고, 수많은 백성이 죽은 처참한 내용에선 눈물을 흘렸다. 과거의 교훈이 새록새록 떠올랐다. 글 한 자, 문장 한 줄마다 희로애락이 교차했다.

광해는 유성룡이 징비록을 써서 자신에게 남긴 이유를 비로소 깨달을 수 있었다. 그것은 반드시 임금이 되어 다시는 임진왜란 같은 비극을 막아야 한다는 고인의 간절한 바람이었다.

임금이라는 자리는 준비 없이 거저 얻는 것이 아니라 나라를 위해 헌신하겠다는 각오로 결단을 갖고 차지하는 것이라는 생각이 들었다. 유성룡은 책에 담겨진 교훈을 통해 나약한 광해를 엄하게 꾸짖었다. 죽는 순간까지 광해가 성군이 될 수 있도록 약속을 지킨 것이었다.

광해는 뒤늦은 깨달음에 펑펑 눈물을 쏟았다.

유성룡이 세상을 떠난 직후부터 광해에게 다시 사람이 몰리기 시작했다. 유성룡을 탄핵했던 북인의 일파인 대북이 거꾸로 광해를 지지하는 데 앞장섰다. 북인 중에서도 광해의 정통성을 높이 평가한 자들이 대북이고, 선조의 뜻을 추종하는 자들은 소북으로 불렸다. 대북의 대표적인 인물이 강직한 대학자이자 전란 시 의병장이었던 정인홍이었다.

정인홍은 광해를 견제한 조정의 실세인 소북의 유영경을 처단하라고 탄핵상소를 올렸다. 임금인 선조에게 협박과 다름없는 무시무시한 내용이었다. 평소 충신은 죽이고 간신만 끼고돈 임금에 대한 불만이 고스란히 담긴 상소였다.

"전하는 유영경 때문에 고립되어 개미 새끼 하나 의지할 곳이 없고, 장차 어진 아들을 보호하지 못하고 죽어서도 후회할 것입니다."

임금인 선조와 영의정인 유영경은 정인홍의 상소에 경악했다. 병석에 누워있던 선조는 유영경에게 힘을 실어주며 정인홍을 반역자로 규정했다. 이어 정인홍을 비롯해 이이첨 등 광해를 지지하는 세력 모두를 귀양 보냈다.

광해는 졸지에 중간에서 난감한 처지가 됐다. 선조는 정인홍의 상소가 있은 직후부터 문안을 오는 광해를 문전박대했다. 광해로서는 또 한 번의 위기였다. 광해는 컴컴한 미로를 헤매야 하는 암담함에 피눈물을 흘렸다.

1608년 2월 1일, 조선의 임금인 선조가 세상을 떠났다. 59세의 나이였다.

선조가 죽자 중전인 인목대비가 왕실의 최고 어른이 됐다. 인목대비는 다음날 주위의 예상을 깨고 세자 광해를 임금으로 즉위시켰다.

광해군은 2월 2일 정릉동 행궁덕수궁의 서청에서 즉위식을 치르고 용상에 올랐다. 왕세자가 된 지 16년 만에 조선의 지존이 된 것이었다.

광해는 선조가 죽던 날, 인목대비를 은밀히 만났다. 유약했던 세자 광해는 이날 난생처음으로 결단을 갖고 거래를 시도했다. 슬픔에 젖어 있던 인목대비에게 광해는 짧은 한마디 약속의 말을 던졌다. 당시 궁중의 움직임을 잘 알고 있었던 상궁 김개시의 조언을 따른 것이었다.

"대비마마, 영창대군이 아무 탈 없이 성장할 수 있도록 책임지겠습니다."

인목대비는 자신보다 아홉 살이나 위인 세자 광해와 맞설 자신이 없었다. 세 살밖에 안 된 어린 아들을 보위에 올리는 위험을 감수하기보다는 차라리 보호받는 편이 낫다고 생각했다. 광해의 이러한 결단은 결국 선조가 서거한 지 하루 만에 보위에 오르는 결과가 됐다.

광해군은 즉위하자마자 탁월한 능력으로 나라를 안정시켰다. 전란 중 백성과 함께 동고동락하며 그들의 삶과 고통을 깊이 이해했기 때문에 가능한 일이었다. 피폐해진 민생을 어루만지고 무너져버린 국가의 기반을 재건하기 위해 의욕적으로 달려들었다.

광해군은 먼저 인사에서 탕평책을 썼다. 당파를 떠나 훌륭한 인재를 발탁해 나라의 어려움을 헤쳐나가기 위해 최고 관직인 영의정에 유성룡의 후계자이자 남인인 이원익을 등용했다. 또한 서인인 이항복과 당파가 없는 이덕형도 중용했다. 집권 초반기에는 이들 세 사람이 정승 자리를 주고받았다.

즉위 직후인 1608년 5월에는 경기도 지역에서 대동법을 전격적으로 실시했다. 공물을 각종 현물로 걷는 대신 미곡으로 통일해 징수한 것이었다. 과세 기준도 종전의 가호에서 토지의 결結 수로 바꾸었다. 이에 따라 작은 토지를 가진 농민들은 공납의 부담이 경감됐고, 무전 농민이나 영세 농민들은 이 부담에서 제외됐다.

대동법의 시행은 곡식을 상품으로 한 화폐경제의 발전을 유발함으로써 임진왜란 이후 파국에 이른 재정난을 타개할 수 있었다.

굶주림과 전염병으로 신음하던 백성들이 손쉽게 치료받을 수 있도록 허준을 시켜 의학서인 '동의보감'도 간행했다. 임금 선조가 죽자 대신들이 어의였던 허준에게 그 책임을 물어 처벌하려던 것을 광해군이 적극적으로 보호해 무사히 집필을 마치게 했다.

이러한 갖가지 제도개혁으로 차츰 흐트러진 민심과 나라의 기강은 제자리를 잡아갔다.

광해군은 재임 초기 수년간 국정을 무난하게 이끌었지만 곧 안팎으로 시련을 맞게 됐다. 안으로는 정쟁이 그치지 않았고, 크고 작은 역모사건이 벌어졌다. 광해군은 자신을 지지하는 대북이 정적을 제거하기 위해 무자비하게 휘두르는 칼날을 제대로 제어하지 못했다.

이 과정에서 대북의 이이첨 등은 역모 누명을 씌워 광해군의 즉위를 도운 인목대비를 폐하고 영창대군을 살해했다. 광해군은 어머니를 폐하고 동생을 죽였다는 멍에를 졸지에 모두 뒤집어썼다.

인목대비 폐위를 반대한 이원익, 이항복, 이덕형 등 재임초기 공신들도 대북에 의해 줄줄이 쫓겨남으로써 광해군은 더욱 고립이 됐다.

나라 밖 상황도 만만치 않았다. 사실 국방은 광해군이 제일 역점을 둔 분야였다. 광해군은 유성룡이 남긴 징비록과 자신의 경험을 통해 임진왜란은 얼마든지 막을 수 있었고, 또 충분히 대비할 수 있었지만 그렇게 하지 못했던 것을 뼈저리게 아쉬워했다.

이 시기 조선을 위협할 수 있는 적은 남쪽의 왜군이 아니라 북쪽 오랑캐인 여진족이었다. 광해군은 이러한 정보를 여러 경로로 알아내고 대비책 마련에 고심했다.

당시 조선과 국경을 접한 만주에서는 일대 격변이 일어났다. 여진족의 한 부족장이었던 누르하치가 여진족 사회를 통일하더니 과거 금나라를 계승하겠다는 뜻으로 후금을 세웠다. 그런 뒤 곧 명나라를 위협했다. 이에 명나라는 누르하치를 응징하는데 필요한 병력과 물자를 보내라고 조선에 요구했다. 임진왜란 때 군대를 보내 도왔으니 이번에 보답하라는 뜻이었다.

부친인 선조는 명나라에 의존하며 기꺼이 속국의 신하임을 자처했다. 그런 선조가 남긴 폐해는 광해군의 입지를 더욱 좁게 했다. 이미 명나라를 능가하는 군사력을 지닌 후금과 전란의 상처가 가시지 않은 조선이 전쟁을 벌이는 것은 무모한 일이었다. 더욱이 누르하치가 조선과는 평화롭게 지내자고 친서를 보낸 마당에 선뜻 나설 수도 없었다.

광해군은 이 핑계 저 핑계를 대며 일 년 가까이 명의 요구를 거부했다. 한편으로는 명을 설득시키려고 애를 썼고, 다른 한편으로는 후금을 달랬다.

하지만 광해군의 노력에도 불구하고 조정의 신하들이 오히려 한목소리로 아우성을 쳤다. 특히 임금인 광해군을 팔아 제멋대로 정적을 제거하는데 앞장섰던 이이첨까지도 노골적으로 명나라의 요구를 지지했다. 광해군은 더 이상 참지 못하고 신하들을 비판했다.

"피폐한 이 나라의 현실을 좀 보시오. 도대체 준비도 안 된 나약한 군대를 보내서 뭘 어쩌자는 것이요? 농부를 호랑이굴에 집어넣자는 것인데, 우리의 백성인 농부가 왜 멀리 남의 땅에 가서 호랑이 밥이 되어야 한단 말이요?"

광해군의 매서운 질책에도 불구하고 신료들은 명나라의 은혜에 보답해야 한다며 맞섰다. 명나라 조정에서도 파병 요구에 선뜻 응하지 않은 조선에 대한 불만이 커져갔다. 광해군은 안팎으로 협공을 당하자 더 이상 버틸 수가 없었다.

1619년 2월, 광해군은 강홍립에게 전투원 비전투원 합쳐 1만 병력을 지휘하는 전권을 부여하고 중국으로 보냈다. 광해군은 무관이 아닌 중국어에 능한 어전통사임금 직속의 통역관 출신인 강홍립에게 밀지를 내렸다. 적당히 싸우는 체하다가 상황을 봐서 살아남는 방법을 찾으라는 지시였다.

후금의 중심지로 진격하던 10만이 넘는 명군 대부분은 살이호薩爾滸 전투에서 누르하치의 군대에게 각개 격파됐다. 명군 각 부대가 거의 전멸하자 명군의 뒤를 따르던 조선군대는 후금과의 싸움을 돌연 중단했다.

후금 기마대의 기습을 받아 피해가 속출한 가운데서도 접전을 벌이던 조선군은 후금이 화의를 맺자고 제안하자 순순히 응했다. 어차피 명군이 대패해 몰살한 마당에 조선군이 악착같이 싸울 이유가 없었다.

강홍립은 부득이한 상황에서 본의 아니게 싸우게 됐다고 설명했다. 후금은 이를 항복의 뜻으로 받아들였다. 포로가 된 수천 명의 조선군들은 훗날 적지 않은 병력이 고향인 조선으로 되돌아왔다. 후금에 억류된 강홍립은 이때부터 여러 경로를 통해 내부 정보를 광해군에게 보냈다.

이에 대해 조정의 대소 신료들은 강홍립을 매국노로 비난하며 그의 가족들을 처벌해야 한다고 광해군을 압박했다. 그러나 광해군은 강홍립을 끝까지 감싸며 후금과의 관계를 도모하면서 양측 간의 갈등을 막았다.

광해군의 정치소신은 분명했다. 냉철한 판단으로 나라를 살리는 것이 어떠한 명분보다 더 중요했다. 명나라가 추가 파병을 요구하며 압박하자 단호히 거부했다. 이 일로 광해군은 자신의 지지 세력마저 대거 등을 돌렸지만 결코 뜻을 굽히지 않았다.

광해군은 대신들과 치열하게 언쟁하고 때론 설득하면서 자신의 정치의지를 확고히 피력했다.

"명에게 지켜야 할 기본적인 예의는 지킬 것이오. 그러나 조선의 존망 여부까지 걸어야 할 요구는 거부하오. 후금이 오랑캐임은 분명하지만 그들을 다독거려 침략을 막는 것이 중요하오. 그렇게 해서 얻어진 평화의 시간 동안 군사대비태세를 충분히 갖출 때 비로소 전쟁도 할 수 있는 법이오. 지금은 힘을 길러야 할 시기요."

1623년 3월, 광해군은 반정으로 왕위에서 쫓겨났다. 안팎의 시련을 더 이상 견디지 못한 탓이었다. 반란을 주도한 세력들은 '어머니를 폐하고 동생을 죽였으며, 명나라의 은혜를 배반한 죄'를 명분으로 내세웠다.

광해군은 땅을 쳤다. 조정을 주도하는 대북의 이이첨 등을 견제하고자 탕평책 차원에서 등용한 서인들에게 허를 찔린 것이었다.

반란이 일어나기 직전까지 역모의 움직임을 알고 반란을 제압해야 한다는 보고가 올라왔지만 광해군은 이를 묵살했다. 하도 거짓 누명을 씌워 정적들을 제거한 이이첨 등의 상소를 신뢰하지 않았기 때문이었다. 광해군은 대북이 반란을 구실로 정적을 제거하려는 음모라고 오판했다.

어이없이 임금 자리를 빼앗겼지만 광해군의 마음 한편으론 새로 집권한 인조가 정치를 잘하기를 진심으로 바랐다. 그러나 인조는 자신의 권력 유지에만 급급할 뿐 나라를 살리는 것에는 최악이었다.

1627년 1월, 후금은 조선을 침략했다. 오랑캐라고 얕잡아 보며 대비태세를 게을리 한 조선은 순식간에 무너졌다. 그러자 한양을 버리고 강화도로 피신한 인조는 후금과 굴욕적인 형제의 맹약을 맺으며 고개를 숙였다.

후금에 호되게 당했지만 인조와 조정 대신들은 정신을 차리지 못했다. 오히려 지극정성으로 명나라를 섬겼고, 그것이 결정타가 됐다.

1636년 12월, 후금에서 청나라로 국호를 개칭한 청의 2대 황제 홍타이지는 직접 병력을 이끌고 조선을 침략했다. 인조는 남한산성으로 들어가 버티다가 끝내 온갖 수모 속에 무릎을 꿇고 항복했다.

패배의 결과는 참혹했다. 조선은 자주국의 지위를 잃고 청나라의 속국 신세가 됐다. 인조의 장남 소현세자와 차남 봉림대군을 비롯해 수많은 신료가 포로로 잡혀갔다. 또한 무수히 많은 백성들이 죽고 끌려갔다. 조선은 해마다 엄청난 조공을 바치면서 나라의 명맥만 유지하는 껍데기로 전락했다.

17

생사의 뒤바뀜

꿈이 아니었다.

광해군은 바닷가에서 상념에 젖다 날이 어두워지자 제주도의 토방으로 되돌아왔다. 방안에 들어선 광해군은 소스라치게 놀랐다.

"전하, 신 송희립이옵니다."

방안은 어젯밤처럼 소찬의 술상이 준비되어 있었다. 엎드려 절을 하는 송희립의 모습이 더 이상 낯설지 않았다. 광해군은 묵묵히 자리에 앉아 술잔을 들었다.

"고개를 드시오. 그리고 술잔을 받으시오."

광해군은 왠지 마음이 홀가분해졌다. 사람의 운명은 어쩔 수 없었다. 문득 나라를 구하지 못한 자신이 역사의 큰 죄인일지도 모른다는 생각이 들었다. 광해군과 송희립 둘 사이에 묘한 침묵이 흘렀다. 송희립이 먼저 침묵을 깼다.

"전하, 새벽 무렵 꿈에서 이순신 장군을 뵈었습니다."

광해군은 올 것이 왔다는 생각에 고개를 끄덕였다. 오랜 세월동안 가슴 속에 품었던 의문을 묻는 시간이었다. 송희립이 자신을 찾아온 이유는 그것이었다. 광해군은 더 이상 외면할 수 없었다.

"장군께서는 저에게 '왜'라고 물으셨습니다."

"왜요?"

광해군은 반문했다. 아리송한 말이었다.

"흉탄에 맞아 쓰러지신 뒤 죽기 직전 제게 말씀하셨습니다."

"그게 무슨 말인지… 구체적으로 말씀해 보시오."

송희립은 왜군과의 마지막 일전이었던 노량해전의 일을 끄집어 냈다. 뜻밖이었다. 이순신의 죽음을 가장 가까이에서 지켜본 그의 말은 엄청나게 놀라운 것이었다.

송희립은 이순신이 적의 탄환에 맞지 않았다고 단언했다. 새벽에 이순신이 한창 싸움을 독려하고 있을 때, 홀연히 날아온 총알은 적의 탄환이 아닌 가까운 뒤에서 아군이 쏜 총알이라는 것이었다. 조총의 짧은 사정거리를 감안해 볼 때 바다 위의 해전에서 정확히 적의 탄환에 명중되는 것은 거의 불가능한 일이었다.

광해군은 유성룡이 남긴 징비록에서 이순신을 맞힌 탄환은 두터운 갑옷을 뚫고 가슴에서부터 등을 완전히 관통했다고 적힌 것을 기억하고 경악했다. 가까운 곳에서 조총에 맞았다는 것을 암시한 대목이었다.

'그렇다면 누가?'

광해군은 놀랍다는 얼굴로 송희립을 바라봤다. 송희립은 자신의 기억을 되살려 말을 이었다. 이순신을 저격한 자는 그날 대장선에 처음으로 승선한 손문욱이 틀림없다고 의심했다. 그는 전날 세자 저하의 명령을 받고 왔다며 이순신과 면담한 뒤 같이 배에 탔다는 것이었다.

"아니, 도대체 이런 말도 안 되는 일이…"

광해군은 송희립의 말에 기겁을 했다. 자신을 팔아 이순신을 죽였다는 사실에 분노를 넘어 황망했다.

송희립은 노량 해전이 끝난 후 손문욱이 전공을 세운 인물로 부상해 본격적인 출세 가도를 달렸다고 증언했다. 그의 출세 가도에 대해 당시 많은 수군 장졸은 분노했지만 임금을 비롯해 이이첨 등이 그를 후원한 탓에 어쩔 수가 없었다고 회고했다.

"반역자!"

광해군은 이순신 죽음의 전모를 알자 탄식했다. 비로소 조선을 망친 반역의 무리가 누구란 것을 깨달을 수 있었다.

그렇다 하더라도 이순신이 손묵욱이라는 자의 말을 쉽게 믿는다는 것이 납득이 가지 않았다.

광해군은 노량해전이 벌어지기 두 달 전 유성룡의 말에 따라 이순신에게 살아서 원균의 무리를 처단하라는 내용의 친서를 보냈다. 반역자를 처단한 뒤 조선을 바로 세우려는 결단이었다.

'그런데 왜?'

광해군은 스스로에게 물으며 송희립을 바라봤다. 무엇이 잘못됐는지 왠지 송희립은 알 것만 같았다. 송희립은 품속에서 빛이 바랜 낡은 종이 한 장을 꺼냈다.

"돌아가신 장군의 유품 중에 전하의 친서가 있었습니다. 여기…"

'生死'

광해군은 깜짝 놀랐다. 오래전 자신이 이순신에게 보낸 글이 틀림없었다. 살아서 반역자를 죽이라는 뜻이었다.

"장군께서는 손문욱과 만난 후 제게 말씀하셨습니다. 나라를 살릴 수 있다면 죽어도 여한이 없겠다고요. 그리고 돌아가신 뒤 유품인 이 글을 보고 조선과 모두를 살리기 위해 기꺼이 죽음의 길을 택하셨다고 생각했습니다."

살아서 반역자를 죽이라는 생사의 뜻이 나라를 살리기 위해선 자신이 죽어야 한다는 의미로 뒤바뀌어 있었다. 중간에서 누군가가 뜻을 왜곡시켜 전달한 것이었다. 그들이야말로 바로 죽어야 할 반역자였다.

"오, 이럴 수가! 장군. 아닙니다. 장군은 반드시 살아서 저 반역의 무리를 처단하셔야 했습니다."

광해군은 솟구치는 눈물을 참지 못하고 통곡했다. 살아야 할 이순신이 죽음으로써 조선의 운명이 바뀐 것이었다.

1641년 7월 1일, 광해군은 유배지인 제주도의 허름한 토방에서 눈을 감았다. 광해군의 부음을 듣고 제주목사 이시방이 들어왔을 땐 계집종이 혼자 염을 마친 뒤였다.

광해군이 죽은 지 3년 후인 1644년, 명나라는 청에 멸망했다. 이후 조선은 명나라에 하던 사대事大를 청나라에게 더욱 극진하게 하며 쇠락의 나락에서 끝내 벗어나지 못했다.

작가의 말

이순신 장군은 시대를 초월해 우리나라 국민들에게 가장 존경받는 위인 중 한분이다. 때문에 역사와 교양을 다룬 서적은 물론이고 영화와 드라마 등 각종 미디어에서도 늘 단골손님처럼 거론된다.

이순신 장군이 마지막 해전인 노량해전1598년에서 돌아가신 지 올해로 421주년이다. 그런데 지금까지도 이순신 장군의 죽음에 대해서는 논란이 끊임이 없다. 자살설과 은둔설 등이 그것이다. 전사라는 역사적 기록에 대한 의문이 해소되지 않았기 때문이다.

그동안 이순신 장군에 대한 연구와 역사적 기록은 우리나라는 물론 일본과 중국에서도 성과가 적지 않다. 그럼에도 불구하고 속 시원한 답을 주지 못하고 있다. 결국 이순신의 죽음에 얽힌 비밀을 밝히고 싶은 욕심이 소설을 쓰게 했다.

이 소설의 내용은 철저히 역사적 사실을 근거로 했다. 작가의 상상력에 의한 허구는 1퍼센트 정도에 지나지 않는다.

이순신 장군의 죽음을 제대로 알기 위해선 임진왜란을 시작으로 7년간에 걸친 전란을 비롯해 당시 조선의 현실과 정치적 상황을 이해해야 한다. 또한 전쟁을 일으킨 일본과 원군을 보낸 명나라에 대해서도 전반적인 이해가 필요하다.

이순신 장군은 임진왜란에서 조선을 구한 대표적인 장수이다. 반면 임진왜란 당시 세자로서 분조 활동을 통해 국난 극복에 기여한 광해군의 업적에 대해선 의외로 간과하는 경향이 있다. 두 사람은 조선을 구했지만 내부의 적에 의해 희생된 비운의 군주와 장수라는 공통점이 있다. '광해와 이순신'이 소설의 주인공이자 책 제목이 된 배경이다.

광해와 이순신, 그리고 임진왜란과 관련된 역사서와 소설 등은 주위에 상당히 많다. 하지만 대부분 장황하고 지루한 면이 없지 않다. 소설의 형식을 빌려 독자에게 우리의 역사를 재미있게 제대로 알리고 싶었다.

이 소설은 지난해2018년 국방일보에서 1년간 연재한 바 있다. 연재 초기부터 마칠 때까지 60만 국군장병들로부터 폭발적인 호응을 얻었다. 특히 일선의 육·해·공군 지휘관과 예비역 장병들의 격려와 응원이 책으로 출간하는 데 큰 힘이 됐다. 과분한 사랑과 성원을 보내주신 국방일보 독자 여러분께 다시 한 번 감사의 말씀을 전한다.

소설이 국방일보에 연재될 수 있도록 지면을 흔쾌히 허락하고 응원해주신 이붕우 국방홍보원장님과 신문 연재 초기부터 출간을 약속한 도서출판 하다의 전미정 대표님께도 감사드린다.

광해와 이순신 시대 연표

연도	조선	동양(일본·중국)
1536		일본 도요토미 히데요시 출생
1545	이순신 출생	
1563		명 척계광, 왜구 진압
1567	조선 14대 임금 선조 즉위	포르투갈 선박, 일본 나가사키 내항
1570	사림의 거목 퇴계 이황 사망	
1572	영남유학의 지도자 남명 조식 사망	명나라 신종황제 즉위
1573		일본 무로마치 막부 멸망
1575	광해군 출생. 동서분당	조총이 전장의 흐름을 바꾼 나가시노 전투 발발
1576		오다 노부나가 일본 지배자로 등극
1581		명나라, 개혁적 세제인 일조편법 시행
1582		오다 노부나가 피살
1583	여진족 니탕개의 난 진압	누르하치 여진족 통합 위해 거병
1584	대학자 율곡 이이 사망	
1585		도요토미 히데요시 정권 장악
1587	왜구 전라도에 침입	
1588		누르하치, 건주여진 통일
1589	정여립 모반사건인 기축옥사 발생	명, 누르하치를 건주위 도독첨사에 임명
1590	김성일, 황윤길 통신사로 일본 파견	도요토미 히데요시 일본 전국통일
1591	정철, 건저의(세자책봉) 사건으로 실각 이순신, 유성룡의 천거로 전라좌수사 보임	
1592	임진왜란 발생 광해 왕세자가 됨 이순신, 옥포해전 한산대첩 등 연승 명군 조선에 참전 광해 분조활동 시작	도요토미 히데요시 조선 침략, 명나라 조선에 파병
1593	조명연합군 평양전투 승리 권율 행주대첩	이여송, 벽제전투 대패 명, 조선에 일본과 강화하라고 강요
1596	이몽학의 난 발발 의병장 김덕령 누명으로 옥사	명과 일본의 강화협상 실패
1597	정유재란 발생 이순신 투옥 후 백의종군 원균 칠천량해전 대패 이순신 명량해전 승리	일본, 조선 재침략 명, 조선에 원병 파견
1598	이순신, 노량해전에서 전사 왜란 종료	명 이여송 사망 일본 도요토미 히데요시 사망

연도	조선	동양(일본·중국)
1599	북인, 대북과 소북으로 분열	여진, 만주문자 창제
1600		도쿠가와 이에야스가 패권을 쥔 세키가하라 전투 발발
1602	선조 인목대비와 재혼	
1603		누르하치, 여진족 본거지 홍경노성 건설 도쿠가와 이에야스의 에도 막부 시작
1607	서예 유성룡 사망	도쿠가와 이에야스, 조선과 국교 회복
1608	선조 사망, 광해군 조선 15대 임금으로 즉위	
1610	허준 동의보감 완성	
1612		도쿠가와 이에야스, 기독교 금지령
1613	대북이 반대파를 제거하기 위한 계축옥사 발생	
1615		도요토미 히데요시 가문 도쿠가와 이에야스에 의해 멸망
1616		누르하치, 후금 건설 도쿠가와 이에야스 사망
1617	의병장 곽재우 사망, 광해군 후금 정세 탐지 지시	
1618	광해군, 명의 원병 요청 거부	누르하치, 명나라에 선전포고
1619	강홍립의 조선군 '심하전투'에서 후금에 항복	명나라 심하(살리호) 전투에서 누르하치에 대패
1620		명나라 신종황제 사망 희종황제 즉위
1621	명나라 조선에 다시 원군 요청	
1622		명나라 원숭환, 영원성에서 누르하치군 격파
1623	인조반정으로 광해군 폐위	
1627	정묘호란 발생 후금에 패해 형제국의 수모를 겪음	명나라 숭정제 즉위
1636	병자호란 발생	후금, 국호를 청으로 고치고 조선 침공
1637	인조, 청 태종에게 항복 광해군 강화도 교동서 제주도로 유배	
1641	광해군 사망	
1644		명나라 멸망